행복한
마라토너

행복한 마라토너

초판 1쇄 인쇄 2011년 03월 21일
초판 1쇄 발행 2011년 03월 28일

지은이 | 이윤동
펴낸이 | 손형국
펴낸곳 | (주)에세이퍼블리싱
출판등록 | 2004. 12. 1(제315-2008-022호)
주소 | 서울특별시 강서구 방화3동 316-3번지 한국계량계측협동조합회관 102호
홈페이지 | www.book.co.kr
전화번호 | (02)3159-9638~40
팩스 | (02)3159-9637

ISBN 978-89-6023-565-6 03810

행복한 마라토너

이윤동 지음

ESSAY

마라톤 완주기를 시작하며

마라톤에는 꼴찌가 없다. 마라톤은 자신과의 싸움이므로 경쟁을 하기는 하지만 서로 다투지 않고 완주를 한다면 모두가 승리자다. 그래서 달리는 동안 고통보다는 쾌감을 느낀다.

혹자는 마라톤을 인생에 비교하기도 한다. 꿈을 안고 시작하지만, 오르막을 만나 고통을 겪는가 하면 평탄한 길을 만나 즐기기도 하고 마지막 고비에서는 위기의 순간에 직면하기도 하면서 완주의 성공 앞에서 성취감의 희열을 맛본다.

이러한 마라톤 한번 한번이 모여 백 번이 된 마라톤 백 회 완주. 한 회 한 회가 쉬운 과정이 아니었기에 사연과 곡절이 없는 대회가 없었다. 8년이라는 세월 동안 달리면서 괴로웠던 순간과 즐거웠던 기억을 한장 한장 적어가다 보니 벌써 백 번에 이르렀다. 앞으로 어디까지 이어질지는 몰라도 백 회에 이른 오늘, 잠시 지나온 날들을 돌이켜본다.

가도 가도 끝이 없는 백오 리 길 고된 여정, 42.195㎞ 마라톤. 건강한 몸으로도 완주하기가 쉽지 않다는 마라톤을 비록 불편한 몸이지만 감히 도전했다.

나는 시각장애인 마라톤 마니아다. 나는 어려서부터 망막색소변성이라는 질환으로 시각장애인이 되었고, 이후 중학교 1학년 때 사고로 한쪽 눈의 시력을 완전히 잃고 나머지 흐릿하게 보이는 한쪽 눈으로 오늘에 이르고 있다. 따라서 운동이나 놀이를 마음껏 할 수 없었고 가난으로 못 먹어서인지 체력도 약하여 초등학교 통신표의 발달란에는 허약, 허약이 많았다. 운동회 달리기 경주에서는 잘하면 끝에서 두 번째, 아니면 꼴찌가 단골이었다. 그때는 달리기해서 공책 한 권 타보는 것이 소원이었다.

성장하면서 잘 안 보인다는 이유로 하는 일 없이 그냥 시간을 보내니 몸은 더 약해져 갔다.

어느 날인가부터 집에서 맨손체조와 제자리 달리기를 하다가 집 주변 백양사 절로 오르는 한적한 산길을 아침마다 조깅을 하게 되었다. 조깅을 하다 보니 다리에 힘도 오르고 몸이 가벼워지며 나른함도 줄어들었다. 이것이 나의 마라톤 인생의 시작이 되었는지 모른다.

2003년, 울산시각장애인협회장을 맡으면서 이렇게 좋은 운동을 우리 시각장애인 동료와 함께해야겠다고 생각했다. 그때까지만 해도 시각장애인은 이동과 접근의 불편으로 마땅한 생활스포츠가 없었다. 그러나 달리기는 옆에서 잡고 같이 달려줄 사람만 있으면 누구나 충분히 즐길 수 있는 운동이 아닌가? 그래서 당시 울산마라톤클럽(울마클) 이태걸 회장님께 자원봉사를 부탁했는데 쾌히 승낙하셨다.

그래서 울산시각장애인마라톤동호회를 만들어 25명의 회원으로 달리기를 시작했다. 이것이 계기가 되어 나의 본격적인 마라톤 인생은 시작되었다.

나는 울마클 회원님들의 도움으로 문수체육공원 주위와 회야댐 주변을 돌며 달리기를 즐겼다. 혼자서 조깅을 하다가 울마클 회원님들의 도움을 받으며 달리다 보니 달리기 실력도 늘고 재미도 더해갔다. 다리에 힘이 슬슬 오르자 마라톤 대회에 도전하고 싶어졌다. 그래서 울산시장배 하프마라톤에 출전했다. 나는 10㎞에 나가려 했으나 주위에서 부추기는 바람에 주제도 모르고 하프에 도전해 간신히 완주했다.

나는 자신감을 얻어 더욱 열심히 달렸다. 울마클 회원님들은 나더러 풀코스에 참가해보라고 권유했다. 나는 풀코스를 뛰다가 잘못하면 죽을지도 모르는데 지금 이대로도 좋다며 꼬리를 뺐다. 하지만, 끈질긴 동기부여에 죽을 각오를 하고, 마라톤에 입문한 지 6개월 만에 풀코스 마라톤에 참가신청을 했다. 그리고 꿈에도 생각하지 못했던 풀코스를 완주했다. 그때까지만 해도 마라톤 풀코스는 특별히 훈련받은 선수들만 하는 운동인 줄 알았는데 나도 마라톤 완주라는 엄청난 일을 해낸 것이다. 얼마 후에는 100㎞ 울트라 마라톤까지 두루 섭렵했다.

처음엔 건강을 위해 시작했고, 달리다 보니 달리기가 좋아졌으며, 또 시각장애인 동료와 함께 즐기는 게 좋아서 한 운동이 나도 모르게 어느새 마라톤 애호가 아니 마라톤광이 돼버렸다.

마라톤을 처음 시작해서는 1년에 3, 4회 달리다가 차츰 한 달에 한두 번씩 참가하면서 횟수가 늘어나는 재미도 쏠쏠하였다. 요즘에는 100회 마라톤 클럽이 생겨나고 매주 마라톤을 즐기는 인구가 늘자 급기야 나도 매주 마라톤을 하기에 이르렀다.

마라톤은 나를 자주 시험에 들게도 한다. 마라톤을 하다 보면 봄가을의 꽃바람, 단풍바람을 맞으며 낭만이 있을 때도 있지만, 혹서기의 폭염 속에서 콩죽 같은 땀을 흘리며 달리거나 삭풍의 칼바람을 뚫고 언 귀를 감싸 쥐기도 한다. 때론 힘에 부쳐 걷다 쉬다 하면서 오직 완주의 일념으로 앞으로 나아가고, 부상을 당해 구급차를 타거나 지하철을 타고서 골인 지점으로 이동하는 등 숱한 이력을 쌓으면서까지 나의 마라톤 여정은 계속되었다.

나를 더욱 힘들게 하는 것은 비록 봉사자의 조력이 있기는 하지만 장애물을 미처 피하지 못해 나뭇가지에 찔리거나 도로 적치물에 걸려 넘어지고, 주로의 요철 부위에 발과 무릎을 삐기도 하였으며, 앞서 가는 주자의 발길에 정강이를 차이는 등 장애인이기에 겪을 수밖에 없는 달리기의 외적 환경이었다.

그럼에도, 마라톤이 나를 매료시켜 거리로 내몬 것은 도전하고 극복하는 과정의 얻음이 너무나 정직하고 성취감을 만끽하는 즐거움이 더없이 짜릿했기 때문이다. 또 전국을 발로 밟으며 여행하고, 각 지역의 향토음식을 맛볼 수 있는 즐거움도 한몫을 했다.

달림이는 모두가 친구다. 달리기를 통해 전국의 달림이들과 친구가 되어 교제를 나누며 친선하는 재미도 있다. 그리고 눈을 감고 달리니 주변의 관심도 남달라서 많은 주자로부터 격려를 받기도 하고, 어떤 경우에는 “야~ 눈감고도 저리 잘 달리는데 눈 뜬 나는 뭐냐?”고 하는 주자를 볼 때, 장애인도 할 수 있다는 것을 보여줘 장애인 인식개선에 한몫을 한다는 자부심도 있다.

무엇보다도 체력적 한계를 느끼거나 힘든 고비를 맞이할 때마다 장애인에 대한 차별과 편견이 현존하는 사회에서 눈 뜨고도 살기 어렵다는 세상을 눈감고 살아나가는 데 이 정도 고통을 이기지 못해서야 어떻게 경쟁에서 살아날 수 있겠냐고 생각하면 가파른 언덕길도 험한 산길도 거침없이 이겨낼 수 있었다.

마라톤은 내게 더 이상 장벽이 아니다. 마라톤은 나 자신을 극복하기 위한 나와의 경쟁 상대로서 좋은 대상이다. 나는 마라톤을 통해 끊임없이 배워왔고 앞으로도 겸허히 배워갈 것이다. 사실 내가 이렇게 마라톤을 할 수 있었던 것은 많은 사람의 배려와 사랑이 있었기에 가능했다.

전 울마클 회장이신 이태걸 님을 비롯하여 울마클 회원님들과 전국 어느 대회 때나 손을 내밀어 끈을 잡아 인도해주신 전국 각처 달림이들의 희생과 봉사가 있었기에 오늘의 내가 있으며 뼈가 시리도록 고마움을 느낀다. 나는 항상 이분들에게 건강과 행운이 함께하기를 기원한다.

그리고 빼놓을 수 없는 한 사람이 있으니, 바로 아내다. 마라톤을 시작했을 때는 독신이었지만 2005년에 결혼한 이후로는 거의 모든 대회의 골인 지점에는 어김없이 아내가 물병을 들고 기다리고 있었다.

이른 새벽 모닝콜에 눈을 떠 잠에 취한 채 새벽길을 나서주었고, 폭우 속에서나 눈보라 치는 강추위, 땀이 비 오듯 하는 태양 아래에서도 아내는 나의 눈이 되어주었다. 주변에서는 내게 장가 한 번 지독하게 잘 갔다고 놀려대기도 한다. 이런 아내의 지극한 정성은 나의 마라톤 인생에 더없는 버팀목이 된다.

마라톤을 하면서 점차 완주메달 기록증 번호표들이 많이 쌓였다. 처음에는 달리기가 좋아 무턱대고 달리기만 했는데, 어느 날 갑자기 힘들게 달린 발자취를 정리했다가 세월이 지난 후에 그 기억들을 더듬으면 의미가 있겠다고 생각하여 완주 후기를 쓰기로 했다. 아무렇게나 처박아두었던 번호표와 기록증을 스크랩하고 완주메달도 순서대로 정리했다. 비록 시간이 좀 지났지만 지나간 대회는 기억을 더듬어 완주기를 썼고, 20여 회차 이후로는 마라톤을 한 후 거의 완주기를 쓰곤

했다.

회차가 더해지면서 이제 기록증도 한 권의 책이 되었고, 완주기의 쪽수도 제법 도톰해졌다. 그래서 마라톤 백 회를 완주한 오늘 그동안의 힘들었던 이야기, 즐거웠던 일, 고마웠던 사람들의 기억들을 되새겨보고 앞으로의 마라톤 인생을 새롭게 설계해보고 싶어 100회차 완주기를 정리해본다.

끝으로 나의 마라톤이 언제까지 계속되고 이 완주기가 몇 회까지 쓰일지는 몰라도 건강이 허락하는 날까지 나의 마라톤 인생은 이어질 것이다.

차례

출발 앞으로

울산마라톤클럽과의 첫 만남(2003. 5. 1)

비록 앞을 볼 수 없는 시각장애인이지만 걷고 뛰고 운동을 즐기고 싶은 마음은 누구나 똑같다. 나는 시각장애인협회 일을 맡으면서 평소 내가 하는 달리기 운동이 좋기도 하고 우리 같은 시각장애인들에게 잘 맞는 운동이 될 것 같아서 주변 동료에게 같이 운동을 해보자고 제의했다. 많은 동료가 찬성하여 바로 25명의 회원으로 시각장애인 마라톤회를 만들었다. 그리고 울산마라톤클럽과 자매결연하여 오늘 드디어 첫발을 내딛는다.

우리는 약간의 두려움과 호기심, 설레는 마음으로 문수체육공원으로 나갔다. 이제 울마클의 손에 의해 울마클이 시각장애인의 눈이 되어 시각장애인의 얼어붙은 다리가 조심스럽고도 힘차게 앞으로 내딛는다.

신록이 푸른 문수체육공원에서 20여 명의 시각장애인과 많은 울마클 회원님들이 만났다. 오늘은 근로자의 날. 황금 같은 휴일인데도 정말 많은 울마클 회원님들이 모였다. 서로 인사를 나누고 각자 소개도 하고, 기념사진도 찍었다. 이태걸 회장님으로부터 간단한 인사말과 달리기의 주의사항을 듣고 서로서로 짝을 지었다.

모두 다정한 친구처럼 손을 잡고 공원 주변을 돌기 시작했다. 주력에 맞춰 걷는 사람, 살짝살짝 뛰는 사람, 다정히 얘기들을 나누며 각자 달리기를 즐긴다. 나는 달리기를 먼저 시작한 경력자랍시고 다른 동료보다는 빨리 약 11㎞를 달렸다.

달리기를 마친 우리는 다시 한자리에 모여 음료수를 마시며 달리기 얘기가 무르익었다. 숨이 차서 힘들었다, 다리가 아팠다, 발바닥이 따갑더라 등등…. 얼마나 운동량이 부족했으면 2㎞를 걷고 발에 물집이 생긴 사람도 있다.

그러나 다들 즐거운 표정이다. 오늘 행사는 성공적으로 치러졌다. 이제 걸음마를 시작했지만, 우리 동호회가 크게 활성화되어 많은 시각장애인의 생활운동으로 여가거리가 되었으면 한다. 또 아는가? 이 중에서 미래의 시각장애인 마라토너가 탄생할지….

울마클 덕분에 좀 떴습니다

제4회 울산시장배 마라톤(2003. 6. 1 1:43:35 이태걸)

이제 울마클 회원님들의 든든한 후원으로 달리기를 참 편하게 한다. 마침 울산시장배 하프마라톤이 있어 달리기 실력을 테스트해볼 겸 10㎞ 마라톤에 참가신청을 했다. 울마클 회원님들은 하프마라톤을 할 실력이 충분히 된다며 하프로 바꾸라고 부추긴다. 그러면서 처음엔 좀 힘들게 해야 실력이 향상된다고 조언한다.

생각하니 보통 연습도 10㎞를 하는데 좀 무리하더라도 하프를 달리고 싶어진다. 그러고는 주제 파악도 못하고 참가종목을 하프로 바꿨다. 바꾸고 나니 하프가 태산같이 높고 천 리같이 멀게 느껴진다. 걱정이 앞선다. '처음 출전하는 대회인데 욕심을 내어 완주도 못하는 게 아닐까? 완주도 못하고 망신만 당하느니 그만 10㎞로 다시 바꿀까?' 온갖 생각을 다 하다가 대회 날이 닥쳤다.

6월 1일, 수많은 달림이들과 출발선에 나서니 긴장감으로 다리가 덜덜 떨린다. 이태걸 회장님은 “평소 연습하듯이 하면 충분히 할 수 있다. 힘들면 걷기도 하고” 하며 위로했다. 달리기를 시작하고 처음 참가하는 마라톤이어서인지 마치 입시를 치르는 기분이다. 겁먹고 긴장했던 것과는 달리 조금 달려가니 몸에 땀이 나면서 긴장이 확 풀린다.

달리기는 생각보다 힘들지 않다. 혹시나 중간에 퍼지게 될까 봐 힘을 아껴가며 조심스럽게 달렸는데 별로 지치지 않는다. 넓게 쭉 뻗은 아스팔트 길을 이 회장님과 손을 잡고 달리는 기분은 표현할 수 없을 정도로 상쾌하다. 내가 시각장애인으로 더듬거렸던 일이 잊히고 거침없이 내닫는 걸음이 마치 비장애인이 된 것 같은 착각이 생긴다. 마음껏 달리니 참 좋구나!

얼마나 조심했던지 골인할 때는 오히려 힘이 남아돈다. 첫 시험을 무난히 치렀다. 이제 자신감도 생기고 하프로 바꾸길 잘한 것 같다. 이태걸 회장님과 나란히 손잡고 뛰는 게 신문에 실렸다. 기사를 본 울산대학 학우들이 격려 전화를 해준다. 전화를 받고 학과 카페 게시판에 마라톤 완주기를 올렸다. 그런데 강의실에서도, 카페 게시판에서도 난리가 났다.

“감동 먹었다. 몸이 불편한 사람도 이렇게 잘하는데 정말 많은 자극을 받았다” 등등 학우들의 생각 밖의 격찬에 잠시 스타가 된 양 마음이 붕 뜬다.

이제 오히려 걱정거리가 생겼다. ‘달리기한다고 이렇게 떠벌였으니 그리고 기대한다는 사람도 많은데 이제 마라톤을 그만둘 수도 없게 되었네. 더 열심히 하라는 채찍으로 받아들여야지.’

*현재 울산대학교 재학 중

첫 풀코스 도전을 앞두고

두려움 속의 나날 (2003. 10. 15)

하프코스를 성공적으로 완주하자 울마클 회원님들은 나더러 풀코스 마라톤에 도전해보란다. 나는 그런 일은 할 수도 없고 생각도 못할 일이라고 꼬리를 내렸다. 회원님들이 이구동성으로 "충분히 할 수 있다, 자기네들도 처음엔 그리 생각했지만 꾸준한 연습으로 다들 풀코스를 달릴 수 있었었다"며 부추기는 통에 겁 없이 그리 해보겠다고 승낙해버렸다.

말은 앞세웠는데 '풀코스가 어떤 운동인데, 옆집 강아지 이름도 아니고…' 앞이 캄캄하고 가슴이 먹먹하기만 하다. 어쨌든 풀코스를 목표로 삼으니 어느새 각오가 새로워지고 울마클 회원님들이 시키는 대로 훈련도 부지런히 하게 된다.

'나도 많이 컸구나. 마라톤 풀코스에 도전하다니.' 스스로 대견스럽다. 목표는 경주동아마라톤이다. 대회일은 공고되고 드디어 대망의 출사표를 내밀었다. 대회 날짜는 뿌둑뿌둑 닥쳐오고, 나름대로 훈련을 했지만 연습은 부족해 보이고 마치 시험 일자를 앞둔 수험생 같은 심정이다.

대회일이 가까워져 오니 일이 손에 잡히지 않는다. 머릿속에는 온통 마라톤 풀코스를 어떻게 달리나 하는 생각으로 꽉 차 있다. 억지로 잊으려고 노력해도 뇌리에서 떠나지 않는다. 왠지 불안하고 안정이 안 된다. 오늘은 마무리 연습을 한다고 태화강변을 뛰었는데 일주일을 쉬었는데도 몸도 다리도 마치 기름칠이 안 된 기계처럼 뻑뻑하고 고관절이 빠근하다.

난 잘할 수 있을 거라고 자신했는데 출전 시간이 다가올수록 마음이 무거워진다. 35~40㎞ 사이가 그리 힘들다는데 걱정이다. 이제 운명의 시간은 다가오고 어쩔 수 없이 겪어야만 할 일, 한번 부딪혀볼 수밖에 없다. 최선을 다해 꼭 성공하여 주변 사람들의 기대에도 부응하고 나 자신의 의지도 굳건히 해야겠다.

가슴 아픈 첫 풀코스

제10회 경주 동아오픈마라톤(2003. 10. 26 2668 3:41:49 배광조 1회)

한 송이의 국화꽃을 피우기 위해 소쩍새가 밤새워 울고, 무서리가 그리 내렸단 말인가. 마라톤 풀코스를 한 번 뛰어보기 위해 흘린 땀이 얼마였으며, 엎어지고 부딪쳐 흘린 피는 또 얼마였던가?

나는 오늘 경주동아오픈마라톤 42.195㎞를 완주했다. 평소 약 5㎞ 정도의 조깅을 해왔던 내가 울마클과 인연을 맺고 2003년 6월, 울산시 장배 하프마라톤을 완주한 이후 본격적으로 마라톤을 즐기게 되었다. 하프마라톤을 성공적으로 완주하자 울마클 회원님들은 풀코스에 도전해보라고 권유했었고, 회원님들의 격려와 동기부여는 나를 풀코스 마라톤에까지 도전하게 했다.

그저 시각장애인회원들이 낙오 없이 운동할 수 있게 도와주고 같이 운동하려고 시작했던 것이 오히려 내가 꿈에도 생각지 못했던, 그리고

프로선수들만 하는 줄 알았던 풀코스 마라톤에까지 도전하게 된 계기가 되었다.

지난 6월, 이태걸 회장님으로부터 동아오픈을 신청하라는 명령이 떨어졌다. 그러고는 회원님들의 도움을 받아가며 회야댐 길을 수도 없이 뛰었고, 해운대 52㎞ LSD 훈련도 무사히 마쳤다.

LSD는 내게 거의 죽음의 행군이었지만 완주에 대한 자신감을 불어넣어 주었다. 그리고 배냇골 언덕도 여러 차례 오르며 지옥훈련을 했다. 참가신청을 할 때는 괜스레 떨리고 대학입학원서 접수하는 기분이었다.

10월 20일, 동아마라톤 배번이 도착했다. 갑자기 가슴이 답답해 오고 남은 날이 짧기만 하다. 왠지 완주를 못할 거라는 불길한 예감이 자꾸 엄습하여 불안을 떨칠 수 없다. 일을 해도 온통 머릿속은 마라톤 생각으로 일이 손에 잡히지 않았으며, 마무리 연습을 한답시고 달려 보니 온몸이 뻑뻑하고 다리도 아프고 평소 주력이 나오지도 않는다.

설상가상으로 갑작스러운 변고가 생겼다. 대회를 하루 앞두고 엄마가 갑자기 뇌경색으로 쓰러져 인사불성 상태로 동강병원 중환자실에 입원하셨다. 오직 이 못난 자식을 지켜주신 엄마의 병환은 청천벽력이었다.

입원을 시킨 후 잠시 정신을 차린다. 엄마를 병원에 모신 아픔과 뼈를 깎는 고통스러운 연습으로 준비해온 첫 풀 도전을 포기해야 하는 비운 앞에 정말 상념이 깊어간다.

의사의 진단이 나왔다. 이런 병은 오늘내일 어떻게 되지 않고 시간이 지나면서 차츰 회복되며 시간이 좀 걸린다고 한다. 저녁에 형제들과 의논한 끝에 대회에 출전하기로 했다. 내가 아플 때 엄마는 밤잠도 못 주무시고 간호를 해주셨는데, 지금 나의 행동은 인륜에 거스른 짓이라 마음이 몹시 무겁다. 엄마에 대한 걱정과 마라톤 완주에 대한 걱정으로 지난밤은 고스란히 뜬눈으로 지새웠다.

26일, 운명의 날은 밝았다. 6시에 기상하여 전날 쓰러지기 전에 엄마가 지어놓은 마지막 밥으로 요기를 하였으나 밥이 넘어가지 않고 목이 멘다. 완주에 대한 부담과 긴장도 진정되지 않았는지 설사를 연거푸 수차례 했다.

오늘의 동반주자는 배광조 님. 클럽에서 준비한 경주행 관광버스에 나란히 앉아 페이스 계획을 짜고 주의사항도 들었다. 막상 대회장에 나서니 되는 대로 뛰어보자는 생각에 마음이 편하다. 주변 회원님들의 격려도 많은 용기를 준다.

출발 신호와 함께 역사적인 첫걸음을 내디뎠다. 5㎞, 10㎞ 일정한 속도로 앞으로, 앞으로 걸음을 옮긴다. 배광조 님이 연방 시계를 보며 페이스를 조절해준다. 과연 풀코스는 멀다. 아무리 가도 끝이 없고, 남은 거리에 대한 감각도 없다. '그래 피니시를 생각하지 말고 그냥 연습하듯이 달리자'고 내심 마음먹으니 덜 지루하다. 손을 묶어 동반주를 하니 연도의 관중이 신기해하며 박수도 보내준다.

25㎞ 지점을 통과할 무렵, 배가 고프고 다리에 힘도 빠진다. 파워젤을 먹어보자 싶어 한 입 베어 무니 속에서 확 치받는 게 구역질이 나 도저히 먹을 수 없다. 준비물로 철저히 교육받고 준비한 것인데 달리는 사람들은 참 용하다. 이런 걸 어떻게 먹는단 말인가!

나는 바나나 한 개로 시장기를 달랬다. 35㎞ 지점. 보통 이 지점에서는 심한 피로를 느끼고 힘들다고 교육을 받았는데 나는 아직 견딜만하다. 과연 지옥훈련이 약효가 있었던 모양인가?

그런데 35㎞ 지점에서 문제가 발생했다. 배광조 님이 속도를 좀 늦추자고 하더니 급기야 조금만 걸어가자고 한다. 나는 속으로 '야아! 내가

SK Telecom
2668
2483

전문가보다 낫나?' 싶은 생각에 기분이 좋다. 만고 철없는 생각이지만.

배광조 님은 뛰다 걷다 하며 "윤동 씨의 실력도 모르고 자원하여 오히려 피해를 준다."며 미안해한다. 나는 좀 더 빨리 가고 싶은 마음이 있었지만, 봉사자의 도움이 고마워 오늘은 경험을 쌓는 것이니 부담을 갖지 말자고 위로하며 한 걸음 한 걸음 추억을 담았다. 골인 지점이 가까워졌는지 거리엔 응원객의 수가 늘고 음악 소리도 들린다. '드디어 해냈구나!' 하는 안도와 동시에 병상에 누워계신 엄마의 얼굴이 눈앞을 가린다.

장애인 아들을 둔 엄마는 자나깨나 걱정이 많았고, 아직 싱글인 나를 보고 못내 가슴 아파하셨다. 어제도 대회 안내책자를 보고 출전자 명단에서 아들 이름을 찾으며 "우얀 사람이 이리도 많노?" 하다가 아들 이름을 찾고는 흐뭇해하셨는데, 오늘 아들이 출전한 것도 모르고 혼수상태로 계시다니 가슴이 아프다.

골인 지점 양쪽에 늘어선 응원단에서 내 이름을 연호하며 환영한다. 우울한 심정 속에서도 순간 마음이 공중으로 붕붕 떠오르고 피로는 어디로 갔는지 무겁던 다리가 새털처럼 가볍게 날아 피니시 발판을 사뿐히 밟는다. 내가 42.195㎞를 완주한 것이다. 세상에 이런 일도 다 있나. 내가 봐도 내 모습이 장하다. 불과 6개월 전까지만 해도 생각지도 못한 일이다. 너무 신기하다.

오늘의 이 영광은 결코 나 혼자의 것이 아니다. 끊임없이 지도하고 보살펴준 울산마라톤클럽 회원님들의 따뜻한 사랑과 시각장애 동료의 응원, 한결같은 엄마의 염려가 있었기에 오늘의 내가 있는 것이다. 오늘의 영광을 이 모든 분과 같이 나누고 싶다. 돌아오는 버스 안에서 열렬히 환영해주신 울마클 회원 여러분과 홈피 게시판을 통해 지도 말씀과 격려를 아끼지 않으신 회원님들께 감사의 인사를 드렸다.

그런데 마음이 바빠진다. 병원에 계시는 엄마는? 집에 도착하자마자 샤워를 하고 엄마를 찾아갔다. 엄마는 어제 그 모습으로 누워 계신다. 집에 계셨으면 "힘들었제?" 하며 반겨주셨을 텐데….

나는 "장한 엄마 아들이 오늘 큰일을 했다"며 완주메달을 엄마 가슴에 얹어 드렸다. 엄마는 아무 말도 없었지만 퍽 기분이 좋았으리라 믿는다. 어제 말씀이 "뭐한데 그마이 마이 뛰노? 조심해래이" 이 말이 마지막 당부였다. 옆에 있던 간호사도 눈시울을 적셨다.

이번 동아오픈 완주는 나에게는 결코 잊을 수 없는 뼈에 사무치는 대회가 되어 버렸다.

*LSD: 장거리를 느린 속도로 오랜 시간 달리기 연습을 하는 훈련
*파워젤: 고농축 탄수화물 제로 운동선수들이 먹는 보조 영양식

동반주는 힘들어

2003 진주마라톤(2003. 11. 30 1714 03:43:11 안영균, 이상섭 3회)

며칠 전에 진주 경상대학교 공과대학 산업시스템학과의 전차수 교수라며 전화가 왔다. 교수님 말씀이 얼마 전부터 진주마라톤대회에 서울에 있는 시각장애인을 초청해왔는데 올해부터는 울산시각장애인들도 초청하고 싶다고 하신다.

나는 이런 큰 대회에 우리 시각장애인 동료를 참가시킬 좋은 기회라 생각하며 얼씨구나 하고 승낙했다. 그리고 바로 진주로 갈 사람을 모

집하니 여덟 명이 되었다.

우리는 주최 측의 요청에 의하여 경기 하루 전에 시각장애인협회 심부름센터 차로 가을 여행 겸 즐거운 마라톤 여행을 떠났다. 차는 남해고속도로를 씽씽 달리고 동료는 마냥 즐거워하며 떠들었지만, 한편으로는 대회에 대한 걱정과 원정 마라톤에 대한 염려로 불안감도 엿보였다.

29일 오후 6시, 우리는 경상대학교 정문에 도착했고 교문 앞에는 미리 경상대학교 마라톤클럽 회원님들이 마중 나와 있었다. 우리는 이분들의 안내를 받아 다음날 달릴 코스를 한 바퀴 돌며 답사를 했다.

차로 돌아도 한 시간 남짓인데 이 먼 길을 어째 달리나 싶어 덜컥 걱정된다. 그러고 나서 식당으로 따라갔다. 거기에는 미리 도착한 주최 측 관계자와 서울에서 온 시각장애인들이 와 있었다. 서로 인사를 하고 나니 저녁 식사가 나왔는데 풍성한 장어구이였다. 집에서도 잘 못 먹는 귀한 장어구이를 모두 양껏 먹었다. 먹다가 생각해도 너무 환대를 받는 것 같아 미안한 생각이 들었다.

알고 보니 전차수 교수님은 진주신문사와 함께 이 대회를 공동주최하시는 분이셨다. 전차수 교수님은 장애인에 대한 애정과 관심이 높아서 이 같은 행사를 매년 벌이고 계신다. 정말 고마운 분이시다. 우리는 그분들이 잡아준 여관에서 설레는 가슴을 안고 편안하게 진주의 밤을 보냈다.

아침이 되자 경상대학교 마라톤클럽 회원님들은 우리를 대회장으로 인도했다. 대회장은 많은 참가자로 북적였고 우리는 경상대학 마라톤 회원님들과 각각 짝을 짓고 기념사진도 찍었다.

나는 클럽에서 제일 잘 달린다는 안영균 선생님과 짝이 되었다. 키도 후리후리하고 몸도 날씬하여 한눈에 잘 달릴 것 같이 보였다. 거기다 아주 친절하게 대해주니 마음이 편했다.

출발 징소리와 함께 선수들은 썰물처럼 빠져나가고 우리도 서로 줄을 꼭 잡고 그 대열에 끼어들었다. 우리는 다정히 끈을 잡고 정담을 나누며 앞으로 나아갔다. 물안개가 자욱한 진양호는 신선의 마을같이 신비롭다.

안영균 선생님은 마라톤을 시작한 지 얼마 안 된다는데도 기록이 3시간 17분으로 참 좋다. 마라톤에 소질이 있는 건지, 연습을 많이 하는 건지 머지않아 3시간 벽을 깰 것 같다. 안 선생님은 내가 다칠까 봐 몹시 신경을 쓰며 안내한다.

그런데 이게 웬일인가? 나보다 최고기록이 20분이나 빠른 분이 20㎞를 지나면서 무척 힘들어하신다. 그러다가 옆에 지나가는 주자에게 끈을 넘겨주며 잘 부탁한다고 하고 뒤로 빠져버렸다. 나는 그러지 말고 좀 쉬었다가 같이 가자고 했지만, 안영균 선생님은 내가 제대로 못 달리면 안 된다며 끈을 넘기고 만다.

미안한 마음이 가슴을 짓눌렀지만 하는 수 없이 새로운 봉사자를 묵묵히 따라갔다. 우리는 이런저런 얘기를 나누며 달렸는데, 공교롭게도 이분이 울산옥현호수클럽 회원으로 이상섭 씨라 한다. 나이도 나와 동갑이다. 참 희한한 인연이다.

이상섭 씨는 키도 크고 다리가 얼마나 긴지 성큼성큼 걷는 것 같다. 얼마나 잘 달리시는지 따라가려니 식겁하겠다. 같은 연배인데 나도 연습하면 이분만큼 달릴 수 있을까 생각해본다.

난생처음 와본 진주 길을 유유히 달린다. 굽이굽이 산천이 다 새롭고 들이 넓기도 하다. 말로만 듣던 진양호도 과연 넓다. 바다 같은 호수를 끼고 이름 모를 산모퉁이를 돌며 낯선 땅의 정취에 빠지다 보니 힘든 레이스도 잊을 만하다.

39㎞ 지점. 댐 수문을 오르는 길은 지옥으로 가는 길과 같다. 지친 상태에서 가파른 언덕을 만나니 더 이상 갈 수 없어 걷고 말았다. 옆으로는 주자들이 언덕을 잘도 오른다. '탱크같이 지나가는구나. 부럽다.'

무거워진 발바닥을 부지런히 옮기다 보니 어느덧 종점이다. 낯선 길이라서 경치가 새로워 관광은 잘했는데, 약한 체력에 무리한 운동을 하니 몹시 힘이 든다. 골인 지점에는 5㎞와 10㎞를 완주한 동료와 경상대학교 마라톤클럽 회원님들이 나와 환영해준다. 안영균 선생님과 이상섭 씨의 도움으로 오늘 진주마라톤을 기분 좋게 완주했다.

우리는 진주 분들의 따뜻한 사랑과 영광의 완주메달을 안고서 즐겁고 편안한 마음으로 울산으로 돌아왔다. 돌아오면서 생각하니 기록이 훨씬 빠른 사람이 동반주를 해도 안내하기가 어려운걸 보면 동반주가 얼마나 힘든지 짐작이 간다. 그래서 우리 시각장애인들에게 봉사해주시는 모든 분께 감사하는 마음을 보낸다.

엄마는 저 세상으로

2004. 1. 28

언제 어디서 다시 만나볼 수 있으며 그 음성을 듣고 그 숨결을 느낄 수 있을꼬. 오호라, 누구에게 엄마라고 부르겠노? 애통하고 절통하구나! 작년 경주동아마라톤 하루 전날, 엄마는 뇌경색으로 쓰러져 입원하셨다가 20일 정도 치료받고 많이 회복되어 퇴원하셨다. 그러나 한 달 후 병세가 다시 악화하여 끝내 일어나지 못하셨다.

장애인 아들을 둔 엄마는 한날한시도 마음 편할 날이 없었고, 입버릇처럼 "니가 하루라도 앞서 내 앞에 죽으면 나도 잊어뿌고 두 눈 감고 죽을 수 있겠는데" 하셨고, "내 눈을 니가 받아 세상을 볼 수만 있다면 당장에라도 내 눈을 주겠는데" 하셨다. "세상 어디서라도 니 눈만 고치는 데가 있다면 똥 묻은 바지라도 팔아서 눈을 뜨게 해주겠는데" 하시며 늘 가슴 아파하셨는데….

장애로 인해 쉰이 다 되도록 장가도 못 가고 혼자 있으니 엄마는 "내가 니를 옳게 못 낳아 니가 그리 고통을 받는구나!" 하시며 나의 못남을 모두 엄마 자신의 허물인 양 덮고 한스러워하셨다.

그리고 "내가 죽으면 누가 니를 보살피겠노? 그러니 내가 죽을 때 니도 내캉 같이 죽자"고 하시더니 끝내 이 불초자를 세상에 홀로 두고 태산보다 큰 한을 가슴에 얹고 다시는 돌아오지 못할 먼 길을 떠나셨다. 목 놓아 불러보고 굳어버린 손을 잡고 가슴을 파고들어도 대답 없는 엄마.

나는 모든 것을 다 잃었다. 태어나서 48년간 늘 곁에서 함께하셨으며 어려서는 보호자, 성장해서도 보호자 겸 지지자, 옹호자, 후원자가 되어주셨는데 이제 어디에 마음을 의지할꼬.

밖에서 집으로 돌아오면 "와 이래 늦었노? 배고프제?" 하면서 밥상부터 준비하시고, 밖으로 나갈 때면 "끼는 꼭 챙기무래이. 차조심해래이" 하고는 뒷모습이 사라져 안 보일 때까지 창에 기대 계시던 엄마.

나는 우주에 내버려진 티끌 같고 허공에 떠다니는 먼지같이 나무에도 돌에도 의지할 수 없는 천애의 고아가 되었다. 세상에 이보다 더 비통할 때가 어디 있겠노?

달리기한답시고 쫓아다니면 "다칠라 조심해라. 너무 시게 뛰지 말고 살살 뛰래이" 하시더니 이제 누가 잔소리 같은 걱정을 해주겠노? 생전에 자식 노릇 제대로 못 한 것이 가슴을 후벼 파듯 아프다. '좀 더 잘할 수 있었는데' 하는 후회감도 생기지만 이젠 다 소용없는 일. 죄책감이 가슴을 저민다.

죽고 난 뒤 효자 아닌 사람 없다지만 이 몸은 남달리 불구의 몸이 되어 부모님에게 짐이 되었고, 생전에 한을 풀어 드리지 못해 근심을 가슴에 묻고 떠나셨을 것을 생각하면 나의 불효는 우주보다 크고 바다보다 깊고 생각할수록 괴롭구나!! 이제 이 험한 세상, 의지할 곳 없는 몸이 홀로 서기를 해야 한다. 그리고 이 몸이 다하는 날까지 속죄하는 마음으로 살아야 한다.

'엄마 너무 걱정하지 마세요. 이 몸 건강하게 보전하고 남에게 욕먹지 않고 열심히 노력하여 떳떳하고 의연하게 잘살아 갈게요. 그러니 엄마 염려 마시고 편히 쉬세요. 그리고 지켜보세요. 제가 어떻게 살아가는지…'

마라톤에 미쳐버린 불효자

제75회 동아국제마라톤(2004. 3. 14 6749 03:23:17 이태걸 4회)

가내의 변고와 개인적인 일로 한동안 마라톤을 쉬었다. 고성마라톤 대회는 신청해놓고 불참하고, 서울동아마라톤도 목전에 닥쳐왔다. 가야 하나 말아야 하나.

옛날에 자전거를 처음 배울 때는 길가에 둥근 것은 다 자전거로 보이고, 바둑을 처음 배울 때는 누워 있어도 천정이 바둑판으로 보이더니만 마라톤에 미치다 보니 어제 엄마가 쓰러져 입원했음에도 오늘 대회에 출전하는 어리석은 짓도 서슴지 않은 내가 엄마를 저세상으로 보낸 지 며칠이나 된다고 벌써 동아마라톤 생각을 하다니 내 모습이 참으로 한심하다. 시간이 지날수록 기분전환도 할 겸 자신을 학대하고 싶은 심정도 있어 한 번 고되게 달려 보고파진다.

그런데 대회신청은 해놨어도 연습을 하지 못했다. 마라톤은 연습하지 않고는 절대 완주가 불가능한데 이 일을 어쩌나?

대회 한 달을 남기고 다시 연습을 시작했다. 울마클 회원님들은 다시 주로에 나선 나를 진심으로 위로와 격려를 해주며 연습주를 도와준다. 대회 일주일 전, 두툼한 책자와 기념티셔츠, 번호표가 배달돼왔다. 서울동아마라톤대회는 옛날부터 TV 중계방송 등을 통해 익히 들어 잘 아는 대회였는데, 서울까지 가서 이런 대회에 참가할 것을 상상하니 마음이 몹시 설렌다.

13일 밤 11시 40분에 관광버스는 어두운 밤공기를 가르며 서울로 향했다. 잠을 자야 피곤이 풀릴 텐데 설레는 마음에 잠이 안 온다. 14일 새벽, 서울 광화문 거리는 뉴스로만 보던 대통령 탄핵 반대 시위대가 버리고 간 오물로 어지러웠으며, 흐린 날씨에 안개까지 자욱이 남산을 가리고 있어 스산했다.

출발 시각이 가까워져 오자 전국에서 1만 2,000명의 건각이 모여들었고, 하늘에는 KBS 취재헬기가 굉음을 내며 분주히 날아 분위기를 돋운다. 대형 스피커에서는 경쾌한 음악이 흘러나와 분위기를 한껏 고조시킨다. 사람이 얼마나 많은지 인산인해다. 말로만 듣던 서울동아마라톤의 규모를 보고 있자니 그 중심에 서 있는 내가 대견스럽다.

광화문 정부중앙청사 앞. 정각 8시, 폭죽 발사에 맞춰 마치 산사태가 난 듯 인파가 썰물처럼 밀려 나간다. 국보 1호 숭례문을 지나 을지로 대로길 5㎞ 순환지점에서 이봉주 선수 일행이 지나갔다. 뭘 먹고 저리도 잘 뛰는지 바람처럼 지나갔다. 사람들이 "이봉주다!" 하는데 나는 보이지도 않고 그냥 지나간 줄만 알겠네. 보물 1호인 흥인지문(동대문)을 통과한 다음 임금이 농민들과 모내기 행사를 했다는 답십리 등 역사적 사실을 떠올리며 기분 좋게 달렸다.

군악대는 〈서울의 찬가〉를 연주하고 농악대는 바짝 흥을 북돋운다. 서울 중심가 빌딩숲을 누비는 기분은 마치 특권을 누리는 것 같고, 금메달을 딴 선수가 시내 퍼레이드를 벌이는 느낌이다.

잠실대교 중간을 지날 때 21㎞ 지점을 통과하고 있었다. 50리 길을 달린 것이다. 이때가 오전 9시 40분, 연습 부족 탓인지 서서히 피로가 엄습해온다. 30㎞ 지점인 올림픽 선수촌 아파트를 통과할 때는 몸이 몹시 무거워진다.

36㎞에서 41㎞ 사이는 오르막으로 가뜩이나 지친 나를 몹시 힘들게 한다. 마음은 앞으로 가고 싶은데 다리가 말을 듣지 않는다. 그만두고 싶은 생각이 굴뚝같고 '내가 왜 이 짓을 하나?' 하며 되묻기도 해본다. 하지만, 당초 오늘 대회에 참가한 것은 여러 가지 고통스러운 기억들을 잊고 싶고 불초에 대한 죄책감으로 몸을 학대하고 싶었던 이유도 있었기에 지금의 힘든 순간이 고통스럽기보다는 속죄를 바라는 몸부림으로 받아들인다.

나는 가파른 숨을 몰아쉬며 엄마가 바라고 스스로 다짐한 강한 아들이 되기 위하여 엄마의 얼굴을 떠올리며 더욱 힘주어 강한 몸짓을 하였다. 드디어 잠실운동장 앞, 연도에 늘어선 많은 사람이 환호했다. 마치 나를 마중 나온 것 같은 착각이 들었다.

잠실운동장을 들어설 때는 고지를 점령하고 돌아오는 개선장군 같은 느낌이 들었다. 관중의 환호를 받으며 운동장 한 바퀴를 돌 때 뿌듯한 기분은 글로 표현하기 어렵다. 피로는 간 곳 없고 드디어 해냈다는 성취감과 만족감으로 가득 찼다.

기록은 종전보다 10분 이상 줄인 3시간 23분 18초. 신기록이다. 거의 이성을 잃고 뛴 모양이다. 기록을 보니 놀랍기 그지없다. 온몸으로 달리고 나니 몸도 마음도 후련하구나! 지친 몸으로 집에 돌아왔다. 당장에라도 엄마가 문을 열고 마중 나오실 것 같은데 캄캄한 거실과 썰렁한 방, 황량함만이 나를 기다리고 있다.

집이라고 돌아와도 기다리는 사람도 없고 챙겨주는 이도 없으니 쓸쓸하구나! 누군가가 기다리는 사람이 있다는 게 행복이란 걸 실감하겠다. 밥솥에서 식은 밥을 퍼서 허기진 배를 채우고 대강 정리하고 자리에 누우니 종각 앞 건각들의 물결이 눈앞에 선하다.

자만이 가져다준 교훈

제25회 전국장애인체육대회(10㎞ 43:53 2004. 5. 16 이태걸)

마라톤을 하면서 많은 것을 배웠고 지금도 배우고 있다. 인내하는 방법과 고통을 즐기는 법을 배웠고 고진감래의 참맛도 알았다. 지나온 인생역정을 돌아볼 수 있었으며, 앞으로 어떻게 살아야 할지 어느 정도 좌표설정도 된다.

나는 여태껏 계획한 목표는 거의 달성하였다고 생각하고 나름대로 자부심도 느끼고 있다. 그래서 이번 전국장애인체전 마라톤에서도 1등을 목표로 세웠고, 1등이 무난하리라고 믿었다. 주변 사람들도 모두 그렇게 믿었으며, 울마클 회원님들과 마 교주님도 믿어 의심치 않았다.

왜냐하면, 나는 풀코스를 4회나 뛸 정도로 완주할 능력이 되고, 그것도 3시간 23분에 달렸으니 10㎞는 만만하게 여겨졌다. 또 시각장애인은 선수층이 얇을 테니 1등은 떼 놓은 당상이다. 그러니 '고작 10㎞ 정도야 하마 입에 송사리지' 하며 교만을 부렸다. 그래서 연습도 소홀히 하고 경기에 임할 때도 어차피 1등인데 온 힘을 소진할 필요가 있을까 싶어 느긋하게 임하기로 했다. 이태걸 회장님도 10㎞ 마라톤 동반주 자원봉사를 하려고 일부러 울산서 천 리 길을 달려왔다.

출발선에는 휠체어장애인, 청각장애인, 시각장애인 등 100여 명의 선수가 동시에 출발을 기다리고 있다. 그중 나와 같은 장애유형인 시각장애 T12에 속하는 선수는 8명이다. 나는 '이 정도야 다 잡을 수 있겠지' 하며 자신만만했다. 출발신호와 함께 냅다 달렸다. 넓은 거리와 깨끗한 전주 시가지가 달리기에 좋다. 연도에 시민의 응원을 받으며 전주 시내를 마음껏 달린다.

이태걸 회장님은 장애유형이 서로 섞이다 보니 시각장애 유형에서 T12 선수가 누구인지, 또 우리가 몇 번째로 달리고 있는지 모르겠다며 하여튼 우리가 시각장애 선수 중에선 제일 빠른 것 같다고 한다. 나는 금메달 꿈에 부풀어 행복한 상상에 잠겨본다.

도로를 신이 나게 누비고 전주종합운동장에 진입하니 "시각장애 T12('저시력부문'이란 뜻) 135번 울산의 이윤동 선수가 2위로 들어오고 있습니다"며 안내방송을 한다.

순간 어리둥절했다. 아나운서가 잘못 확인했거나 내가 잘못 들었거나 귀를 의심하며 힘차게 골인했다. 골인 후 본부석에 알아보니 2위가 확실하다. 서울에서 참가한 젊고 날랜 선수가 있었다. 기량도 나보다 월등하여 기록도 비교가 안 될 정도로 빠르다. 이 선수는 아마 프로 육상선수 출신인지도 모르겠다.

그런데 와이래 맥이 빠지고 허탈하노! 마 교주님도 허탈해하며 그 사람 실력도 인정해야겠지만 50대와 30대가 같이 달리는 건 불합리한 점도 있다며 나를 위로한다. 세상 넓은 줄 모르고 짧은 실력만 믿으며 교만을 부린 내가 부끄럽다. 천 리 길을 동반주 하러 오신 마 교주님과 울마클 회원님들의 기대에 부응하지 못한 것이 미안스럽다. 교주님도 매우 섭섭했을 것이다.

이번 장애인체전에 참가한 성과는 크다. 울마클과 자매결연하고 서로 손에 손잡고 달리기 연습을 한 지 2년 만에 울산서 시각장애인 선수 4명이 출전하였다. 그 결과 금 1, 은 2, 동 1의 성적을 거두었다. 생활스포츠로 시작한 달리기가 이만큼 성장하다니 눈부신 발전이다.

이번 대회에 울산 시각장애인 참가자를 돕기 위해 울산마라톤클럽에서 많은 분이 자비를 들여가며 전주까지 와서 자원봉사를 해주셨다. 전국장애인체전에 성원을 보내주신 회원님들께 감사를 드리며 천 리 길을 오가며 봉사를 해주신 이태걸 회장님을 비롯하여 장녹수 장명희 님, 조나단 조정옥 님, 배광조 님, 김민주 님, 최삿갓 님의 노고와 성의에 깊은 감사를 드린다.

나는 이 대회를 통해 마라톤을 하면서 자만·교만의 결과는 코피 내지 창피란 걸 똑똑히 배웠다.

*T12: 시각장애 유형 육상종목에서, 약간 물체를 구별할 수 있을 정도의 그룹 등급 (T11-전맹, T12-준맹, T13-약시)

황당한 요구

한자자격 1급 합격(2004. 10. 18)

지난 5월 초, 어떤 사람을 자원봉사자로 소개받았다. 봉사자와의 만남이 꽤 빈번해졌고 각종 불편을 도와주는 것 외에도 인생을 논하고 삶을 논하기도 했다. 같이 드라이브도 하고 만나서 각자의 공부도 하고 서로 어느 정도 이해하게 되었다.

어느 날 봉사자는 느닷없이 나더러 한자자격시험에 응시해보라고 한다. 옆에서 지켜보니 한자에 조예가 있어 보인다나. 황당한 요구다. 작은 글씨는 읽을 수도 없고 한자를 손에서 놓은 지도 수십 년이 지났는데, 한문에 대한 관심이야 있지만 공부할 자신이 없어 난 할 수 없다고 했다.

봉사자는 어떻게든 도와줄 테니 자격시험공부를 시작하라고 강권했다. 그러고는 한자를 컴퓨터에 입력하여 보기 좋게 큰 글씨로 확대해주고 각종 자료를 작성하여 메일로 보내오기도 했다. 이때까지만 해도 나는 한자자격 검정제도가 무엇인지 몰랐다. 하지만, 제도를 알고 나니 도전해보고 싶은 마음이 생겼다.

이것 참 성격상 시작을 하면 끝을 봐야 하는 오기형인데, 시작하면 고생길로 접어들 것 같고 하고 싶은 공부이기도 하여 고심고심 하다가 도와준다는 사람이 있을 때 큰 맘 먹고 시작해보기로 했다.

14살 때 눈을 다치고 치료를 받는 기간 중 마냥 놀기가 시간이 아까워 종조부께 천자문 앞부분 일부를 배운 게 한자공부의 시작이고, 그 후 집에서 독수공방하던 시절 한자 낱자 2,000자를 익혀두었던 게 공부하는 데 밑천이 되었다. 새로운 영역에 뛰어드니 온통 정력이 한곳으로 쏠린다. 시간을 쪼개 써도 모자랄 지경이다. 하루해가 이렇게 짧을 수 있나, 물 만난 고기처럼 바쁘고 활기가 생겼다.

마라톤도 좋지만 두 가지 다 잘할 수 없구나. 일단 마라톤은 주머니 속에 집어넣는다. 협회사무실 일 외에 사적인 일은 거의 끊고 공부에만 매진했다. 잡념이 앞을 가로막아 집중력이 떨어지고 머리가 썩어서 돌아가지 않는다. 실컷 외워두면 자고 나면 잊어버리고 돌아앉으면 까먹고 예삿일이 아니다.

수개월 동안 형설의 공을 닦고 이윽고 응시를 결심했다. 원서접수를 하고 검정 시행기관인 대한검정회 울산지부에 가서 사정을 말했다. 시각장애가 심하니 문제지를 아주 크게 확대복사해줄 것과 시험 치는 시간을 넉넉히 달라고 부탁했다. 지부장은 "이런 경우라면 최대한 도와드려야지요." 하며 본사와 협의해서 도와주겠다고 한다.

시험급수는 8급에서 1급, 최고 사범급까지 있는데 나는 바로 1급에 도전했다. 1급은 한자 3,500자를 읽고 쓸 수 있는 능력과 한자와 관련된 고사성어, 숙어, 단어 활용, 단문해석 등 다양하게 묻는 150문항이다.

드디어 시험일이다. 열심히 준비한다고는 했지만, 준비기간이 짧아서 못내 꺼림칙하다. 고사장에 입실하니 불안하다. 시험이란 게 다 그런지 초조하고 긴장도 된다. 입사시험이나 수능고사도 아닌데 말이다.

시험지가 배부되고 내 문제지는 타인과 달리 복사에 재복사를 해서 글씨가 바둑알만 한 게 여러 장 묶여 놓인다. 이것도 돋보기로 한 글자, 한 글자씩 읽어 나가니 시간이 많이 소요된다.

일반인은 시험시간이 90분 주어졌는데 종료시각이 되니 모두 퇴장하고 결국 시험장엔 혼자 남아 시험지와 돋보기를 잡고 씨름을 했다. 시간이 길어지자 감독관도 짜증을 내는 눈치고 마음이 급해진다. 대강 미봉하고 답안지를 제출하니 무려 3시간이 걸렸다.

아이고~ 후려언하다. 4개월간의 속박에서 벗어났다. 감옥에서 출소하면 이런 기분일까? 봉사자는 시험을 치르는 3시간 동안 복도 창문을 통해, 또 밖으로 나가 바깥 창문을 통해 시험 치는 모습을 지켜보았다면서 너무 처절하여 가슴이 아프더라고 한다. 시험이 끝나고 우리는 정말 편한 마음으로 식당에 가서 삼겹살 구워놓고 시원하게 맥주도 한잔 기울였다.

한 달 후 합격자 발표일이다. 어림짐작으로는 합격권에는 들어갔지 싶어도 예상은 항상 빗나갈 수 있는 것. 무척 조바심이 난다. 오후에 울산지부장으로부터 "축하합니다. 좋은 성적으로 합격했습니다."라며 전화가 걸려왔다.

나는 말이 땅에 떨어지기도 전에 얼른 봉사자에게 낭보를 전했다. 우리는 기뻐서 환호를 질렀다. 나는 도와준 봉사자에게 고마움을 표했고 봉사자는 아낌없는 축하를 해줬다.

누가 언론에 알렸는지 방송 출연과 인터뷰 제의가 쇄도했고 동아일보 사회부 기자가 집에까지 찾아와 취재해갔으며, 〈여성조선〉 월간지에서도 나오고 완전 애드벌룬처럼 떠올랐다. 그리하여 우리의 밀애 사실은 세상에 다 까발라졌고, 해가 가기 전에 결혼하기로 했다. 한 사람의 자원봉사자가 잠자던 시각장애인을 세상 밖으로 불러냈다. 이래서 사랑은 위대하고 숭고한 것이다.

문제는 미루어 뒀던 마라톤이다. 마음은 기쁘고 더없이 가벼운데 달려보니 몸이 영 아니다. 달리기는 한 달만 쉬어도 원점으로 돌아간다는데 6개월이나 묵혀두었으니 몸이 제대로 움직여질 리 있겠나. 그래도 둔해진 몸을 이끌고 다시 운동장으로 향한다.

만추의 마라여행

2004년 진주마라톤(2004. 12. 12 2712 03:40:02 구청회 5회)

작년에 이어 올해도 전차수 교수님께서 진주대회에 초청해주셨다. 부산에서도 시각장애인 8명 정도가 마라톤을 시작해 즐긴다는 얘기를 듣고 교수님과 의논하여 올해는 부산에 있는 시각장애인 달림이들도 진주로 오게 하였다. 울산에서는 동료를 마라톤대회 참가와 늦가을 관광을 겸해주기로 하고 토요일 아침 일찌감치 출발했다.

우리는 하동 평사리 드라마 〈토지〉 세트장에 들렀다. 아직도 길상과 봉순의 사랑을 나누는 모습이 영화필름처럼 지나간다. 이어 화개장터를 구경하고 〈화계장터〉 노래도 한 곡조 부르고 쌍계사도 들렀다. 아직 만추의 정취에 잠긴 쌍계사는 울긋불긋한 단풍과 산새 소리, 독경 소리가 어우러져 신비롭다. 모처럼 하는 여행에 동료가 너무 즐거워하니 가슴이 뿌듯하다.

어둑어둑해서야 진주 경상대학교에 도착했다. 경상대학 마라톤클럽 회원님들의 안내를 받아 진주성 촉석루와 논개 사당 의암을 구경하며 즐거운 시간을 보냈다.

일요일 새벽. 봉사자들이 먼저 숙소로 찾아와 달콤한 새벽잠을 깨운다. 찹쌀밥이 근기가 있어 달리기하는 데 좋다며 특식으로 찹쌀밥을 준비해주었다. 우리는 찹쌀밥에 얼큰한 콩나물국으로 든든히 무장하고 대회장으로 향했다. 오늘 나의 파트너는 경상대학 마라톤클럽 구청회 회장님이시다. 구 회장님은 나와 기록이 비슷하여 호흡만 잘 맞추면 기록도 잘 나오고 뜻깊은 레이스가 될 듯하다.

12월의 진주 남강 물박물관 앞은 바람이 새콤새콤하다. 옷깃 사이로 파고드는 바람이 몸을 오그라지게 한다. 무대에선 식전 행사에서 시각장애인이 이번 대회에 많이 참가하였다고 응원의 박수도 요청하고 주로에서도 많이 격려해주라고 소개한다.

구 회장님은 성격이 인자하시고 자상하시다. 달리면서 여기는 진주서 제일 긴 다리인 진수교, 여기는 대평교인데 옛날부터 대평무가 유명했지, 여기는 언덕이 1.5㎞ 정도 하시며 주변 설명을 재미있고 자상하게 해주신다. 연세가 나보다 몇 살 위라서인지 마치 형님같이 다정하다.

그런데 30㎞를 지나면서 이 어른이 지치기 시작했다. 힘들긴 나도 마찬가진데 안내자가 먼저 지쳤으니 혹시 완주에 지장이 있을까 싶어 나는 애써 태연한 척하며 “구 회장님, 우리 이 지점이 이제 시작이라고 생각합시다”며 힘을 내자고 했다. 구 회장님은 특전대 출신이라며 절대

경상대학교
2711
2712

로 쓰러지지 않는다고 하시며 강인한 의지를 드러내 보이셨다. 속도는 조금 늦추었다.

35㎞에서 물을 먹고 몸을 좀 풀었다. 남은 거리는 7㎞인데, 1㎞ 정도 되는 진수교다리가 100리나 되는 것 같다. 39㎞ 제수문 수문으로 오르는 길은 마치 설악산 울산바위를 오르는 길같이 느껴진다. 후반 7㎞ 정도는 평소 같으면 40분 남짓이면 갈 수 있는 거리인데 한 시간이나 씨름하여 도달했다.

구 회장님은 안내를 잘못하여 기록도 안 좋고 고생까지 시켰다 하시며 시각장애인을 동반주 하는 게 아니라 오히려 도로 도움을 받은 마라톤이 되었다며 무척 미안해하신다. 구 회장님은 기록이 나보다 앞선 분인데 서로 다리 길이도 차이가 나고 내가 빨랐다가 늦었다가 하니 구 회장님 자신의 페이스를 잃었던 것. 동반주는 그만큼 힘든 것이다.

하지만, 구 회장님은 연세도 만만찮은 분이 그렇게 힘든 상황에서도 퍼지지 않으시고 끝까지 완주하는 강인함을 보이셨다. 그것이 특전대 정신 때문이었는지, 시각장애인을 끝까지 완주시켜야 한다는 사명감 때문이었는지 모르지만, 투혼을 발휘하는 모습이 감동적일 뿐이다. 구 회장님은 마라톤이란 이런 것이라는 걸 내게 가르쳐주셨다.

나는 다시금 마라톤의 진수를 배웠다. 깊어가는 가을 속에서 그렇게 마라여행을 마쳤다.

나도 장가간다

결혼(2005. 1. 8)

초로기에 접어들어서야 서로 마주 볼 수 있는 원앙을 만나 신세계를 향한 날갯짓을 한다. 작년 5월 2일 비 오는 일요일 이른 아침. 빗소리를 들으며 큰방에서 혼자 이리 뒤척 저리 뒤척거리는데 휴대전화에서 노래가 흐른다. '일요일 이른 시간에 누가 귀찮게 전화를 해?' 하며 받지 않았는데, 끈질기게 울려대니 시끄러워서 전화를 받았다.

전에 협회사무실에서 근무했던 직원이다. "회장님 맞선 한 번 보지 않을래요?" 한다. 맞선에는 이골이 나 있었지만, 일요일이라 마땅히 할 일도 없고 누가 됐든 만나 농담질이나 해보자는 생각에 따라나섰다.

내 나이 서른이 가까워지면서 나이가 늘어나는 만큼 부모님의 근심도 날로 깊어져 갔다. "저 애를 장가보내야 하는데 몸도 옳지 않고 가진 재산이 있나, 직장이 있나, 어느 년이 시집 오겠노?" 하시며 부모님의 시름은 자나깨나 깊어만 갔다.

나는 결혼에 대한 소망은 있었으나 스스로 자립할 수 없으면 절대 결혼을 하지 않겠다는 소신이 확고했다. 나이가 들어갈수록 장래에 대한 걱정이 커져만 갔다. 그렇다고 진로에 대한 방향을 조언하는 사람도 없고 지식도 없다.

당시만 해도 시각장애인으로서 할 수 있는 일이라고는 안마 역술밖에 없어 하는 수 없이 늦게나마 29살의 나이로 부산맹학교 고등부에 입학하여 안마, 물리치료 등 재활교육을 받았다.

피나는 노력 끝에 맹학교를 졸업하고 조그마한 사무실을 임대하여 지압물리치료원을 개원했는데 시작은 힘들었지만, 차츰 자리를 잡았다. 나도 이제 부모의 슬하를 떠나 홀로서기를 시작했다. 비장한 각오로 노력한 덕인지, 운이 좋아서인지 치료받은 사람들은 효과가 좋았고 입소문을 타고 찾아오는 환자들이 날로 늘어갔다. 그러던 중 치료 손님의 소개로 32세가 되어 처음으로 맞선을 봤다.

그전에도 맞선 얘기는 종종 있었으나 자신을 너무나 잘 알기에 엄두도 내지 않았는데 지금 정도면 한 가정을 이루어도 손색이 없겠다고 여겨졌기 때문에 선을 보러 나섰다.

이날 이후 맞선을 50차례 이상 봤다. 맞선에 들어간 비용을 모두 합하면 작은 전세방을 얻을 만할 정도다. 딱지·퇴짜를 맞을 때는 기분이 몹시 상했다. 그때마다 내가 못난 탓이라고 자위를 했지만 씁쓸한 마음은 가슴에 쌓여 갔다.

수십 차례 맞선을 보는 동안 찻값을 치르면서 얻은 것도 많다. 사람들이 흔히들 하는 말과 당면했을 때 표출되는 행동이 판이하다는 걸 실감했고, 내가 비록 못생기고 장애가 심한 것은 사실이지만 사회친화력이나 사고방식은 결코 뒤지거나 장애가 없다고 자부하는데, 정작 당사자가 된 경우 내실보다는 피상적 조건에 얽매이는 모습이 나도 극복할 수 없는 한계라는 걸 알았다. 속된 표현으로 평생 안락함보다 하루낮 깎이는 것이 평생 진로 결정에 그렇게 영향을 미칠 줄이야….

아마 나도 입장이 바뀌었으면 똑같은 사람이 되었을지 모른다. 찻잔을 더듬다가 떨어뜨리거나 다리를 헛디뎌 비틀거리면 속에 육조 벼슬이 들어 있다 해도 마음에 들 사람은 별로 없을 것이다. 보편적인 사람들은 외관을 중시하고 조건을 숭상하는 것이 인지상정인지 모른다.

마흔다섯이 넘어서면서부터는 결혼해야겠다는 마음을 접었다. 이전에는 새해 벽두만 되면 올해 사업목표 1순위를 결혼으로 세웠는데, 이제 마음을 비우기로 했다. 그토록 갈망하시던 아버지도 한을 품고 돌아가시고, 엄마는 오매불망 걱정하시며 "내가 죽어 니 아버지를 만나면 윤동이 장가보내고 왔느냐고 물으면 뭐라고 말할꼬" 하시며 압박했으나 나도 불가항력이었다. 지금부터는 중매가 들어오면 사심 없이 대화상대로 만나기로 했다. 결국, 엄마도 이 못난 아들을 가슴에 묻고 떠나시고 말았다.

그런데 아침 일찍 협회사무실 전 직원이 "나이 많은 처녀가 있는데 어디 봉사활동 할 데 없느냐고 묻기에 나이 많은 총각 한 사람이 봉사자를 구하더라고 했더니 그 처녀가 만나보겠다고 합니다."라고 했다. 그러니까 자원봉사자든 맞선이든 부담 없이 만나보자고 하며 나를 데리고 나섰다.

우리는 6개월을 교제하며 서로의 이상과 눈높이를 맞추었다. 그 사람은 말수가 적었으며 된장을 좋아하고 공부하기를 좋아했다. 약간 질박한 면이 세련미는 적었으나 변함이 없는 성격이었다.

특히 장애에 대한 편견이 덜했고 "나도 눈 뜬 봉사다. 보이는 것보다 안 보이는 것이 더 많다."고 했다. 그러고는 언제든지 눈이 필요하면 당신의 눈이 되어줄 수 있다고 했다.

그리고 음력으로 해가 바뀌기 전, 설 대목 아래 문수컨벤션에서 가약을 맺었다. 부모님의 염원이었고 형제자매들의 숙원이었으며 나의 소망이었던 일이 이루어졌다. 부모님께서 살아 계셨으면 얼마나 더 좋았을까? 혼주 석에는 숙부님과 숙모님이 자리를 채워주셨다. 한없이 기뻐야 할 결혼식인데 마음 한구석이 허전하고 가슴이 에인다.

하객들의 열기는 뜨겁다. 특히 울마클 57 꼬꼬모임 친구들이 모여

"이윤동, 이윤동, 이윤동 힘!"이라 하며 우리가 평소 제창하는 연호 3창 구호를 외쳤는데 분위기 고조에 단연 백미라 할 수 있었다.

포기했던 결혼이었는데 나는 크나큰 선물을 받았다. 나는 이제 혼자가 아니다. 이제 어른이 되었으니 어른답게 살아야지. 매사에 혼자만의 틀에 맞춰 살았는데 모든 부분에서 상대를 먼저 생각해야 한다. 그리고 주변에서 많은 분이 성원하시는 만큼 모범이 되고 성실하게 잘 살아야겠다.

외롭지 않은 꼴찌의 웨딩주

새해맞이 진주 하프마라톤대회(2005. 1. 9 3:15:50 정성한)

우리는 인생의 새 출발을 마라톤으로 시작하기로 했다. 1월 9일에는 거제마라톤과 진주마라톤이 있었는데, 마라톤을 처음 접하는 50대 새색시에게는 거제코스가 너무 힘들 것 같아 새해맞이 진주하프대회에 참가신청을 했다.

1월 8일 결혼식을 마치고 피로연이 끝난 시간은 오후 9시. 집에 와서 저녁을 먹고 가족들과 노래방에 갔다 오니 밤 11시다. 시계 알람을 오전 6시에 맞춰놓고 지친 몸을 자리에 뉘었다. 그렇게 초야를 보냈다

1월 9일 아침 6시, 무심한 알람은 울려대는데 몸이 말을 듣지 않아 한참을 뒤척거리다가 떠날 시간이 임박하여 헐레벌떡 허둥거리며 진주로 달려간다. 일어나기 어려워 자리에서 너무 미적거렸는지 아침밥도

못 먹고 휴게소에 들를 시간도 없이 달렸건만 마라톤 출발 40분 전에야 대회장인 진주 물박물관 앞에 도착했다. 급하게 번호표를 받아 달고 나니 안도가 된다.

진주의 아침 기온은 영하 7도에 바람까지 불어 체감 기온은 영하 10도가 훨씬 넘는다. 몹시 춥다. 하지만, 각시가 달아주는 번호표를 달고 동반주 할 것을 생각하니 추위는 아랑곳없이 빨리 출발하고 싶다. 대회 신청을 하고 진주에 연락해놓았는데 경상대학 마라톤클럽 회원인 정성한 선생님께서 동반주 하기 위해 찾아와서 반가이 맞아주신다.

오늘의 목표는 완주! 오전 11시, 출발신호가 울리고 수많은 건각 사이에 휩싸여 새로운 인생의 첫 출발인 웨딩주가 시작되었다.

출발 5㎞까지 7~8명의 꼴찌 그룹이 도토리 키 재기를 하다가 어느새 바로 뒤에 앰뷸런스가 따르고 있었다. 각시는 벌써 힘들어한다. 경상대학 마라톤클럽 정성한 선생님께서 함께해주셨고 앞서 가던 같은 클럽의 도현주 님이 합세하여 4명이 꼴찌 그룹을 형성하여 회수차가 오든 말든 배짱주가 시작되었다. 앞서 가는 주자들은 이미 시야에서 사라져 보이지 않는 상태다.

8㎞를 지나면서 걷기대회가 시작됐다. 천천히 뛰다 걷다 보니 시간은 흘러가고, 각시는 힘들어하는데 날씨는 왜 이리 추운지 동반주자와 정담을 나누어보지만, 입이 얼어 말이 잘 안 되고 손도 뻣뻣하다. 주로에 놓인 바나나를 집어 드니 살살 얼어 아이스크림 같네.

우리는 "이런 모진 길을 헤쳐 이기고 골인하면 안락한 휴식과 완주 성공의 기쁨이 있듯이 인생의 고난과 고통을 지금처럼 헤쳐나간다면 희망찬 내일이 있을 거다, 그자?" 하고 얘기를 나누며 한 걸음 한 걸음 앞으로 나아갔다.

표지판은 어느덧 13㎞다. 몰아치는 가시바람을 맞으며 각시는 오른쪽 다리를 절룩거린다. "좀 업어줄까?" 하니 안 한다고 하네. 사실 업고는 몇 발자국밖에 못 가겠지만 강한 척 큰소리 한번 쳐봤다.

회수차를 타자고 하니 각시는 비록 하프지만 42㎞를 달리는 게 얼마나 힘든지 겪어봐야겠다며 타지 않겠다고 한다. 주로의 거리표지는 시간이 지날수록 1㎞, 1㎞가 점점 사이가 멀게 느껴진다. 주로 급수대에는 아직 물봉사하는 학생들이 철수하지 않고 '오빠 힘내세요. 우리가 있잖아요'라는 노래를 부르며 꼴찌에게 응원해준다.

시간이 길어질수록 주로 통제요원과 물봉사 학생들 보기에 미안하기 짝이 없다. 차라리 철수하고 없으면 더 마음 편히 갈 수 있겠는데, 우리 때문에 한파 속에 저리 고생하는 걸 아는 터이니 회수차를 당장 타고 싶지만, 차를 타면 인생의 첫 웨딩주가 실패주가 될 것이어서 마음이 부담스럽다.

17㎞를 지나면서 주로 통제가 해제되었다. 그러나 행사진행 차량 한 대가 뒤를 따르며 한 차선을 확보해주면서 "완주하세요!"라고 위로를 해준다. 주최 측의 배려가 너무나 고맙다. 주로 통제가 풀리니 그나마 마음이 좀 편하다. 천신만고 끝에 결승점 100m 전, 본부석 확성기에서 "지금 마지막 주자가 들어오고 있습니다."라는 멘트가 흘러나온다. 각시는 마지막 남은 힘을 아낌없이 쏟아낸다.

아무도 지켜보지 않는 관중 없는 결승점. 그래도 누구신지 몰라도 두 분이서 테이프를 들고 우리를 반겼다. 보통은 일등주자만 테이프 커팅을 하게 해주는데 꼴찌에게 결승 테이프를 설치해주다니. 감격스럽고 영광스럽다. 마지막 한 걸음, 벅찬 가슴으로 테이프를 힘껏 밀어젖혔다. 본부석에서는 "수고하셨습니다. 이것으로 제2회 새해맞이 진양호마라톤을 마칩니다."라고 방송했다.

그런데 결승점에는 이미 많은 부스가 철거되었고 기록측정 피니시 매트도 철거된 상태였다. 꼴찌의 선물은 황량함이었다. 기록은 3시간 20분이다. 평생토록 잊을 수 없는 우리의 웨딩주는 이렇게 막을 내렸다. 나는 두 번 다시 세울 수 없는 뒤에서 1등 각시 덕택에 꼴찌의 희열을 맛볼 수 있었다.

웨딩주 마라톤은 우리에게 많은 교훈을 남겨주었다. 출발의 기대와 설렘은 잠시 고된 과정을 겪어야 했고 격려와 협력으로 고통을 극복하고 최선을 다했을 때 고진감래의 즐거움과 꼴찌도 자랑스럽다는 것 그리고 함께하면 더 큰 보람이 있다는 것도 터득했다.

오늘 주최 측의 특별한 배려와 동반주를 해주신 정승한 선생님, 경상대학 마라톤클럽회원님의 도움으로 잊을 수 없는 추억을 만들게 된 것을 가슴 깊이 새긴다.

점심을 먹고 우리는 지리산으로 향했다. 피로에 지친 각시는 도저히 운전할 수 없어 길가에 차를 세우고 잠시 피로감을 달랬다. 어둑어둑해서야 지리산 온천에 신방을 차렸지만, 각시는 기진맥진 초주검이 되어 있어 한참 동안 안마를 해주고는 그대로 꿈나라 여행을 떠났다.

배움으로의 열망

졸업(2005. 2. 14)

초등학교 시절, 칠판의 글씨가 안 보이고 사시 증세가 심했다. 한참 세월이 지난 후에 알게 되었는데 망막색소변성증이었다. 나는 중학교를 시험 쳐서 입학한 마지막 세대로, 6 대 1의 경쟁을 뚫고 중학교에 입학했다. 1학년을 3개월 정도 다니던 중 사고로 한쪽 눈을 다쳤다.

이 일이 나의 인생 나침반을 돌려놓을 줄이야…. 2년을 병원에 쫓아다니며 치료했으나 잃어버린 빛은 다시 찾을 수 없었다. 복 없는 놈은 뒤로 자빠져도 코가 깨진다더니 하필이면 두 눈 중 잘 보이는 쪽을 다쳐 모든 생활 활동이 안방 장군 신세가 되었다.

날이 갈수록 친구들은 고등학교 간다, 취업했다 하는데 나는 점점 작아져 가는 느낌이고 희망 없는 세월만 흘러갔다. 엄마는 입버릇처럼 "내가 무슨 죄가 커서 너 같은 아들을 낳았는지. 내가 죽고 나면 너는 의지할 데 없는 천덕꾸러기가 될 낀데 차라리 내 앞에 죽으면 내가 잊었뿌고 눈을 감겠는데"라고 하시며 시름이 깊어져 갔다.

그야말로 나는 우리 집의 골칫덩어리였다. 그러다가 '세상에서 내가 할 수 있는 일은 밥을 죽이는 일 이외엔 아무것도 없다. 부모님에겐 평생 근심거리요, 형제들에겐 앞으로 부담거리가 될 텐데 내가 죽고 나면 우리 집이 더 행복해질 것'이란 생각에 이르자 나는 연필과 백지를 집어 들었다. 얼마나 눈물이 흐르던지 남기는 글을 쓰던 종이를 몇 번이나 갈았다. 그러고는 뒷동산에 올라가 높은 밭두둑 아래에 자리를 잡았다. 흐르는 눈물은 그치지 않고 턱을 타고 뚝뚝 떨어졌다. 그래도 사랑하는 나의 애견 '메리'가 따라와 나를 지켜주어 위로가 되었다. 메리는 계속 내 주변을 돌며 낑낑거리다가 약봉지를 물고는 어디다 던졌는지 찾을 수 없었다.

용기가 없었던 탓일까? 어리석은 행동은 이후로는 두 번 다시 하지 않았다. 황금 같은 인생의 청춘기를 암흑기로 보냈다.

무료한 시간을 그냥 허송세월하기 아까워서 다시 공부를 시작했다. 교육방송을 듣거나 밤에는 여동생에게 책을 읽어달라고 하며 열심히 공부했다. 공부가 취미가 되고 일거리가 되니 목표가 생기고 목표가 설정되니 삶에 생기가 돌았다. 그러고는 중졸, 고졸 검정고시를 패스하고 낙농업을 꿈꾸며 방송통신대학 농학과에 입학했다. 하지만, 소 키우는 일도 여의치 않았다.

궁여지책으로 묘안을 내어 당시 시각장애인의 직업으로 선택의 여지가 없었던 안마 지압을 배우기 위해 29살의 나이에 부산맹학교 고등부에 입학했다. 3년 동안 각고의 노력으로 재활교육을 마치고 조그마한 지압물리치료원을 개원했는데 운이 좋았는지 날로 번성하였다. 이제 직업재활과 경제적 자립을 이루었다. 그러고는 마음에 여유가 생겨 시각장애인들의 사회에 참여하여 시각장애인으로서의 역할을 담당하며 새로운 이상으로 사회에 적응했다.

그리고 사회활동을 하면서 가방끈이 짧아 부족한 부분을 채울 겸 그동안 숙제로 남겨두었던 하고 싶었던 공부를 계속하기 위해 사회복지학을 전공하여 사회복지사 자격을 취득했다. 그리고 울산대학교 지역개발학과를 전공하여 드디어 오늘 영광스럽게 사각모를 쓰게 되었다.

남들은 다 가졌지만, 형편상 가질 수 없어 가지지 못하면 안타깝고 가져보고 싶은 마음은 배가 된다. 스스로 힘으로 하고 싶었던 공부를 하고 나니 영광스럽고 기쁨과 자부심이 한량없다.

그렇다. 장애인의 운명이 되어 실의와 절망 속에 모질게도 고통을 받았고 피나는 노력으로 수렁에서 빠져나와 사각모를 쓰기까지 인생역정이 굴곡과 수난의 역사였다. 굳은 땅에 물이 고이듯 이젠 다져온 삶의 터전 위에 나무도 심고 꽃도 가꾸며 어떤 폭풍우에도 쓰러지지 않는 새로운 세상을 만들어야겠다.

취미로 시작한 마라톤도 내 생활에 너무 유익하다. 고통을 견디면서 의지와 자신감을 기르고 무엇보다 노력한 만큼 거두는 성과가 정직해서 나 자신을 다스리는 데 아주 좋은 운동이다. 요즘 운동도, 하는 일도 너무 잘 나가는데 과속으로 다치지 않을까 염려스럽다. 항상 반성하고 근신하고 자숙하는 마음을 잊지 말자.

마 교주의 성화

2005 서울 동아국제마라톤(2005. 3. 13 12556 03:29:09 이태걸 7회)

동아마라톤대회에 신청은 해놓았지만 한자능력 검정시험을 치른다고 연습을 제대로 하지 못해 신경이 쓰인다. 그래도 5월에 100㎞ 울트라마라톤을 신청해놓은 터라 이번 대회는 연습을 곁들인 중요한 대회다. 이 대회에서는 3시간 30분 안에 들면 B그룹에서 뛸 수 있는데, 작년처럼 올해도 B그룹에는 들어갈 기록을 세워야겠다는 욕심에 최근 들어 며칠 바짝 연습했다.

등급을 정하고 순위를 정하는 것은 경쟁을 유발하는 좋은 당근이다. 경쟁이 있어야 경쟁심을 촉발하고 승부근성을 자극하는 촉매제가 되어 향상이 있는 계기가 된다.

이번에도 끈을 잡아주는 사람은 이태걸 회장님이시다. 사실 마라톤 마니아라면 누구나 서울 동아마라톤대회를 가장 선호한다. 코스로 보나 기후 조건을 보나 기록달성의 기회로 삼기 때문이다. 그래서 어지간해서는 동반주 봉사를 원치 않는 대회인데, 이태걸 회장님은 개인적인 욕구를 접어놓고 항상 나를 위해 자원봉사를 택하시니 고마운 마음 한량없다.

오늘도 예년처럼 구름같이 모인 건각들 틈바구니에서 레이스가 시작되었다. 시청, 남대문, 동대문 앞을 돌아 넓디넓은 서울 한복판을 활주하니 마치 넓은 광야에서 말을 타고 달리는 기분이다.

마음을 모질게 먹어서인지 걱정한 것보다는 몸이 가볍게 잘 나간다. 여러 사람을 앞지르고 앞의 또 한 사람을 추월하는데 우리더러 몇 분대 페이스냐고 묻는다. 이 회장님이 "3시간 반을 예상하는데 같이 갑시다. 시각장애인보다 늦어서야 되겠나?" 하니 그 사람 말이 나도 좀 뛰는 놈인데 안 보이는 사람보다 늦으니 달리기 그만두든지 더 열심히 훈련하든지 해야겠다고 하며 따라온다.

사실 나 자신을 위하고 시각장애인 동료와 즐기기 위해 마라톤을 하는데 내 모습이 비장애인에게도 자극제가 될 줄이야. 달리기를 계속해야 하는 이유를 한 가지 더 발견했다. 다른 주자들과 이런저런 얘기를 나누며 달리다 보니 잠실대교를 건너 30km를 지나간다. 이때부터 아랫도리에 힘이 빠지고 머리는 어질어질하면서 속도가 떨어진다. 연습부족 증세가 나타나기 시작한다. 옆에는 많은 주자가 나를 추월해 지나갔다.

나는 기록이고, B그룹에 드는 거고 아무 생각도 없어 그저 머릿속엔 걷고 싶은 생각밖에 없는데 이 회장님은 그래도 천천히 가다 보면 다시 힘이 생긴다며 격려해준다.

마 교주께서는 38㎞를 지나자 남은 시간을 계산해보고는 ㎞당 5분에 뛰면 B그룹에 들어갈 수 있다며 힘 좀 내라고 독촉한다. 남은 거리 4㎞ B그룹에 현혹되어 욕심을 냈다. 몸은 말을 안 들어도 그냥 다리를 앞으로 내던졌다.

이제 1㎞ 남았다. 이 회장님은 연방 시계를 보며 30분 채우기가 위태롭다며 마구 밀어붙였다. 우리는 운동장 입구의 응원과 박수를 위안 삼아 온 힘을 다하여 운동장으로 뛰어들었다. 이 회장님은 29분대 아슬아슬하다며 목표달성을 했다고 무척 기뻐하셨다. 우리는 결승점에서 서로 부둥켜안고 승리의 감격을 만끽했다.

근데 오늘은 내 실력으로 달리지 않았다. 무엇이 나를 달리게 했을까? 교주님의 성화와 격려 그리고 B그룹에 들기 위한 자존심과 경쟁심리가 내 의지를 발동시켰나 보다. 우리가 살아가는 데 선의의 경쟁은 동기 촉진에 중요한 요소가 되는가 싶다.

이제 나도 울트라맨

제3회 호미곶 월광 소나타 100(2005. 5. 22 1424 14:12:50 이태걸·성종경)

호미곶으로 가는 길은 사형수가 형장으로 가는 심정처럼 엄숙하고도 숙연하다. 주변의 권유에다 짧은 경력의 오만함으로 멋도 모르고 울트라 마라톤에 덜렁 참가신청을 했다. 내가 아는 울트라는 고수들이 도전하는 마라톤으로 알고 있었고 도전을 하려면 피나는 노력과 철저한 준비가 필요했다. 그런데도 부추김에 동요되고 무지한 욕구에 고무되어 신청은 해놓고도 나의 울트라행 프로그램은 형편없었다.

시험공부 한답시고 몸을 오래도록 놀렸고, 협회 업무로 연습도 제대로 하지 못하고, 장애인체전 한다고 빼먹고, 낮에는 뜨겁다고 쉬는 등등 날이 갈수록 늘어나는 건 실력이 아니라 근심 걱정이다.

하지만, 아내는 든든한 훈련 파트너였다. 한 주에 한두 번씩 한적한 곳으로 데리고 가서 달리게 하고는 뒤에서 전조등을 비추고 따라오며 훈련을 도왔다. 한번은 연습을 게을리한다고 차를 태워 한적한 곳에 내려놓고는 2시간 후에 오겠다며 가버렸다.

그러니 연습을 안 할 수도 없었다. 혼자서 얼마나 달렸을까. 열나게 달리고 있는데 뒤에서 경적이 다급히 울렸다. 그때 나는 중앙선을 넘어 달리고 있었고 마주 오는 차와 서로 달려들고 있었던 것이다. 나는 급히 길가 쪽으로 몸을 날렸다. 내려주고 가버린 줄 알았던 아내가 뒤따르며 호위하고 있었던 것이다. 아내가 고마웠다.

서바이벌 울트라 마라톤은 100㎞를 달릴 동안 급수나 간식 등 남의 조력을 절대 받아서는 안 된다. 자기의 먹을 것, 소지품을 배낭에 메고 달려야 한다. 맨몸으로 달리는 것도 힘든데 배낭까지 메고 달려야 하니 더욱 힘든 마라톤이다.

대회를 앞두고 배낭을 하나 구입하여 짐을 채워 반딧불을 달고 훈련했다. 배낭을 짊어져도 처음 10㎞ 정도까지는 견딜 만했으나 갈수록 거치적거리고 무거워 온다. 이놈을 지고 100㎞를 가려면 많은 적응 훈련이 필요할 것 같다.

이번 대회는 꼬꼬들도 여러 명 참가하고 울마클 회원들도 약 20명 참가하는데 도전할 좋은 기회다 싶어 바람에 휩쓸려 신청했지만 하필 이면 바쁜 일이 겹친 시기에 출전하게 되어 마음에 부담이 크다.

무슨 큰일이나 된다고 울산 KBS-TV에서 내가 달리는 100㎞ 전 구간을 취재하고, 장애인총연합회 장애인체육관에서도 포항까지 응원 나온다고 한다. 여기저기서 관심을 가져주는데 개망신이나 안 당할지 겁이 난다.

오후 3시, 울트라행 관광버스에 올랐다. 목적지로 가는 길에 호미곶 울트라대회 50㎞ 지점부터 골인 지점까지 버스가 지나간다. 이 대회를 먼저 완주해본 선배들의 주로 설명을 듣는데 장난이 아니었다. 길이 어찌 그리 멀고 험한지 계속 오르막과 내리막이 이어진다. 시작도 하기 전에 주눅이 들고 기가 막힌다. 내 몸에 갑자기 무슨 이상이 생겨 참가하지 못했으면 하는 생각마저 든다.

현장에 도착하니 KBS 취재단, 장애인총연합회 회장단, 장애인 체육관장이 먼저 도착하여 맞이한다. 카메라는 이것저것 스케치하고 응원단은 좋은 말을 많이 해주며 격려한다. 장애인총연합회 회장은 “이윤동 회장은 혼자 몸이 아니고 지켜보는 사람이 많으니 잘해야 한다.”고 격려 같은 엄포도 놓았다.

오후 7시, 출발을 알리는 폭죽 소리는 호미곶 하늘을 흔들었고 운명의 레이스는 시작되었다. 오늘의 동반주자는 나를 제일 강하게 포항으로 내몬 이태걸 회장님과 경남은행 신울산지점장 꼬꼬모임 노루 성종경이다.

이 코스는 교통 통제가 없는 야간 달리기이므로 위험해서 양쪽에서 잡고 달리기로 했다. 오른손에는 마 교주, 왼손에는 성노루가 끈으로 단단히 묶고 석양을 가슴에 안고 국방위원장, 선봉대, 지서장, 장기생 형님의 응원에 용기 백출하여 앞으로 나아갔다.

10㎞를 달렸을까? 어둠이 내리는 포구마을을 돌아가는데 아내가 여동생을 태우고 나타났다. 일이 있어 좀 늦게 출발했다며 스타트 장면을 보지 못해 미안하다고 한다. 그런데 훈련 거리를 30㎞ 이상 넘겨보지 못한 탓인지 30㎞ 지점부터 다리가 무거워진다. 마 교주와 성노루는 풀코스를 달릴 수 있으면 100㎞도 조금 늦춰서 뛰면 충분히 달릴 수 있다고 세뇌시켰는데 벌써 몸 상태가 이상하다.

출발부터 줄곧 같이해오던 최병기 꼬꼬도 35㎞ 지점에서 날 뿌리치고 내빼고 만다. 28㎞ 지점부터는 언덕길이다. 캄캄하게 안 보이는 길, 감도 잡을 수 없는 가파른 고개가 아무리 올라가도 끝이 없다. '보통 오르막길은 길어야 3㎞면 끝나는데 뭐 이런 길이 다 있노.' 욕이 튀어나온다. 진전령 넘기가 어려울 거라고 하더니 1시간을 올라도 아직 오르막이다. 10여 ㎞ 고갯길을 오르니 정상이란다. 벌써 초주검에 그로기 상태다.

마 교주와 성노루는 퍼지면 안 된다고 푹 쉬고 가자고 한다. 퍼질러 앉으니 와 이래 편하노. 가기 싫어진다. 호강스런 마음도 잠시, 갈 길이 천 리인데 마음에 초조증이 생겨 얼마 못 쉬고 출발하기로 했다. 앞으로 10㎞는 내리막길이라 거저먹는다. 다리에 힘이 빠지니 내리막도 힘이 든다. 게다가 속도가 자꾸 느려지니 마 교주는 너무 늦다고 앞에서 손을 끌고, 성종경은 너무 빠르다고 뒤에서 팔을 잡고 늘어지고. 아이고 죽겠네. 50㎞ 지점이 되자 거의 탈진상태가 되어간다. 걷는 시간도 차츰 늘어간다. 5㎞마다 스트레칭을 하고 쓰러져 앉기를 거듭하며 남은 거리를 손꼽았다.

아내는 동생과 함께 앞서거니 뒤서거니 하며 응원을 하면서 주변 상황을 중계방송 한다. 벌써 포기하고 차를 타고 떠난 사람이 속출하고 있다며 중계방송을 해준다. 듣기에 남의 일인가 싶잖다. 언제 내 앞에 닥칠지 모를 일이다. 55㎞ 지점에서 아내가 건네주는 물을 받아 마셨다고 심판에게 발각되어 경고도 하나 먹었다. 두 번 경고를 먹으면 탈락이다.

새벽 2시, 60㎞ 지점 중간 체크포인트 지점에 도착하니 야식을 나눠준다. 주로에서 달릴 땐 앞에도 뒤에도 주자가 없더니 여기에는 많은 사람이 모여 있다. 전복 없는 전복죽 두 공기를 먹어치우고 잠시 몸을 뉘었다. 성노루가 가자고 깝죽거려대는데 일어날 수가 없다. 다른 주자들도 여기저기 많이들 널브러져 있다.

적막한 산속 길 야심한 밤길을 가노라니 내가 달리면 메아리도 달리고 숨소리까지 메아리친다. 풀벌레 소리와 이상한 새 소리에 어디서 구미호라도 출몰할 것 같다. 조금 가다가 쉬고, 조금 걷고는 드러눕고 쉬는 간격이 점점 좁아진다. 마 교주는 늦장가 가더니 무리했는지 달리기도 못한다고 계속 구박이다. 75㎞ 지점이다. 팔도 몸뚱이도 다 떼어놓고 가고 싶다. 다리는 움직여지지 않고 다리가 붙은 궁둥이 부위는 아프다가 감각마저 없어졌다.

누워서 쉬면 마 교주는 "그러니 색시가 좋아도 대회를 앞두고 무리를 안 해야지" 하고 놀리면서 성노루와 번갈아 가며 마사지를 해준다. 카메라는 계속 따르며 드러눕고 고통스러워하는 장면을 골라가며 비춰댄다.

80㎞ 지점, 동녘이 밝아오고 햇살이 뻗친다. 밤을 꼬박 새워 달려왔다. 휴게소가 있다. 의자에 편히 기대어 앉아 컵라면과 얼음과자 하나 먹고 있노라니 두꺼비 신상열 님이 "뒤에 천천히 오세이"라고 하며 싹 지나간다. 여름이 박옥선 회원도 지나갔다. 이분들은 풀코스에선 나보다 한 수

아래였는데 어째 장거리는 나보다 잘 달릴까? 지구력이 대단하다.

출발하기 전에는 레이스 계획도 세우고 경쟁자도 염두에 두며 작전을 세웠는데 지금은 작전이고 뭐고 완주만 해도 감사할 일이다. 구룡포 시가지를 통과한다. 바닷가엔 배들이 정박해 있고 고기를 실은 트럭들이 분주히 오간다. 여기는 구경꾼이 있는 시내라서 걸을 수도 없고 억지로 늠름한 체하며 달린다.

90㎞ 지점, 지칠 대로 지친 몸뚱이에 태양 볕이 더 못살게 군다. 고지가 바로 저긴데 여기서 멈출 수도 없고 만약 여기가 70㎞ 지점이라면 차를 탔을 것이다. 연거푸 물만 축여댄다.

악전고투 마 교주, 성노루가 풍차가 보인다고 외쳤다. 거기는 호미곶

손 형상이 있는 곳, 골인 지점이 아닌가. 발바닥과 다리는 무감각이지만 100㎞ 길을 다 왔다는 대견함과 안도감에 다리가 나도 모르게 움직여졌는지 하여튼 출발지점 그 자리로 다시 왔다. 목마른 나그네가 옹달샘을 만난 것보다 반갑다. 얼마나 그렸던가, 이 자리. 골인 지점에는 빨간 주단을 길게 깔아놓았다. 그 위를 사뿐사뿐 날았다.

14시간 13분. 지옥의 행진은 막을 내리고 머리에 월계관이 씌워진다. 힘들었던 순간들을 어떤 언어로 표현할 수 있을까? 하지만, 이 순간의 희열을 위하여 그 큰 고통을 감내한 것이다. 나도 이제 울트라맨의 전당에 올랐다.

나의 이번 승리는 무엇보다 훈련에서부터 100㎞ 전 구간을 애타게 지켜보며 뒷수발과 응원으로 정성을 기울인 아내의 공이라고 해도 과언이 아니다. 밤새도록 응원을 해준 여동생의 성의도 힘을 보태줬고, 힘들 때마다 게릴라처럼 나타나 힘을 주었던 울마클 회원님들의 응원이 큰 도움이 되었다.

100㎞를 하라고 부추기고 동기부여를 하고 출발에서 골인까지 한순간도 놓치지 않고 완주할 수 있도록 양손을 잡고 길 안내를 해준 마교주님과 성노루에게 깊은 감사를 드린다.

아~ 사람의 한계는 어디일까? 또 어떤 일에 도전해볼까? 멈추면 막히고 막히면 썩는데 말이다. 오늘의 경험이 내 인생행로에 새로운 지평이 되었으면 한다. 골병든 몸은 고달프지만 마음은 가볍구나. 머릿속엔 달빛 어린 250리 주로가 굽이굽이 주마등처럼 지나간다. 정녕 마라톤은 고통을 즐기는 스포츠인가.

대단한 나의 재발견

제5회 이순신장군배 통영마라톤대회(2005. 12. 4 남의배번 03:39:06 이태걸)

12월 12일, 대전-통영 간 고속도로 개통을 앞두고 개통 기념으로 고속도로에서 마라톤대회가 열린단다. 평생 한 번밖에 달려볼 수 없는 좋은 기회지만 바로 한 주 전에 대회에 참가했으므로 두 주 연달아 뛸 수는 없어 이 대회는 참가신청을 하지 않았다. 그런데 이태걸 회장님이 불참자 배번이 있으니 같이 달려보자고 한다.

마라톤을 어떻게 매주 할 수 있노, 마라톤 선수들 얘기를 들으니 마라톤 한 번 하고 나면 회복기간을 3개월 이상 가진다고 하는데, 지금 한 달에 한 번꼴로 뛰면 몸이 상하지나 않을까 걱정이다.

그래서 "난 안 할랍니다. 연속으로는 못합니다."라고 했다. 마 교주는 "괜찮다 마, 천천히 뛰면 5시간 안에는 들어간다"고 하며 뛰기를 종용했다. 정말 그럴까? 큰 맘 먹고 따라나섰다. 연속 풀 도전 내게는 새로운 모험이다.

이 대회는 그다음 주 개통을 앞둔 고속도로를 달리는 만큼 처음이자 마지막이 되는 대회다. 그래서 추억 만들기를 하려는 달림이들이 구름처럼 모였다. 길을 닦아서 처음 개방인데 시멘트 바닥이 하얗고 깨끗한 게 반짝반짝 새것이다.

난 지난주에 진주마라톤을 달렸기에 아직 피로가 풀리지 않아 못 뛸 거로 생각하고 조심해서 천천히 뛰었다. 아직은 텅 빈 요금소 문을 통과했다. 잘 닦여진 고속도로 대로를 자유롭게 밟고 달린다는 게 여간 기분 좋은 일이 아니다. 터널 속을 통과할 때는 울리는 메아리 공명에 매료되어 다들 고래고래 소리를 질러댔다.

나는 고속도로 차도를 마음껏 활보해 본다. 마라톤을 하지 않았다면 이렇게 좋은 길을 달려볼 수가 있었을까? 마라토너의 특권을 실컷 누려보자. 나는 달리다가 길바닥도 손으로 만져보고 새 길을 몸으로 마음껏 느꼈다. 통영의 겨울바람은 제법 매섭다. 스치는 바람 소리는 옆 사람과 대화가 불편할 정도이다.

출발해서 15㎞까지는 힘도 들고 바람을 안고 달려가니 짐수레를 미는 것 같이 힘들어 완주를 걱정했는데, 시간이 지날수록 몸도 가벼워지고 반환점을 돌아서는 순간부터 등바람을 타니 수월하게 달려진다. 또 길이 좋아서 노면에 전혀 신경을 안 쓰고 달리니 달려도 힘이 덜 든다. 그래서 지난주 피로가 남아 있음에도 3시간 38분이라는 좋은 기록으로 완주했다.

매주 뛰어다니는 몇몇 회원들을 보고 저렇게 연속으로 마라톤 하면 몸을 다 망치는 게 아닌가 걱정했는데, 나도 2주일 연속으로 달려도 끄떡없네. 그것도 좋은 기록으로 말이다. 신기하다. 내 몸이 강한 건가 아니면 누구나 할 수 있다는 것인가? 매주 마라톤 하는 사람들을 철인이라고 부러워했는데 이제 나도 할 수 있을 것 같다. 해보지도 않고 지레 겁먹고 포기하는 것은 바보 같은 짓이다.

결혼 1주년의 행진

여수 엑스포국제마라톤(2006. 1. 8 7362 4:13:27 이태걸 10회)

마라톤을 시작한 지 오늘로 벌써 10회째 도전하는 날이다. 마라톤의 '마'자도 몰랐고 더더욱 엄두도 못 냈던 마라톤을 내가 10회에 도전하다니 감회가 새롭다. 그리고 오늘은 결혼 1주년 되는 날이다. 그간 나름대로 인생을 경영했고 열심히 살았다. 그래서 여행도 할 겸 작년 신혼여행 때 들렀던 여수 친구 집에 가서 하루 묵고 마라톤도 하기로 했다. 대회 하루 앞서 여수 친구 집에 가서 지난날을 얘기하기도 하며 즐거운 밤을 보냈다.

대회일이다. 울산서 출발했더라면 꼭두새벽부터 설쳐야 했지만, 대회장이 코앞이니 아침 느지막이 나갔다. 울산에서도 우리 울마클 회원님들이 여러 명 내려왔다.

오늘은 아내도 하프마라톤에 출전한다. 작년 웨딩주에서 큰 욕을 봤는데 마라톤 하는 신랑을 만나 아내도 서서히 같이 마라토너가 되어간다. 준비운동을 마치고 영원한 짝지인 마 교주님과 서로 손을 묶어 정답게 대회장을 빠져나갔다.

'그런데 코스가 뭐 이렇노.' 출발하고 2㎞를 지나서부터 긴 언덕, 짧은 언덕, 높은 언덕, 낮은 언덕, 넘고 나면 또 고개, 고개 넘어 또 고개. 유난히 언덕에 약한 나에겐 악의 코스며 고난의 길이다. 해안선을 끼고 도는 코스라 경치는 죽인다. 간장 종지만 한 섬, 소쿠리만 한 섬, 솥뚜껑만 한 섬 등. 굽이친 해안선에 크고 작은 섬들 사이로 고깃배는 오가고 우리 땅의 아름다운 자연이 달림이들의 눈을 사로잡는다.

높은 언덕을 넘다 지칠 땐 그냥 돌아가고 싶은 생각밖에 없다. 주로 곳곳에 마을 사람들이 나와서 환호성과 박수로 응원해주니 지친 주자들에게 위로가 된다. 순박한 인심이 평화로워 보였다. 이런 선량한 백성을 그 못된 정치인들은 자기들의 영달을 위해 편을 가르고 교묘하게 이용하다니 지옥은 넓을수록 좋겠다는 생각을 해본다.

19㎞에서 반환점까지 2㎞는 내리막이다. 이거 내려갈 땐 좋은데 다시 되돌아갈 땐 식겁하겠구나. 반환점에는 어묵국, 조개 삶은 것, 떡 등 먹을 게 푸짐하다. 마을 사람들이 나와 챙겨주는데 허기진 배를 든든히 채웠다. 이제 왔던 길을 돌아서는데 방금 내려온 2㎞가 앞을 가로막고 기다린다. 배까지 부르니 오르기가 더 어렵다. 돌아오는 길은 힘이 빠져 갈 길이 더욱 멀어 보인다.

넘어도 넘어도 끝이 없는 고갯길, 이제 더 이상 갈 수 없다. 내가 마라톤을 시작한 지 오래지 않아서인지 이런 힘든 코스는 처음 본다. 나는 걷기 시작했다. 마라톤에서 걷는다는 건 내 사전에 없었는데 이제부터는 사전에 마라톤을 할 때는 때에 따라서 걸을 수도 있다는 말을 넣기로 했다.

나는 세월아 네월아 가거라 하고 걸었다. 급수대마다 들러서 스트레칭을 하고 뛰는 둥 마는 둥 조금 뛰다간 또 걷곤 한다. 이러는 나를 데리고 가는 교주님은 얼마나 짜증이 나고 힘이 들까? 미안한 마음 그지없지만, 지금은 내 몸을 내가 마음대로 가눌 수 없구나!

그러기를 반복하다가 무기력하게 골인했다. 마라톤이 이렇게 힘들어서야 얼마나 계속할지 회의가 생긴다. 내가 마라톤을 시작하고는 오늘 처음으로 over-4 했다. 그나마 완주한 것도 장하다.

열 번째 도전은 혹독한 시험이었다. 별 하나 달기가 이렇게 어려워서야 원. 어쨌거나 나는 오늘 별 하나를 이마에 붙였다. 아내도 오늘 무척이나 고전한 모양이다. 아내는 완주 제한시간을 넘겨 절룩거리며 골인했다. 그래도 연습도 않고 험한 길 오십 리를 완주한 아내가 자랑스럽다. 우리는 결혼식 다음 날 진주서 고난의 웨딩주를 희망의 행진으로 마무리했고, 1주년이 된 오늘 비록 행진곡은 없었지만, 내일을 다짐하는 행진을 했다.

*over-4: 마라톤 풀코스를 달리는 데 4시간이 넘는 기록.
*별을 단다: 마라토너끼리 하는 말로, 풀코스 10회를 뛰면 1승 장군이라 함.

본전생각 난다

제41회 광주일보 3.1절마라톤(2006. 3. 1 완주실패 이태걸)

지난달 2월 22일, 클럽에서 실시한 25㎞ 동계훈련 때 10㎞ 정도부터 왼쪽 무릎 바깥쪽이 시큰거리기 시작했다. 그래도 좀 달리다 보면 괜찮아지겠지 하고 속도를 좀 낮추어 달렸는데 갈수록 통증은 심해져 갔고 결국 20㎞ 지점에서 달리기를 포기하고 차를 타고 골인했다. 그래서 다음 대회인 광주 3.1절 대회까지 연습을 중단하고 쉬기로 했다.

내일은 광주 가는 날. 다리가 말썽을 부리지 말아야 할 텐데 스트레칭을 해봤는데 다행히 멀쩡하다. OK! 이 정도면 가도 되겠다.

이른 새벽, 아직은 싸늘한 새벽 공기를 가르며 광주로 향한다. 광주종합운동장은 호남의 수도답게 크고 웅장하다. 달리기하기에 딱 좋은 날씨다. 달림이들도 많고 분위기도 거창하다. 출발 전까지 왼쪽 다리가 못내 못 미더워 몇 번이고 두드리고 주무르고 했다.

요란한 축포와 함께 마 교주님과 나는 사뿐히 달려 나갔다. 혹시나 하는 걱정은 되었지만 다리는 별문제 없었고 몸도 가볍고 제법 속도도 난다. 몇 ㎞를 달렸을까. 마 교주는 "저기가 옛날에 내가 근무했던 부대가 있었던 상무대"라며 옛날을 회상한다.

10㎞를 지나자 염려했던 다리가 시큰시큰하며 기별이 오기 시작한다. '갈 길이 천 리인데, 벌써 이러면 안 되는데' 하며 무게중심을 오른편 다리에 두고 왼편 다리는 아끼면서 달렸다. 하지만, 다리는 갈수록 아파왔다. 아마 오늘 사업은 망친 것 같은 느낌이 든다. 20㎞를 지나면서는 가다 서다를 반복한다. 마 교주는 스프레이를 무릎에 뿌려도 보고 주무르기도 하며 안타까워한다.

'제기랄, 이게 무슨 꼴이야. 다리는 와 이래 애를 먹이노.'

짜증과 함께 욕이 절로 나온다. 차를 타고 싶어도 강변 둑길 좁은 주로에 교통 통제가 되어 있어 차가 없다. 나는 아픈 다리를 질질 끌고 하염없이 걸었다. 죽을 고생을 하며 31㎞ 지점에 오자 넓은 길을 만났다. 거기에 바로 퍼질러 앉았다. 나 때문에 마 교주도 완주를 못할 지경이다. 같이 있겠다는 교주님을 억지로 먼저 보내고 통제 요원에게 부탁하여 구급차를 부탁했다.

패잔병 신세가 되어 쭈그리고 앉아 있으니 체면도 말이 아니다. 쌀쌀한 날씨에 러닝 팬티 차림에 땀마저 마르니, '와 이래 춥노!' 턱이 빽빽대고 개 떨 듯이 떨었다. 떨어대는 모습이 애처로웠는지 급수 봉사자, 교통경찰들이 옷을 벗어 걸쳐주었다. 따뜻한 옷이 내겐 좋았지만, 옷을 준 사람은 얼마나 추울까 싶어 사양했는데 이 양반들 막무가내로 뒤집어씌운다. 따뜻한 보살핌이 걸쳐준 옷보다 더 따뜻했다.

이윽고 구급차가 도착했고 나는 환자 신세가 되었다. 구급차는 사이렌을 울리면서 주자들을 밀치고 달렸고 나는 불명예스런 수치심으로 차 구석에 앉았는데 의무요원이 주무르고 파스를 뿌리며 많이 불편하냐고 묻는다.

'광주까지 와서 이 무슨 꼬락서니고?' 의무요원 보기에 창피스럽다. 많이도 달리지 않은 내가 별별 경험을 다 한다. 결승점에 내려 약 30분쯤 기다리니 마 교주께서 들어왔다. 이런 꼴을 겪고 보니 세상에 건강보다 중요한 게 없다는 걸 새삼 느끼겠다.

근데 밤잠 설치고 천 리 길을 달려와 달리기도 못하고 돌아가려니 참가비와 이동경비, 하루 투자한 시간까지 해서 오늘 대체 얼마를 손해 본 거고! 본전 생각 절로 난다.

실패도 좋은 경험

2006 서울 동아국제마라톤(2006. 3. 14 완주실패 이태걸)

광주에서 식겁 먹고 부상이 있을 때는 쉬는 게 제일 좋은 약이란 것을 아는 바여서 마라톤 대회는 거들떠보지도 않고 몸가짐을 조심하고 다리가 낫기만 기다리고 있다. 이미 신청해놓은 동아마라톤 배번호가 도착했다. 광주대회 이후 무릎 인대 때문에 꼼짝 않고 달리기를 중단했는데 번호표를 보니 또 마음이 슬슬 동한다.

광주대회 실패 이후 열흘이나 지나, 상태가 어떤지 테스트해보려고 약 5㎞ 정도 달려보니 다행히 부상 부위가 괜찮다. 2~3일간 5㎞씩 러닝을 해도 이상이 없다. 그래, 약간의 이상 증세는 운동해서 풀면 더 강해질 수 있겠다. '아마 조심해서 천천히 달리면 충분히 달릴 거야.' 하는 생각에 서울행을 결심한다.

이번 서울행은 마 교주께서 회사인 대한유화에서 회사 마라톤동호회원을 위해 차를 전세 냈으니 같이 가자고 했다. 덕분에 몸 고생도 덜하고 비용도 많이 절약되겠다.

마 교주 덕분에 대회장 근처에 잡아놓은 여관에서 편안히 자고, 대회장으로 느긋하게 걸어갈 수 있었다. 날씨는 추웠지만 운집한 달림이들과 주변 분위기는 주위를 잊게 할 만큼 후끈 달아올랐다. 오늘은 무릎을 믿을 수 없으니 평소보다 훨씬 늦춰서 4시간 정도로 달리기로 했다. 그래도 작년에 죽기 살기로 뛰어 올해는 B그룹에서 출발할 수 있다.

일요일 아침, 교통통제가 된 남대문로는 차 대신 달림이들로 물결을 이룬다. 약간은 차가운 공기가 머리를 시원하게 해준다.

새로운 코스인 청계천을 끼고 달리는데, 쏴~ 하면서 물 흐르는 소리가 시원하다. 비록 눈은 불편하지만, 귀가 건강해서 들을 수 있다는 게 무척 감사할 일이다. 전에는 '다른 사람은 다 건강한데 왜 나만 장애인이 되었을까?' 하고 불만이었는데 맹학교를 다닌 이후 나보다 더 장애가 심한 사람을 보면 그래도 나는 축복받은 사람이라고 생각된다. 분명히 위를 보면 모자라는 것 같아도 아래를 보면 넘치는 법이다.

마 교주는 다리를 지날 때마다 "여기는 무슨 다리, 여기는 무슨 교"라며 일러준다. 청계천에는 다리도 많구나.

7㎞ 지점, 갑자기 뒤가 무거워 온다. 출발 전에 철저히 채비했는데

웬 주책이람. 어차피 오늘은 기록에는 구애받지 않기로 했으니 신경은 덜 쓰였다. 길가 어느 철물점에 들어가 화장실 신세를 지고 나오니 날아갈 듯 몸이 가볍다. 만약 기록에 도전하는 날 이런 일을 당하면 곤란해진다. 목표가 헛방이 된다.

다시 대열에 합류하니 C그룹 무리에 묻혀든다. 청계천변을 따라 내려가는데 혹시나 했던 증세가 역시 재발한다. 느낌이 좀 안 좋다. 10㎞를 지나면서 또 이놈의 무릎이 지랄해댄다. 속도를 늦추니 D그룹 주자들이 추월해 가고 E그룹 출발자들이 바람처럼 스쳐 간다.

마 교주는 신경 쓰지 말고 시간이 많으니 천천히 가자고 위로한다. 마 교주님께 정말 미안하다. '3시간 언저리에 뛰는 교주가 이 좋은 서울 코스를 얼마나 씽씽 달리고 싶겠노?'

나 때문에 교주께서 고생이 많다. 사람 죽는 줄 모르고 지나가는 주자들은 힘내라고 응원을 해준다. 얼굴을 아는 주자들은 "어어, 이 사람이 와 이라노?" 하며 걱정 어린 말을 던지곤 지나친다.

24㎞ 지점까지 고장 난 다리를 질질 끌고 왔지만, 더 이상은 무리일 것 같다. 그리고 다리가 아픈 것보다 마 교주님께 너무 많은 부담을 주는 것이 더 힘이 든다. 어떻게 보면 앞으로 뛸 수 있는 날이 많고 많은데 오늘 무리하면 후일 영원히 달릴 기회를 놓칠지도 모른다는 생각에 오늘 경기는 여기서 접기로 작심한다.

나는 교주님께 혹시 주위에 패잔병이 있는지 살펴보라고 했다. 마침 옆에 패잔병 한 명이 걷고 있었다. 기회다 싶어 나는 마 교주의 손을 뿌리쳤다. 마 교주는 나를 그 사람에게 인계하고는 달림이들 사이로 사라졌다. 동병상련이랄까. 우리는 서로 위로하며 "어디 오늘만 날인가? 이럴 때는 쉬는 게 보약이지." 하며 서로의 처지를 이해하며 지하철을 탔다. 러닝복 차림에 열차 칸에 오르니 승객들의 시선이 집중되었다. "왜 지하철 탔어요? 처음 달리는 거예요?" 등등 질문이 쏟아진다. '아이고, 창피야.' 달림이가 중간에 차를 타는 건 굴욕이다.

대회는 끝났다. 그렇다! 건강을 위해서 하는 운동인데 다친 몸을 혹사해 가면서 오기를 부리는 건 운동이 아니다. 일이나 운동이나 그만둬야 할 자리에서 그만둘 수 있는 것은 용기다. 진퇴가 분명한 사람이 성공한다. 나는 오늘 포기하는 방법을 공부했다.

낭만의 해변 달리기

마라톤 훈련(2006. 9. 21)

올해는 이놈의 다리가 말썽을 부려 대회 출전을 못한 지 오래되었다. 앞으로 풀코스를 뛸 수 있을지 의문이다. 그런데 눈도 옳지 않으면서 다리까지 문제가 생기면 중복장애가 아닌가?

취미생활도 좋지만, 몸조리 잘하는 게 후일을 위해서 좋겠다 싶어 6개월 동안 잘도 참아 왔다. 달리기를 안 하니 시간도 많이 남고 햇볕에 그을릴 일도 없어 좋긴 한데, 먹는 게 소화도 안 되고 생활에 의욕도 떨어진다.

지난달부터는 한 번에 12㎞씩 일주일에 두 번씩 적응 훈련을 해보는데, 무릎이 아무렇지도 않다. 그러나 무리하지 않고 조심스럽게 운동량을 늘렸다 줄였다 하며 상태를 지켜보니 많이 좋아진 것 같다. 이대로라면 한두 달 뒤면 대회에 출전해도 될 성싶다. 오늘은 아내가 나를 동해안 정자 해변 바닷가 모래밭에 데려다준다. 좀 힘든 곳에서 훈련을 해보라고 한다.

지난달만 해도 발 디딜 틈이 없던 바닷가엔 갈매기만 오갈 뿐 철 지난 바닷가는 황량하다. 장애물이 없어 뛰어다니기엔 더없이 좋다. 모래밭은 너무 푹신해서 발이 푹푹 빠지고 해서 바닷물이 드나드는 물가로 달렸다. 아내는 약 1.5㎞ 되는 물가를 오가며 나뭇조각, 철사 조각 등 발을 다칠만한 쓰레기를 주웠다.

바닥은 물이 드나들어 다져졌다 해도 발이 움푹움푹 빠져 달리기에 힘이 든다. 그래도 발바닥에 닿는 모래알의 감촉과 발가락 사이로 감미롭게 빠져나가는 모래 반죽의 느낌이 다리를 시원하게 해준다. 바닷물이 밀려오면 첨벙첨벙 물장구를 치고, 물이 밀려 나가면 발자국 도장을 새기고. 낭만적인 마라톤 훈련이다.

이렇게 한 시간을 달렸는데도 무릎은 끄떡없다. 그동안 푹 쉬면서 다리를 아끼고 최근에 조금씩 운동량을 늘리며 조절한 게 큰 효과가 있었나 보다. 아내와 먼 곳으로 여행이라도 온 양 한가로이 바닷가를 산책했다. 돌을 던져 물수제비도 뜨고 모래 굴도 파면서 좀 유치하게 놀았다.

굳이 먼 나라로 여행을 안 가도 이곳이 내게는 외국과도 같고 천국이다. 어차피 외국이나 여기나 안 보이는 건 같으니 외국 바닷가라고 마음으로 느끼면 외국이 아닌가. 아내의 도움으로 천국 같은 데서 모래밭 달리기 훈련 한번 잘했다.

기다림도 약이 된다

제6회 경남 고성전국마라톤대회(2007. 1. 28 72099 3:32:41 이태걸 12회)

무릎 인대 부상으로 마라톤을 거의 1년을 정도 쉬었다. 하고 싶은 일을 할 수 없다는 것도 상당한 스트레스다. 마라톤은 힘든 운동이지만 힘든 가운데서도 생활의 활력소가 되었는데 1년 동안 많이 허전했다. 이제 몸이 얼마나 호전되었는지 시험을 해봐야겠다. 그리고 이 대회는 2년 전에도 신청했다가 엄마의 병세가 위중하여 포기했던 대회라서 처음 참가하는 의미 있는 대회다.

최근 연습을 부지런히 해서 몸은 나긋나긋하다. 나는 마 교주와 나란히 출발선에 섰다. 오늘 이 자리에 다시 서기 위해 얼마나 오랜 시간을 감내했던가. 제발 괜찮아야 할 텐데. 이젠 자신감보다 겁이 먼저 난다.

한겨울인데도 고성은 날씨가 포근하고 주로도 참 좋다. 이곳이 이봉주 국민 마라토너가 동계 훈련을 한 곳이라고 하니 국가대표의 훈련 코스가 궁금해진다.

운동장을 떠나 8㎞쯤 가니 왼쪽으로 바다가 나타난다. 바다 냄새와 함께 끝없이 펼쳐진 해안선을 따라 달리는 기분이 상쾌하다. 이 길이 우리의 이봉주 선수가 동계 훈련하는 코스라니 달리는 감회가 더 뿌듯하다. 염려스럽고 조마조마한 10㎞를 지나도 무릎은 별다른 기미가 없다. '이제는 다 나았구나' 하는 생각보다 '과연 몇 ㎞부터 이상이 나타날까?' 하는 생각으로 달리긴 달려도 생각은 온통 무릎에 쏠려 있고 불안하다.

마 교주는 평생 처음으로 sub-3을 했는데, 작년에 이곳 고성에서 달성한 것이라며 무용담을 펼친다. 그렇다. 아마추어가 3시간 안에 달린다는 것은 대단한 능력이다. 불과 70년 전만해도 세계 마라톤대회에 나갈 실력이니 말이다.

반환점을 돌아도 다리는 끄떡없다. 그래서 또 욕심을 부려 속도를 ㎞당 4분 40초로 당겨보았다. 그래도 잘 달려진다. 우려 반, 안도 반의 마음으로 가다 보니 어느덧 피니시 라인이다. 괜찮구나! 내 다리 장하다. 내 다리야. 그 어느 대회보다 완주의 기쁨이 크다. 몸이 회복된 모양이다. 이렇게 달릴 수 있는 날을 그 얼마나 기다렸던가. 다리야, 내 다리야. 고맙다.

주변에서 달리기하다가 다쳐 마라톤계를 떠난 사람도 왕왕 보았고, 부상으로 고생하는 사람도 적잖게 있다. 또 회복기를 못 참고 무리해서 달리다가 심해진 경우도 보았다.

때로는 참고 기다리는 것이 약이 된다. 아~ 그까짓 눈이야 이미 잘 안 보이는 것이니 제쳐두고, 달릴 수 있는 건강한 다리를 가졌다는 것이 무척 다행스럽다.

* sub-3: 풀코스 마라톤을 3시간 이내로 달림.

광주의 한

제42회 광주일보 3·1절 마라톤대회(2007. 3. 1 1214 3:44:31 이태걸 13회)

1년 전, 구급차를 타고 골인하던 기억이 어제같이 생생하다. 조금 걱정은 되지만 설욕하기 위해 올해 광주를 다시 찾았다. 장소인 광주 종합운동장이나 분위기는 작년 그대로였지만 달라진 것은 '광주야! 두고 봐' 하는 내 마음이다. 아직은 염려스러워 한 걸음씩 조심조심 앞으로 내디뎠다. 5㎞, 10㎞, 반환점을 돌아도 무릎은 씽씽하다. 25㎞ 지점에서 광주 MBC 방송차가 따라와 인터뷰를 요청했다.

"어디서 왔어요?"

"울산에서 왔습니다."

"힘들지 않나요?"

"옆에서 도와주는 사람이 있으니 즐겁게 뜁니다."

인터뷰 도중에 어디서 뭔가가 왈칵 들이닥쳤다. 지나가던 주자가 나를 덮친 것이다. 순간 '아이고, 내 다리야. 어떻게 고친 내 다린데.' 싶어 일어나서 다리부터 움직여 봤다. 조금 멍하긴 해도 달리는 데 지장은 없을 듯하다. 그런데 왼손 약지와 새끼손가락이 몹시 아프다. 그래도 다리만 성하면 문제없지.

날 덮친 친구는 달다 쓰다 인사도 없이 사라졌다. 나주로 통하는 꽤 넓은 길이었는데 하필 인터뷰하는 틈바구니로 비집고 지나갈 게 뭐란 말인가. 원망스럽지만 달리기하며 다치는 건 나에겐 일상이 되었으니 그냥 일상적인 일로 넘겼다. 우리도 골인 지점을 향하여 다시 걸음을 재촉한다.

38㎞ 지점. 이제 종합운동장 외곽도로를 한 바퀴 돌면 끝이다. 문제는 내 다리가 아닌 마 교주의 다리에서 발생했다. 지금까지 그런 일이 없었는데 마 교주님이 좀 힘들어하며 "빨리 가면 뭐하나?" 하며 좀 걷자고 한다. 우리는 걸었다. 그러다가 갑자기 마 교주는 대로에 나동그라져 비명을 지르며 다리를 뻗치고는 몹시 고통스러워한다. 종아리에 경련이 일어난 것이다.

1038
1214

내 직업은 안마사, 이런 치료는 전공이 아닌가? 나는 마 교주의 다리를 주무르고 두드리고 접었다 폈다 하면서 경련을 풀려고 노력했다. 처음에는 죽겠다고 소리치더니만 시간이 좀 지나자 안정을 찾고 일어났다.

달리다가 경련을 일으키는 사람이 많은데, 왜 그렇지? 무리해서인가? 피로해서인가? 나는 아직 경험을 해보지 않아 얼마나 아픈지 상상이 안 가는데 하여튼 많이 고통스러워 보인다.

우리는 또다시 한참을 걸었다. 초반에 빨리 달려 시간도 벌어놓았고 해서 굴러가도 4시간 안에는 들어갈 수 있겠다 싶어 조깅하듯 뛰다 걷다 하며 그렇게 골인했다. 아무튼, 완주는 했지만 광주의 레이스는 나에게 순탄치가 않구나. 그래도 별일 없이 레이스를 마쳐 기분이 좋다.

광주야! 다음번엔 순한 양의 모습으로 맞이해다오.

이제는 풀코스도 몸 풀기용

제3회 울산 매일마라톤(2007. 3. 25 9173 3:54:33 이태걸 15회)

우리 고장에서 개최되는 유일한 풀코스 마라톤이기에 이 대회는 무조건 참가한다. 사실 먼 곳까지 달리러 가는 것은 취미도 좋지만 보통 힘든 일이 아니다.

모닝콜은 해놓지만 새벽에 일어나기 싫은데 정말 힘들게 일어나야 하고, 몇 시간씩 차로 이동하는 건 가히 마라톤 하는 만큼이나 힘이 든다. 그런데 우리 집 앞마당에서 하는 대회는 식은 죽 먹기가 아닌가?

지난주에 서울 동아마라톤에서 3시간 26분으로 좀 빡세게 뛰어서 아직 남은 피로가 있어 오늘은 피로도 풀고 연습도 할 겸해서 팔다리가 가는 데로 여유 있게 달리기로 했다. 그리고 이번 대회에는 주최측에 부탁하여 시각장애인 동료 7명을 같이 참가시켜 S-oil 마라톤클럽에 동반주 부탁을 했다.

마음 같아서는 시각장애인 동료도 부지런히 달려 항상 같이 마라톤을 했으면 좋으련만 처음 모임을 할 땐 20여 명으로 분위기도 사뭇 좋았는데 지금은 다 낙오되고, 나 혼자 남아 너울거리니 안타까울 뿐이다. 그래도 울산에서 열리는 대회나 특별한 대회에 한 번씩 나와 주니 고맙고, 이것이 씨앗이 되어 시각장애인 마라톤이 앞으로 활성화되기를 바라는 마음이다.

마 교주와 나는 평소 대회와 마찬가지로 나란히 손을 잡고 체육공원을 돌아 낯익은 우리 고장을 느긋한 마음으로 달린다. 우리는 가다가 한적한 곳의 나무 아래에 생거름을 주었다. 기록에 욕심이 나는 대회라면 소변 정도는 꾹 참고 달리거나 심한 경우는 그냥 옷에다 찔끔찔끔하는데 오늘은 여유를 부린다.

마 교주는 나더러 "지나가는 사람들 다 본다."며 방향을 틀라고 한다. 나는 내 눈 생각만 하고 거리가 멀어서 안 보일 거라고 우기며 그대로 볼일을 마쳤다. 마 교주가 "사람들이 다 봤다."고 하기에 "저희는 없나 뭐? 다 똑같은 거지." 하고 웃으며 가던 길을 재촉했다.

이 길은 연습코스로도 여러 차례 오갔던 익히 아는 코스로, 달려가면서 머릿속에 지도가 그려져 달리기가 훨씬 재미있다. 이래서 홈그라운드가 유리한 모양이다. 똥개도 제집 앞에서는 50% 묵고 들어간다 했지.

달리다가 보니 안전수칙 위반으로 문제가 발생한다. 젖꼭지 테이핑을 하지 않아 젖꼭지가 옷에 쓸려 아리다. 지나가는 구급차를 세워 젖꼭지를 꽁꽁 처매니 그제야 몸이 편안하다. 마라톤에 대해 잘 모르는 사람은 마라톤은 그냥 달리기만 하면 되는 줄 아는데 마라톤을 하려면 모자, 러닝복, 신발, 양말은 좋은 소재로 된 장비가 필요하고 예민한 부분은 테이핑, 바셀린 등을 바르는 등 철저한 준비를 해야 다치지 않는다.

17㎞ 지점. 거제 학동 코스만큼이나 힘든 회야댐 구간이 나타났다. 우리는 속도를 확 줄이고 마음도 낮춰 자연에 순응하며 달린다. 이 대회에 처음 참가하여 주로의 특성을 모르는 사람들은 멋도 모르고 달리다가 절반은 퍼져 떨어진다.

잘 아는 길을 연습하는 마음으로 섭렵해 가니 어느새 출발한 자리로 다시 돌아온다. 완주를 마치고 클럽 부스로 돌아오니 아내가 먼저 10㎞씩 완주를 마친 시각장애 동료를 보살피며 반가이 맞이한다. 다들 힘들었던 모양이다. 우리는 간식을 나눠 먹으며 오랜만에 달리기 얘기로 꽃을 피웠다.

귀로 보는 벚꽃

제16회 경주 벚꽃마라톤(2007. 4. 71956 3:38:10 김정훈 16회)

오늘은 16번째로 마라톤 풀코스에 도전하는 날이다. 이번 대회는 특별한 의미가 있는 대회다. S-oil에서 우리 시각장애인 마라토너들을 초청하여 참가비며 이동, 동반주 등 봉사를 해주겠다고 한다. '이렇게 좋은 기회가 어디 있겠노?' 생각하며 즐거운 마음으로 함께하기로 하고, 시각장애인 10명의 명단을 S-oil 강진홍 님께 전달하였다.

서울에 있는 시각장애인 마라톤회는 기업이나 단체에서 두루 협조를 받는다는 얘기를 듣고 부러운 마음이 있었다. 마라톤을 하면서 이웃에 바라는 마음은 없었지만 뜻밖에 울산의 기업체에서 장애인마라톤을 지원해주겠다고 하니 기대와 설렘이 이루 말할 수 없다. 전에도 S-oil 파발마 마라톤클럽에서 여러 차례 우리를 위하여 봉사를 해줬는데 이런 행사가 널리 알려지고 싹을 키워 시각장애인 마라톤회가 활성화되었으면 좋겠다.

기다리던 대회 날이다. 4월 7일 아침 6시. 우리는 경주 벚꽃마라톤 대회를 위해 노란 옷을 입은 S-oil 마라톤클럽 파발마 봉사자들 손에 인도되어 S-oil 버스에 올랐다. 그런데 중간에서 타기로 했던 시각장애인 한 명을 미처 발견하지 못하고 버스가 그냥 지나쳐버려 달리던 버스는 고속도로에서 정차하고 그 시각장애인이 택시를 타고 뒤쫓아 올 때까지 기다리는 등 난리를 친다.

마라톤 출발시각은 다가오고 차 안에는 S-oil 달림이들이 많이 있는데 정말 마음이 초조하고 불안하다. 미칠 지경이다. 하지만, 봉사자들은 짜증이 날 텐데도 오히려 우리를 위로한다.

1시간 전에는 경기장에 도착해야 하는 버스가 한바탕 소동을 부린 후 경기 시작 15분 전에야 간신히 대회장에 도착했다. 바쁘다 바빠. 달리는 차 안에서 번호표 달고 런닝복 갈아입고 내려서 서둘러 준비운동을 하고 출발선에 나섰다.

오늘 나의 동반주자는 S-oil 김정운 씨다. 풀코스를 3시간 안에 뛰는 대단한 고수다. 특별히 배려하여 고수를 짝지어준 것 같다. 화창한 봄이어서 바람도 살랑살랑하고 눈이랑 코, 귀가 다 부드러워진다. 요란한 출발 신호와 함께 우리 마라톤 가족들은 마주 잡은 끈에 의지하여 한 걸음 한 걸음 앞으로 나아갔다.

오늘의 완주 목표는 3시간 45분이다. 벚꽃이 활짝 핀 4월의 경주, 얼굴을 스쳐 와 닿는 봄바람은 마치 비단이 스쳐 가듯 부드럽다. 정운 씨는 옆에서 마치 아나운서처럼 중계방송을 한다. "앞에는 누가 가고 있다, 길가의 풍경은 어떻다, 길이 좁으니 조심하자, 앞에 과속 방지 턱이 있다, 벚꽃이 활짝 피어 눈이 부신다, 꽃잎이 바람에 날리는 게 보기 좋다, 땅에도 떨어져 우리가 밟고 지나간다" 등등….

귀로 보는 경주 벚꽃이 눈으로 보는 양 선명히 상상이 된다. 내는 지금 눈으로 보는 듯이 꽃구름 속을 달리고 있다. 그리고 혹시나 땅에 내려앉은 꽃잎이 짓뭉개질까 봐 될 수 있는 한 가볍게 즈려 밟았다.

20㎞를 지나면서 피로가 잦아진다. 하프 코스 결승점이 보인다는데 그냥 이대로 끝내고 결승선으로 들어가고 싶은 충동이 생긴다. 정운 씨가 이제 반만 더 하면 된다며 용기를 주었지만 그래도 지금 골인한 사람은 좋겠다는 부러운 생각과 여기가 풀코스 종점이면 좋겠다는 간절한 여운을 품고 그 지점을 벗어나 내키지 않는 발걸음으로 부지런히 따라갔다.

35㎞ 지점, 앞에 고갯길이 버티고 있다. 이제 지칠 대로 지쳐 아무리 앞으로 가려 해도 이놈의 다리가 잘 움직이질 않는다. 힘들 때마다 그랬듯이 이번에도 이 고개는 내가 장애를 극복하면서 살아온 인생고개에 비하면 아무것도 아니란 생각을 하면서 또 고개를 넘는다.

얼마나 힘들어 보였으면 정운 씨가 "하나 둘! 하나 둘!" 구령을 붙여준다. 그러다가 내가 좋아하는 노래를 불러주겠다며 곡명을 묻는다.

정말 고맙다. S-oil 자원봉사가 없었다면 어떻게 마음껏 오늘 같은 벚꽃 길을 달릴 수 있었을까?

40㎞가 되자 온몸이 천근이고 만사가 귀찮아진다. 낭만적으로 보이던 꽃잎, 땅에 떨어진 꽃잎이야 짓뭉개지든지 말든지 무거운 내 다리는 마구 땅바닥을 짓누르며 마치 절구질하듯 터덜터덜 내딛는다.

"자, 힘냅시다. 다 왔습니다."

정운 씨가 재촉한다. 차츰 응원 소리가 높아지고 멀리 확성기 소리가 들리는 걸 보니 종착점이 가까워진 모양이다. 연도에 응원객들이 박수를 보내며 "S-oil 파이팅!" 하며 환호한다. 다 왔구나 싶으니 힘이 조금 생긴다.

'그래도 골인할 때는 멋있게, 우아하게 들어가야지.' 하면서 나는 마지막 남은 힘을 쏟아 내어 서로 두 손을 맞잡고 힘차게 결승점을 통과했다. 우리는 서로 꼭 껴안고 무사히 완주를 마친 것을 자축했다. 결승점에서는 강진홍 님과 먼저 들어온 봉사자들이 반겨주었다.

마라톤 16회 완주 성공. 기분이 좋다. 정운 씨와 강진홍 님이 어디서 막걸리 한잔을 갖다 준다. 너무 시원하고 알싸하여 42㎞의 피로가 확 날아가는 듯하다. 뛸 때마다 느끼는 마음이지만 42.195㎞는 너무 멀다. 이런 운동이 나한테 너무 과하지 않나 싶어도 그 마음은 잠시인 걸 보면 이젠 마라톤이 내겐 생활의 일부가 된 모양이다.

장칼의 융통성

제4회 경기마라톤(2007. 4. 22 590 3:53:52 장재근 18회)

전국에는 매주 마라톤을 즐기는 사람들이 많다. 나는 그 사람들을 이해하지 못했다. 체력적으로 어떻게 이겨내나 싶어 존경스럽기만 했다. 주변 사람들은 이들을 우스갯말로 '미칭게이, 또라이들'이라고 그 대단함을 빗대어 표현한다.

그런데 지금 나의 모습은 어떠한가? 그저 동경하고 부러워했던 그들과 함께 미칭게이처럼 돌아다닌 지 벌써 두 달째다. 매주 연달아 뛰면 몸이 망가져 죽을 줄만 알았는데 그들의 흉내를 내도 따라 할만하다. 이동하고 따라다니기가 불편하긴 해도 클럽 사람들이 많이 도와주니 큰 어려움은 없다.

오늘은 수원에서 마라톤이 있다. 보통 어떤 대회라도 클럽 사람들이 몇 명 정도씩은 참가하게 되고 참가 회원들은 카풀 하여 단체로 이동하는데, 오늘 수원대회는 장칼(장재근)과 나 둘이다. 어떻게 할지 장칼과 의논 중인데, 아내가 직접 수원까지 운전해주겠다고 나선다. 언제나 적극적인 후원자이지만 오늘따라 더 고마운 생각이 든다.

나는 차에 장칼을 태우고 아직 먼동이 트지 않은 새벽길을 나섰다. 처음 가는 낯선 길이라서 예상시간보다 한 시간 일찍 출발했다. 아침잠 많은 아내가 이렇게 수고를 해주니 미안하다.

묻고 물어서 수원 공설운동장에 도착했다. 오늘의 동반주자는 장칼이다. 장칼은 평소에도 불편한 내게 관심을 두고 잘 보살펴주었는데 이렇게 동반주까지 해주긴 처음이다. 수원은 수도권이라서 그런지 광

역시인 울산보다 시가지가 더 큰 것 같다. 길도 넓고 차도 많고 공장도 많다. 가로수 길을 따라 달리는 수원 길은 언젠가 와본 듯한 포근한 느낌이다.

장칼은 전국을 돌아다니면서 달리니 아는 사람도 많다. 지나가는 주자 중 절반 정도 되는 사람들과 인사를 나눈다. 그래서 "장칼아, 그 사람들 다 아는 사이가?" 하고 물으니, "아니요, 조금 안면만 있어도 자꾸 아는 체하고 인사하면 고마 친한 사람이 안 되능교."라고 한다.

좀 어이는 없었지만 맞는 말이다. 얼른 보면 우스운 얘기지만 이런 자세도 내가 배울 만하다. 장칼의 융통성이 삶의 지혜가 될 수도 있겠다. 웃는 낯에 침 못 뱉는다고 내가 먼저 남을 배려하면 남도 나를 배려하게 된다.

수원 코스는 몇 군데 긴 오르막은 있지만 비교적 달리기 좋다. 한 가지 흠이라면 도로 한 차선만을 통제하여 주자들이 달리고 나머지 차선은 차와 같이 달리는 구간이 길어서 자동차 매연과 소음, 먼지, 내뿜는 열기가 거슬린다. 마라톤 하기엔 부적절한 환경이다.

오늘은 난코스도 아닌데 그간 피로가 쌓인 탓인지 무척 힘이 든다. 오르막을 오를 때는 머리가 흔들흔들하며 아프고 지루하다. 몸이 괴로우니 마라톤도 즐겁지 않다.

수원성도 옆을 지나간다. 경기를 마치고 수원성을 돌아볼 시간이 있을는지 모르겠다. 수원성 껍데기만 보고 마지막 힘을 내어 운동장에 들어서니 아내가 반가이 맞으면서 "30분 전부터 기다렸는데 오늘은 좀 늦은 걸 보니 힘들었던 모양이네?" 하며 속을 꿰뚫어보듯이 말한다.

우리는 수원 마라톤클럽 텐트에 빈대 붙어 점심을 얻어먹고 홀가분한 마음으로 울산으로 향했다. 울산을 비롯하여 전국적으로 수원갈빗

집이 많다. 수원갈비가 얼마나 유명한지 꼭 한 번 먹어보려고 했는데 내려오는 시간이 빠듯하여 수원성에도 못 들르고 수원갈비 맛도 못 보고 내려가게 되어 아쉽다. 마라 여행에서 한 가지가 빠져 허전하다.

누구에게나 저마다의 보석이 있다

2007 진주 남강마라톤(2007. 4. 29 8018 4:02:17 최진식 19회)

진주에서는 매년 마라톤이 두 번 개최되는데 가을에는 전차수 교수님께서 시각장애인을 초청해주는 대회로 진양호를 반쯤 돌아오는 반환코스이고, 봄에 하는 대회는 오늘 이 대회로 진주 종합운동장에서 출발하여 진양호를 일주하는 순환코스다.

시내는 아직 봄꽃이 만연한 봄이건만 아침부터 날씨는 초여름을 방불케 할 만큼 더위가 만만찮다. 운동장 밖에 차를 세우고 "오늘은 누구에게 끈을 부탁하지?" 하면서 아내와 운동장으로 들어간다. 햇볕이 따가우니 달림이들은 그늘을 찾아 들어가고 사회자만 혼자 열나게 분위기 띄우려고 애를 쓴다.

아내는 "누구 아는 사람이 있나?" 하며 여기저기 기웃거리다가 "아, 저기 사과모자 있다. 최 모라는 사람."이라고 말한다. 최진식 삿갓님이시다. 최 삿갓님도 최근에 퇴직하여 부부가 다정히 마라여행을 오셨다.

오늘의 끈 잡이는 삿갓님이시다. 삿갓님은 울산시청 사회복지과에 근무하면서 나와는 업무상으로 더욱 친근해져 있다. 삿갓님은 시각장애인 동반주 봉사도 열심히 해주시는 마음이 따뜻한 분인데, 오늘 처음으로 마라톤 반려자가 된다. 삿갓님은 오늘 3시간 반 안에 당겨주겠다며 "마음 단디 묵고 따라오라."고 기를 죽인다. 나는 '오늘 고생은 좀 되겠지만, 훈련 제대로 해보겠구나' 싶어 다리에 힘을 한 번 불끈 줘본다.

삿갓님은 날씨가 더워지기 전에 달릴 거리를 줄여놓자며 초반부터 속도를 낸다. 나도 같은 생각이라서 이끄는 대로 부지런히 따라갔다. 삿갓님은 물과 간식을 철저히 챙겼다. 하프 지점을 지나면서 "아 참, 아까 급수대에 딸기와 방울토마토가 있던데." 한다.

나는 "그럼 진작 말하지 않고?" 하며 농담을 했는데, 여기 잠깐만 서 있으라고 하더니 되돌아가 토마토를 한 움큼 갖고 왔다. 이 정도로 삿갓님은 자상하시다. 그런데 삿갓님이 나를 챙기느라 불필요한 에너지를 너무 소모했는지 속도가 점점 처지더니 급기야 25㎞부터 급수대마다 들러서 온몸에 물을 끼얹어댄다. 상태를 보니 이래서야 3시간 반은 커녕 오늘 해 안에는 들어가기 어려울 것 같다.

정오가 가까워지자 따가운 볕과 무더위로 온몸에 땀이 범벅이다. 39㎞부터는 탈수 증세와 함께 다리에 쥐가 내려 아예 걷기 시작한다. "아이고 더워라. 삿갓님 우리 차 탑시다." 하니 "무슨 소리 하노? 이대로 조금만 가면 풀린다. 그냥 가보자." 한다.

삿갓님이 이렇게 퍼진 것은 전적으로 나에게 봉사하다가 생긴 병이니 불평도 못하겠다. 삿갓님이 걸으면 나도 걷고 급수대에 들르면 기다려가며 꼼짝없이 끌려 다녔다. 최 삿갓님은 쥐가 내려 아픈 다리를 이끌고도 악착같이 가는 모습이 강인함의 극치다. 번호표 고정핀을 뽑더니 종아리를 마구 찔러 피를 낸다. 강하다는 소문은 들었지만 듣던 그대로다. 삿갓님이 한계 상황을 이겨내는 인내심은 자기만의 보석일 것이다.

진주남강마라톤대회
8106
진흥기업
진주남강마라톤대회
8018
진흥기업

마라톤을 하면서 많은 것을 얻는다. 취미 생활과 건강은 기본이고, 여러 사람과 파트너가 되면서 그 사람들에게서 많은 것을 배운다. 삼인행 필유아사(三人行 必有我師)라. 세 사람이 동행하면 그중 반드시 나의 스승이 있다고 했다. 동반주 도우미 중에는 나의 스승 아닌 자가 없다. 이 사람 저 사람에게서 배우는 것이 보석을 하나씩 얻는 기분이다. 하기야 이웃을 위해 봉사할 정도의 사람이면 그는 보석을 간직한 사람이다.

결승점이 다가오자 삿갓님은 "그래도 그렇지, 어떻게 걸어서 골인하느냐?"면서 골인 200m 전부터 그럴듯하게 폼을 잡고 골인했다. 삿갓님이 오늘 고생을 너무 많이 하셨다. 후유증이 없어야 할 텐데.

100회의 유혹

2007 상주연 3풀 마라톤 3일차
(2007. 5. 26 7013 4:26;43 이태걸, 문우근, 최병기, 장재복 22회)

평생 마라톤을 한 번 완주하기도 어려운데 요즘은 마라톤이 레저스포츠화 되어 마라톤을 즐기는 인구가 많이 늘었고, 일 년에 여러 번 뛰는 것이 일반화되어 있다. 심지어 100회 마라톤클럽이란 게 생겨 마라톤 100회 완주를 목표로 거의 매주 마라톤을 밥 먹듯이 달린다. 이미 마라톤 백 회 완주자도 여럿 있고, 이제 마라톤은 생활스포츠로 자리 잡은 것 같다.

우리 클럽에도 7~8명이 한 조가 되어 전국에 있는 마라톤이란 마라톤은 다 쫓아다니는데, 이미 백 회 완주자가 몇 명 되고 오늘은 김용웅 국방위원장이 대망의 100회에 도전하는 날이다.나도 오늘 100회 완주자의 백 회 도전에 응원주도 하고, 백 회 완주가 어떤 건지 그 분위기를 직접 느껴보고 싶어 대열에 동참했다. 오늘 응원주에는 클럽회원 20여 명이 같이 동참하는데 미니버스를 전세 내어 대회지인 상주로 향했다.

상주 종합운동장 앞에는 약 80명의 달림이가 모였다. 울마클 회원 20여 명을 빼면 그저 조촐한 대회다. 이 대회는 3일을 연달아 풀코스를 뛰는 대회로, 달림이 중 약 10여 명은 오늘 3일 연속 도전한다고 한다.

3연풀 대회 주최가 좀 심하다 싶지만 사람들의 도전에 대한 욕구가 있는 한 점점 심한 대회가 만들어질 것이고, 이런 대회가 있으면 또 도전자는 있기 마련이다. 도전에 대한 욕구는 어디가 한계인지, 원….

상주는 조선 시대 때 경상도라고 지명할 때 경주와 이곳 상주를 들어 지었다 하니 옛날엔 이곳이 상당히 번창한 도시였나 본데 지금 와서 보니 아담한 시골 마을이다.

울마클의 100회 응원주 부대는 무리를 지어 모내기가 끝난 상주 들녘을 달린다. 옛날엔 흔히 접하던 논밭이 요즘은 가까이할 기회가 적어 논 언저리로 달리니 초등학교 시절 책 보따리 어깨에 묶고 논둑을 달려 학교 오가던 때가 생각난다. 조금은 더운 기운이 도는 들판 길을 달리니 김매는 경운기 소리와 농가의 소 울음소리가 정겹고 소똥 냄새도 싫지 않다.

오늘은 응원단 20여 명이 한 덩어리가 되어 달리다 보니 이 사람 저 사람 번갈아 가며 손을 잡는다. 국방위원장은 오늘이 의미 있는 레이스여서인지 대회에 임하는 자세가 진지하고 속도도 평소보다 빠르다.

응원단을 전후좌우에 두고 달리면 기분도 좋겠다. 상주의 들녘은 공해 없는 맑은 공기여서 햇살이 더 뜨겁다. 달리다가 그늘 좋은 곳에서 가끔 쉬어가며 남은 거리를 줄여간다.

30㎞다. 더위에 지치고 시간에 지칠 때쯤 히야시 장군 이동환이 멋지게 냉장시킨 맥주를 차에 싣고 나타났다. 흰 거품이 아이스크림처럼 부풀어 오른 맥주를 목이 아프도록 들이켰다. 지금껏 이토록 맛있는 맥주는 마셔본 적이 없다. 이래서 이동환에게 '히야시 장군'이란 별명이 붙었다.

연거푸 세 컵을 마시고 다시 원기를 회복하여 40㎞ 가까이 왔을 때 별동대장 장재복 님이 끈을 잡아주었다. 별동대장은 나와 동갑내기이면서도 3시간 안에 뛰는 달리기 고수다.

별동대장에게 앞으로 종종 도와달라고 농담 삼아 얘기했는데, 생각하니 고수에게 부담을 주는 말은 큰 실례이므로 곧바로 그냥 해본 말이니 마음에 두지 말라고 했다. 별동대장은 아니라면서 기회를 보아 같이 뛰자고 한다.

우리는 김용웅 100회 완주자를 앞세우고 대오를 갖추어 골인했다. 풍우 한설을 무릅쓰고 일구어낸 마라톤 백 번 완주는 위대한 업적이다. 우리는 그에게 아낌없는 축하를 보냈다. 과연 축하받아도 남음이 있다.

몇 년이 걸릴지 모르지만 나도 100회에 한 번 도전해볼까 하는 마음이 콩나물시루 속에 콩나물이 자라듯 가슴 밑에서 밀고 올라온다.

건빵도 때에 따라서는 진수성찬

제20회 한일친선 수안보마라톤대회(2007. 5. 27 3146 4:31:04 장재근 23회)

도전에 대한 욕망이 끝이 없다더니 올해부터는 매주 달리는 마라톤도 모자라 3일을 연달아 뛰는 연 3풀 대회가 생겼다. 전국의 몇몇 달림이들은 이 대회를 거뜬히 소화해낸다. 나는 이들을 두고 마라톤이 취미가 아니라 과욕이요 미친 짓이라고 여기어 나는 그 짓만은 하지 않겠다고 생각했다.

그런데 장칼 장재근이 연 4풀을 뛰었다. 또 마라톤을 두 번밖에 완주하지 못한 초보자인 권초 권현태 친구도 2회 연이은 풀코스를 했는데, 과연 나도 가능할지 욕구가 발동한다. 그 짓만은 결코 하지 않으리라던 내가 미친 짓을 한번 해볼까 망설인다.

'말 가는 데 소도 간다'는 속담처럼 남들이 다 하는데 난들 못하겠는가 하는 오기도 생긴다. 나의 능력을 시험해볼 겸 연풀에 도전장을 냈다. 이래서 막말은 하지 말아야 하는 법인가 보다.

계획한 대로 상주마라톤을 마치고 오후에 곧바로 상주에서 다음날 출전지인 수안보로 별동대장 차를 타고 장재근, 최병기와 함께 출발했다. 나의 연풀 도전은 이렇게 시작되었다.

우리는 수안보에 도착한 후 내일의 레이스를 위해 2시간 이상 목욕탕에서 몸을 풀고 일찌감치 잠자리에 들었다. 아침에 올갱이국으로 배를 든든히 채우고 소화도 시킬 겸 동네를 한 바퀴 어슬렁거렸다.

수안보 물탕공원에는 많은 달림이들이 모였다. 연풀에 대한 부담감으로 몹시 근심스럽다. 어제의 피로는 남아 있어도 몸 상태는 괜찮아

보인다. 그래도 혹시나 싶어 스트레칭을 많이 한다. 오늘은 장칼과 같이 달리기로 했다. 그런데 장칼은 오늘 연 4풀째 도전인데, 이 사람 가다가 퍼지지 않을까 걱정이다.

'잘 갔다 와야지' 하는 마음을 다지고 연속 풀코스를 시작한다. 수안보는 관광지답게 깨끗하고 수풀도 우거져 쾌적하다. 이곳에 살고 싶을 정도로 경관이 아름답다. 길은 포장이 잘되어 달리기에 편한데 산골짝마다 돌아드는 코스가 오르막 내리막이 많다. 그러나 골짜기마다 물도 많고 푸른 산으로 둘러쳐져 있어 녹색의 자연이 마음을 편안하게 한다. 우리는 산자수려한 물탕 골을 굽이굽이 돌며 시원한 바람과 아름다운 산천을 마음껏 풍미하며 달린다.

반환점을 지나면서 장칼은 연 4풀의 피로가 밀려온다며 페이스를 늦추자고 한다. 날씨는 더워오고 지친 장칼은 물이 있는 곳이면 무조건 뒤집어쓰고 가니 공연히 기다려야 하는 시간이 길어지고 짜증이 나려 한다. 그래도 끌려가는 몸이 어찌하랴. 짜증도 못 내고 그냥 묵묵히 따라갔다.

시간이 지나면서 시장기가 돈다. 간식이 있는 급수대만 기다려진다. 배가 고프니 힘도 빨리 소진된다. 난 체질적으로 지방이 적고 야위어 한 번에 먹는 음식량도 적기 때문인지 자주 배고픔을 느낀다. 그래서 파워젤이나 초콜릿을 상비약처럼 챙기는데 오늘은 준비 하지 못 했다.

30㎞ 지점에 급수대가 나타났다. 나는 배가 고파서 먹을 것을 찾았는데 바나나도 초코파이도 아무것도 없다고 한다. 보통은 이 지점에 간식이 있는 위치여서 여기서 허기를 해결할 거라고 은근히 기대하고 견뎌 왔는데 먹을 게 없다니 갑자기 허기가 깊어져 더 이상 못 가고

3347
3146

주저앉고 말았다.

주최 측에 괘씸한 감정까지 든다. "이 더위에 물만 먹이다니 대회를 장사 수단으로 하는 것도 정도가 있어야지. 이놈의 대회 다시는 안 온다."고 투덜대보지만 다리엔 힘이 빠지고 안 보이는 눈이 더 어두워진다.

돌아가야 하는데 힘은 없고 이 일을 어쩌나. 걱정이 태산이다. 나에겐 연풀이 무리였나 싶다. 후회해 보지만 이미 일은 벌어진 것.

"장칼아, 먼저 가라. 난 쉬었다가 기운 생기면 가든지 회수차 타고 갈게." 하는데 그때 급수 봉사자가 비상 간식이라면서 먹다 남은 건빵을 내주었다. '아니 먹을 거라고?' 세상에 태어나 이런 건빵은 처음 먹어본다. 물과 함께 먹는 건빵은 꿀맛이다. 기운을 차려 다시 물통으로 걸음을 재촉했다. 장칼은 물만 보면 물통을 끌어안는다. 그러다 보니 나도 어제의 남은 피로에다가 나의 페이스를 잃어버려 기진맥진해졌다. 그리하여 우리 둘을 거의 걷다시피 하여 간신히 완주했다.

이것은 마라톤이 아니고 걷기대회가 아닌가 싶을 정도로 인내심을 갖고 사투를 벌였다. 과연 연풀은 쉬운 도전이 아니었다. 그렇게 나는 마라톤의 새로운 역사를 썼다. 모양새는 별로였지만. 앞으론 다시 연풀에 도전한다면 좀 더 잘할 수 있지 싶다.

길 가는 여자를 덮친 이유

태화강변 훈련(2007. 6. 12)

한 시간의 강의를 위해 열 시간의 공부가 필요하다는 얘기를 들었다. 마라톤도 마찬가지다. 훈련 없이 잘 달릴 수는 없고, 연습 없이 좋은 기록 내기는 힘이 든다. 나 역시 42㎞ 마라톤을 달리기 위해 수백 킬로를 연습한다.

나는 잘 못 보는 신체적 조건으로 인해 연습을 하는 데 장소의 제약을 많이 받는다. 클럽의 단체 훈련에 참가하기도 하고 아내가 자전거로 안내해주든가 아니면 차를 태워 사람이 없는 한적한 곳에 데려다주기도 한다.

어떤 때는 집 근처 태화강 강변로를 혼자 달리기도 하는데, 일주일이 멀다 하고 사고가 이어진다. 달려오는 자전거와 부딪히고, 지나가는 사람을 들이박고, 세워놓은 유모차나 오토바이를 안고 넘어지고, 나뭇가지에 찔리고, 돌을 걷어차고, 깊은 곳을 밟아서 허리를 다치거나 발을 삐는 등 내 몸은 사흘이 멀다 않고 터지고 깨지고 까지고 성할 날이 없다.

다치는 것도 이력이 나서 팔자려니 하고 예삿일로 넘기지만 때로는 다치면 속이 상하고 가슴이 아프다. 그래서 나의 달리기 연습은 시간과 장소의 제약을 많이 받는다.

오늘은 날씨가 흐려 달리기 연습하기에 좋다. 지난 며칠 연습도 못 했고 해서 오후에 혼자 태화강 강변으로 내려갔다. 산책로는 조용하고 자전거만 간혹 오간다. 혹시나 다칠까 봐 길 한편으로 붙어 달렸다.

강물에는 물고기의 자맥질하는 소리로 철썩거리고, 하늘에는 모형 비행기 날리는 소리가 윙윙댄다. 5㎞ 정도 달리니 땀도 촉촉이 나고 몸이 풀려 속도를 점점 높이게 된다. 반환점을 돌아 집 방향으로 오면서 기분도 좋고 몸도 가볍고 나도 모르게 살세게 달렸다.

그때 내 앞에 무언가 물컹한 물체가 확 받치는데 피할 여유도 없이 그대로 안고 나뒹굴었다. 동시에 "아~ 아" 소리와 함께 여자가 쓰러지고 가방과 신발은 날아가고 황당한 일이 발생했다.

나는 그 여자를 부축해 일으키려고 했는데 내가 손을 뻗치기도 전에 용수철에 튕긴 것처럼 벌떡 일어났다. '아이고, 망신스러워라.' 무슨 말로 사과를 해야 할지 몰라 쩔쩔매다가 "미안합니다. 미안합니다. 내가 시각장애인이어서 앞에 사람을 빨리 발견을 못 해서 너무 큰 실수를 저질렀습니다."라고 하는데 그 여자 역시 혼이 빠진 것처럼 당황해하며 "하이, 하이" 하는데 일본인 여자였다.

미안하기도 하고 망신스럽기도 하고 사과와 변명을 해야겠는데 말은 안 통하고 난감할 뿐이다. 옛날에 공부한 일본어를 더듬어가며 "스미마셍, 스미마셍" 하며 상처 입은 눈을 짚어 가며 연방 머리를 조아렸다.

일본여자는 알아들었는지 미친 사람에게 당했다고 생각했는지 "하이, 하이" 하더니 얼른 가방을 메고는 가던 길을 종종걸음으로 가버렸다. 나는 '아이고 살았다.'며 놀란 가슴을 어루만지며 한동안 걸음을 옮길 수 없다.

회색 구름이 낀 오후라 주위도 거무스레한데다가 보도블록 바닥도 회색이고 그 일본여자 옷도 상아색 계통의 원피스를 입어 내 눈에 사람이 띄지 않았다. 그 여자분은 자다가 날벼락 맞은 것처럼 얼마나 놀랐을까. 더구나 타국에서 봉변을 당했으니 그 여자는 이 사건을 어떻게 생각할까. 생각할수록 민망하다.

그 여자는 집 방향으로 바삐 떠났고 나는 집 방향으로 가면 그 여자를 다시 만날까 두려워 집 방향으로 못 가고 반대 방향으로 한참 내려갔다가 그 여자가 지나갔을 시간쯤 되어서야 집 방향으로 돌아왔다.

우중주(雨中走): 빗속의 달리기

제4회 새벽 강변마라톤대회(2007. 7. 1 40597 3:43:51 이태희 25회)

여름철로 접어들면서 날씨가 무더워 대회가 줄어들었다. 사실 더운 여름철의 달리기는 햇볕에 그을리고 뜨겁고 고역이다. 그래도 요즘은 취미생활을 넘어 마일리지 횟수를 쌓기 위해 스스로 정한 의무감에 쫓긴 듯 대회에 참여하는 경향이 있다.

어떻게 보면 매주 등산이나 낚시를 가는 사람과 마찬가지로 심하다고만 할 수는 없겠지. 등산, 낚시, 마라톤에 심취하면 별반 다를 게 없는데 유독 마라톤 애호가에게는 중독자니, 미쳤느니 구설이 많은데 왜 그런지는 모르겠다.

다행히 오늘 대회는 무더운 대낮시간을 피해 시원한 이른 새벽에 열린다. 6월 30일 자정, 3명의 일행과 함께 서울행 마지막 심야버스에 올랐다. 새벽 5시 반의 동서울터미널은 궂은비가 추적추적 내린다. 머리도 젖고 몸도 신발도 질퍽인다.

평소 집에 있으면 단잠을 자는 시간인데, 이게 뭐하는 짓인지…. 옛날 우산이 귀한 시절에는 가랑비만 와도 비 맞고 학교 안 간다고 투정 부렸다. 그러면 엄마는 "이놈의 종내기 간에 비 안 들어간다."며 쫓아내던 일이 어제 같은데, 제가 좋아서 하는 일은 비가 오나 눈이 내리나 문제가 되지 않는구나.

터미널 주변 식당에서 설렁탕으로 식사하고 대회장으로 갔다. 대회장에는 나와 비슷한 생각을 하는 사람들이 아주 많이 모여 있다. 대회장은 우천 탓에 질서도 없고 어수선하다.

다들 비를 피해 비닐을 덮어쓰고 천막 밑으로 기어들어 가 있다. 바닥은 물이 고여 디디면 첨벙첨벙 못자리한 논 같다. 그래도 출발시각이 가까워지자 이 구멍 저 구석에서 많이도 흘러나온다. 눈이 오나 비가 오나 마라톤은 시작된다.

나는 준암 이태희 형님과 손잡고 빗속을 헤쳐 나갔다. 비 오는 한강변은 시원하고 상쾌하다. 처음 달려보는 한강 둔치라서 지나는 곳마다, 보는 것마다 이색적이고 지루하지 않다.

한강을 차로만 건너봤지 이렇게 가까이서 보는 건 처음이다. 넓고 넓어 바다 같구나. 그런데 한강엔 웬 다리가 이리도 많은지 계속 다리 밑을 통과한다. 아예 다리로 한강을 뒤덮겠다.

반환점을 지나자 피로와 함께 몸이 달아오른다. 준암 형님은 물이 고인 자리를 지날 때면 일부러 첨벙거리고 휘저으며 물을 덮어써 몸의 열을 식힌다. 나는 온몸이 젖어 축축하여 찝찝했지만 별수 없이 물세례를 맞았다.

35㎞가 지나자 비도 그치고 후덥지근하다. 신발은 젖어 무겁고 바람도 뜨뜻한 게 숨이 막힌다. 머리 위로 기차가 지나가는 걸 보니 한강철교 밑을 통과하는 모양이구나. 그럼 곧 63빌딩이고 1㎞도 채 안 남

40229
Panasonic
40597
Panasonic

은 것이다.

오늘은 이렇게 수중전을 승리로 장식했다. 이 대회가 새벽 마라톤이라 해도 골인 시간은 오전 11시 전후가 되어 더위에 고생스러운데 이왕이면 한두 시간 앞으로 당겼으면 좋겠다.

울산행 차에 올라 신발을 벗어본다. 아이고, 내 발. 금쪽같은 내 발. 4시간 동안 물에 잠겨 절단이나 나지 않았나.

명품대회

2007 혹서기마라톤(2007. 8. 11 1613 4:47:37 장재근 27회)

서울마라톤클럽에서 주최하는 이 대회는 이구동성으로 하도 명품대회라고 입소문이 나서 꼭 한번 참가해보고 싶었다. 상업적으로 하는 대회와는 달리 마라톤클럽에서 순수하게 달림이 입장에서 대회를 진행하는데, 워낙 인기가 높다 보니 참가신청도 시작하는 날 두 시간이면 마감된다고 익히 들은 바여서 신청 받는 날 오전 10시 시작 시간이 되도록 서울마라톤 홈페이지를 열어놓고 딱 견주고 있었다.

10시 정각 잽싸게 연결했다. 홈피 화면을 빨리 읽을 수 없어 더듬거리다가 혹시 기회를 놓칠까 봐 조마조마했다. 겨우 신청 성공. 제기랄, 요즘은 서로 우리 대회에 오라고 통사정하는 판에 대회에 한번 끼어볼 거라고 이렇게 가슴까지 졸이다니 세상 참 고르지 않구나.

우리 클럽에서는 장칼과 둘이 신청했다. 우리는 심야버스를 타고 서울로 가서 지하철로 갈아타고 과천대공원으로 갔다. 대회장엔 달림이들이 꽉 모였다. 참가자가 2,000명이나 되는데 두세 시간에 신청이 마감된 것이다. 요즘은 마라톤대회가 많아서 어지간히 큰 대회가 아니고서는 풀코스 2,000명을 모으기 힘든데, 유명한 대회가 맞긴 맞는가 보다.

동물원을 돌고 공원 산길을 6회 왕복하는 코스다. 난 아무리 생각해도 마라톤을 잘 시작한 것 같다. 마라톤이 아니었으면 어떻게 전국 각처로 과천공원까지 구석구석 구경할 수 있었겠나.

장칼의 손을 잡고 숲길을 이리저리 도는데 여기저기서 동물 소리가 난다. 그리고 언덕에 올라 6회 왕복코스로 들어갔다. 날씨는 몹시 더웠지만, 코스 주변이 나무그늘로 되어 있어 반은 그늘이고 어제 내린 비로 아직은 땅이 촉촉하고 지열이 적다. 산허리를 끼고 오르막 내리막이 계속 이어지는 힘든 코스이지만 녹음 사이로 불어오는 녹색 바람과 우렁차게 노래하는 매미들의 합창소리는 시원하기 그지없다.

그동안 덥다는 핑계로 게을러져서 연습도 소홀히 하고 몸도 마음도 지쳐 있었는데 오늘 연습 주로는 일품이다. 매미의 응원 노랫소리와 풀벌레 소리는 더위와 피로를 잊게 할만하다. 주로에는 갈증이 날만하면 수박화채와 생수 콜라가 있었고 시장기가 돌 때쯤이면 바나나, 초콜릿, 건포도, 토마토 등이 놓여 있다. 이제 그 명성을 알만하다. 앞으로도 이런 대회가 많았으면 좋겠는데.

25㎞가 지나자 장칼은 물통마다 다 들르기 시작한다. 군데군데 작은 계곡에는 어제 내린 비로 계곡물이 시원하게 흐르고 거기엔 어김없이 주자들이 몇 명씩 냉수욕을 즐긴다.

장칼도 빠질 수 없지. 거기다가 반대편 주로의 물통에 달려들 때는 얼마나 급했으면 옆에 나를 잡고 있다는 걸 잊고 마주 오는 주자를 혼자만 피해서 물통으로 돌진하는 바람에 나는 여러 차례 다른 주자와 부딪쳤다.

모두 지치고 힘들 때인데 얼마나 짜증이 났을까? 진로를 방해하고 부딪쳐 넘어지게까지 해도 다들 시각장애인인 줄 알고는 이해하고 도리어 미안하다고 한다.

"장칼아, 아무리 급해도 옆에 붙어가는 사람도 좀 생각해주고 앞에 오는 사람도 좀 생각해"라고 하며 핀잔도 주었다. 달리기를 좋아하는 사람들은 이해심도 많다. 아니면 명품대회에 참가한 사람들은 인품도 고품격이라서 그런가?

달리기를 마치고 나니 기념촬영도 해주고 점심도 제공해준다. 이 정도면 명품대회라 해도 전혀 손색이 없다. 오늘 하계훈련 멋지게 했다.

생각난다, 천당고개

해병대 제5회 오천 혹서기마라톤
(2007. 8. 15 7143 4;26;39 이태희, 최병기 28회)

한여름에 별로 할 일도 없고 달리기 연습도 별로 못 했으니 집 가까운 지역에서 대회가 있을 때 장거리훈련 삼아서 참가하기로 한다. 시험이나 대회도 계획하고 신청하고 날짜가 다가와야 갈고 닦고 열심히 훈련하게 되듯이 마라톤도 경기가 없으면 연습이 소홀해지고, 특히 장거리 연습은 잘 안 된다. 요즘같이 더울 땐 몸도 마음도 나태해져 증세가 심해진다. 포항은 멀지도 않고 그동안 늘어진 마음을 한 번쯤 다잡기에 적절한 시기의 대회다.

15일 광복절 아침. 처음 가는 해병대 길이라 아내는 걱정하며 가다가 길을 잘못 들어 헤매다가 행인에게 길을 묻는데, 여기가 오천 해병대 근처란다. 어쩐 일인지 실수로 지름길로 오게 됐다. 오늘 뭔가 조짐이 좋구나.

아내도 오늘은 동네 구경도 할 겸 힘자라는 데까지 한번 가본다며 현장 접수로 하프마라톤에 참가하기로 했다. 일 년 중 제일 더울 때이니만큼 오늘은 죽었구나 하고 극기 훈련을 할 각오를 단단히 하였는데 다행히 구름이 하늘을 살짝 가려 날씨가 도와준다.

누가 동반주 해줄 사람 없나 하고 있는데 준암 형님이 얼른 손을 잡는다. 준암 형님은 연세가 나보다 일곱 살이나 연장인데, 달리기도 나보다 빠르고 체질이 아주 강인하다. 성격도 긍정적이라 매사에 적극적이다. 아마 롱런할 것 같다.

우리는 시원한 바람을 맞으며 "한여름 치고 이 정도면 달리기하기에 좋은 거지 뭐." 하며 힘차게 달렸다.

오천마을 해병대 앞. 길게 늘어선 철조망 담을 돌아가는데 부대 안에는 사격훈련을 하는지 굉음이 하늘과 산천을 흔든다. 더운 날씨에 우리 장병 고생이 많다. 빨리 통일이 돼야 할 텐데. 8㎞ 지점부터 언덕이 나타났다. 그 악명 높은 진전령 고개다. 여기는 2005년 5월에 100㎞ 울트라 마라톤 때 멋도 모르고 뛰어오르다 죽을 고생을 한 고개가 아닌가.

지금은 그날 밤에 넘던 반대편에서 거슬러 넘어간다. 고개가 하도 높고 길어서 나는 이 고개를 '천당고개'라고 이름 붙였다. 왜냐하면, 오를 땐 지옥이요 넘어서면 천당 같아서다. 그날 밤 배낭 메고 기어오르던 기억이 생생하다.

나는 이 고개를 다시 돌아 넘어올 일을 생각하여 쉬엄쉬엄 잰걸음으로 언덕을 오르는데 준암 형님은 이 고개가 얼마나 무서운 고개인 줄 아는지 모르는지 자꾸 앞에서 끌어댄다. 돈도 있을 때 아끼고 힘도 있을 때 아껴야 한다며 나는 속도를 늦추자고 주문했다.

옆의 부산서 왔다는 한 그룹은 구령을 붙여가며 기분 좋게 올라간다. 태산이 높다 한들 하늘 아래 뫼이로다. 오르고 또 오르면 못 오를 리 있겠는가. 한 발자국 한 발자국이 쌓여서 고갯마루에 오르니 농악대가 요란하게 사기를 북돋우고 바람은 사방으로 통한다. 표지판은 어느덧 15㎞다. 벌써 3분의 1이 지났다.

지금부터는 내리막. 우리는 오르막이 언제 있었느냐는 듯, 조만간 이 고개를 다시 올라와야 할 미래의 고통도 잊은 채 신이 나게 내리 달렸다. 마을을 지나고 논밭을 지나 다시 넓고 평탄한 신작로가 이어진다. 인생길도 이렇게 신작로같이 순탄하기만 하면 좋을까? 아니면 밋밋하여 재미가 없을까?

좋은 일과 힘든 일이 섞여 있어야 기쁨과 고통을 알게 되지 좋은 일만 계속된다면 그 상태가 좋은 상황인지를 몰라 기쁨과 즐거움을 못 느낄 것이다. 잘 나가기만 했던 주로에 다시 천당고개 진전령이 가로막는다. 하늘은 구름 사이로 불덩어리를 토해내고 준암 형님은 힘이 부쳐 보인다. 한 시간 전까지만 해도 싱싱하게 언덕을 차고 오르셨는데. 아까 구령 붙이며 보란 듯이 언덕을 오르던 부산 팀도 걷고 있네. 그러니 있을 때 아끼는 게 맞지.

마침 지나가던 최병기 친구와 손을 잡고 남은 레이스를 계속했다. 다시 진전령을 넘고 돌아오는 길은 내리막이 많아 수월케 간다.

39㎞를 지나는데 아내가 차로 마중을 나왔다. 하프를 완주한 후 냉장이 잘된 맥주를 사서 마중을 왔다. 병기 친구와 나는 길가에 퍼질러 앉아 시원한 맥주를 한잔 마셨다. 온몸이 시원해진다. 지나가는 주자들도 몇 명 불러 한 잔씩 권했다. 주자들은 아주 고마워한다. 그로기 상태에서 마치 생명수와 같았다. 아내는 쭈쭈바를 10개 샀다며 차를 몰아 뒤에 오는 우리 클럽 회원들에게 나눠준다며 떠났다.

지독한 더위와 악명 높은 진전령 고개. 하계훈련 제대로 했다. 오늘의 완주 기념품은 오천 새송이버섯 한 상자다. 참가비도 저렴한데 좋은 기념품도 주고 기분이 좋다. 빨리 가서 버섯과 함께 고기 한 근 구워야겠다. 오늘 달리기는 잘했는데 익어버린 몸뚱이는 우짜노? 몸뚱이가 화끈거린다.

꼴찌해도 상금 받는다

제2회 옥천 금강전국마라톤(2007. 9. 2 50013 3:31:08 유복근 29회)

옥천마라톤을 신청해놓고는 두 번 걱정했다. '너무 더우면 우짜지? 그래, 30도 넘으면 포기하자.'고 생각했다. 그런데 대회 일주일 전부터 비가 내린다. '낼모레면 대회 날인데 비는 계속 내리고 이 비가 안 그치면 큰일인데.' 하고 또 걱정한다. 하기야 좋아하는 일은 아무리 악조건이라도 장애가 될 수 없는데 더위 찾고 비를 염려하는 건 하기 싫다는 핑계일지도 모른다.

오늘 날씨가 갤 거라는 일기예보만 믿고 새벽 4시 장재복 님, 유복근 님과 함께 장대비 속을 뚫고 북으로 북으로 달렸다. 김천을 지나고 추풍령을 지나니 빗줄기는 가늘어진다. 다행이다.

이슬비가 뿌리는 옥천. 궂은 날씨임에도 달림이들이 많이 모였다. 군수, 군의회의장, 국회의원 등 많은 지역유지가 참석했고 주자들은 힘들어하든지 말든지 대회사, 축사, 격려사가 이어졌다. 마라톤에 왜 이런 요식이 필요한지 식전행사가 지루하다.

울마클의 전사는 어디 빠지는 데가 없다. 역시 이 대회에도 빠지지 않았다. 기수경 님과 박봉주 님이 참가하여 서로 반갑게 인사했다. 여기도 비가 얼마나 왔는지 주로가 잠기고 파헤쳐지고 해서 대회 직전까지 보수한다고 군청에서 야단법석이었단다. 자칫하면 대회가 무산될 수도 있었다.

주로는 대체로 평탄했으나 6㎞ 지점에 높고 긴 언덕이 초반의 힘을 뺀다. 14㎞ 지점부터 금강변을 끼고 비포장 길이다. 내가 제일 달리기 어려운 비포장 길이다. 예상치 못한 복병을 만났다. 울퉁불퉁하고 군데군데 파여 물이 고여 구덩이를 밟으면 흙탕물이 튀기고 비 온 뒤라서 질퍽거리고, 무엇보다 발이 젖을까 봐 겁이 나서 발을 앞으로 내뻗기가 두렵다.

코스는 지랄같이 힘들지만 금강변의 강줄기와 이어지는 강 언덕의 녹색 숲이 절경을 이루고 레이스 시작부터 계속해서 분무기로 물을 뿌리듯 실비가 흩날려 체온을 식혀주었고 시원한 물소리와 청풍은 마라톤 맞춤 환경이다.

이상한 것은 비장애인 마라토너들은 이런 비포장 길이 무릎에 충격도 덜하고 오히려 더 좋다 하니 이래서 장애가 불편하단 걸 실감하겠다. 고생 끝에 다시 포장길로 접어들자 오리가 물을 만난 듯 거침없이 달렸다. 역시 나 같은 시각장애인은 평탄한 아스팔트가 좋아. 길은 엉망이었지만 여타 환경이 좋았고 복근 씨가 잘 도와줘서 기록이 잘 나왔다. 복근 씨가 처음 봉사하는데 내가 비포장 길에서 힘들어하여 고생이 많았지 싶다.

피니시 라인에서는 아내가 반갑게 맞아주면서 "여보, 나 오늘 3등 했다"고 한다. 나는 경품 3등에 당첨된 줄 알고 "야~ 축하한다." 하고 샤워장으로 가는데, 재차 "나 달리기 3등 입상했는데 잘했제?" 한다. 그제야 난 다시 축하한다. "이게 웬일이니?" 해놓고 생각하니 그래도 믿기지 않아 "오늘 여자 3명 나왔재?" 하니 사실은 여자 50대 4등인데 앞의 한 명이 실격되어 3등이 되어 시상대에 올라 상을 받았다고 한다.

아내의 하프기록은 2시간 48분 40초. 잘 달렸다. 클럽 내 여자선수인 영희 씨, 나래 씨에 비하면 말도 안 되는 기록이지만 무척 대견스러웠다. 그동안 경력은 2005년 1월 신혼여행코스인 진주 하프에서 3시간 20분으로 실격, 2006년 1월 여수 하프에서 4시간 22분으로 실격했는데 오늘 3등 입상과 약간의 입상금과 함께 기록증도 받아보게 된 것이다. 세상에 이런 별일도 다 있네.

난 마라톤 경력 5년에 풀을 수십 번 완주했는데 별 볼 일 없다. 단지 불만이 있다면 그 많은 시상 등급, 그러니까 연대별, 남녀별 다 있는데 왜 시각장애인은 시상 등급이 없는지? 있다면 나 혼자니까 무조건 1등일 텐데….

삼성장군 임관

제2회 황영조배 강진 청자마라톤대회(2007. 9. 9 7052 4:22:49 김정길 30회)

오늘은 시드니마라톤 참가를 앞두고 거기서 동반주 하기로 한 빼빼로 김정길 님과 호흡을 맞춰볼 좋은 기회가 된 대회다. 시절은 9월로 들어섰건만 열기는 삼복더위 이상으로 뜨겁다. 달리는 사람이 있기에 대회를 개최하는지 아니면 대회가 있으니 참가를 하는지는 모르지만, 오늘 같은 날은 개최하는 사람이나 참가하는 사람이나 어지간하다. 풀코스 참가자가 300명이 채 안 된다. 이래서야 고장을 알릴 잔치라 할 수 있겠는가?

마라토너도 눈이 날리는 혹한이든지 오늘 같은 불볕이라도 주자가 많으면 서로 격려하며 분위기에 휩싸여 달리게 되는데 너무 초라해 보인다.

예정대로 빼빼로 님과 나는 시드니마라톤을 꿈꾸며 강진에서 예행연습 삼아 손을 잡는다. 빼빼로 님은 "해외에 나가서 낯선 나라를 구경하면서 그리고 다시 볼 수 없을지도 모르는 시드니를 천천히 음미하며 달려야지 빨리 달릴 필요가 있겠나?" 하면, 나는 "맞습니다."라고 장단을 맞추며 여기가 시드니라고 생각하고 달려보자며 오순도순 정답게 달렸다.

뜨거운 태양 아래 몸에선 땀물이 비 맞은 듯이 흐르는데 바람조차 잠잠하다. 탁 트인 해변이 이국에 온 것 같이 풍광이 좋다.

10㎞를 지나면서 빼빼로 님의 숨결이 거칠어져 간다. 그래서 속도를 많이 늦추었다. 반환점에 와서는 빼빼로 님은 더 이상 못 가겠다며 대

회를 포기해버렸다. 빼빼로 님은 나보다 기록이 약간 처지기 때문에 천천히 간다고 갔는데 나도 모르게 좀 빨리 갔나 싶다. 날씨 탓도 있겠지만 빼빼로 님을 내가 애를 먹여 포기시킨 것 같아서 미안스럽다.

나는 지나가는 한 주자를 잡고 뒤를 졸졸 따라갔다. 26㎞. 폭염 속에서 달리는 리듬이 깨져서 나도 더 이상 갈 수가 없다. 이제부터 보행 훈련이 시작됐다. 가운데 노란색 중앙선 차선을 따라 마냥 걷는데 참가자가 적다 보니 앞에 가는 사람도 추월하는 사람도 없다. 모두 지쳐 추월할 만한 힘이 없을 게다.

그렇게 외로이 혼자 걷고 있는데 대회 차량이 따라와서 승차를 권유했다. 아무려면 광주에서처럼 몸이 아프지 않은 이상 차야 탈 수 없지. 단호히 거절하니 "차 지나간 뒤에 후회하지 말고 차 있을 때 빨리 타세요."라고 거듭 충동질했다.

내 사전에 차를 타는 일은 없다며 기어이 승차를 거부했다. 다른 날도 아니고 오늘이 30회 완주하는 중요한 날인데 차를 타다니 말도 안 된다. 그러던 차에 준암 형님이 뒤에서 다가와 "와 이래 혼자 가노?" 하신다. 산속에서 길을 잃고 헤매다가 사람을 만난 기분이다. 반가웠다. 준암 형님도 지쳐 있었지만 우리는 서로의 심정을 이해하듯 말없이 뛰다 걷다 하면서 완주했다.

힘이 들 때엔 비록 지쳐 있는 주자이지만 옆에 누가 있다는 것만으로도 서로에게 위안이 되고 의지가 된다. 우리 인생도 마찬가지 아닌가. 힘들고 외로울 때 혼자면 더욱 힘들지만 힘들 때일수록 함께하는 사람이 있다면 서로에게 힘이 되고 위안이 된다는 평범한 진리를 오늘 다시 확인했다.

나는 이제 별 3개다. 이상하게도 10회 완주 때나 20회, 30회 완주

때는 꼭 힘들게 이루어진다. 그래서 별이 값진 건가? 오늘 포기자가 약 30%란다. 다들 빠른 회복을 빌어본다.

오페라하우스의 열연은 아직 끝나지 않았다

블랙모어스시드니러닝페스티벌(2007.09.23 1523 4:39:09 김정길 32회)

마지막 무더위가 등골을 적시는 8월 말. 강진홍 님으로부터 2007 시드니마라톤에 참가하라며 전화가 걸려왔다. S-oil에서 후원하고 푸르메재단에서 주관하는 장애인 해외체험 프로그램에 참가자로 발탁되었다. 그저 달리기가 좋아서 달렸을 뿐인데 장애인이면서도 열심히 산다고 주변에서 어여삐 봐주어 격려를 해주고 해외마라톤 참가까지 알선해준 것이다.

뜻밖의 행운이 찾아왔다. 난생처음 맞이하는 해외여행에 대한 호기심과 기대감에 부풀어 마음을 다잡을 수 없었지만, 함께할 수 없는 아내를 생각하면 기뻐 날뛸 처지도 못 되고 이거 미칠 지경이다.

출발일은 9월 20일. 평소 때엔 한 달 시간을 풀어놓아도 초하룬가 싶으면 어느새 그믐이 되곤 하더니 왜 이리 시간이 더디 가는 거야? 마치 어릴 적에 명절이나 소풍날 기다리듯 손을 꼽는다.

드디어 시드니 일정표가 도착했다. 동반주자 겸 생활도우미는 S-oil에 근무하시는 김정길 빼빼로 님이시다. 빼빼로 님은 내가 소속된 울산마라톤클럽에서도 같이 활동하면서 시각장애인들에게 자원봉사를 많이 하는 사람이다. 역시 S-oil 푸르메재단에서 세심한 배려를 한 것 같다. 그래서 우리는 미리 몇 차례 만나 식사도 같이하고 손잡고 달려 보기도 하며 서로의 습성을 익히고 친근감도 돈독히 하였다.

출발 3일 전. 태풍 '위파'인지 '휘파람'인지가 올라오는데 20일 서해안으로 지나간다고 예보한다. 잘못하면 비행기가 못 뜰 수도 있다. 걱정이다. 어떻게 가는 여행인데. '이놈의 태풍아! 중국 땅으로 가버려' 하고 빌어보지만 19일에도 계속 기상청은 태풍이 서해안으로 접근 중이란 예보를 내보낸다.

이 빌어먹을 태풍 때문에 난생처음 가는 해외여행이 말짱 도루묵 되는 건 아닐까? 밤새 노심초사 일기예보를 들으며 드디어 20일 날이 밝았다. 조상님이 무심치 않았다. 태풍은 중국으로, 나는 인천으로 출바~알. 마라여행 시자~악. 공항에 도착하니 영화 〈말아톤〉의 주인공인 배형진을 비롯하여 같이 갈 일행들이 많이 나와 기다리고 있었다.

처음 와본 인천국제공항. 규모가 엄청나다. 면세점이란 곳도 둘러보고 50평생 살면서 처음으로 해외여행을 경험해보게 된다. 설레는 마음으로 비행기에 오른다. 기내에서는 양말도 주고, 담요도 주고. 별것 다 주네. 저녁밥도 주는데 한식을 시켰더니 반찬도 괜찮고 먹을 만하다. 음료수도 갖다 주고 나야 편히 앉아 먹지만 승무원들이 너무 고생하는 것 같아서 안쓰럽다. 옛날에는 스튜어디스가 고급 직종으로 선망의 대상이었는데 내가 보기엔 3D 업종 같다.

우리를 태운 비행기는 밤새도록 남녘으로 날아 21일 새벽, 이역만리 낯선 땅 호주 시드니 공항에 내려놓았다. 공항을 나서니 온통 알 수 없는 말들이고 한국은 아직 30도를 오르내리는 더운 날씨인데 이곳은 선선한 공기에 시원한 바람 등 외국에 온 것을 실감한다.

우리는 가이드의 안내를 받으며 산호초가 부서져 모래가 만들어졌다는 몬다이 해변을 찾았다. 넓고 고운 모래밭과 시원하고 상쾌한 바람. 해운대 해변과 비교하면 모래밭이 좀 더 넓다는 것 외에 별다른 차이는 없지만, 외국이라는 마음에 기분은 다르다. 여기저기서 우리나라 말도 들리는 게 마치 해운대나 대천에 온 느낌도 든다. 나는 파도가 밀려 나간 모래밭에 구덩이를 깊이 파서 모래 공을 뭉쳐 파묻으며 이번에 같이 오지 못한 아내와 언젠가 같이 오겠노라고 다짐하고는 자리를 떠났다.

오후에 캡틴 쿡 크루즈 배를 타고 세계에서 가장 아름답다는 시드니 항을 유람했다. 선상에는 많은 사람으로 붐볐는데 여기도 우리나라 사람이 꽤 많아 보인다. 우리의 국력 신장과 여행 문화가 많이 발전했음을 짐작해본다.

사람들은 주변의 풍광에 취해 탄성을 지르는데 나는 별로 보이는 게 없네. 보이는 건 밝은 태양과 시퍼런 바다, 들리는 건 갑판 위의 관광객의 탄성이다. 나는 여기서 무엇을 담아 갈까? 둘러봐도 얻을 거라곤 외국인 관광객들의 공중질서 의식의 자연스러움과 철저함이었다.

22일. 우리는 마라톤 행사장으로 가서 배번호를 교부받았다. 번호표를 받아 들고는 '기억에 남는 멋진 달리기를 해봐야지' 하고 마음속으로 다짐하며 두 다리에 힘을 불끈 줘본다.

행사장은 시드니의 명물인 하버 브리지와 오페라하우스가 바라보이는 바다 공원이다. 우리는 오페라하우스, 쉬운 말로 대형 노래방을 배경으로 사진을 찍고 노래방에 왔으니 즉석 가요무대도 한판 벌였다.

다시 이동하는데 오페라하우스를 멀리서 스쳐보고 지나가는 게 아쉬워 김정길 님을 잡고는 오페라하우스 앞에 가서 여기저기 일일이 만져보고 세모 지붕도 만져보았다. 외부는 유리벽에 시멘트 지붕, 그 위에 타일을 붙여놓았다. 에게게~ 별거 아니네. 우리나라 불국사 지붕이 훨씬 더 멋있다.

오후에 블루마운틴으로 가서 철광산을 보고 호주 원주민과 사진도 찍었다. 원주민은 우리말 인사도 할 줄 알고 연기를 잘한다. 나는 호주의 이민족들이 원주민을 죽이고 학대하며 지금까지 인간 취급도 제대로 하지 않으면서 이 한 원주민을 관상용으로 상품화시켜놓은 데 대해 기분이 개운치 않았다. 이 땅의 주인이 누군데 말이야. 우리의 일제강점기를 상상해보았다. 내일의 거사를 앞두고 있어 일찍 들어가 푹 쉬기로 하고 오늘 하루 일정을 마쳤다.

23일. 마라톤이 열리는 날이다. 새벽 4시에 기상하여 특별히 준비해주는 특식 찹쌀밥으로 무장하고 5시 대회장으로 이동하는데 교통통제를 한다. 가이드가 교통경찰에게 무어라 사정을 얘기하자마자 경찰 사이드카 두 대가 앞장서서 길 안내를 해주는 게 아닌가. 우리는 갑자기 국빈 대우를 받으며 호위를 받아 현장에 도착했다. 우리나라에선 아직 상상도 못할 일이다.

경주 동아마라톤에서 있었던 일이다. 아내는 대회장 주변에서 교통통제 요원에게 "장애인 주자인데 현장 입구에 내려주고 가겠다."고 했다. 그런데 통제요원이 차를 퉁퉁 치며 "질서 좀 지키소." 하며 차를 세우지도 못 하게 한 일이 생각난다.

잘산다고만 해서 선진국이 되는 것이 아니다. 선진국이 되려면 국민의식부터 선진화되어야 하지 않겠나. 호주는 국민의식이 선진적이다.

출발시각까지는 1시간 40분 남았다. 그런데 쌀쌀한 아침 날씨에다 러닝복 차림으로 기다리니 한기가 엄습해 온다. 풀코스는 늘 달려온 터라 자신만만했으나 S-oil과 푸르메재단에서 우리를 이곳까지 데려와 방송,

신문 취재까지 하며 정성을 기울이는 행사인데 자칫 실수라도 하면 어쩌나 하는 생각이 들자 긴장감까지 겹쳐 몸이 부들부들 떨린다.

떠는 모습이 안쓰러웠던지 지체장애인 세진의 생활도우미로 오신 세진이 어머니께서 내 몸에 담요를 둘러주셨다. 나는 담요를 몸에 감고 수도승처럼 앉아 있었다. 그 모습이 가관이었는지 대회를 스케치하는 호주 방송카메라가 와서 인터뷰를 요청하고 촬영까지 해 갔다.

출발선에는 엄청나게 많은 사람이 모였다. 일본 사람이 얼마나 모였는지 안내방송을 일본어로도 한다. 곳곳에 아식스 현수막이고 자존심이 많이 상한다. 이 정도 참가 규모면 우리나라에서는 그룹별로 나누어 출발시키는데 대회 진행은 우리보다 미숙하다.

7시 20분, 출발 총성과 함께 주자들이 썰물처럼 빠져나간다. 우리도 수많은 외국인 주자들 틈새에 끼어 장도에 올랐다. 나의 최고 기록은 3시간 23분, 김정길 님의 기록은 3시간 40분이니 오늘은 김정길 님의 페이스에 내가 따라가면서 낯선 땅 구경도 하고 3시간 59분에 골인하기로 작전 계획을 세우고 레이스를 했다.

시작 전의 긴장과 움츠렸던 마음과는 달리 뛰기 시작하자 신선한 공기에 넓고 평탄한 주로 덕분에 다리가 가볍다. 아름답기로 이름난 하버 브리지를 내 발로 딛고 건넌다. 꿈만 같다. 다리는 영국 사람들에 의해 건설된 지 100년이 넘었다는데 대단한 기술이다. 당시는 마차가 다녔다는데 지금은 자동차 길, 기찻길이 함께 있다. 과연 100년 후를 내다본 영국인들의 안목이 경이롭다.

우리나라는 그 당시 외세 침략기여서 우리의 건축술은 돌다리를 만드는 수준이 아니었겠는가. 하버 브리지를 그냥 지날 수는 없고 다리 난간도 만져보고 바닥도 만져보고 여유를 부리며 10㎞를 51분에 통과한다.

순조로운 레이스가 이어진다. 김정길 님은 지금 우리 앞에 같이 온 시각장애인 차승우가 가고 있다고 말하기에 나는 "그 사람 신경 쓰지 말고 우리 페이스대로 가자."고 주문했다.

김정길 님은 차승우가 신경에 거슬리는지 자꾸만 인제 몇 미터 앞에 있다 하더니 12.5㎞ 지점에서 차승우가 갑자기 안 보인다고 했다. 화장실에 간 모양이다. 이때다 싶어 우리는 더욱 가속 페달을 밟으며 질주했다.

20㎞까지는 도심 속의 공원길을 달렸는데 잘 꾸며진 공원이 쾌적하고 한가로운 분위기다. 그러나 평지에 꾸며진 공원은 산야의 자연미를 활용한 우리나라 공원보다 운치는 적다.

이윽고 반환점이다. 거의 1시간 50분에 통과한다. 평소 때면 지칠 때가 되었는데 이국의 경치를 김정길 님은 열심히 설명하고 나는 즐겁게 들으며 가다 보니 힘도 덜 들고 잘도 나아간다.

23㎞ 지점에서 물을 마신 뒤부터 문제가 발생한다. 김정길 님의 속도가 점차 떨어지기 시작하더니 KTX에서 새마을호로, 무궁화호로, 다시 비둘기호로 바뀐다. 나는 김정길 님께 이렇게 가면 sub-4는 커녕 over-5가 되겠다며 기운을 차려보자고 했다. 그러고는 끈을 잡은 손으로 김정길 님의 팔을 잡고 등을 살짝살짝 밀어붙였다.

이것 참 주객이 바뀌어도 한참 바뀌었지 봉사가 봉사자를 밀고 가다니 희한한 일이 발생했다. 좀 더 진행하다가 김정길 님이 배가 아프다, 머리가 어지럽다, 메스껍다, 눈앞이 현기증이 난다며 말소리도 변성되었다.

28㎞ 지점에서 흔히들 하는 말로 퍼진 것이다. 너무 잘하려다가 오버페이스를 한 것 같다. 겁이 덜컥 났다. 이러다간 완주는커녕 사람을 죽일 것 같았다. 나는 김정길 님을 그 자리에 눕히고 안마사인 나의

주특기로 주무르고 만지고 하니 정신을 좀 차렸다. 지나가는 주자들이 무슨 일이냐고 묻기에 나는 지체 없이 "앰뷸런스!"라고 외쳤다. 그러자 김정길 님은 기진맥진해 있다가 용수철처럼 박차고 일어나 "NO, NO, NO!" 하며 강력하게 손을 내저었다. 그래도 나는 "형님, 이대로 절대 완주 못합니다. 체면이고 뭐고 다 걷어치우고 차를 탑시다. 죽습니다. 죽어요." 하며 지나가는 주자에게 계속 도움을 요청하자 누가 신고를 했는지 두 명의 의료진이 달려왔다. 김정길 님은 한사코 고집을 부리며 의료진을 뿌리쳤다. 가히 사생결단의 모습이다.

아마 김정길 님은 자신이 퍼지면 이 시각장애인은 어떻게 하며, 소임을 못다 해 행사를 망치게 될 수도 있다는 무거운 책임감을 느끼고 있었던 것이다. 인간의 정신력은 무서웠다. 김정길 님은 기사회생하여 오뚝이처럼 일어났다. 우리는 천천히 걸으며 컨디션 조절을 했다. 시간이 지나면서 김정길 님은 정상 컨디션을 회복해 갔다.

우리는 또 앞으로 나아갔다. 어떤 여성주자가 내 팔꿈치에 받쳤는데 "아임 소오리"라고 하니 도리어 미안하다고 한다. 또 어떤 사람은 내 등을 툭툭 치며 뭐라고 하는지는 몰라도 격려를 해주는 것 같다. 역시 스포츠 정신은 건전하고 아름다웠다. 그리고 외국인의 장애인을 대하는 자세가 우리보다는 친화적이다.

"아~ 저기 오페라하우스 지붕이 보인다." 하며 김정길 님이 좋아한다. 우여곡절 끝에 골인 지점이 가까워진 것이다. 연도에 선 관중은 끈을 잡은 우리를 보고는 많은 박수를 보내준다.

결승선 500m쯤 전, 누군가가 대형 태극기를 전해준다. "대~한민국"이 나도 모르게 터져 나오고 불끈 잡은 태극기는 시드니 하늘에서 요동친다. 코끝이 시큰해 오고 가슴에는 뜨거운 것이 치밀어 오른다. 대

한의 아들 됨이 자랑스럽다. 오페라하우스의 광장에는 수많은 사람이 모여 우리를 환호한다. 우리의 열연을 보기 위해 모인 관중일까? 순간 우리의 태극기는 춤을 추며 시드니 허공을 가르고 우리 두 사람의 심장은 결승테이프를 밀어붙였다.

아~ 감격스럽다. 두 사람은 서로 부둥켜안았다. 진한 감동이 밀려온다. 오늘의 완주는 김정길 님의 투혼의 걸작이다. 책임감 때문인지 가히 사투를 벌이며 완주한 것이다. 역할이 바뀌어 장애인이 비장애인을 도와가며 달린 웃기는 일이 생겼지만 서로 도와가며 각본 없는 드라마를 만들었다.

오늘밤, 우리 모두 시원한 맥주를 앞에 놓고 완주 축하파티 겸 마라여행을 평가하는 시간을 가졌다. S-oil, 푸르메재단, 여행춘추, 취재단, 자원봉사단, 장애인 주자들 모두 얼굴에 희색이 가득하다. 참가자 모두는 이번 행사로 인해 장애인을 새롭게 인식했다고 한다. 거리낌 없는 표현과 활기차고 자신감 넘치는 생활 등 참가자들은 모두 오히려 장애인을 보고 자신들의 생각에 장애가 있었다 한다.

한 취재진은 "이제껏 장애인에 대한 기사는 장애인의 어두운 부분을 호소하는 장면이 대다수였는데 오늘은 이같이 밝은 부분을 쓰게 되어 너무 좋다."며 앞으로도 장애인의 밝은 모습만 쓰고 싶다고 한다.

그렇다. 우리가 며칠 같이 생활하면서 장애와 비장애 간의 벽을 허물었고 많은 외국인과 함께 달리며 대한의 건강한 장애인 생활상을 세계에 보여주었으며, 우리도 해외의 새로운 문화를 경험하며 새로운 도약의 계기가 된 점이 큰 성과라고 생각한다. 이번 행사의 주제는 '감동의 마라톤'이다. 누가 붙였는지 그 내용과 딱 들어맞는다.

24일, 마지막 날이다. 우리는 모래사막으로 가서 샌드보드라는 기구를 이용하여 모래언덕을 타고 놀았다. 광활한 모래벌판에는 아무것도 없다. 장애물이 없는 백색의 벌판을 나는 마치 새가 허공을 날듯이 그 누구의 도움 없이 훨훨 날았다. '평소의 생활도 이렇게 자유로우면 얼마나 좋을까?' 하고 생각해본다.

마지막으로 그간의 열기를 식힐 겸 사막에 인접한 해안으로 가서 시원한 바닷물에 발을 담그며 바닷가를 걸었다. 바닷물이 쓸고 나간 장판 같은 모래판을 밟으니 발자국이 선명하게 남는다. 내가 왔었노라고 흔적을 더욱 깊이 새기고 싶어 쿵쾅쿵쾅 힘주어 밟았다. 지금쯤 그 흔적은 파도에 씻겼겠지.

하지만, 내 마음속에 새겨진 흔적은 지워지지 않을 것이다. 석양이 지는 바닷가의 파도는 오페라하우스 광장의 열연을 아쉬워하며 아직도 쏴아~ 쏴~ 하고 있겠지….

별난 인연

2007 하이서울마라톤
[2007. 10. 7 2369 3:47:49 이태희, 양동호(군산저유소) 35회]

하이서울마라톤은 서울시청 광장에서 출발하여 청계천 하류를 돌아 한강 북편 강변공원을 지나 광진교를 건너고 한강 남쪽 강변을 달려 63빌딩 앞 수변 광장으로 오는 서울의 명소를 두루 돌아보는 서울 일주 마라톤이다. 한강 남북 산책로는 서울 사람들도 단숨에 돌아본 사람이 많지 않단다. 시청 앞 잔디 광장은 인파로 넘친다.

지방대회는 사람들을 모으기 위해 온갖 이벤트를 하며 유인해도 사람들을 모으기 어려운데 서울 주변은 인구가 많고 달림이들이 많으니 일반적인 대회라도 풀코스에만 천여 명은 어렵지 않게 모인다. 어쨌든 마라톤대회는 사람이 많아야 재미도 있고 달리는 맛도 난다.

오늘도 준암 형님과 함께 건강 달리기를 시작한다. 청계천을 도는데 '왜 3월 동아마라톤 때 청계천과는 느낌이 다르지?'라는 생각이 들었다. 아니 그때는 기록에 신경을 쓰다 보니 경치는 안중에 없었고 오늘은 건강주를 하니까 경치가 제대로 느껴지는 모양이다. 청계천의 물소리가 한량없이 시원하구나. 한강 북편 공원 속을 지나는데 후덥지근한 열기는 느껴져도 녹색의 편안함과 나무냄새가 참 좋다.

이제 광진교를 건넌다. 한강다리를 난생처음 발바닥으로 건너본다. 강변에서 보는 강이 한없이 넓어 보이더니 다리 위에서 보니 과연 넓다. 다리 길이가 1㎞가 넘는다.

28㎞ 지점에 이르자 준암 형님은 잡았던 끈을 뒤에 따라오는 사람

S-Oil
우리은행
2140
우리은행
2369
우리은행
2370

에게 넘겨준다. 다리에 쥐가 내려 도저히 같이 못 가겠다며 속도 조절을 해야겠다고 한다. 형님은 올해 안에 50회 완주를 목표로 열심히 출전하시더니 요즘 들어 주력도 떨어지고 전과 다르다. 앞으로 내내 같이 다녀야 하는데 걱정이네.

새로 짝이 된 사람은 군산저유소에 근무하는 양모 씨인데 이름은 잊어버렸다. 울산 S-oil의 김정길, 조연국도 잘 알고 있다. 양씨는 주로에서 나를 여러 번 봤다며 같이 한번 잡고 뛰고 싶었는데 오늘 만나서 반갑다고 하며 앞으로 연락하고 지내자 했는데 지금은 연락처를 알 수 없다.

40㎞를 지나는데 옆에서 따라오던 사람이 "혹시 이윤동 님 아닙니까?" 한다. "누구세요?" 하니 "나도 이윤동입니다. 마라톤대회 사진이나 기사를 통해 익히 알고 있었고 한번 만나고 싶었는데 오늘 만나게 되었네요."라며 아주 반가워한다.

나 역시 동아마라톤에서 기록을 확인하던 중 동명이인이 있음이 신기하고 반가워 어떤 사람인지 궁금하여 마라톤 사무국에 연락처를 물었으나 가르쳐주지 않아 무척 궁금했는데 오늘 이렇게 만나게 된 것이다.

나는 이때까지 살아오면서 나와 동명인을 처음 만났다. 전화번호부를 보면 중복된 이름이 수십 명씩 나오는데 아버지께서 지어주신 내 이름은 아직 본 적이 없었다. 신기한 것은 이 사람은 인천서 슈퍼마켓을 운영하는데 고향도 서로 가깝고 나이도 동갑이다. 거기다가 오늘 완주 횟수도 나와 똑같이 35회째란다. 무슨 이런 인연이 다 있노? 너무 신기하고 운명의 장난 같기도 하다. 두 이윤동은 너무 신기하여 서로 묻고 답하고를 거듭하다 보니 남은 거리 2㎞가 금방 지나가고 옆의 동반주 해주는 양씨와는 오히려 대화할 시간이 없었다.

골인한 후 인천 이윤동과 연락처를 주고받느라 양씨의 연락처는 까

먹어버렸다. 이 분을 다시 한 번 만나야 할 텐데. 언제 다시 만나게 될는지 아쉽다. 인천 이윤동과는 다시 연락하기로 하고 헤어졌다.

나는 마라톤을 하면서 정말 많은 것을 얻는 것 같다. 좋은 사람도 두루 만나고 새로운 인연도 만나고. 아무튼 오늘의 만남은 예사롭지 않은 만남인 것 같다. 울산으로 내려오는 차 안에서 이런저런 생각에 잠겨 있는데 전화기가 부르르 떨어댄다. 인천 이윤동이 잘 가고 있느냐며 전화했다.

말을 세 번 갈아타고서야 완주

2007 경주 동아국제마라톤(2007. 10. 21 5205 3:40:17 이태희, 정기영 37회)

경주 동아대회는 내가 첫 풀을 완주한 나의 풀코스 마라톤 고향이다. 나는 이 대회는 특별한 일이 없으면 매년 참가하려고 노력한다. 오늘 이 대회는 특별히 의미가 있다. 장재복 님과 장재근 친형제가 동시에 100번째 풀코스 마라톤에 도전하는 날이다. 대단한 사람들이다.

장재복 형이 장재근 동생보다 마라톤을 일찍 시작했으나 동생이 의욕 차게 3연 풀, 4연 풀을 하며 따라붙고 형이 좀 늦추어가며 횟수를 조절해서 오늘 형제가 동시에 백 번째 풀코스에 도전한다. 전국에서도 최초인 이색적인 도전이다. 운동으로 우애를 다져가는 의로운 형제다.

경주 동아대회는 이번 회부터 국제마라톤으로 격상시키더니 참가자가 엄청나게 많아졌다. 친절하고 경우 바른 준암 형님과 오늘도 서로 짝이 되어 경주 종합운동장을 박차고 나간다.

청명한 가을 날씨에 몸이 날아갈 듯 가볍다. 10㎞를 47분에 달렸다. 피로도 전혀 없고 조짐이 좋다. 이 상태로 나가면 3시간 20분 초반대로 들어올 수 있을 것 같다. 17.5㎞에서 급수를 하는데 형님이 다리가 아프다고 한다. 지난 대회의 피로가 덜 풀린 상태에서 오늘 시원한 날씨에 달리기 좋다고 초반에 너무 당긴 것 같다.

준암 형님은 이대로 가면 둘 다 힘들다며 끈을 뒷사람에게 넘기고 좀 쉬었다가 가겠다고 하신다. 컨디션이 좋다고 나도 모르게 너무 내달려서 형님에게 오버페이스가 된 것 같다. 그리 쉽게 지칠 분이 아닌데 형님에게 미안한 생각이 든다.

이어받은 동반주자는 서울에서 온 100회 클럽 회원인데, 서울에서는 새벽 2시에 출발하여 단체로 내려왔다며 서울지역 마라톤계 이야기도 많이 해주는 등 아주 자상한 사람이다. 울산서도 서울대회에 가려면 그 시간에 출발하는데 서울서 밤새우고 이곳까지 내려와 달리는 걸 보니 이분도 어지간히 마라톤을 좋아하시는 분인가 보다.

또 그렇게 10㎞ 이상을 갔는데 페이스가 안 맞아 힘이 든다며 속도를 팍 떨어뜨리더니 도저히 힘들어서 갈 수 없다며 좀 쉬었다 가야겠다고 미안해한다. 알고 보면 내가 더 미안할 일이다. 이 사람이 자기 페이스대로만 갔다면 이렇게 고생할 일이 없었던 게 아닌가. 이처럼 동반주는 힘든 봉사다. 나는 달리기를 하면서 사람들에게 누를 끼치고 신세를 너무 많이 진다. 빚이 너무 많아 지옥 중에도 제일 나쁜 곳으로 갈 것 같은데 살아생전 빚을 조금이라도 갚을 기회가 있으면 좋겠다.

오늘의 세 번째 도우미는 경주관광도 하고 달리기도 할 겸 아내와 승용차로 어제 이천서 내려왔다는 사람이다. 자신을 정기영이라고 소

SK
5368
SK
5205

개하며 100㎞ 울트라마라톤을 10여 차례 뛰었다고 한다. 힘과 지구력이 대단한 사람이다.

야~ 이번 도우미는 철인을 만났으니 끝까지 갈 수 있겠구나. 나는 기분 나는 대로 달려보았지만, 거침없이 이끌어준다. 기영 씨가 "이 선생님은 페메(페에스메이커) 여러 명 골병 들였겠습니다."라고 한다. 나는 "눈에 뵈는 게 없으면 그렇게 된다."고 하며 서로 웃었다.

후반 레이스는 ㎞당 5분 under로 시원하게 달렸다. 예상한 시간 3시간 30분에는 못 들어왔지만 한 대회에서 여러 사람을 만날 수 있어 뜻 깊은 완주를 했다. 기영 씨는 이천 쪽에 대회가 있으면 꼭 같이 한번 뛰자고 하며 아쉬운 작별을 했다.

오늘의 형제 동시 100풀 완주를 진심으로 축하하며 앞으로도 늘 건강하게 마라톤을 즐기기를 바란다.

단풍 속으로

2007 조선일보 춘천마라톤(2007. 10. 28 2477 3:28:10 이태걸 38회)

우리나라에서 가장 권위 있는 대회라면 서울 동아마라톤과 조선일보 춘천마라톤, 서울 중앙마라톤이다. 그래서 참가자도 2만 명이 넘고 마니아들도 거의 이 대회에서 최고기록을 보유하고 있다. 춘천마라톤은 꼭 한번 가보고 싶었지만 춘천대회는 참가비용이 너무 들어서 아직 달려보지 못하다가 올해는 클럽 단체이동이라서 처음으로 참가신청을 했다.

우리가 탄 전세버스는 대구에서 의성, 안동을 지나 원주 치악휴게소에 들러 아침 식사를 했다. 이 길은 처음 가보는 고속도로로, 옛날 같으면 서울로 돌아 돌아서 하루를 가야 하는 거리를 4시간이면 춘천까지 갈 수 있다. 좋은 세상이다.

춘천 종합운동장에는 2만 명이 넘는 달림이들이 모여 북새통을 이룬다. 운동장 안팎은 장사꾼, 진행요원, 팔다리를 벌겋게 드러낸 선수들, 가족들이 뒤섞여 장터인지 난장판인지 어지럽다. 나는 혹시 보호자를 놓칠세라 마 교주 팔을 꼭 붙들고 병아리 큰 닭 따르듯 따라다녔다.

오늘은 오랜만에 마 교주와 손을 잡았다. 우리는 C구역에서 출발했는데 주로는 심히 좁으면서 주자는 많아도 기록대별로 워낙 출발 등급을 세분해서 별로 복잡타는 생각이 안 든다.

4㎞를 지나면서 호수가 나타난다. 주로 왼쪽 강 언덕엔 아직 단풍이 붉게 타고 있다. 호수와 단풍이 어우러진 가을 정취 속으로 형형색색 달림이들의 유니폼 인간띠 기둥이 서로 이어져 춘천호 일대는 거대한 풍경화를 이루었다.

다리를 건너 호수 건너편으로 돌아가는데 호수를 끼고 선수들이 한쪽에서 소리를 지르면 건너편에서도 소리를 질러 주거니 받거니 화답하고 멀리서 들으면 완전 스테레오 오디오 같겠다. 이렇게 흥에 겨워 즐겁게 달리면 힘도 덜 든다.

요즘 들어 마 교주는 달리면서 클럽 달림이들의 달리는 모습을 디카에 담아 사이트에 올리는 것을 취미가 되었다. 그래서인지 달리기 연습은 소홀히 하고 기록보다는 즐겁게 달리는 슬로우 모드로 바꾸어

기록에는 신경을 안 쓴다.

그런데 오늘은 컨디션이 좋은지 속도감이 있다. 달리면서 추월도 많이 했다. 마 교주는 가다가 "저거 안 보이제?" "뭐요?" 하니 "난풍이 죽인다."고 한다. 그리고 또 한참 가다가 여기가 군부대라며 군대 안 가봤으니 알겠느냐고 농담을 한다. 나는 마 교주에게 봉사희롱죄는 특별범죄로 가중처벌 됨을 아느냐고 맞받아치고는 크게 웃었다.

대회 초반에는 레이스를 편하게 하자던 마 교주가 중반이 넘어서면서 시계를 힐긋힐긋 보더니 욕심을 내기 시작한다. 36㎞를 지나면서 피로감이 깊어지고 지루해서 여기가 어디냐고 물으니 마 교주는 "말 걸지 마라. 지금 숨쉬기도 힘이 든다." 하며 가히 사력을 다해 달린다.

그리고 운동장을 돌아 피니시 라인을 밟고는 "30분 안에 들어오려고 똥 빠지는 줄 알았네." 하며 승리감에 도취했다. 교주님의 오기 덕분에 나도 오랜만에 3시간 20분대에 달려봤다. 춘천마라톤은 규모나 진행 면에서, 코스의 경관까지 가히 메이저대회라 할 만하다.

춘천에 왔으면 춘천 닭갈비 맛을 봐야제. 모두 개운하게 목욕하고 조양동 닭갈비 골목으로 갔다. 여기는 닭갈비 집단촌이다. 거리에는 구이 냄새가 넘치고 배는 꼬르륵거린다. 닭갈비에 막국수를 본거지에서 먹는 맛은 가히 환상적이다. 배가 고파서인지 맛이 더 좋네.

징크스

2007 선양피톤치드(2007. 11. 18 4302 4:10:27 이태희 40회)

가을은 마라톤의 계절이다. 주말마다 전국 서너 지역에서 마라톤대회가 개최된다. 대회가 많으면 마음에 드는 대회를 골라 다니며 참가할 수 있어 좋지만, 때론 어디로 갈까 헷갈리기도 한다.

오늘 날짜의 대회도 다섯 곳이나 된다. 그래서 부산 다대포대회와 대전 선양대회를 두고 상당한 갈등을 겪는다. 부산대회는 집 가까이서 하니 이동도 쉽고 비용도 싸게 먹히며 코스도 평탄하여 기록경신에도 도전해볼만한 대회라 얼른 신청을 해뒀다. 그런데 대전 선양대회는 풀코스를 처음 개최하는 대회라 궁금하고 주최 측이 선양소주 회사이다 보니 기념품으로 완주자에 한해 완주자 사진이 들어간 소주 6병을 준다니 거참 군침이 도네.

클럽 사람들은 대전 쪽으로 많이 몰린다. 고민 끝에 부산은 포기하고 대전으로 방향을 바꾸었다. 부산이야 언제든지 가기 쉽고 대전은 여러 명 갈 때 따라가야지 따로 가기는 힘이 든다. 그리고 무엇보다 내 사진이 들어간 소주 6병에 대한 유혹이 내 마음을 사로잡는다.

18일, 날씨가 내내 따뜻하다가 어제부터 꽤 춥다. 코스는 계족산 허리를 세 바퀴 도는 코스로, 전 구간이 비포장이다.

계족산. 언뜻 들으면 어감이 욕 같기도 하네. 위에서 보면 산자락이 닭발처럼 뻗어 있다 하여 원래는 '닭발산'이었는데 일본 놈들이 한자음을 따서 '계족산'으로 바꿔 불렀다 한다.

닭발산 밑은 찬바람이 불어대고 추워서 잠시 서 있기도 힘이 든다.

준비운동을 마치고 준암 형님과 나는 산허리를 돌기 시작했다. 비포장치고는 바닥이 고른 편이었으나 요철 굴곡 때문에 나에겐 무척 힘이 든다. 그리고 아무래도 산길이다 보니 오르막 내리막이 심하다. 그래도 준암 형님과 오늘은 4시간 안에 달리기로 전략을 세웠다.

산길에는 붉고 노란 낙엽들이 덮여 있어 마치 주단을 깔아 놓은 듯하다. 골짜기 물도랑마다 낙엽으로 채워져 있고 바람이 불면 낙엽과 나는 서로 경주한다. 주로에는 거의 100m 간격으로 나무 사이에 스피커를 설치하여 클래식 음악을 흘려보내준다. 거기다가 기악 합주단까지 배치하여 분위기를 '낙엽과 음악이 함께하는 마라톤'으로 연출해 냈다. 이 대회를 주최하는 선양소주 사장은 마라톤 마니아이시다. 그래서 손수 대회도 개최하고, 분위기 조성 세팅까지 한 것을 보면 사장은 마라톤뿐만 아니라 음악을 좋아하는 분위기 맨임이 틀림없겠다. 이런 분위기라면 마라톤이라기보다 음악공원을 조깅하는 기분이다.

음악과 단풍을 타고 두 바퀴를 거뜬히 돌고 이제 세 바퀴째다. 분위기에 취해 달리다 보니 거의 상위권으로 달린다. 그러다가 차츰 아랫도리에 힘이 빠지고 짧은 언덕도 까마득히 높아 보인다. 그때부터 감상은 빛 좋은 개살구가 되고 입에선 가쁜 숨이 나온다. 낙엽을 밟으니 미끄러워 자빠지려고 하고 언덕이 지겹다.

39㎞ 지점에서 문제가 발생한다. 준암 형님이 갑자기 머리가 아프다, 어지럽다며 비틀거린다. 그러다가 구역질까지 한다. 겁이 덜컥 났다. 혹시 잘못되는 건 아닌지. 큰일 났다. 지나가는 행인에게 구급차를 부탁하니 형님은 조금 진정하면 괜찮을 거라며 길가에 쭈그리고 앉았다. 조금 있다가 형님은 천천히 걷다가 정신이 좀 든다며 이대로 걸어가자고 했다.

남은 거리가 3㎞인데 현재 소요시간이 3시간 40분이다. 그때부터는 산책하는 마음으로 걷고 있는데, 추월해 가는 주자들이 잘나갈 때 알아봤다며 한마디씩 던지며 지나간다.

걸어서 골인하니 4시간을 살짝 넘겼다. 4시간 넘은 게 뭐 문제인가. 그래도 별 탈 없이 완주한 게 천만다행이고 감사할 뿐이다. 기념품 배부처에서 내달리는 모습이 새겨진 소주 한 상자를 받아 주차장으로 내려오는데 날씨가 얼마나 추운지 온몸이 와들와들 떨린다.

오늘 40승 했다. 생각해보면 참 희한한 징크스다. 10회, 20회, 30회 때 특히 힘든 대회를 치렀는데 오늘은 또 무슨 일이 있으려나 했더니 역시 3성에서 4성으로의 승진은 쉽게 되지 않았다. 아마 힘들게 얻은 승리가 훨씬 값진 것이란 걸 보여주기 위해서일 것이다.

음지변 양지전(陰地變 陽地轉): 음지가 변하여 양지가 됨

2007 진주마라톤(2007. 11. 25 9007 3:28:42 구청회 41회)

올해도 어김없이 진주 마라톤 초청장이 왔다. 울산에서는 시각장애인 7명이 가기로 했다. 하지만, 대회 날짜가 다가오자 4명이 부도를 내버렸다. 준비하는 측에서는 인원수에 맞추어 준비를 다 해놓았을 텐데 초청자에게 대단히 미안하다.

부도낸 사람들은 참가가 결정되면 숙박, 식사, 동반주, 자원봉사 등 준비과정이 있고 차질 없이 만반의 준비를 한다는 걸 모를 것이다. 간다 해놓고 그냥 빠져도 대수롭지 않게 생각하겠지만 이는 진행자를 난처하게 하는 일이다. 언제까지 이런 신의 없는 역할을 해야 할지 회의가 생긴다.

대회 하루 전에 아내와 함께 진주로 내려갔다. 나는 이상하게 진주에서의 기록이 부진하다. 그래서 3년 전부터 하는 각오이지만 올해의 목표도 3시간 40분 이내이다. 진주는 은근히 긴 오르막이 몇 군데 있어 결코 쉬운 코스가 아니다. 올해는 7월에 서울 남산달리기, 8월에 천당고개(포항 진전령 고개)를 넘는 마라톤, 11월에 선양피톤치드 닭발산 마라톤 등 험한 난코스도 뛰었고 400m 트랙에서 평지 훈련도 했으니 진주 기록에 도전해 볼만하다.

그간 진주에서도 도우미를 해주신 분들이나 경상대학교 마라톤클럽 회원님들의 실력이 일취월장하여 안영균 선생님은 sub-3을 식은 죽 먹듯 하고, 구청회 회장님도 3시간 4분으로 곧 sub-3을 눈앞에 두고 있다. 이야기를 들으니 이분들은 공복 상태로 하프를 뛰고 산길 달리기를 앞마당 거닐 듯하며 피나는 노력을 했다고 한다. 특히 구 회장님은 60을 바라보는 연세에 이런 기록을 유지할 수 있다는 것은 놀라운 일이다.

이윽고 풀코스를 출발하였다. 구 회장님과 나는 오늘의 페이스 운영을 구상하면서 달려 나갔다. 그리고 구 회장님은 지난 대회를 회상하면서 “이제는 이 회장이 어떻게 달려도 맞춰줄 수 있지 싶다.” 하시며 자신감을 내보이신다.

아~ 진양호 물은 머물러 있는 것 같아도 남강으로 흐르니 썩지 않고 진주 경상대학교 달림이들은 드러나지 않은 듯하면서 날로 증진하니 나날이 발전하는구나. 구 회장님의 행보가 심상찮다. 한 걸음 한 발짝이 힘이 넘친다. 스쳐 지나는 산천이 휙휙 지나간다. 요즘은 묘사철이다. 주로에 펼쳐진 야산에는 제객들이 묘제를 지내다가 우리를 응원하고 환영한다. 어떤 제객은 주전자를 갖고 길가에 서서 한잔하고 가라고 권한다. 진주의 훈훈한 인심이 달리는 피로를 잊게 한다.

나는 평지는 종소리가 나도록 달리고, 언덕은 살금살금 달리면서 ㎞당 평균 5분 이하로 달렸다. 이제 마의 35㎞ 진수교를 건너면서 체력이 떨어진다. 작년에도 걸으면서 고전한 구간이다.

구 회장님이 "힘을 내라. 속도를 유지하라."고 하신다. 작년엔 구 회장님이 여기서 고전하신 곳 아닌가. 양지 음지가 완전히 바뀌었다. 구 회장님께 톡톡히 보복을 당하고 있다. 하지만, 올해는 나도 호락호락하지는 않다. 나도 진주 기록이 저조하여 3년을 벼르지 않았던가.

지금 속도는 ㎞당 5분 10초. 언덕은 5분 30초를 유지한다. 그동안 연습한 게 도움이 됐는지 그 이하로는 떨어지지 않는다. 제일 어려운 39㎞ 지점. 제수문을 오르는 구간도 힘은 들었지만, 오늘은 걷지 않고 무난히 통과하고는 속도가 다시 5분대 이하로 살아났다. 마지막 1㎞는 약간 내리막길이다. 몇 초라도 줄이려고 발바닥에서 불이 나도록 달렸다.

골인. 구 회장님은 나더러 "놀라지 마세요." 하시며 오늘 기록이 3시간 28분대라 하신다. 나는 "그마이 빨리 들어왔습니까?" 하고 놀라 물었다. 구 회장님은 혹시나 이 회장이 자만할까 싶어 4분 50초에 뛰었으면 5분이라 하고 5분에 뛰었으면 5분 10초라고 하여 시간을 조금씩 모았다고 한다. 나는 그것도 모르고 5분대에 맞춘다고 똥이 빠지도록 뛰었다. 이렇게 구 회장님의 작전에 의해 진주 코스를 30분대도 아닌 20분대로 진주 최고기록을 10여 분이나 단축하였다.

경상대학 마라톤클럽 회원분들은 당신들이 기록을 경신한 양 좋아하며 축하를 해주었다. 구청회 회장님 고맙습니다. 오랫동안 건강하세요. 그런데 이상하다. "그마이 시게 뛰었는데도 와 몸이 안 피곤하노?" 아내는 "그러니 중독이지." 한다.

*랩타임: 일정한 거리마다 구간대별 시간.

1초의 소중함

송년 포항 호미곶온천마라톤(2007. 12. 16 473 4:00:01 김태현 43회)

올해 마지막 출전대회다. 호미곶대회가 공고되었을 때 산악마라톤이라서 많이 망설여졌다. 할까 말까. 거기다가 아내는 위험하다며 못하게 말린다. 올해 마지막 대회인데 내내 생각하다가 뛰고 싶은 충동이 위험할 건데 하는 우려를 눌러 이기고 마감일에 과감히 신청했다.

나는 풀코스, 아내도 하프코스를 신청했다. '까짓것 힘들면 걷고 더 힘들면 그만두지 뭐' 하는 마음으로 신청했다. 어제는 포항에 있는 마징가 김상숙 씨가 전화를 걸어와 길이 굉장히 험한데 조심하라고 걱정해주었다.

출발이 오전 10시라서 조금 느긋하게 아침 식사를 하고 아내와 함께 포항으로 향했다. 대회장엔 이미 많은 사람이 도착해 있었고 날씨는 몹시 춥다. 다행히 출발지에는 대형 온천 랜드가 있어 모두 오글오글 온천으로 모여들어 따뜻한 공간에서 출발시각을 기다린다.

오늘 동반주자는 아직 찾지 못했다. 아내는 잡아줄 만한 사람을 찾는다고 온천 랜드 휴게소 안을 두리번거리는데 포항 마라톤클럽 김태현 씨가 다가와서 도와주겠다고 한다. 김태현 씨는 6급 시각장애인으로 울마클 마라톤대회에도 참가하여 두어 차례 안면이 있다. 김태현 씨는 이 고장 사람이라서 코스도 잘 알고 해서 제대로 주인을 만났다.

10시. 출발장소는 산 밑 음지라서 모인 주자들이 볶아놓은 벌처럼 웅크리고 있다. 그래서 별다른 식전 행사 없이 바로 출발이다. 주최 측의 융통성이 빛난다.

초반 8㎞는 포장도로, 나머지는 비포장 산길이다. 나는 포장된 좋은 길에서 시간을 벌어놓자 싶어 8㎞를 단거리 하듯이 달려 선두주자들과 거의 같이 갔다. 이윽고 산길로 접어든다. 산길은 임도라서 길바닥은 좀 고른 편이었지만 내게는 퍽 힘이 든다. 조금 내리막인가 싶으면 또 오르막. 높고 낮은 산 능선이 계속 이어진다. 오늘은 기록 같은 것은 염두에 두지 않기로 하고 맑은 공기나 실컷 마시며 산악훈련 삼아 달리니 아주 여유롭다.

급수대에서도 느긋하게 먹고 마시고 오늘은 편안한 달리기 훈련이다. 산길이 추우면 어떡하나 걱정도 했는데 달리다 보니 몸에 열도 나고 날씨도 산 밑 동네보다 훨씬 따스하다.

태현 씨는 이 코스를 여러 차례 달려봐서 잘 안다며 3일 전에도 코스 점검한다고 달렸다고 한다. 그러니 이 코스 사정엔 전문가다. 태현 씨는 "여기는 무슨 절, 이 길은 어디로 가는 길, 여기는 체육공원" 하면서 자상하게 설명해준다. 오늘 태현 씨를 만난 건 행운이다.

15㎞ 지점이다. 평지에서는 나보다 늦은 49 주영길 형님, 박나래 씨 등이 '힘'이라고 응원을 해주며 나를 추월해 간다. 초반 평지에서 제법 벌려놓았는데 금방 좇아 왔다. 내가 언덕에 약한 줄은 알지만 이렇게

힘을 못 쓸 수 있나. 아마 옛날 어려서 가난했던 시절에 못 먹어서 기초체력이 약한 탓일 거다.

태현 씨는 달리면서 자기 아내가 시장에서 장사하는 이야기와 회사에 다니다가 눈을 다쳐 보상 시비를 벌였던 일, 신체의 고통으로 마음고생을 하다가 어느 날부터 남을 이해하고 용서할 줄 아는 방법을 알고부터 인생이 바뀌었다는 이야기를 하며 좋은 시간을 보냈다.

태현 씨는 중소기업에 다니다가 회사에서 한쪽 눈을 다쳤단다. 보상을 요구했으나 사정이 어려워 회사는 보상을 미적거렸다. 태현 씨는 사장과 오랜 시간 동안 시비를 하다가 회사 사정을 잘 아는 터라 어느 날 사장을 이해하고 용서를 하니 먼저 태현 씨 자신이 마음이 편해지고 아내도 수긍하였으며 사장도 고마워하며 피차 인간적으로 대하게 되었다고 한다.

그리고 이제 항상 남을 먼저 이해하기로 하고 마음수양 공부를 한다는 얘기를 들으니 나도 태현 씨와 같은 마음을 가지고 싶어졌다. 그런데 고통이나 대가 없이 그냥 얻어지기야 하겠냐. 일단 태현 씨의 마음을 본받도록 노력해보자. 이렇게 달리다 보니 벌써 30㎞가 지난다. 정말 힘든 코스지만 함께하는 사람이 있고 정담을 나누다 보니 힘든 중에도 시간이 너무 잘 간다. 아마 우리의 삶도 힘들 때 같이 염려해주는 동행자가 있으면 고단한 삶도 훨씬 수월할 것이다.

2차 반환점에는 뜨끈한 어묵탕이 김을 뿜어내고 있다. 이것저것 먹으며 반배를 채우고 소변 보고 좀 쉬다가 다시 행군한다. 편안하게 가다 보니 태현 씨도 시계를 전혀 안 보고 나도 시간을 묻지 않는다.

40㎞를 지나면서 산길을 내려와 골인 지점으로 통하는 포장된 길이 나타났다. 산길을 노닥거리며 달렸더니 힘이 남아 몸도 풀 겸 여한이 없이 시원하게 내리 달렸다. 산악코스라서 걱정을 많이 했는데 태현 씨 덕분에 수월하게 완주했다. 기록은 4시간 1초다. 아~ 아깝다. 기록에 대한 기대는 하지 않았지만 4시간 20분에 달린 것보다 더 아쉬운 것은 왜일까?

2차 반환점에서 농땡이만 안 쳤어도 아니면 막판에 시계를 한 번만 봤어도 3시간대에 들어올 수 있었겠는데. 하지만, 1초를 줄이려고 무리하다가 1년을 못 뛸 수도 있다고 생각하면 위로가 된다. 그리고 다리가 편치 않아 걱정했던 아내도 2시간 45분에 완주했다. 대견스럽다. 이제 아내도 마라토너의 반열에 들어갈 수 있겠다.

눈물 흘리는 페이스메이커

2008 제3회 여수 엑스포마라톤(2008. 1. 6 7445 3:53:56 이수배 44회)

새벽 5시, 얄미운 알람이 시끄럽게 울어댄다. 마라여행을 떠날 준비는 어제저녁에 다 해놓았으니 가방만 들고 나서면 된다. 오늘은 아내와 같이하는 마라여행이라 몸도 마음도 가볍다.

모두가 잠든 이른 새벽. 기다리는 사람도 부르는 사람도 없지만, 마라톤의 매력에 이끌려 여수로 달려간다. 진주, 사천을 지나니 동녘이 밝아온다. 지난주 새해 원단에는 매서운 삭풍을 맞으며 동해 바닷가에서 신년 해맞이를 했는데 오늘은 차 안에서 남해의 해 오름을 맞는다. 섬진강 동편으로 여명의 붉은 기운 속에 그믐의 새하얀 조각배 잔월이 태양을 마중하고 있다. 아름다운 우리나라 남녘의 아침풍경이다.

여수는 힘들기가 우리나라 마라톤코스 중에서도 다섯 손가락 안에 들어갈 정도로 악명 높은 코스다. 오늘은 3시간 50분이 목표다. 동반주자는 정하지 못했다. 그래서 무턱대고 주최 측의 본부석으로 가서 도와달라고 했다. 주최 측에서는 오늘 대회의 공식 페이스메이커가 광화문 마라톤클럽인데 그중 한 사람을 도와주도록 조치하겠다고 한다.

주최 측의 주선으로 대회장 페이스메이커 부스에서 파트너를 만났다. 4시간 풍선을 등에 단 파트너가 페이스 목표를 묻기에 3시간 50분에 뛰고 싶다고 했다. 파트너는 여기는 길이 험하니 4시간 페이스로 가다가 힘들면 4시간 15분 페이스메이커에게 전달해주겠다고 한다. 나는 짜증이 나서 그럼 3시간 45분 페메와 가겠다고 보채니 할 수 없었던지 3시간 45분 페이스메이커로 파트너를 바꿔주었다.

3시간 45분 풍선을 맨 페이스메이커와 손을 잡고 출발했다. 드디어 3시간대 도전이 시작됐다. 아내도 2년 전에는 하프를 4시간 20분에 달렸는지 걸었는지 했는데 오늘은 2시간대에 도전한다.

길은 그때 그 길이다. 코스가 한 발짝 한 발짝 똑똑히 기억난다. 나는 3시간 45분 풍선을 단 페메 2명 중 한 명과 끈을 잡고 헉헉거리며 언덕을 올랐다. 돌아올 때를 생각하며 힘을 비축했다.

그런데 풍선이 없는 개인 페이스메이커 도우미일 경우에는 주로를 마음대로 활보할 수 있었고 시간도 늦췄다 당겼다 엿장수 가위질하듯 했는데 대회공식 페이스메이커와 같이 하다 보니 정해진 시간에 맞춰 가야 하고 주변에 따라오는 주자들이 많아서 부딪치고 주변이 산만해 신경이 쓰여 불필요한 에너지가 소모되고 불편한 점이 있다.

4시간 풍선을 따라가라는 걸 3시간 45분으로 간다고 우겨놓고 혹시 중간에 퍼지면 무슨 망신이겠나 싶어 염려도 된다.

12㎞ 지점의 언덕을 넘어서고 페이스에 안정을 찾자 페메는 자신을 이수배라고 소개하고는 다른 대회에서 페메를 하면서 나를 자주 보았다고 한다. 그러고 보니 지날 때마다 인사를 해서 음성이 귀에 익었다.

수배 씨는 "나를 찾으려면 전국에 수배하면 빨리 찾아진다." 하기에 나는 "범인을 찾는 것 같아 느낌이 별로 안 좋으니 봉사에게 봉사하는 봉사자를 찾을란다." 하며 서로 농담하며 여수 해안을 달린다.

우리는 오래된 친구처럼 다정하게 레이스를 했다. 18㎞ 언덕을 넘어 내리막길을 달리면서 수배 씨는 이제부터 시간에 구애받지 말고 가고 싶은 데로 가라고 하며 공식 페이스메이커인 자기 임무를 옆에 따르던 동료 페이스메이커에게 맡기고는 달고 있던 풍선과 옷에 있는 3시간 45분 시간표시판을 뜯어버렸다. 이제 수배 씨는 개인 페이스메이커가 되었고 나는 보다 편안한 레이스를 할 수 있게 됐다.

22㎞ 언덕을 오르는데 수배 씨가 나더러 너무 빠르다고 뒷일을 생각해야 한다며 뒤로 잡아당겼다. 평탄한 길에서나 내리막길에서도 수배 씨는 자꾸 천천히 가자고 했다.

28㎞ 지점에서는 수배 씨가 본인이 지금 힘이 든다며 4시간 안으로만 골인하자고 했다. 수배 씨는 풀코스를 3시간 안에 뛰는 고수였지만 내가 빨랐다 늦었다 하며 불규칙한 레이스를 하다 보니 거기에 맞추려다 본인의 페이스 감각을 잃어 지쳐버린 것이다.

수배 씨는 "공식 페메를 하면서 시각장애인이 지나갈 때마다 나도 한 번 같이 뛰어봤으면 싶었는데 오늘에야 소원을 풀었다. 그리고 동반주가 이렇게 힘들 줄이야 생각도 못했다. 동반주 해주는 사람들이 너무 존경스럽고 시각장애인들이 너무나 대단해 보인다."며 눈물까지 흘린다.

우리는 정담을 나누며 종반에 속도를 늦추었지만 그래도 sub-4를 했다. 4시간 넘겼던 여수 기록을 깼다. 수배 씨는 다리에 경련까지 온다며 걷다 뛰다 하며 좀 힘들어했고, 오늘 목표 시간을 맞춰주지 못한 데 대해 무척 미안해했다. 나는 그동안 연습한 만큼 충분한 역량을 펼치지 못해 아쉬움은 있었지만 그래도 3시간대에는 뛰었고 중요한 것은 좋은 사람을 한 명 알게 되었다는 것이 큰 기쁨이다.

우리는 주최 측에서 제공한 떡국을 같이 먹었다. 수배 씨는 나더러 선배님이라 칭하면서 말한다. "돌아올 때 주로의 한적한 구간에서 잠시 눈을 감고 뛰어봤는데 힘이 들더라."고 하며 다시 한 번 대단하다고 한다.

그러고 보니 33㎞ 지점에서 수배 씨가 나를 이상하게 끌고 가며 서로 걸음이 뒤엉켜 같이 끌어안고 넘어질 뻔했었다. 그러면서 이제껏 살아온 인생관을 돌아볼 기회를 가지게 됐고 앞으로 달리기를 어떤 마음으로 해야 할지도 정리가 되는 것 같다며 연방 눈물을 닦았다. 나 원 참, 민망해서 떡국이 넘어가지 않는다.

아내도 이제 쪼층발이 선수가 다 되어간다. 2년 전 4시간 20분에서 오늘은 2시간 55분으로 기록이 껑충 뛰어올랐다. 그것도 난코스에서 말이다. 아직은 비록 꼴찌이긴 하지만 어려운 코스를 2시간대에 완주한 것은 대단한 실력이다.

아내가 잘 달린 건 좋은데 다리가 아파서 운전을 못 하겠다고 하면 우짜지? 우리는 멀리 남도 여수까지 온 김에 수산시장에 들러 싱싱한 남해 개불 회를 사서 석양이 지는 돌산대교를 바라보며 마라톤으로 빼앗긴 영양을 보충했다. 우리는 오늘 일출과 일몰을 다 본다, 그자? 참 그렇구나, 호호.

욕속부달(欲速不達): 욕심이 앞서면 이루어지지 않는다

제7회 경남 고성전국마라톤대회(2008.01.20 72023 3:47:12 이태걸 45회)

벌써 올해 두 번째 출전대회를 맞이한다. 지난 여수대회에서 18개의 크고 작은 언덕과 씨름한다고 골병이 들어 며칠 쉬다가 다시 고성마라톤 대비 연습주를 시작했다. 그런데 언덕은 꼴도 보기 싫다.

요즘은 부지런히 연습했는데 3월의 서울 동아대회를 대비해서 고성대회는 빡세게 달려봐야겠다. 목표는 3시간 25분으로 설정한다. 동반주자는 마 교주가 제일 좋겠는데 사실 마 교주는 요즘 살랑 모드로 바꾸었으니 마 교주에겐 배신행위지만 다른 사람에게 페메를 부탁하기로 했다. 그래서 기록이 나보다 훨씬 앞서는 장재복 씨에게 부탁하니 이번 고성에서 자신도 sub-3에 도전하기로 했다며 미안해한다. 김병규 씨께 부탁하니 고성에서 최고 기록에 도전하기로 했으니 잡아줄 사람이 없으면 잡아주겠다고 한다.

그렇다. 고성은 날씨가 따뜻하여 달리기 좋고 코스가 좋아서 많은 달림이들이 기록에 도전한다. 그리고 서울 동아마라톤 대비 훈련으로 적당한 대회라서 다들 준비하고 벼르는 대회인데 부탁한 내가 잘못이다. 나 좋으려고 남에게 부담을 주어서는 안 되는데 내가 큰 실례를 했다. 그리고 고수가 잡아주겠다고 하면 감사히 받아들여야 하고, 내가 먼저 부탁하면 상대 입장이 곤란해질 수도 있는데 주책을 부려 부끄럽다.

아침에 고성으로 가는 관광버스 안에서 속사정도 모르는 마 교주가 오늘은 자기하고 천천히 뛰자고 한다. 오늘을 위해 몇 달을 연습하고 준비해왔는데 나의 매니저가 도와주겠다는데 싫다 소리는 못하겠고 '이거 오늘 세게 뛰어보기는 글렀네' 싶다. 그러나 '변함없이 동반주 할 이는 마 교주구나!' 싶은 생각에 딴 마음 먹고 여기저기 부탁한 내가 양심이 찔린다.

예정된 시간에 대회는 시작되었다. 일기예보는 오전부터 비 예보가 있어 감기나 들지 않을까 걱정했는데 구름만 끼고 바람도 없어 달리기에는 딱 좋다.

3㎞쯤 갔을까. 어떤 여자가 아는 체한다. 아는 목소리다. 부산에 사는 김권일 친구의 아내 도미니카 씨가 아닌가? 얼마 전에 만났을 때 마라톤을 시작했다는 말은 들었어도 주로에서 만나게 되니 무척이나

반갑다.

도미니카 씨는 글도 잘 쓰고 봉사활동도 생활화될 정도로 마음이 고운 사람인데 마라톤까지 시작했으니 건강한 몸으로 봉사활동을 더 열심히 하겠구나. 마음 같아선 도미니카 씨와 이야기를 나누며 레이스를 같이하고 싶었지만, 목표가 있다 보니 아쉽게 만남을 뒤로하고 나는 먼저 앞으로 나아갔다.

8㎞를 지나자 고성의 명물 당항포가 우리를 맞이한다. 당항포는 섬으로 둘러싸여 바다가 호수처럼 고요하고 절경이다. 당항포는 천혜의 요새를 이루고 있어 이순신 장군이 이 지형을 활용하여 당항대첩을 거둔 곳이 아닌가. 들리는 말에 의하면 당항포 입구는 많은 작은 섬들로 막혀 있어 찾아 들어오기는 해도 급히 달아나려면 출구를 찾을 수 없어 꼼짝없이 당한다고 한다. 장군의 신출귀몰한 지략이 너무나 존경스럽다.

기분 좋은 생각을 하다 보니 어느덧 반환점이 가까워졌다. 우리가 다소 늦은 탓이었나, 평소 나보다 늦던 울마클 중간그룹 선수들이 반환점을 먼저 돌아서 파이팅을 외치며 지나간다. 내 옆에는 언제 따라붙었는지 울산대학 김자원 교수님이 함께하며 주변 사람들의 접근을 차단하며 내가 달리기 좋게 보호해준다. 고성의 주로는 언덕이 많은 편이지만 높지 않고 아기자기하여 재미있다. 작년까지만 해도 나는 이 정도의 언덕에서 고전했는데 산악훈련의 효과로 이젠 좀 나아졌다.

30㎞를 지나니 앞서 갔던 울마클 중위권 선수들이 하나둘 다시 보이고 지쳐 헤매고 있네. 김좌상 형님, 차대희 형님, 이태희 형님, 남중헌 교수님, 주영길 49형님을 미안스럽게 차례로 제치고 여유만만하게 골인했다. 이분들이 초반에 오버페이스를 한 것 같다. 초반에 5분 빨리 간 것이 후반에 20분 늦어지는 것이다.

욕속부달이라. 마음이 앞서면 결과는 도로 늦어진다는 말이 아닌가. 세상의 이치는 어디든지 통한다. 비록 목표한 기록은 달성하지 못했지만, 힘을 아끼면 후반이 즐거워짐을 깨달았다. 그리고 김자원 교수와도 함께하면서 즐거운 마라톤이 되었다.

놓칠 뻔한 대회

제4회 대구 금호강마라톤대회(2008. 2. 2 40110 3:36:41 이종근 46회)

금호강. 말만 들어도 가슴이 설레고 동심으로 돌아간다. 내가 살던 고향 영천 앞 거랑이 금호강이었고, 거기서 여름이면 헤엄치고 겨울이면 썰매 타며 자랐다. 이 강변에서 마라톤을 한단 말이지.

대구의 한 마라톤 단체에서는 동촌 금호강변에서 매주 토요일 마라톤대회를 개최한단다. 마라톤 마일리지 쌓는 것을 좋아하는 사람들은 가뭄에 물 만난 기분이겠다.

나도 가까운 거리에서 대회가 자주 있으니 언제든지 편하게 대회에 참가할 수 있어 좋겠다고 생각했다. 1회 대회는 무조건 신청했는데 비가 와서 포기했다. 1회가 의미 있는데 포기하여 퍽 아쉽다. 새로 날을 잡아서 가고 싶었던 금호강대회를 다시 신청했다.

간밤 새벽 2시, 아내는 화장실을 들락거리며 식은땀을 흘려댄다. 아내의 배를 주무르고 마사지를 해주니 조금 안정을 찾고 잠이 든다. '운전기사가 병이 났으니 이번 대회도 포기해야겠구나' 생각하고 혹시 모닝콜

소리에 아내가 깰까 봐 모닝콜도 해지시키고 나도 편안히 드러누웠다.

새벽이 되자 아내는 이불을 걷어붙인다. 나는 "금호강대회는 자주 있으니 오늘 대회에는 안 가도 상관없다"며 신경 쓰지 말고 푹 자자고 해도 아내는 괜찮다며 운동 가방을 챙긴다. 걱정되었지만 아내의 고집에 따라나섰다.

며칠 전, 대회 게시판에 동반주자를 구한다는 내용을 올렸는데 동반주 희망자가 없었다. 그래서 오늘은 주력이 비슷한 한 사람을 잡고 뒤를 따라가야겠다고 생각하며 현장에 도착했다.

대회장에는 마침 영천시청에 근무하는 이종근 뭉치님이 출전하여 반가이 맞아준다. 이종근님은 sub-3 기록 보유자이신데 하수의 무례를 무릅쓰고 동반주 부탁을 했다. 무례함보다 뭉치님은 고향 사람으로, 고향 사람과 같이 달려보고 싶은 마음이 더 컸다.

뭉치님은 당연하다는 투로 쾌히 응해주었다. '야~ 오늘은 다리가 휘어지도록 한번 뛰어볼 수 있겠구나' 하고 내심 기분이 좋았다. 우리는 서로 고향 얘기를 주고받으며 즐겁게 달렸다. 코스는 5㎞ 강변 둑길을 왕복하는 길이라서 좀 지루하고 재미가 없을 것 같았는데 고향 사람과 같이 뛰다 보니 코스보다는 얘기에 빠져 지루하지 않다.

뭉치님은 비포장 험한 길과 하천을 건너는 곳에서는 나를 거의 안고 뛰다시피 하고, 굴곡이 심한 길이면 걷게 하며 세심히 보살펴주었다. 아내는 오늘 하프를 신청하여 두 바퀴를 돌아야 하는데 간밤에 고생한 탓인지 한 바퀴인 10㎞를 돌고는 포기한다. 그러고는 반환점에서 내가 돌 때마다 간식을 챙겨준다.

오늘 든든한 동반주자가 있을 때 빡세게 한번 달려보려고 애를 쓰는데 몸이 영 따라주지 않는다. 그래도 기록이 잘 안 나온다는 금호강

코스에서 3시간 36분에 완주했다.

이만하면 훌륭한 기록이다. 아내의 설사병으로 포기할 뻔한 대회를 아내의 희생으로 고향 사람과 함께 즐거운 시간을 보낼 수 있어서 뜻 깊은 마라톤이 되었다.

봉사를 따라오세요

제9회 울산마라톤대회(2008. 3. 1 공식 페이스메이커 4:13:42 이태걸 47회)

눈뜬 사람이 눈감은 사람을 인도한다면 상식적인 일이지만 안 보이는 사람이 눈 밝은 사람을 이끌고 간다면 이해 못 할 일이 아닌가. 마라톤에서 페이스메이커는 달림이들이 목표한 시간대에 맞추어 완주할 수 있도록 도와주는 역할을 하는 인간 시계인데, 눈 어두운 사람이 눈 밝은 사람을 시간에 맞춰 인도하겠다고 나섰다.

그런데 마라톤에서 여태껏 시각장애인이 페메를 한 예가 없다. 그래서 평소에 한번 해보고 싶었던 일이고, 시각장애인도 페메를 할 수 있다는 것을 달림이들에게 보여주고 싶어 제9회 울산마라톤대회에 감히 페메를 자원한 것이다.

주최 측에서는 안전문제와 역할 수행을 우려하여 여러 차례 회의에 부쳐 논의하였다며 고심 끝에 나에게 4시간 15분 페메를 맡겨주었다. 전국 최초의 시각장애인 페이스메이커가 탄생한 것이다. 기분이 좋다. 그리고 실수 없이 잘해야 할 텐데 하는 걱정도 된다.

나는 대회 게시판에 페이스 운영계획을 올리면서 "이 봉사를 따라 오면 4시간 15분을 목표로 하시는 분은 4시간 14분에 완주를 시켜 드리겠다"고 광고했다. 오늘의 4시간 15분 페메를 도와주는 페메는 역시 마 교주님이시다. 페메가 시계를 못 보니 감으로 시간 짐작을 하겠지만 그래도 동반주자가 있어야 했다.

오늘따라 복장에 신경이 많이 쓰인다. 이것저것 입다가 결국 울마클 유니폼을 입고 대회장으로 나갔다. 대회 30분 전, 아내의 인도로 본부석에 가서 노란 풍선을 받아 허리에 매다니 기분이 우쭐해진다.

폼 잡고 기념사진도 찍고 커피 한 잔에 초콜릿 한 개 먹고 출발선에 섰다. 주변에 많은 사람과 인사를 나누는데 사람들이 "야~ 이제 페메까지 하느냐?"며 격려를 해준다.

출발신호와 함께 문수 월드컵구장을 돌아 남부순환도로를 달렸다. 오늘의 페이스는 무조건 1㎞당 6분이다. 평균 6분으로 뛰면 거의 목표시간에 들어맞는다. 평소 ㎞당 4분 50초로 뛰다가 6분으로 달리니 한참 늦은 느낌이다. 마 교주님은 계속 시계를 보면서 페이스를 조절한다.

4시간 15분대의 달림이가 아주 많다. 이 많은 분이 내 풍선을 보고 시간을 맞추고 있다고 생각하니 마음이 뿌듯함과 동시에 책임이 막중함을 느낀다. 또 평소 달릴 때는 시간이 맞지 않아 볼 수 없었던 얼굴들과 같이할 수 있어서 새로운 분위기가 참 좋다.

5㎞ 지점. 내리막길이다. 오늘은 날씨가 좋고 코스도 좋으니까 울마클에 4시간 15분대 부근의 선수들이 모두 나를 앞질러 간다. 빼빼로 울트라장비, 거부기 박순사 국방위원장 등등. 그런데 15㎞ 언덕에서 몇 명의 주자들이 슬슬 뒤로 밀리더니 25㎞ 지점쯤 되자 뒤따르던 그 많은 주자가 몇 명 남지 않는다. 앞서 갔던 울마클 4시간 15분대 선수들

도 다시 만난다.

3월 첫날의 주로는 봄기운이 완연하다. 우리는 1㎞당 6분으로 꾸준히 나아가고 31㎞가 되자 울주군청 마라톤 팀 몇 분이 마지막으로 풍선에서 멀어진다. 끝까지 같이하고 싶었는데 아쉽고 안타깝다. 나그네 없는 이정표처럼 봐주는 이도 따라오는 이도 없는 나 홀로 페이스메이커가 돼버렸다.

마 교주님과 나는 거의 정확하게 시간에 맞추어 달려간다. 주로 중간마다 피로에 지쳐 힘들어하는 주자들을 만나면 응원을 보내주고 같이 가자고 하면 어떤 사람은 "아이고 4시간 15분도 지나가네" 하며 탄식하고 어떤 주자는 "다리가 말을 안 들어갈 수 없다"고 한다.

나도 평소 목표 시간을 정해놓고 달릴 때 힘은 빠지고 페이스메이커가 지나가면 맥이 쭉 빠지는 게 지나쳐 가는 풍선이 야속하기만 했는데 탄식하는 분들의 심정을 알 것 같다. 하지만, 임무 상 뒤처진 주자들과 같이할 수 없음이 아쉽다.

초반에는 백 명 정도의 주자를 달고 뛰다가 중반에 30여 명, 후반인 지금은 혼자 외로이 풍선을 달고 가니 기운이 안 난다. 그래도 따라오는 사람이 좀 있어야 폐메하는 맛이 날 텐데.

출발한 지 4시간 14분. 예정한 시간에 맞춰 정확히 완주했다. 우리나라 최초의 시각장애인 마라톤 페이스메이커가 성공적으로 임무를 완수했다. 박수를 받으며 골인하는 순간 '나도 해냈구나!' 하는 마음에 기분이 좋다.

마라톤을 시작한 지 5년 만에 나의 또 다른 마라톤 역사를 쓰게 되어 무척 기쁘다. 그리고 장애인도 이같이 중요한 역할을 잘할 수 있다는 걸 많은 사람에게 보여줄 수 있게 되어 보람 있다. 앞으로도 이런 기회가 자주 주었으면 좋겠다.

행복한 고통은 아프지 않다

2008 서울 동아국제마라톤(2008. 3. 16 3:19:16 3033 장재복 48회)

이번 동아마라톤에서는 새로운 기록에 도전하고 싶어 지난겨울부터 부지런히 연습했다. 내겐 편하게 연습할 수 있는 장소가 없어 고민이었는데 3년 전부터 장애인 체육대회 울산시 대표로 나가게 된 후 울산

종합운동장을 연습 장소로 이용하게 되었다.

종합운동장의 400m 트랙을 다람쥐 쳇바퀴 돌듯이 뺑뺑이 돌기가 따분하고 지루하고 재미없지만 그래도 장애물 없이 편히 달릴 수 있어 연습 장소로 더없이 좋다. 그런데 교주님의 걱정은 누가 잡고 신기록을 내주느냐 하는 것이다. 교주님은 이 사람 저 사람에게 "이 회장 좀 잡아줄래?" 하며 부탁하는데 난 민망해 죽겠다. 동아마라톤은 달림이라면 누구나 기록에 도전하려고 이날 하루를 위해 몇 달씩 준비해 오는데, 여기저기 부탁하여 사람들 마음을 불편하게 하니 교주님 마음은 고마우나 이웃에 민폐를 끼쳐 몸 둘 바를 모르겠다.

그래서 지난 여수대회 때 도움을 주신 광화문클럽 이수배 님에게 부탁을 하니 창원마라톤클럽의 주재열 님을 소개해주었다. 주재열 님은 58년 개띠 모임에서 시각장애인을 페메한 경험도 있고, 기록도 3시간 10분대로 잘 뛴다고 한다. 큰 과제가 해결되었다. 마음이 가벼워진다. 이제 열심히 달릴 일만 남았다.

올해도 교주님은 나를 대한유화 적토마 마라톤클럽 단체이동 차량에 끼워서 데리고 온 자식처럼 챙겨준다.

드디어 새날은 밝았다. 나는 달리면서 먹을 간식을 챙기고 테이핑까지 만반의 준비를 했다. 바람의 저항을 줄이자 싶어 모자도 쓰지 않기로 했다. 될 수 있으면 무게를 줄이려고 장갑도 얇게, 옷도 가벼운 것으로 무장했다.

출발지점으로 나가니 다른 차편으로 온 회원들이 운집해서 몸을 풀고 있다. 그중 별동대장 장재복 님이 요즘 감기몸살로 고생했다며 후유증으로 오늘 정상 페이스대로 못 뛸 것 같다며 나를 도와 동반주 해주겠다고 한다. 아니 갑자기 동반주 도우미가 2명이 되었다. 오늘은 양쪽에 도우미가 생겼으니 최선을 다해보자고 마음속으로 다져본다.

오늘 대회는 그간 연습량으로 보나 최상의 동반주자 조건으로 볼 때 더없이 좋은 기회다. 이번 기회가 아니면 신기록에 도전할 기회가 다시없을 것 같다. 동아마라톤의 개막식과 출발 모습은 언제 보아도 웅장하고 화려하다. 출발 신호와 함께 오른손은 재복 씨를 잡고 주재열 님은 왼쪽에 서서 빼곡한 인파 속에서 안전거리를 확보해주며 함께 밀려 나갔다.

주로는 넓어도 달리는 사람이 워낙 많으니 서로 밀고 밀리고 뒤섞이고 하여 주재열 님은 나의 앞에 서서 달릴 수 있는 거리와 공간을 확보해주는 데 애를 먹는다. 장재복 씨는 그 틈으로 나를 이리저리 인도한다. 그래도 뒤에서 밀고 옆에서 끼어들기도 하며 앞을 가로막고 발이 엉키고 하면서 힘이 들었다.

나는 재복 씨를 밀고 당기고 부딪쳐 자꾸 기대게 되니 재복 씨도 무척 힘이 들지 싶다. 급수대에서는 내가 달리다 서면 안 된다고 재열 님이 미리 달려가서 물컵을 챙겨다주었다. 이건 하나의 작전 수행 같다.

청계천 인파의 밀림 숲을 벗어나고 광활한 대로에 나서자 달리기가 한껏 편해진다. 25㎞ 지점까지는 1㎞당 4분 40초로, 목표한 시간대로 잘 나간다. 30㎞에 접어들자 재복 씨는 감기 후유증 증세로 머리도 아프고 몸 상태가 안 좋다고 한다. 나 역시 스태미나에 한계가 오기 시작한다. 그래도 앞으로 오늘 같은 기회를 얻을 수 없을 것 같은 마음에 정신력으로 밀고 나갔다.

앞으로 남은 거리 12㎞. 1㎞당 5분 미만에 뛰어야만 목표한 3시간 10분대에 들어갈 수 있다. 파워젤을 한 개 먹었다. 전에는 구역질이 나서 못 먹었는데 기록달성 일념에서인지 오늘은 꾹 참고 억지로 삼켰다. 힘 차리는 데 좋다 하여 오늘 처음으로 먹는데 마치 쥐약 먹듯이 먹었다.

35㎞가 되자 주재열 님이 뒤로 처져버린다. 나를 챙긴다고 앞뒤로 쫓아다니며 불필요한 에너지를 많이 소모하여 페이스를 잃은 것이다. 지금까지 물을 챙기고 앞에 길을 열어주어서 훨씬 빨리 올 수 있었는데 아쉬웠다. 나를 위해 오늘 완전히 희생했다.

39㎞ 지점이 되자 재복 씨도 몸 상태가 도저히 버틸 수 없다며 잡은 끈을 다른 사람에게 넘겨주려고 한다. 조금 늦추어서 그대로 가자고 하니 재복 씨는 "벌어놓은 시간이 아깝다. 이 속도로 계속 가면 아마 신기록이 나올 것 같다."며 누구에게 끈을 넘길까 두리번거렸다.

나는 순간 생각했다. 이 지점에선 누구나 지쳐 있고 다들 기록 관리한다고 잡아 줄 사람이 없지 싶어서 그냥 혼자 달리기로 했다. 마음 같아선 불과 2㎞ 정도 남았는데 끝까지 같이하고 싶고 또 그래야 마땅한 일인데 여기까지 와서 기록 도전을 포기하기가 너무 아까웠다. 기록 도전 때문에 재복 씨의 손을 놓고 혼자 가려니 마음이 몹시 아프다.

나는 앞에 가는 한 사람을 따라갈 상대로 정하고 바짝 꽁무니를 물고 따라갔다. 길거리는 주자들로 꼬리를 이었고 앞사람을 바짝 뒤따르다 보니 뒷발질 당하고 밀리고 하면서 누가 아는 사람이라도 지나가다가 잡아주기를 간절히 기다렸다.

우여곡절 끝에 레이스는 끝났다. 기록이 궁금하다. 혼자 들어왔으니 기록을 알 길이 없다. 조금 기다리니 재복 씨가 들어온다. 물품보관소에서 옷을 찾아 전화기부터 확인했다. 벌써 문자 메시지가 와 있네. 3시간 19분 16초로 신기록을 달성했다. 비록 19분대이지만 목표한 10분대 기록을 달성했다. 너무 대견스러워 두 번 세 번 기록을 확인해본다. 누가 시킨 일도 아니고 책임을 준 일도 아니지만, 자신과의 약속을 지키기 위해 노력했고 오늘 약속을 지켜냈다. 성취감에 뿌듯한 마음 금할 길 없다.

오늘의 기쁨은 장재복 님과 주재열 님의 희생과 봉사가 있었기에 누릴 수 있다. 나는 세상에 빚을 많이 진 빚쟁이다.

록에 도전하는 것은 스트레스를 받는 일이다. 그러나 목표가 없으면 느슨해질 것 같고 김빠진 맥주가 될 것 같아 그런 삶은 싫다. 이제 될 수 있으면 기록을 초월한 건강마라톤을 하고 싶은데 이 마음은 주로에 들어서면 또 달라지겠지.

목욕탕에서 보니 인파 속에서 걷어차인 상처가 다리 여기저기에 영광의 계급장이 되어 남아 있다. 그래도 행복한 고통은 상처의 고통보다, 마라톤의 후유증보다 아프지 않으니 알 수 없는 일이다.

인연

동명이인(同名異人, 2008. 3. 30)

나는 3월 30일, 인천마라톤에서 또 한 사람의 이윤동과 나란히 풀코스를 완주했다. 2004년 3월, 동아마라톤을 달리고 나서 동아마라톤 홈페이지에서 기록을 검색하다가 처음으로 나와 같은 이름을 가진 사람을 발견했다. 기록은 나보다 조금 뒤였다.

어떤 사람일까? 내 이름은 아버지께서 지으셨다는데 전화부에서나 사회생활 중 아직 동명인을 보지 못했다. 궁금하다. 동명인이면서 마라톤도 하니 꼭 찾아서 만나고 싶다. 그래서 동아마라톤 사무국에 전화하여 연락처를 문의했으나 개인정보 유출은 할 수 없다고 한다. 그 후에도 동아마라톤과 여타 다른 마라톤에서도 간간이 이윤동의 이름과 기록이 올라왔다.

2007년 10월, 하이서울대회에서였다. 40㎞ 지점을 달리고 있는데 뒤에서 누가 등을 치면서 "이윤동 씨입니까?" 하기에, 나는 돌아보며 "누구세요?" 하고 되물었다.

"나도 이윤동입니다."

내가 그날 이름이 새겨진 유니폼을 착용하고 달려서 쉽게 눈에 띄었던 것이다. 그의 말이 "나는 인천에 삽니다. 홈페이지나 기록 사진에서 여러 차례 봤는데 궁금했고 한번 만나고 싶었습니다."라고 했다.

우리는 레이스 도중에 이산가족 상봉이라도 한 듯 굳게 손을 잡으며 반가워했다. 우리는 서로 연배도 비슷해 보인다. 궁금한 것도 많았고 이것저것 묻는다.

울산: 올해 나이가 얼마나 되었습니까?

인천: 닭띱니다. 윤동 씨는요?

울산: 나도 닭입니다. 말씨를 들어보니 경북 북부지역 사람 같네요?

인천: 네, 어떻게 알았어요? 예천입니다.

울산: 그래요, 나도 영천이 고향입니다.

울산: 마라톤은 얼마나 했습니까?

인천: 오늘이 35회째입니다.

울산: 거 참 희한한 일이네, 나도 오늘 35회째입니다.

나이를 물으니 서로 같고 풀코스 완주 횟수도 하이서울대회가 둘 다 모두 35회째 그리고 2007년에 많은 대회를 달린 것까지 온갖 것이 다 닮았다.

하이서울마라톤의 남은 거리 2㎞가 시간이 모자라 얘기를 다 못 했다. 이 무슨 조화인가. 조물주의 장난인가. 어느 쪽 부모께서 쌍둥이를 낳아 한쪽을 잃어버린 것이었나? 유전자 검사라도 해봐야 하나?

그날 이후 우리는 서로 연락하며 친하게 지냈다. 그리고 2008년 3월 30일, 인천마라톤을 같이 뛰기로 약속하고 이날을 기다렸다. 나는 하루 전인 29일에 인천으로 올라가 인천 이윤동과 하룻밤을 같이 지내고 나의 50번째 풀코스를 친구의 손을 잡고 완주했다.

옷깃만 스쳐도 인연이란 말이 있지만, 우리의 인연은 아무리 생각해도 범상치 않다. 나는 마라톤을 즐기다 좋은 친구를 얻었다. 이를 두고 임도 보고 뽕도 따고, 도랑 치고 가재 잡고 하는 격이 아닌가.

마라톤 50회 완주를 이루면서

제8회 인천국제마라톤(2008. 3. 30 12344 3:45:37 이윤동 50회)

오늘은 여러 가지로 뜻깊은 하루다. 친구 윤동과도 만나고, 인천서 함께 50회 마라톤을 맞이한다. 우리는 여기 인천에서 50번째 풀코스를 함께 뛰기 위해 미리부터 대회를 선택하는 등 계획을 세웠다.

나는 인천에서 50회를 맞추기 위해 횟수를 조절하다가 지난주 49회째 대회를 맞이했는데, 때마침 비가 내리고 찬바람에 모진 꽃샘추위를 만났다. 보통 때 같으면 이 정도 날씨에는 대회를 포기했을 것이다. 그러나 여유 있게 미리 49회를 해뒀더라면 좋았을 걸. 이 대회에 빠지면 인천에서 50회를 도전할 수 없으니 나가기 싫은 대회를 죽을 욕을 보고 완주했다. 잔머리 굴리다가 골탕 먹은 꼴이 되었다. 그래도 49회를 근근이 완주했으니 인천행 티켓은 확보했다.

인천 친구는 시각장애인을 동반주 해본 경험이 없어 어떻게 도와야 할지 모르겠다며 걱정이 태산이다. 나는 29일 하루 전날 인천으로 올라갔다. 친구는 보던 사업장 문을 일찍 잠그고 터미널로 마중 나왔다. 친구 집에서 우리는 밤늦도록 숱한 얘기를 나누다가 내일을 위해 짧은 밤을 나눠 잠자리에 들었다.

아침에 친구 아내가 정성스레 마련해준 찹쌀밥을 맛있게 먹고 인천 문학경기장으로 향했다. 친구는 자신이 속한 클럽으로 나를 데려가 소개했다. 친구가 이미 광고를 해놓아서인지 사람들은 우리가 동명이인이고 오늘 50풀에 도전하는 걸 다 알고 있었다.

운동장 진입로의 약 300m는 경사가 급하다. 그래서 출발 때 사고가 날까 봐 운동장 밖 내리막 끝 지점에서 출발하였다. 동해안과 남해안은 높낮이가 심한데 인천은 거의 평지다. 내가 좋아하는 안성맞춤 코스다.

친구와 다정히 손잡고 가벼운 마음으로 3시간 40분을 목표로 달렸다. 친구는 인천사람이다 보니 구석구석 지날 때마다 동네 이야기를 곁들여주니 인천여행을 제대로 한다.

인천은 항구도시이면서 산업시설도 많고 도시가 엄청나게 크고 발전된 모습이다. 수도를 끼고 있어 구한말 개항기나 6.25 등 역사의 중심에 있었고 이 때문에 시민도 수난을 많이 당했으리라. 지금의 번영은

한화건설
3097
인천일보
한화건설
12344
인천일보

그 보상이라고 해도 되겠다.

바다 한가운데로 부두가 넓고 길게 가로놓여 있다. 명물이다. 넓은 산업로를 한참 달리더니 부두 길로 접어든다. 어제는 비가 꽤 많이 오더니 오늘은 구름이 쫙 깔리고 바람은 땀을 식힐 정도로 불어 달리기에는 그만이다. 그늘 하나 없는 이런 부두 길에 햇볕이 쨍쨍했다면 이마가 반은 구이가 될 텐데 하늘이 레이스를 도와주는구나.

곧게 뻗은 부두 길. 조금은 지루한 감도 있지만, 친구와 같이 시원하게 부두 길을 달리니 세상 근심은 날아가고 그저 바다 관광을 하는 느낌이다. 지금 이 순간은 오늘 50회 마라톤을 축하해주기 위해 내게 주어진 선물같이 느껴진다.

부두 길을 돌아 나와 다시 산업로를 달리는데 날씨가 더워진다. 30㎞를 지나면서 친구는 힘들어하며 속도가 뚝뚝 떨어진다. 그 사이에 3시간 40분 페이스메이커는 풍선을 날리며 앞으로 지나간다. 목표 시간은 이미 물 건너간 것 같다.

40㎞가 되자 친구는 다리에 마비가 온다며 절룩거린다. 나는 50회를 4시간 넘겨서야 되겠냐며 친구에게 걷지 말고 천천히 라도 뛰자고 계속 독려했다. 그리고 태산같이 높아 보이는 문학경기장 진입로를 넘어 두 명의 윤동은 나란히 50 고지를 정복했다.

건강달리기를 한다고 시작한 운동이 마라톤에 입문하게 되었고, 걸음마를 처음 배운 아기가 신기해하며 자꾸 일어서고 걸으려고 하듯이 한 번 완주한 마라톤이 대견스러워 두 번 세 번 계속하게 되어 차츰 마일리지를 쌓다보니 무려 50회나 하게 되었다.

요즘 100회니 200회니 하며 남이 하니까 덩달아 좇아다닌 면도 없지 않으나 힘들고 고생되는 가운데서도 마라톤 완주의 기쁨이 얼마나 삶에 보람과 행복을 가져다주는지 모른다. 그래서 오늘도 이렇게 힘든 운동을 불평 한마디 없이 계속하고 있다.

이제 마라톤은 내겐 생활의 일부가 되었다. 그리고 마라톤은 시간과 인내의 싸움인 것처럼 또다시 50회를 향하여 아니 500회를 향하여 서두르지 않고 나의 길을 가야겠다.

한 가지 오늘 아쉬운 것은 친구와 같이 50회를 못하고 반쪽만 50회 달성을 해서 기쁨이 반감된 점이다. 너무 많은 것을 닮은 우리는 모두가 같기를 바랐는데 그렇지만 "우리 100번째 마라톤은 같이 하제이" 하고 약속한다. 우리는 돼지갈비를 구워놓고 마주 앉아 시원한 맥주 한 잔씩을 가득 채워 부딪쳤다.

100리 뛰는 모습을 보여주고 싶다

2008 대구마라톤대회(2008. 4. 13 2767 3:36:38 이종근 52회)

2011년 세계육상경기대회를 개최하는 대구에서 마라톤코스를 점검하기 위해 미리 달려보는 2008 대구마라톤이 열린다. 세계마라톤대회를 하는 코스이니만큼 무조건 참석이다. 우리나라에서 개최하니까 말이지 다른 나라에서 한다면 어떻게 세계마라톤코스를 달려볼 수 있겠노. 작년 가을부터 훈련을 부지런히 한 덕택에 요즘 기록이 부쩍 향상되었다.

지난주 경주 벚꽃마라톤에서도 영천시청 이종근 님이 도와줘서 3시간 20분에 완주했는데 이러다가 정말 잡아주는 사람이 없을까 걱정이다. 몸이 가는 대로 기량껏 달리는 게 가장 편한 레이스인데, 그러려면 나보다 최소한 20분 정도는 빠른 사람이 잡아주어야 한다. 3시간 언저리에 있는 사람들은 대부분 고수들이고 그분들은 스스로 관리하는 사람들인데 앞으로 안내 동반주 해줄 사람이 없어 걱정이다. 다행히 이번에도 이종근 뭉치님이 도와주기로 했다.

코스지도를 보니 25㎞ 지점은 큰형님 집 앞을 통과한다. 나는 대구에 전화해서 내가 통과할 예상 시간을 알려드리고 구경 나와 동생이 달리는 모습도 보고 응원도 해달라고 했다. 오늘도 전국엔 마라톤대회가 많지만, 대구대회는 달림이에게 여러 가지 특전을 주니 선수들이 많이 모였다. 이런 대회가 많아져서 영리 목적의 대회가 줄어들었으면 좋겠다.

운동장을 출발하여 대회장을 빠져나가는 곳이 매우 좁고 혼잡하다. 거의 칠팔백 미터는 인파에 밀려 걷는다. 큰길로 나오니 속이 시원하다. 오늘 교통통제도 확실하구나. 4차선, 5차선 편도가 넓디넓어 광활하다. 도심을 달리다 보니 연도에 구경꾼 응원객이 많아 마치 선수가 된 기분이다. 거의 3㎞마다 국악대를 배치하여 사기를 돋운다. 아마 대구에 있는 문화센터, 동사무소, 복지관 등의 국악단을 다 동원한 모양이다.

20㎞를 지나면서 이종근 님이 전에 다친 발등이 아프다면서 속도를 늦추자고 한다. 지금까지는 3시간 20분 under로 왔는데 아쉽게 속도를 낮춘다.

큰형님 집 근처에까지 달려왔다. 그런데 알은체하는 사람이 없다. 만일 마중 나왔다면 내가 지나가는 걸 보고 분명히 반길 건데, 혹시 안 나오신 것 아닌가? 인도 쪽으로만 보며 이제나저제나 기다리며 달리

Sub-3.com
대구은행
2521
대구은행
2767

는데 이종근 님이 "잠깐잠깐" 하더니 "이분입니까?" 하면서 내 손을 이끌었다.

야아~ 정말 달리기하다가 마중 나오신 형님과 주로에서 상봉도 나 해본다. 그 옆에서 "힘들지예" 하는데 아니 형수와 두 질녀까지 다 나왔다. 가슴이 뭉클하고 뿌듯하다. 달리기한다고 자랑만 했는데 오늘 비로소 나의 모습을 적나라하게 보여주게 되어 자랑스럽다.

나누고 싶은 얘기는 많지만, 시간을 다투어 가야 할 몸이니 짧은 인사만 나누고 다시 폼 잡고 다리에 힘주고 잘 뛰는 것처럼 보이려고 우쭐대며 힘껏 달려 나갔다. '내가 안 보일 때까지 지켜보시겠지' 생각하고 애잔한 느낌을 가지며 앞으로 앞으로 나아간다. 이종근 님은 발이 아파 몹시 힘들어하며 연방 냉각제를 뿌리곤 한다.

33㎞를 지나면서는 거의 걷다시피 했다. 그래도 초반에 시간을 많이 벌어놓았던 덕으로 3시간 36분에 완주했다. 뭉치님은 과연 고수였다. 발등 부상에도 3시간 36분에 들어올 수 있는 투혼이 놀라울 뿐이다. 이러한 정신력이면 직장에서도 모범적일 것이다.

저녁에 집에 돌아와 대구 형님께 전화하여 응원 나와 주어 고맙다는 인사를 했다. 형님의 말씀이 "너 그래 뛰면 골병 안 드나? 몸조심하고 살살 뛰어."라고 하신다. 형님은 내가 달리는 일부만 보시고도 골병 안 드나 하시는데 100리 전 구간을 다 볼 수만 있다면 동생이 얼마나 잘하는지, 얼마나 대단한지 제대로 아실 텐데 어떻게 보여드릴 수도 없고.

노력 없는 대가는 없다

소아암 환우돕기 서울시민마라톤(2008. 5. 5 40109 3:46:46 이윤동 53회)

지난 4월, 대구 대회에 참가한 이후 3주일 만에 출전이다. 3주를 쉬었는데도 마치 석 달을 쉰 느낌이다. 한 번 출전하는데 거금 10만 원씩 지출되니 백수 주제에 취미도 좋지만 예삿일이 아니다. 그래서 이젠 지출이 많은 지역은 자제하기로 했다.

대회에 안 나가니 연습도 소홀해진다. 훈련해도 목표가 없으니 달리다가 힘이 들면 늦추고 하기 싫으면 빼먹는다. 그러기를 3주째가 되자 몸도 무겁고 온 전신이 뻐근한 게 몸이 얄궂다.

소아암 환우 돕기대회 출전을 앞두고 땡땡이는 좀 쳤지만, 그간의 경력이 있으니 완주야 문제없겠지만 약간 고전하지 않을까 하는 염려를 하며 오랜만에 서울로 향했다.

아침 일찍 식당 찾기가 어렵고 밥 사 먹기도 불편할 거라며 어젯밤 아내가 도시락을 싸줬다. 심야버스에서 내려 반포천 잘 가꾸어진 공원 벤치에 앉아 아내가 정성스레 싸준 도시락을 까먹었다. 벌써 대회장으로 가는 달림이들이 가방을 메고 지나간다. 배도 채웠겠다 반포천변 나무그늘 밑으로 콧노래 부르며 운동장으로 갔다.

반포 종합운동장에는 이미 인천 친구가 먼저 도착하여 기다리고 있었다. 인천 친구는 오늘 마라톤 50회에 도전하는 날이다. 두 윤동이가 같은 날 50회를 했으면 좋았으련만 지난번 인천 대회에서 내가 먼저 하고 인천 친구는 나보다 3회 늦은 오늘 도전한다. 좋은 기록으로 멋있게 한 번 달려보자고 손을 꼭 잡았다.

아직 봄꽃이 한창인데 반포 운동장에는 여름 같은 후덥지근한 바람이 분다. 친구는 오늘을 위해 준비를 단단히 했는지 기세가 충천해 있다. 드디어 친구의 50회 풀코스 도전이 시작되었다. 출발하자마자 반포천 둔치를 통과하는 데 2㎞ 정도가 비포장 자갈길이다. 발을 쉽게 옮길 수 없다.

1㎞를 겨우 가서는 발을 삐고 말았다. 친구의 50회 풀코스 도전이 지금 시작인데 큰일 났다. 잠시 앉아 진정하고 좀 걷다가 약간 회복이 되기에 다시 뛰었다. 이런 코스인 줄 알았으면 대회를 걸러 다른 대회에서 50회 도전을 하자고 했을 건데 내겐 너무 힘든 코스다.

자갈길을 벗어나니 한강 산책로다. 한강변에는 어린이날을 맞아 놀러 나온 사람이 많다. 자전거하이킹을 즐기는 사람, 롤러블레이드 타는 사람이 뒤섞여 주로가 복잡하다. 친구는 오늘도 초반부터 과속한다. 나는 후반을 생각하자며 뒤에서 잡고 늘어졌다. 구름 한 점 없는 5월의 햇살이 초반부터 등골을 적신다.

25㎞를 지나면서 다리가 무거워 온다. 친구는 한결같이 속도가 ㎞당 4분 50초로 나간다. 오늘 50회 한다고 단단히 벼르고 온 모양이다. 이 친구 이러다가 종반에 퍼질까 봐 걱정되어 나는 자꾸 빨리 못 가게 뒤에서 잡아당겼다. 그러면서 "너 오늘 50회 한다고 너무 무리하는 것 아냐? 그러다가 끝까지 못 가고 퍼지는 수도 있데이." 하면서 농담을 했다.

30㎞를 지나면서 내 몸에 피로감이 급격히 밀려와 다리를 짓누른다. 지금 속도로만 가면 3시간 30분 under가 충분한데 친구에게 "이제 내가 지쳤으니 속도를 늦추자."고 부탁했다.

35㎞ 지점. 나는 걷고 싶다. 속도는 더위 먹은 소걸음으로 느려졌다.

하지만, 지금까지 경력으로 보나 친구의 마음을 보나 걸을 수는 없었다. 친구는 마음이 급한지 앞에서 끈을 잡고는 개 끌듯이 끌어댄다. 아무리 끌어도 내 발이 나가지 않고서는 갈 수 없는 게 아닌가.

이제 다리에 감각이 없다. 마음속으로는 '걸어서는 안 된다' 하면서도 다리는 나도 모르게 어느새 걷고 있다. 친구는 천천히 라도 뛰자면서 계속 끌어댄다. 인천에서 내가 50회 도전하던 날, 친구가 힘들어할 때 나는 빨리 가고 싶어 천천히 라도 뛰자며 밀어붙인 게 3주 전의 일인데 친구와 나의 입장이 완전히 뒤바뀌었다.

서로 닮은 게 많은 우리는 신체 리듬만은 서로 반대인 모양이다. 나는 친구의 기록을 까먹는 게 미안하여 남은 거리는 내가 알아서 갈 테니 날 버려두고 먼저 가라고 했다. 친구는 그럴 수는 없다며 어쨌든 빨리 가자고 끌어댄다.

40㎞ 지점, 설상가상으로 반포천 둔치 비포장길 2㎞를 다시 만났다. 아침에 힘이 있을 때도 힘들었는데 지금은 발가락에 물집이 잡히고 접질린 발목은 붓고 죽을 지경이다. 뛰는 건지 걷는 건지 허우적거리는데 멀리 운동장에서 확성기 소리가 들린다. 반가운 스피커 소리는 들리건만 아무리 가도 반포 운동장이 나타나지 않는다.

마지막 10㎞를 평소 같으면 50분에 달렸는데 오늘은 무려 1시간 20분이나 걸려 천신만고 끝에 다시 반포 운동장을 밟았다. 친구에게 무척 미안했다. 그러고 보면 인천서 친구 애먹인 것을 오늘 그대로 내가 돌려받았다. 흡사한 상황을 한 번씩 주고받은 걸 보면 이 역시 우연이 아니겠다.

오늘 결과를 보면 발목을 삐어 몸 균형을 잃은 상태에서 달려 힘이 들었던 영향도 다소 있었겠지만 지난 3주 훈련을 소홀히 한 까닭에 무척 고생했다. 아무튼, 훈련을 하지 않고 잘 뛰는 사람은 절대 없다. 나는 다소 연습은 부족했지만 그래도 완주는 무난하리라 믿었는데 마라톤에서 교만한 생각은 자살 행위와 같은 것이란 걸 새삼 깨닫는다.

벌써 맛이 갔나?

2008 제4회 보성 녹차마라톤(2008. 5. 11 7268 3:38:16 장재복 54회)

5월 5일 대회에서 워낙 고생하여 이번 대회에 대비해서는 훈련을 좀 하려 했는데 회복이 늦어져서 훈련하지 못하고 보성대회를 맞이한다. 그래도 기본 가락이 있고 지난 대회가 연습용이 되었으니 이번엔 제 기량을 회복하리라고 믿는다.

오늘은 장재복 님이 3시간 30분을 목표로 같이 달리자고 끈을 잡아준다. 어제는 구름이 꽉 끼어 날씨가 좋더니만 오늘은 해님이 싱글싱글 웃는다. 그래도 바람은 시원하네. 우리는 깨끗한 보성 시내를 힘차게 달려갔다. 햇볕은 뜨거워도 잘 가꾸어진 가로수가 그늘을 만들어주고 남쪽에서 불어오는 갈바람이 시원하다기보다 서늘하다. 특히 몇 ㎞에 걸쳐 늘어선 가로수 터널은 누가 심었는지 보성의 명물이요 달림이들에게 좋은 그늘을 제공해준다. 거기다 고수 장재복 님이 페메를 해주니 연습만 충분했으면 좋은 기록이 나올 만도 하겠는데.

컨디션은 지난주보다 훨씬 낫다. 마을을 지날 때면 남녀노소 없이 주민이 나와 응원을 해준다. 확실히 남도 사람들의 인심이 후하다. 전국을 그리 많이 다녀보지는 않았지만, 호남지역 대회가 주민의 호응이 제일 나은 것 같다.

오늘은 비슷한 시간대의 주자들이 그룹을 지어 서로 정담을 나누며 꽤 긴 구간을 같이 달린다. 이렇게 무리를 지어 달리면 서로서로 힘이 되고 견제와 경쟁이 되어 피로감을 훨씬 적게 느낀다. 마라톤이 외로운 경기, 자기와의 싸움이라지만 함께하면 즐거운 운동이다.

30km를 지나면서 또 본병이 재발한다. 몸이 무겁고 다리도 무거워 온다. 서서히 속도는 떨어져 가고 말할 힘도 없어 말 수를 확 줄인다. 조그만 시골 마을 앞을 지나는데 동네 주민이 막걸리를 한 사발 건네준다. 시원하게 한잔 들이켜니 힘이 솟는다. 한 번 지치니 술기운도 1 km를 넘지 못하고 또 발이 천근이다.

35km를 지나서는 그만 걷기 시작한다. 머리는 달리자고 하는데 몸은 걷자고 한다. 전에는 달리면서 걷는 사람을 보고는 힘내라고 외치기도 하고 "초반에 무리했지요?" 하고 핀잔을 주며 나는 절대 걷는 일은 없어야지 하며 의기양양하게 지나쳤는데 내가 지금 이 모양이 되고 보니 걷는 사람, 퍼지는 사람들의 심정이 절실히 이해가 된다.

달리기하면서 제 잘났다고 큰소리치는 건 얼마나 어리석은 행위인지 다시금 느낀다. 나는 허우적거리면서 걷다 뛰다 반복하면서 생각해본다. 이 정도 지친 경우 만약 혼자였으면 분명히 걸어갔을 텐데 동반 주자가 있다 보니 미안해서라도 더 분발하게 되고, 힘들어도 달린 게 훈련이 되어 마라톤 실력이 많이 늘었는지 모른다.

아무리 긴 터널도 끝은 있는 법. 고생고생하면서 고행은 끝났다. 나는 놀며 쉬며 그렇게 패잔병처럼 들어왔지만 장재복 님에게는 곤욕이었으리라. 잘 달리는 사람이 천천히 뛰는 것도 무척 힘든 일인데 재복 님은 오늘 얼마나 힘들었을까.

3시간이면 들어오는 고수를 잡고 더운 날씨에 걸으면서 40분을 더 애를 먹였으니 미안하기 짝이 없다. 나는 장재복 님에게 미안하다고 인사했다. 그러자 장재복 님도 "아이고, 나도 이번 주에 회사에서 축구를 하여 몸이 안 좋아 걱정되었고 후반에 퍼질 뻔했는데 윤동 씨가 먼저 퍼져줘서 힘이 덜 들었다."고 하며 웃었다. 재복 씨는 남을 편하게 배려하는 마음도 고수다.

완주한 후 국수를 먹으면서 전국모임인 '날으는 꼬꼬' 회원을 만났다. 광화문클럽에서 3시간 40분 페메를 맡은 분이 57년 닭띠라며 인사를 걸어왔다. 한참 수다를 떨다가 다음 카페에서 만나기로 하고 발길을 돌렸다. 같은 연배에 같은 취미를 가진 사람을 만나 반가웠다.

지난주에 뛰었으니 어느 정도 회복된 줄 알았는데 어찌 된 일인지 2주 연속으로 퍼지는 게 이상하다. 연습 부족인가? 아니면 벌써 맛이 간 건가? 다음 주 청주 대회가 미리 걱정된다.

지옥에서 천당으로

이천 도자기마라톤(2008. 5. 24 577 3:41:26 장재복 56회)

마라톤을 다닐 때마다 이동문제가 걱정거리다. 서울 같으면 버스를 타고 가면 오히려 쉬운데 여타 지역은 셔틀버스가 없으면 누가 차 가진 사람이 가는지 누가 카풀 하는지 신경 써야 하고 눈치 봐가며 대회

신청을 해야 한다.

마침 오늘은 마 교주께서 승용차를 가지고 가서 편안한 마라여행이 될 듯싶다. 오늘도 인천 친구와 이천서 만나 같이 뛰기로 했는데 출발 시각이 다 되었는데도 이 친구가 나타나지 않는다.

계속 지켜보던 장재복 씨가 옆에 와서 같이 뛰자고 하는데 벼룩도 낯짝이 있지 보성서 그만큼 애를 먹여놓고 잡아주려 한다고 어찌 염치 없이 좋다고만 하겠는가. 나는 오늘도 중간에 퍼질 것 같아서 같이 뛰고 싶은 마음은 꿀떡 같지만 "재복 씨, 오늘 열심히 뛰어 입상하세요." 라고 하며 사양했다. 재복 씨는 괜찮다고 하면서 끈을 잡았다.

출발부터 시작된 오르막이 계속 은근히 이어진다. 주로는 차량이 통제된 길이 아니고 일반차도의 한 차선을 빌려서 달리는 터라 길이 좁은 데다 옆에서 같이 달리는 차량이 내뿜는 매연과 소음으로 짜증스럽다.

길이란 오르막이 있으면 내리막이 있고 오르막의 거리만큼 내리막 거리도 그만큼 된다. 왕복 코스에서는 갈 때 힘들면 올 때는 수월하고 힘든 만큼 보상도 받는데 여기는 가는 길 오는 길이 달라서 갈 때 계속 오르막으로 힘들었는데도 올 때 보상받을 길이 없다. 코스가 별로 마음에 안 든다.

거의 25㎞를 은근한 언덕을 오르고서야 평지를 만났으나 몸뚱이는 이미 반쯤 맛이 가 고달프다. 30㎞가 지나면서 체력이 달린다. 벌써 몇 번째 이 지점만 오면 몸이 말썽부리는지 내 몸이 미워진다. 별동대장은 시계를 보면서 좀 더 속도를 내주기를 바랐지만 내 몸이 말을 듣지 않는다. 그래도 빌빌대며 가는 게 미안해서 다리를 억지로 빨리 움직이니 이제는 머리가 어질어질하다. 느낌이 좋지 않다.

38㎞부터는 반은 걷고 반은 조깅 수준으로 엉금 거렸다. 재복 씨에

게는 한없이 미안했지만, 도저히 더 달릴 수가 없다. 지금 1㎞는 천 리다. 그래도 재복 씨에게는 힘든 모습을 보이기 싫어 겉으론 태연한 척 했으나 재복 씨가 어디 시각장애인인가. 내 모습을 훤히 보고 있는데.

재복 씨는 급할 것 없는데 천천히 가자고 한다. 나 원! 체면이 말이 아니다. 어쨌든 시간이 흐르니 끝은 있다. 코스가 어려웠던 탓에 다른 주자들도 오늘 기록이 늦다고 한다. 주변 사람들 이야기가 보통 10분 내지 20분씩 늦는다 하니 조금은 위안이 된다.

울산에서 온 일행이 다 들어온 후 우리는 수안보로 가서 온천욕하고 점심을 먹기로 했다. 차로 이동하는 중에 속이 울렁거려 차를 세우고 토했다. 그리고 수안보로 가는 중에도 계속 머리가 빙빙 돌고 속이 편하지 않았으나 억지로 꾹 참다가 차가 수안보에 도착하자마자 10년 전에 먹은 것까지 다 토했다.

건강을 지키려고 하는 운동인데 몸을 너무 혹사한 것 같다. 이런 약한 모습을 주변 사람들에게 보이게 되어 자존심도 상하고 무척 미안하다. 그래도 다 토하고 난 후 온천욕을 하고 나니 살 것 같다.

점심은 산채정식이다. 나물 반찬이 줄잡아 30가지가 넘는다. 시원한 맥주에 산채비빔밥으로 비워버린 배를 채웠다. 불과 몇 시간 전에는 지옥을 헤매었는데 지금은 천당이다. 고통 뒤에 맞는 안락이 더없는 즐거움이다. 이 맛 때문에 달리기를 하는지. 그래서 마라톤이 중독성이 있다는 건가?

운수 좋은 날

제13회 바다의 날 마라톤(2008. 6. 1 487 4:18:43 문경식 57회)

우리 클럽은 회원 수가 많아 어느 대회를 신청해도 가는 사람이 몇 명은 된다. 그런데 이번 대회는 신청해놓고 출발 하루 전인데도 아무도 간다는 기미가 없다. 그래도 대회장에 가면 누구라도 있겠지 하고 서울행 심야버스를 탔다.

현장에 도착하니 아는 척하는 사람이 아무도 없다. 오늘은 완전 독립군이다. 다행히 참가자가 많아 누구라도 주력이 비슷한 사람 뒤꽁무니를 따라가면 길을 잃지는 않겠지 하고 출발선에 섰다.

옆에서 누가 "오늘은 왜 혼자입니까?" 한다. 나는 "그렇게 됐습니다." 하고는 같이 갈 수 있겠느냐 하니 그분은 좋긴 한데 주력이 너무 늦어 자신이 없다고 한다. 그래도 괜찮다고 같이 뛰자 하니 "그럼, 천천히 갑시다." 하며 내 손을 잡아주었다.

이분은 LG그룹 한 회사의 식당을 경영한다며 이번이 18회째인데, 그냥 하프 정도 연습 삼아 뛰려고 나왔다 한다. 속으로 '아이고, 오늘은 4시간 안에는 힘들겠구나.' 하프를 천천히 연습 삼아 나온 사람이 풀코스를 제대로 뛰겠나 싶은데 그래도 잡아달라고 부탁했으니 번복할 수도 없고. 그래서 나는 오늘은 LSD 삼아 편하게 뛰기로 마음먹었다.

우리는 세상사 이야기하면서 편하게 뛰었다. 그분은 이름은 문경식, 나이는 나하고 동갑이다. 우리는 오래전부터 알고 지낸 친구처럼 말도 편하게 하고 금방 친구가 되었다.

경식이 친구는 25㎞를 지나면서 무척 힘들어한다. 처음 출발할 때

5555
KLC 대한해운(주)
이윤동
487
광 양 항

는 4시간 under가 목표였는데 친구의 상태로 봐서는 힘들 것 같다. 그래서 시간에 구애받지 말고 편하게 완주하자고 했다. 우리는 급수대마다 들러 놓인 간식을 다 챙겨 먹으며 아주 여유를 부렸다.

32㎞를 지나면서 친구는 너무 지쳐 보인다. 나는 걷자고 했다. "이미 늦은 것 애써봐야 5분 빠를 것인데." 하고는 우리는 뛰다 걷다를 반복했다. 경식이 친구 말인즉슨 "오늘 좋은 일 한번 하려고 했는데 내가 도리어 도움을 받고 나를 리드하고 가니 자네가 내게 좋은 일 했네. 오늘 배운 게 너무 많다. 고맙다." 하며 아마 같이 뛰지 않았다면 하프만 하고 말았을 텐데 덕분에 풀코스를 뛸 수 있었다고 고마워한다. 우리는 그렇게 한강을 벗 삼아 마라톤을 통해서 우의를 돈독히 했다.

친구는 대회를 마친 후 약속이 있다더니만 오늘 내게 신세를 많이 졌다며 나를 지하철역까지 안내해주고 지하철까지 태워주고 갔다. 우리는 다음 대회에서 만나기로 약속하고 헤어졌다.

오늘은 독립군이 되어 걱정이 많았는데 뜻밖에 도우미가 나타나 친구가 되어주고 돌아가는 길까지 걱정 없이 편히 갈 수 있게 안내를 받았으니 운수가 좋은 날이다.

애호가와 미친 사람의 기준은?

화천 비목마라톤(2008. 6. 8 3133 3:47:53 이태희 58회)

강원도 쪽 대회는 공기 좋고 경치 좋다고 정평이 나 있다. 그러나 강원도 대회와는 인연이 없는지 몇 차례 기회를 놓치더니 이번에도 하필 6월 8일이 특히 아끼는 후배 결혼식이다. 후배는 나의 대소사에 꼭 참석하곤 했는데 그런 후배가 결혼식을 한다는데 말이다. 인정적으로 이유불문하고 축하해주러 가야 하는데 몹시 갈등이 생긴다. 겨우 잡은 기회인데 이번에 놓치면 언제 또 강원도 갈 기회가 생기겠나 고민스럽다.

요즘 달리기한다고 일요일마다 쫓아다니다 보니 주변의 대소사에 불참하기 예사다. 대소사 참석은 품앗이 성격도 있지만, 사람의 도리를 하는 예의이기도 한데 요즘은 마라톤에 미쳐 사람 구실 못하는 일이 허다하다. 중요한 곳은 아내를 대신 보내기도 한다.

하지만, 이번에는 정말 신경이 쓰인다. 며칠을 두고 끙끙 앓다가 강원도 마라톤 유혹을 끊지 못하고 또 아내를 대신 보내기로 했다. 양심이 찔린다. 이놈의 마라톤 때문에 사람 도리를 제대로 못 하는구나. 이 정도면 나도 마라톤 애호가가 아닌 마라톤에 미친 사람에 속한다.

거기다 어제까지 멀쩡하던 아내의 엄지발가락이 퉁퉁 붓고 심하게 아프단다. 급성 통풍이 온 것이다. 치료한다고는 했지만 차도가 없다. 이 일을 어쩌나. 그래도 아내는 별일 없을 테니 마라여행 갔다 오라고 한다.

어리석은 질문이지만 "정말 괜찮겠나?" 하니 괜찮다 한다. 마라톤에 미쳐버린 나는 이런저런 떠날 수 없는 사정들을 나 몰라라 물리치고 화천행 셔틀버스에 올랐다.

길이 멀다 보니 셔틀버스는 자정에 출발했다. 잠을 좀 자야 내일 달릴 건데 내가 하는 짓이 도가 지나쳐 보이고 마음이 편치 않아 이런저런 생각에 잠을 설쳤다. 이렇게 마음이 안 편할 바엔 오지 말 것을. 이미 버스는 멀리 와 있다.

무리수를 두면서 찾아온 강원도 화천. 깨끗하고 공기가 맑아 머리가 시원하다. 마라토너는 이 골짜기 오지까지도 많이들 모였다.

오늘은 아직 도우미를 정하지 못해 광화문클럽 대회공식 3시간 40분 페메에게 찾아가 같이 좀 달려주기를 부탁했지만, 사전 요청이 없어서 자기들 임무 수행 상 같이할 수 없다고 한다. 어차피 가는 길에 나를 옆에 달고 달리면 될 텐데 무슨 사전 요청이 필요했을까? 도우미를 거절당하니 기분이 씁쓸하다.

그래서 준암 형님과 같이하기로 했다. 작년에는 준암 형님과 여러 차례 동반주 했지만 최근 들어 8개월 만에 손을 잡았다.

강원도는 듣던 대로 청정하다. 파라호와 북한강이 흐르는 화천은 공기 좋고 경치 좋고 자연경관이 수려한 고장이다. 달림이들에게 좋은 경치를 구경시키기 위해 경치 좋은 코스를 골랐는지 강변을 돌게 하고 계곡이나 수림공원도 지나간다. 급수대 간식도 삶은 감자에 방울토마토, 무공해 오이 등이 푸짐하고 간식 메뉴가 특색이 있어 강원도다운 냄새가 물씬 난다.

화천은 휴전선에서 조금 떨어진 최전방이라서인지 곳곳이 군부대이고 거리엔 군용차들이 자주 오간다. 6.25 때 이곳 화천에서 얼마나 많은 우리의 젊은이들이 피를 흘렸던가. 그 희생이 없었다면 오늘 이곳을 어떻게 달릴 수 있었겠는가? 빨리 통일이 되어야 할 텐데 하는 마음이 간절하다.

30㎞를 지나면서 준암 형님은 힘이 부치는지 좀 헤매더니 38㎞를 지나면서 기력이 회복되어 쾌속질주를 한다. '어메, 따라가기 어려워.' 마지막 스퍼트가 강하시다. 그렇게 우리는 성공적으로 화천 마라톤을 완주했다.

나는 오늘 형님의 페이스에 맞추어 달리면서 터득했다. 준암 형님은 초반 예열이 늦는 편인데 목표 시간을 설정하고 내 페이스대로 갔으니 그것이 형님과 동반주 실패 요인이었던 것을 알았다. 나보다 실력이 앞서는 사람이 잡아줄 때는 그렇지 않지만, 항상 동반주자를 알고 맞춰가는 자세로 따라가는 것이 중요했던 것이다.

함께하는 사회에서도 저 잘났다고 제멋대로 하면 균형과 조화는 깨어진다. 이해하고 배려하는 가운데서 신뢰는 두터워지고 사랑은 깊어진다. 다음번에 준암 형님을 잡는다면 잘할 수 있을 것 같다.

대회를 마치고 집에 전화하니 간밤에는 발이 아파서 한숨도 못 자고 오늘 아침에 병원에 갔다가 창원 결혼식까지 다녀왔다 한다. 몹시 미안하다. 입이 열 개라도 위로할 말이 없다. 내가 언제쯤 철이 들려나.

다른 때는 달리기하러 갔다가 울산에 도착하면 항상 아내가 마중을 나왔는데 오늘은 마중 나오면 바라볼 면목이 없어 못 나오게 하려고 도착시각을 속이고 혼자서 택시 타고 집으로 돌아왔다.

무소유의 자유

태화강변 연습주에서 만난 사람(2008. 7. 3)

태화강변 산책로에선 많은 사람을 만난다. 그늘 밑 쉬기 좋은 곳에서는 서로 친구도 되고 말벗이 되기도 한다.

하루는 단거리 연습을 하다 쉬는데, 허름한 옷차림에 연로하신 어른 한 분이 직접 농사지은 거라며 토마토를 하나 주셨다. 다음날에는 토마토 하나와 캔 커피 하나를 주셨다. 아내는 얻어먹기가 미안하다며 미숫가루를 말아 나가기도 하고 식혜를 갖고 나가기도 했다. 할아버지와 자주 만나다 보니 될 수 있는 한 달리기 연습도 할아버지가 산책 나오시는 시간에 맞춰 나가게 되었다.

할아버지는 근처에서 농사를 지으며 경제적으로는 어려움이 없었으나 수년 전 할머니가 세상을 떠나시고 작년에는 하나뿐인 딸이 교통사고로 할아버지 곁을 떠났다. 할머니가 돌아가셨을 때만 해도 딸이 옆에서 봉양하니 그런대로 견딜 만했는데 애지중지하던 딸이 세상을 떠나니 할아버지는 세상 모든 것을 다 잃어버렸다.

할아버지는 밭에 풀이 우거져도 답답지 않고 끼를 거르더라도 밥 생각이 없었다. 태양이 오르면 이곳 강가로 내려와 오가는 사람을 쳐다보며 술 한 잔에 토마토로 끼를 때우고 낙담과 한숨을 짓다가 배가 고프면 국수 한 그릇 사 드시고 시간을 보내고 계신다.

할아버지는 우리와 얘기를 나누시고는 답답하던 가슴이 좀 시원해진다고 하셨다. 아내는 할아버지를 집으로 모셔다가 따뜻한 밥 한 그릇 대접하려고 했으나 할아버지가 사양하셔서 아쉬워한다.

나는 아내에게 물었다. "당신은 있다가 없는 게 낫나, 본래부터 없는 게 낫나?" 하니 아내는 "본래부터 없는 게 낫지 않을까? 있다가 없으면 아쉬움만 더 할 것 같다."고 한다. 부와 명예를 다 누려보았던 한 사장이 회사가 망하고 나라에서 주는 기초생활 수급을 받으면서도 자신은 누릴 것 다 누려봐서 세상에 부러운 것 없다고 했다. 또 강원도 정선 카지노에서 100억대 재산을 날리고 거리에서 청소원을 하는 사람이 "돈은 뜬구름과 같은 것. 나는 지금이 더 행복하다."고 했다.

과연 이 말들이 사실일까? 일반적으로 사람의 욕구란 의식주가 기본이고, 일차적 욕구가 해결되고 의식주가 풍족해지면 자신을 드러내고 싶은 사회적 욕구가 생기는 게 인지상정이다. 그리고 소유하다가 잃으면 공허함과 상실감이 클 것이고 체념이나 수양과정을 거치면서 안정을 찾을 뿐이지 과거의 소유했던 기억에서 벗어날 수 있을까?

이런 경우도 있다. 문명의 혜택이 없는 오지 원주민이나 후진국 인도 하층민들의 삶에 대한 행복지수가 호의호식하는 우리나라 중산층의 행복지수보다 높단다. 이는 본래부터 없었기 때문에 상대적 박탈감이 없고 소유에 대한 욕망이 없어서일까? 아니면 낙천적인 사고나 삶의 방식 때문일까? 공자의 수제자인 안회는 해진 옷을 입고 나물밥에 물 한 바가지로 안빈낙도할 수 있었고 부귀는 초개와 같이 여겼다. 이는 수양과 도야를 거친 득도한 자라야만 가질 수 있는 경지일 것이다.

우리 집은 아이가 없다. 늦게 결혼하는 바람에 가질 수 있는 시기가 지났다. 우리 나이 또래는 집안 모임이나 친구 모임에서 주요 관심사는 자녀 이바구다. 그럴 때면 우리는 항상 아웃사이더다.

자녀에 대한 성공담이나 자녀가 삶의 한 축이 되어 있는 모습들을 보면 때로는 허전함도 감출 수 없지만, 처음부터 가져보지 못했으니 소유에 대한 욕구는 적다. 그런데 자녀를 가졌다고는 하나 항상 곁에 두지 못하면 가진 저나 없는 나나 똑같고, 떠날 땐 모두 빈손으로 떠나는 것이 공평하니 별로 부러울 것도 없다.

옛말에 '천석꾼 천 가지 걱정, 만석꾼 만 가지 걱정'이란 속담처럼 소유하면 소유한 만큼 번뇌가 있고 잃으면 상실로 인한 자괴감이나 공허함이 더 클 텐데 본래부터 무소유자에겐 평상심을 가질 수 있어 소유에서 벗어날 수 있으니 세상은 참 공평하다.

나는 생각해본다. 돈과 명예는 구름과 거품에 비유하듯 잃어도 다시 생길 수 있으니 조금이나마 위로받을 수 있겠지만, 건강을 잃고 사랑하는 가족을 잃은 마음은 무엇으로 위로를 받을까?

"다 소용없다. 빨리 죽고 싶다."며 눈물짓는 할아버지의 지친 모습이 측은하기 짝이 없다. 이것이 사람의 솔직한 참모습인지도 모른다. 나는 달리기 연습을 나갔다가 세상 모든 근심을 다 안고 앉아 계시는 할아버지가 보이지 않는 날에는 왜 안 나오셨을까 궁금하고 걱정이 된다.

신선고개 환갑주

제1회 태종대공원 혹서기마라톤(2008.08.03 4253 4:27:16 양춘수 60회)

의미 있는 날은 쉽게 넘어가지 않는 게 누차 징크스가 있었기에 60회 환갑주를 하는 오늘도 무슨 일이 있을까 미리 염려된다. 일부러 맞춘 것은 아닌데 풀 60회째 너무 힘든 코스 대회를 만나게 되었다.

태종대공원은 난코스란 걸 익히 아는 터라 하계훈련 삼아 달려보려고 신청했다. 이 코스는 태종대공원 순환로 3.5㎞를 12회 도는데, 왕복을 여섯 번 해야 한다. 여기는 급경사 오르막 산이 있어 이를 열두 번 넘는 산악마라톤인 셈이다. 오늘 대회는 클럽에서 약 40명이 참가해서 버스를 전세 내어 이동했다.

새벽 5시 반에 태종대에 도착하니 하늘은 구름이 꽉 끼어 어두컴컴하고 이슬비가 실실 뿌린다. 오늘의 안내자는 우리 클럽의 고문이자 3시간 1분대 sub-3 문전을 기웃거리는 양춘수 님이 끈을 잡아주기로 했다.

양 고문님이 레이스 목표를 묻기에 나는 말로는 코스가 험하니 4시간 반을 목표로 한다고 했지만 내심으로는 4시간 under로 달려봐야지 하고 마음을 먹었다. 양 고문도 내 맘을 알아차렸는지 일단 4시간에 맞춰 달려보자고 한다. 출발 전에 부산의 시각장애인 달림이 차석수를 만나 인사를 하고 환갑주를 시작했다.

공원은 안개와 해운으로 덮여 선경 그 자체다. 그 속으로 신선이 날듯 한 번 왕복하니 연습량으로 딱 알맞다. 그만 하고 싶고 게으름증이 난다. 그래도 힘들다고 중간에 그만둔 일이 어디 있었나. 특히 의미 있는 도전인데 그냥 생각 없는 사람처럼 묵묵히 반환점을 돈다.

2차 왕복 때는 소나기가 억수로 퍼붓는다. 바가지로 들이붓는다. 비바람을 안고 언덕을 오르는데 다리가 나가지 않고 달려도 그 자리인 듯 제자리걸음이다. 마치 수영장 물속을 걷는 것 같다. 김자원 교수께서 뒤따라오면서 10㎞에 1시간 걸렸다고 한다. 아주 양호한 기록이다. 앞으로도 그 속도로만 갈 수 있다면 좋겠는데.

현재 정황으로 봐서 4시간 under는 꿈도 못 꿀 일이다. 2회 왕복할 즈음에 빗줄기는 가늘어지고 벌써 낙오자가 생긴다. 3차 왕복. 이제 반을 달렸는데 너무 지루하다. 아직 반을 더 해야 한다고 생각하니 짜증마저 난다. 옛날 부산맹학교 다닐 때 여기 놀러 왔던 추억을 더듬으며 다리를 부지런히 옮긴다.

오늘 달리기 분위기는 죽인다. 해무와 해운이 공원을 감싸고, 해풍이 이들을 몰고 다니며 너울너울 춤춘다. 산새와 바닷새는 어지럽게 날며 끼욱끼욱 노래를 하는데 구미호가 나올 것 같기도 하고 신선이 나타날 것 같기도 한 변화무쌍한 날씨다. 이제 기록은 잊어버리기로 했다. 언덕길을 오르내리며 힘은 들지만, 기록 욕심을 버리고 자연 속에서 훈련한다고 생각하니 레이스가 편하다. 4차 왕복. 선두주자는 벌써 나를 한 바퀴 앞지른다. 쟤들은 빨리 끝내서 좋겠다 싶어 부럽다. 나도 이제 언덕에서는 하염없이 걷고 급수대에 있는 냉커피, 미숫가루, 바나나 등을 일일이 챙겨 먹는다.

양 고문은 내가 아니었으면 오늘 3시간 30분 정도에 충분히 달릴 수 있을 텐데 너무 고생이 많으시다. 나도 경험해봤지만, 누구나 자신에게 가장 편한 속도가 있다. 자기 속도보다 늦게 달려도 힘이 드는 법인데 오늘 내가 너무 늦어서 양 고문의 고통이 심하겠다. 그래도 이 양반, 짜증도 안 내고 내가 달리면 달려주고 걸으면 걸어주고 재촉하는 일도 없고 너무 잘 맞춰준다. 마음이 너그러운 사람이다. 평탄한 코스에서 한 번 잡아줬으면 좋겠는데 오늘 너무 고생시켜 앞으로 절대 부탁을 못 할 것 같다.

드디어 마지막 바퀴. 마지막이라 생각하니 마음이 조금은 가볍다. 후미 주자를 한 바퀴 앞지르니 안타까운 생각이 든다. 아까 선두주자에게 추월당했을 때 내가 느낀 마음이 지금 이 사람들에게도 들겠지.

마지막 반환점. 수없이 뺑뺑이를 돌았는데 이제 지금 밟는 땅은 다시 밟을 일이 없다. 생각할수록 지긋지긋하다. 아니 다시 돌아오지 않는다고 생각하니 한 걸음 한 걸음이 아쉽기도 하다. 그리고 환갑주를 성공적으로 완주했다.

오늘의 레이스는 엄청나게 힘들었지만 60회를 오래도록 기억나게 해주는 의미 있는 대회가 되었다. 한여름에 이 정도의 악 코스를 완주했으니 이젠 어떤 코스도 달릴 수 있을 것 같은 용기가 생긴다. 내년에 이 코스를 다시 한 번 달려보고 싶다.

패자의 변명

제2회 경산 8.15마라톤(2008. 8. 15 완주 실패 이태걸)

약빠른 고양이 밤눈 어둡다고 하더니. 8.15 대회 중 서울 마라톤대회는 작년에 가봤고 해병대마라톤은 심한 언덕에다 그늘도 없는 땡볕으로 고생한 기억이 난다. 그래서 경산 영남대학교 8.15 마라톤대회는 숲길마라톤이라 해서 얼른 신청했다. 대회 3일 전부터 비가 많이 온다. 날씨가 더울까 봐 걱정했는데 비가 와서 다행이다.

새벽 4시에 일어나니 장대비가 퍼붓는다. 내키진 않았지만 약속된 일이라 5시에 울산대공원 입구로 나가 일행들과 만나 경산으로 출발하는데 비가 쏟아져 길바닥이 한강이다. 그래도 햇볕 맞는 것보다는 비 맞고 뛰는 게 낫지 하며 서로 공통되게 자신들의 일을 합리화한다.

그래도 한심한 생각을 떨칠 수 없는지, 이 빗속에서 밤잠 설쳐가며 길 떠나는 우린 이게 무슨 짓이냐며 탄식한다. 덧붙이는 말이 만약 부모님께서 새벽잠 깨워 비 맞고 심부름 보냈으면 우리 중에 몇 명이나 제대로 들었을까 한다.

경산에 도착하니 막 비가 그치고 엷은 햇살이 비친다. 그래도 지열이 없으니 덜 덥다. 코스는 영남대학교 교정을 여섯 바퀴 돌게 된다. 징소리와 함께 마 교주의 손을 잡고 출발하여 학교 교정을 돌기 시작한다.

어느덧 하늘은 파래지고 땅바닥엔 검은 그림자가 나를 따라 춤을 춘다. 그런데 이게 웬일인가? 약간의 포장길을 지나니 비포장 산책로가 나타난다. 하지만 비슷한 길을 몇 번 완주한 경력이 있으니 좀 고생은 되더라도 이미 나섰으니 한 번 해보기로 하고 열심히 달렸다. 그런데 갈수록 태산이네.

길은 비 때문에 여기저기 파여 물이 고여 있고 울퉁불퉁하다. 거기다 어떤 구간은 땅이 물러 질퍽거리고 진흙길 구간은 발이 푹푹 빠지고 흙이 신발에 들러붙어 다리가 천근이다. 교주님은 길을 두고 길 언저리 풀숲으로 돌아가기도 하고 나를 껴안고 가기도 하고 신발이 벗겨지기도 한다. 물 고인 곳은 아예 걸었다.

이건 마라톤이 아니라 정글탐험이다. 이러다간 나도 다칠 것 같고 교주님마저 못 달리게 할 것 같아 한 바퀴를 돌고 그만두기로 했다. 그런데 한 바퀴인 7㎞도 얼마나 지옥 같은지 출발 지점이 그립고 기다려진다.

겨우겨우 출발지점에 돌아와서는 미련 없이 대회를 포기했다. 지나온 한 바퀴가 악몽과 같다. 마라톤을 수십 번 하면서 이런 일은 처음이다. 부상으로 대회를 포기하는 것은 불가항력이지만 달리기가 어려워 포기하는 건 오늘이 처음이다. 나의 마라톤 인생에 오점을 남겼다.

그런데 나만 포기한 줄 알았는데 같이 간 일행 중 장재근 씨, 최무건 씨도 같이 중도 하차했다. 우리는 서로 위로하며 나무 그늘에서 쉬면서 힘들게 달리는 사람들을 측은하게 생각했다. 그런데 갈수록 탈락자가 속출한다. 세 바퀴째는 동행한 지서장 정환기, 마 교주, 조연국이 줄줄이 포기다. 뜨거운 태양에 지랄 같은 주로 상태. 이건 마라톤을 할 환경이 아니다.

마라톤 100회를 바라보는 마 교주, 백 수십 회를 완주한 조연국, 장재근 씨도 도중 포기는 처음이란다. 사정이 이러니 내가 포기한 것은 당연한 일인지도 모른다. 여름엔 더운 게 당연한데 그냥 코스 좋은 대회를 선택해야 하는 것을 시원한 대회 골라서 가려고 잔머리 굴리다 밤잠 제대로 못 자고 고생만 실컷 했다. 오늘 하루가 아깝다. 그래도 완주한 사람이 있으니 패자는 말해봐야 핑계일 뿐인가.

비가 와서 좋은 날

장대비 속의 훈련(2008. 8. 22)

장애인은 참 불편함이 크다. 나는 평소 장애인은 무능한 사람이 아니라 불편한 사람이라고 말한다. 장애인은 할 수 없는 사람이 아니라 하는 데 불편이 있을 뿐이라고. 그러므로 "불편함을 도와주면 장애인도 잘할 수 있다."고 주장한다.

내가 마라톤을 하는 데도 모르는 사람들은 시각장애인이 마라톤을 하니 대단한 일인 줄 아는데 보는 눈만 불편하지 손발이 성하고 운동능력이 있으니 누가 길만 안내하면 조금 불편하긴 해도 달리는 데는 아무 지장이 없다. 그러니 별로 대단한 일도 아닌데 사람들이 대단하게 보는 것이 일종의 편견이다.

난 달리기 연습을 하는 데 불편한 점이 너무 많다. 달리기를 하려면 누군가가 옆에 있어줘야 하고 주로에 장애물이 없어야 하며 노면 상태가 좋아야 한다. 또 사람들이 붐비는 시간을 피해야 하고 길이 넓어야 한다. 따라서 내가 달리기를 하려면 시간적·공간적인 제약을 많이 받을 수밖에 없어 불편함이 이만저만이 아니다.

그래도 불편하다고, 힘들다고 해서 하지 않으면 영원히 할 수 없고 아무것도 할 수 있는 일이 없다. 그래서 나는 불편함을 불평하기보다 환경을 내게 맞춰 가며 불편함을 극복하고 달리기도 내 방식대로 하고 있다.

오늘은 비가 억수로 내린다. 비가 내리면 태화강변 산책로엔 사람도 없고 자전거도 없다. 이런 때가 내가 달리기 연습하기에 아주 좋은 기회다. 운동복으로 갈아입고 대문을 나섰다. 멀쩡하게 마른 옷을 입고 생비를 맞기는 싫었지만, 오늘같이 연습하기 좋은 기회가 자주 있는 게 아니니 얼싸 좋다 하고 강변으로 달려갔다.

강변에는 개미 새끼 한 마리 얼씬하지 않는다. 마치 10㎞ 강변로를 전세라도 낸 것처럼 마음껏 달린다. 노래도 부르고 고함도 지르고 쳐다볼 사람 하나 없으니 마음 가는 대로 방종 한다. 이보다 더 자유로울 데가 어디 있겠나.

굵은 비가 온몸을 감싸는 듯하고 후려치는 듯하기도 하다. 넓은 길을 발걸음 가는 대로 활주하니 몸에 열이 오르는데 평소 때면 땀으로 흠뻑 젖어야 할 옷과 몸이 지금은 땀물인지 빗물인지 알 수 없지만 하여튼 질퍽하게 젖어 있다.

온몸이 물에 젖은 김에 강물 속으로 첨벙 뛰어들어 본다. 마른 날은 엄두도 못 낼 일. 오늘 같은 날, 나만이 누릴 수 있는 특권이다. 빗물에 체온을 뺏겨서인지 강물이 뜨뜻하다. 자연 풀장을 한참 휘젓다가 강둑으로 기어올라 다시 가던 길을 달린다.

빗줄기가 가늘어진다. 비가 그치면 사람들이 산책 나올 것이고 발걸음을 집으로 재촉한다. 집 앞에 도착하니 몸에 열이 식어 덜덜 떨린다. 오늘의 연습거리는 약 17㎞다. 장애물 없는 길, 빗줄기 사이로 달리기 한번 잘했다. 욕조에 더운물 받아 몸을 담그니 안락함이 여기가 천국이다.

한밤의 뜀박질

제3회 사천 노을마라톤
(2008. 8. 30 9269 3:54:32 이태걸, 김규석, 강진홍 61회)

가을도 아닌 것이 여름도 아닌 것이 벌써 아침저녁으로는 제법 시원하다. 요즘은 대낮의 땡볕을 피해 별빛을 벗 삼아 밤에 달리는 마라톤이 종종 열린다. 야간 마라톤은 위험할 것 같아서 엄두도 내지 않았는데 이번엔 호기심에 처음으로 참가신청을 했다. 사천대회는 토요일 오후라서 울마클의 참가자가 60명으로 엄청나게 많다.

오랫동안 마음껏 뛰어보지 못해 시원한 밤에 발바닥이 아프도록 뛰어보고 싶어 사천에 도착하여 이 사람 저 사람께 동반주 부탁을 했으나 다들 이런저런 이유가 있었다. 마 교주께서 "할 수 없다. 마아, 오늘도 내하고 같이 뛰자." 한다. 공연히 욕심 부려 여기저기 기웃거린 게 마 교주 보기에 미안스럽다.

오후 6시. 늦여름의 오후 열기가 후끈한데 마라톤은 시작된다. 바닷바람은 불어와도 아직 서산 위에 한 뼘 남은 태양은 여름의 위용을 자랑한다. 사천만을 따라 10㎞쯤 가니 바람은 점점 시원해지고 저녁 해는 서산에 걸려 하늘과 바다가 함께 붉다. 사천만은 어느새 바다와 석양 달림이가 어우러진 그림이 되었다.

마 교주는 디카를 꺼내 들고 지나가는 주자에게 부탁하여 바닷가 석양을 배경으로 사진도 찍었다. 오늘따라 마 교주는 힘차게 달린다. 그동안 대공원에서 연습을 많이 하신 모양이다. 하프 지점을 1시간 48분에 통과했다. 이대로 가면 3시간 40분에 완주할 것 같다.

시간은 흘러 주위가 캄캄해졌다. 산모퉁이를 돌아 어느 바닷가를 지나다가 마 교주가 "잠깐, 잠깐!" 하더니 뒤춤에서 디카를 꺼내 피사체를 조준한다. 순간 한 여인이 "안 돼요, 안 돼요!" 하며 비명을 지른다. 마 교주는 "우린 지금 달려야 할 몸이니 바쁩니다. 아까처럼 해주세요."라고 독촉했다.

알고 보니 가을 여인이 한적한 바닷가 가로등 아래로 가을 마중 나와 벤치에 걸터앉아 책을 펴고 있었던 것이다. 참 아름다운 모습이다. 캄캄한 바다를 끼고 이어지는 해안도로. 태양열도 없고 바람도 시원하고 쾌적함과 낭만이 함께 있는 마라톤이다.

사천의 명소 사천대교가 나타났다. 여기도 한 번 건너게 해줄 모양이다. 시원하게 쭉 뻗은 사천대교. 넓고 긴 다리가 약 3㎞나 된다. 바다와 육지를 잇는 다리로, 사방이 탁 트여 마치 바다 위로 달리는 기분이다. 부산서 왔다는 한 달림이는 옆에서 그냥 홍에 겨워 농담과 노래로 사천대교를 같이 달렸다.

31㎞ 지점에서 마 교주의 종아리에 쥐가 났다. 주무르고 당기고 늘리고 해도 좀처럼 풀리지 않는다. 마 교주는 마침 김규석 동장님이 지나가자 동반주를 부탁한다. 나는 환자를 그냥 두고 갈 수 없다며 버티었지만 마 교주는 한사코 떠넘겼다. 나는 할 수 없이 김규석 동장님과 동반주 했다.

달이 없는 그믐밤. 산길을 넘을 땐 거의 김규석 동장님 팔에 매달려 다리만 움직였다. 김 동장께서도 초반 오버페이스로 많이 지쳐 있었는데 내가 힘들게 해서 죄송스럽다. 역시 야간 마라톤은 나서지 말았어야 하는데 이웃에 민폐를 끼친다.

우리는 천천히 걷다 뛰다 하면서 골인 지점 2㎞를 남겼다. 마침 동료를 마중 나온 강진홍 씨를 만났다. 또 나를 강진홍 씨에게 인계하려 한다. 김 동장님은 지금 자신이 힘들어 제대로 달릴 수 없다며 "이 회장이 달릴 힘이 있는데 나와 같이 가면 둘 다 힘이 든다."며 끈을 넘기고 만다.

하지만, 나는 김규석 동장님의 속뜻을 알고 있다. 같이 가면 내 기록이 늦어진다고 나를 빨리 보내주려고 둘러댄 것이다. 알고 보면 세상에는 좋은 사람이 참 많다. 좋은 사람은 많아도 잘 드러나지 않고 악한 사람은 잘 드러나니까 세상에는 악한 사람이 많아 보인다. 그러나 실제로는 착하고 선한 사람이 훨씬 많다.

강진홍 씨는 내가 호주 시드니마라톤에 갈 수 있게 주선해주신 분으로, 항상 시각장애인 달림이들을 초청하여 좋은 시간을 보내도록 베풀어주는 분이다. 불과 2㎞지만 나는 손을 잡고 달리면서 그동안의 베풀어준 사랑에 감사했다.

오늘은 김규석 님, 강진홍 님과 처음으로 손을 잡고 달릴 기회를 가져 아주 감명 깊은 마라톤이 되었다. 처음으로 밤에 달려본 마라톤. 햇볕에 그을리지도 않고, 무더위와 싸우는 고통도 없고, 여름엔 밤에 달리는 마라톤이 별미다. 내겐 좀 무리이긴 하지만….

나의 비상용품

생활화된 마라톤(2008. 9. 1)

여행을 갈 때 반드시 준비하는 것이 비상약과 비상간식이다. 여기에 내가 덧붙여 챙기는 비상용품이 있다. 언제부턴가 차 뒤 트렁크에는 항상 러닝화, 운동복, 수건이 든 가방이 필수품처럼 실려 있다. 길 좋고 조용한 곳이라면 전국 어디라도 훈련코스다.

옛 속담에 '개 눈에는 똥밖에 안 보인다'는 말처럼 나는 고속도로나 시원하게 쭉 뻗은 길만 보면 "야~ 길 좋다! 여기서 신이 나게 한 번 뛰어봤으면 좋겠다."라고 나도 모르게 내뱉어진다.

아내는 이러는 나를 타박할 만도 한데 덩달아 "내려줄까?" 하기도 하고 "주변 환경이 좋으면 여기서 한 번 뛰어볼래?" 한다. 부부는 일심동체라더니 아내는 내 마음을 너무 잘 알고 이해해준다.

아내는 차를 몰고 가다가 포장이 잘된 샛길을 만나거나 해안도로, 산림도로가 있으면 차를 세운다. 그러고는 트렁크 속의 비상 운동구가 빛을 발한다. 여름에는 그늘이 좋은 곳이면 거기가 훈련장소가 되고, 비 오는 날이면 온 천지에 훈련장소가 널려 있다.

요즘은 관광을 가도 모임이 있어도 가는 곳이 훈련장소다. 지난번에는 부부 계모임에서 지리산으로 피서를 갔다. 다른 팀들은 먹고 마시고 오락을 하는데 나는 슬그머니 빠져나왔다. 노름을 싫어하기도 하지만 들어올 때 보니 주변 길이나 경치가 아주 좋았다. 기회만 되면 한 번 뛰고 가야지 하는 마음을 먹었는데 이때다 싶어 차 트렁크를 열었다. 아내도 차를 몰고 따라나서 길 안내를 해준다.

우거진 수풀에 시원한 바람, 오르막내리막 꼬불꼬불 산길이 환상적이다. 탁한 실내 공기 속에서 술 마시고 노름하는 것에 비하면 신선놀음이다. 마라톤 취미를 가지지 않았으면 별수 없이 앉아서 술이나 마셨을 것이다.

한 번은 친구들과 거제도 해금강 관광을 갔다. 모두 외도로 간다고 선착장에 모였는데 뱃멀미 때문에 한 친구가 빠진다. 나도 얼른 빠졌다. 따라 가봐야 눈에 보이는 것도 없고 다른 사람이 보고 즐길 때 나는 할 일이 없다. 그러니 달리기나 즐기자 싶었다.

차를 오래 타서 몸도 뻐근한데 맑고 깨끗한 공기를 마시며 거제 해안도로를 달리니 내게는 배 타고 해금강 도는 것보다 열 배 낫다. 낙타 등처럼 울룩불룩한 해안선을 살랑살랑 오르내리며 관광주 하는 재미가 더없이 즐겁다.

덕유산 연수원에 1박 2일로 회의가 있어 갔을 때 일이다. 이렇게 멋진 곳을 한 번 달려보지 않고 그냥 돌아가기엔 너무 아쉬워 바쁜 일정 속에서도 새벽에 일찍 일어나 1시간 정도 달렸다.

산속 새벽길은 차나 사람이라곤 전혀 없고 숨소리, 발걸음 소리가 메아리 쳐 신비롭기까지 했다. 도랑에 흐르는 물을 두 손으로 한 움큼 퍼마시고 머리를 감으니 온몸이 시원했다.

문제는 9시부터 시작되는 연수였다. 새벽에 좋은 공기 마시고 기분을 너무 냈는지 의자에 앉자마자 연사의 강의가 자장가로 들린다. 정신을 차리려고 손가락을 꼬고 혀를 깨물어도 오는 잠을 막을 길이 없었다.

이처럼 어디를 가더라도 운동복과 신발은 필수품이 되었고 언제라도 운동하고 싶을 때 운동을 할 수 있어 좋다. 내겐 발끝 닿는 곳마다 마라톤 코스가 아닌 곳이 없다. 이럴 수 있는 것은 다 아내의 수고 덕분이지만….

땡볕 속의 고군분투

2008 강진 청자마라톤(2008. 9. 7 4106 4:37:56 이태걸 62회)

마라톤은 자기와의 싸움이고 외로운 경기이긴 하지만 옆에 같이 뛰는 사람이 많으면 서로가 서로에게 힘이 되어 즐거운 운동이 된다. 따라서 마라톤은 참가자가 많을수록 달림이들이 좋아한다. 요즘은 대회가 많다 보니 달림이를 모으는 것도 경쟁이고 때문에 특색 있게 하려고 노력한다.

강진 청자마라톤은 청자의 고향을 알리는 강진의 축제 중 하나다. 강진은 지리적으로 멀리 떨어져 있어 참가하기가 그리 쉽지 않다. 그래서 각 지역 달림이들은 여러 번 셔틀버스 운행을 희망했지만 이루어지지 않았다. 나도 할 수 없이 마 교주와 단둘이 교주님이 운전하여 마라여행을 떠났다. 더운 날씨에다 이동의 불편 등으로 달림이 숫자가 작년보다 적어 풀코스에 약 200여 명 되어 보인다. 오늘도 외로운 행군이 되겠구나.

9월 초의 태양은 뼛골을 녹일만하고 그늘 한 점 없는 바닷가의 레이스는 달아오른 철판 위의 콩처럼 구르는 것 같다. 주로에는 주자가 적으니 중반 이후엔 앞에 가는 주자도 없고 뒤따르는 주자도 없다.

나는 마 교주와 달리면서 얘기한다. "이런 마라톤은 문제가 있다. 대회를 하려면 제대로 하든지 아니다 싶으면 그만 두던지 해야지. 유명 인사를 초청한다고 달림이들이 많이 오겠나? 유명 인사를 그냥 부르지는 못할 것이고 차라리 그 돈으로 셔틀버스에나 지원하고 간식을 보강해서 달림이를 불러 모으지." 하고 뜨거운 아스팔트 위를 터덜터덜 걸었다.

이런 불볕 주로에 급수대도 중간마다 빠지고 없다. 할 수 없이 우리는 물병을 들고 달렸다. 하기야 선수도 드문드문한데다 날씨가 워낙 뜨거우니 급수 봉사자도 힘들었겠지.

마음 같아서는 회수차를 타고 싶었지만, 새벽잠 설치고 천 리 길을 달려와서 회수차를 타기엔 본전 생각이 났다. 그래도 우리는 둘이서 끈을 잡고 달리니 서로에게 위로가 되었다.

경기를 마치고 강진에서 유명하다는 한정식 식당을 찾았다. 얼마나 유명한지 일요일인데도 방마다 사람이 가득하다. 우리는 구석방 한 칸을 차지하고 푸짐한 남도의 진미에 빠졌다. 역시 호남지역은 먹을거리가 많아서 마라여행에 한몫을 한다.

걸어가도 마라톤인가?

제26회 대구 금호강마라톤(2008. 9. 13 40629 4:20:32 박차종 63회)

대구 금호강대회는 집에서 가까워 좋긴 하지만 같은 길을 네 번 왕복하고 비포장 길도 있고 강도 건너야 하고 해서 내게는 적합한 코스가 아니다. 지난봄 처음 신설되었을 땐 좋아라고 참가했는데 한번 달려보고는 다시 안 하고 싶었다. 그런데 추석에는 대구 큰집에 가야 하는데 전날이 금호강대회가 있는 토요일이다.

그래서 추석 전날 특별히 할 일도 없고 대구 가는 길에 훈련 삼아 한 판 달리기나 할까 싶어 새벽에 출발했다. 일기예보는 계속 흐릴 거라고 하더니 동쪽 하늘에는 해가 시뻘겋다. 아침 안개까지 낀 걸로 보아 오늘 날씨가 예사롭지 않다.

시원하게 잘 달리던 차가 경산에서 멈추더니 더 이상 나아가지 못한다. 벌써 추석 교통체증이 시작된다. 날씨도 더울 텐데 꽉 막혀 시간이 늦어져 참가하지 못하게 돼도 아쉬울 것 하나도 없겠다. 한 번 달려볼까 해서 나서긴 했지만, 왠지 하기가 싫어진다.

현장에 도착하니 5분 연착했다. 선수들은 모두 출발하고 조용하다. 뛸까 말까 망설이는데 아내가 등을 떠민다. 뒤늦게 출발했다. 4㎞ 지점. 강을 건너는 지점에서 강 건너는 길목을 못 찾아 한참을 헤매는데 누가 와서 잡아준다.

우리는 짝이 되었다. 옆에는 나를 알아보는 사람이 인사를 건네 온다. 마 교주를 지칭하며 “오늘은 짝지가 왜 안 왔느냐?”고 관심을 표한다. 그리고 경산마라톤을 주최하는 영남대학교 전기과 교수이신 박원주 교수께서 옆에서 같이 달렸다. 좋은 만남이다. 진주 경상대 전차수 교수님이나 영남대 박원주 교수님은 아마추어 마라톤을 활성화하고 이끌어 가는 선구자로서 고마우신 분들이다.

오늘 얼떨결에 동반주 하게 된 박차종 님은 마산 분으로 오늘 80여 회째란다. 보통 3시간 5분대로 뛰는데 요즘은 생각을 바꿔 4시간 전후로 즐겁게 뛴다고 한다. 오늘 좋은 친구가 생겼다.

날씨는 초가을이 무색하게 태양은 이글거리고 열기는 숨통을 조여온다. 물은 마셔도 마셔도 갈증이 남고 배는 출렁대고 갈수록 속도가 떨어진다. 중도 포기자도 부지기수다. 1회 왕복코스이거나 순환코스면 한 번 출발해서 나서면 꼼짝없이 달려야겠지만 같은 길을 계속 오가다 보니 힘들면 도중에 포기하기 쉽다. 일종의 유혹 덫이 놓인 코스다.

30㎞를 뛰고 나니 그만두고 싶다. 너무 덥다. 그래도 세 바퀴 돌아둔 게 아까워 한 바퀴는 걸을까도 생각하며 박차종 님께 혼자 가라고 하니 어떻게 혼자 둘 수 있겠느냐며 천천히 가더라도 끝을 내자고 한다.

다리는 아프고 몸은 천근이다. 더구나 내리쬐는 태양은 계란도 익히겠다. 지금부터 걷기 시작이다. 이때까지 같이 달리던 사람들은 모두 앞질러 가고 둘이서 터덜터덜 걷다 뛰다 완전 패잔병 꼬락서니다.

요즘 나는 스스로 수십 회를 달린 경력자로서 마라톤에서 걷는 일은 없고 페이스 조절도 잘할 수 있는 고수라고 자칭했는데 너무 경솔했나 싶다. 마지막 바퀴는 거의 걸어서 완주하니 4시간 20분 32초에 골인했다.

오늘은 나만 빨랐으면 박차종 님이 충분히 보조를 맞춰 좋은 레이스를 할 수 있었을 텐데, 나의 기량이 미약한 게 한스럽다. 박차종 님도 후반에 걷는다고 무척 힘들었지 싶다. 오늘 같은 날 다른 사람은 휴식하거나 귀성한다고 바쁜데 난 힘은 들었어도 풀코스를 한 판 달려 뿌듯하다.

꿩 먹고 알 먹고

2008 횡성 청정마라톤(2008. 9. 21 1300 3:53:42 이윤동, 박차종 64회)

가고 싶던 강원도 대회가 셔틀버스를 운행해주니 올 들어 나들이가 잦다. 추석을 지난 가을이라고는 하지만 낮에는 뜨거워서 강원도 쪽 대회로 가면 시원할까 싶어 횡성 마라톤을 선택했다.

부산에서 출발한 순환버스가 새벽 3시, 울산에 도착했다. 버스는 대구의 달림이를 태우고 8시에 횡성에 도착했다. 참았던 볼일을 위해 화장실로 갔는데 줄이 만발이나 된다. 화장실 칸은 세 개밖에 없는데 칸마다 줄은 20명 정도씩이다. 더군다나 줄이 잘 줄어들지 않는다.

나는 큰 것도 2분 정도면 끝내는데 정말 더딘 진행이다. 사용 시간이 길어지자 급한 사람이 욕까지 퍼붓는다. 나도 지금 몹시 급한데 순번은 멀고 발을 동동 굴렀다. 옷에 볼일을 보고 새 옷으로 갈아입을까도 생각한다.

더 이상 참을 수 없다. 건물 뒤로 급히 돌아가는데 일이 시작된다. 체면이고 염치고 도덕이고 법이고 중요하지 않다. 생리적 욕구를 누가 막을 것인가. 나는 안면 몰수하고 일을 끝냈다. 날아갈 것 같다. 시원하고 상쾌하다.

인천 친구와 만나 운동장 시식코너를 돌며 커피, 주스 등 이것저것 챙겨 먹고 출발선에 섰다. 오전 한때 비 오고 구름 많다는 일기예보를 믿고 모자도 준비하지 않았는데 하늘은 새파랗고 태양 볕은 작열한다. 오늘 못생긴 이마 다 익겠다.

인천 친구는 컨디션이 좋은지 씽씽 바람을 가른다. 연습을 많이 한 모양이다. 나는 혀가 빠지게 따라가도 힘이 든다. 줄곧 3시간 30분 페메를 따라간다. 지난주 금호강마라톤에서 만난 박차종 씨도 앞뒤로 오가며 호위를 해주고 있다. 마라톤을 통해 또 한 사람을 알게 되니 이렇게 좋구나. 언제부터인지 원주문화방송 취재차가 뒤따르다간 앞서고 하면서 취재를 하는 것 같았다. 옆에 나란히 붙어서더니 이것저것 질문한다. 힘은 안 드느냐, 어디서 왔느냐 등등.

강원도 지역 마라톤이 다 그랬듯이 횡성도 심산에서 불어오는 청풍이 피로를 날려버릴 정도다. 깨끗한 길과 잘 통제된 주로, 골짜기를 통과하고 모퉁이를 돌때마다 펼쳐지는 산수화는 달림이들의 눈길을 즐겁게 하기에 충분하다. 이보다 더 좋은 마라톤여행이 있을까?

19㎞부터는 내가 제일 싫어하는 비포장 길이 나타났다. 그런데 비포장 길을 불도저로 깎았는지 대패로 밀었는지 꼭 방바닥처럼 만질만질

하다. 모래가 좀 미끄럽지만 않으면 마치 포장길 같다. 횡성군에서 마라톤 대회를 위해 신경을 많이 쓴 것 같다.

반환점까지는 대체로 언덕이 많다. 은근히 계속되는 언덕으로 나도 슬슬 힘이 빠지고 친구도 속도가 많이 떨어졌다. 취재차가 계속 주변을 돌며 카메라를 들이대는 바람에 신경이 좀 쓰인다.

27㎞를 지나면서 친구가 허기가 져서 못 달리겠다고 한다. 먹을 것은 없고 낭패다. 모자를 쓰지 않아 이마는 익어서 따끔거리고 오늘도 하염없이 걸어야 하나 싶다. 그때 박차종 씨가 계속 우리 뒤를 따르다가 친구의 손에서 끈을 건네받았다. 나는 친구를 뒤로하고 차종 씨와 다시 달려갔다. 허기에 지쳐 있는 친구를 뒤로하고 가는 나의 마음이 편치가 않구나.

그런데 34㎞를 지나면서 내 다리가 움직이지 않는다. 그만 걷고 만다. 차종 씨는 걷는 게 무슨 마라톤이냐며 천천히 라도 달리자고 종용했지만 나도 뛸 만큼 뛰었고 알 만큼 아는데 몸이 말을 듣지 않는 데는 방법이 없다. 순간 종아리가 오그라들면서 경련이 일어나기 시작한다. 뭣이 이리도 당기고 아프노. 사람들이 쥐가 내린다 해도 그 아픈 정도와 증세를 이해할 수 없었는데 나도 쥐라는 걸 경험한다. 이놈의 쥐 되게 아프네.

도대체 왜 이럴까? 올여름, 가을 들어서 달렸다 하면 4시간이 넘고 30㎞를 넘어서면 걷게 되고 달리고 나서도 많이 피로하고 이상한 일이다. 최근 기록이 늦은 사람과 동반주를 많이 하여 근육이 거기에 길들었나, 아니면 체력이 약해졌나 알 수 없다. 이제부터 마라톤을 다시 시작하는 마음으로 연습에 임해야겠다.

차종 씨는 처음으로 장애인을 도울 수 있어 무척 기쁘다며 돕는다는 마음으로 시작했지만, 오히려 얻은 게 많다며 앞으로 형 동생으로 지내자고 한다. 나는 달리기를 하면서 많은 사람을 만났고 또 동생도 한 명 정하게 되었다. 이런 경우를 두고 '꿩 먹고 알 먹고 도랑치고 가재 잡고'라고 하는 거겠지. 이렇게 이야기를 나누다 보니 힘든 42㎞가 어느새 지나갔다.

샤워하고 나눠주는 국수를 먹는데, 얼마나 고생했으면 미끄러운 국수가 목에 넘어가지 않고 물만 술술 넘어간다. 집에 오니 내 넓은 이마가 완전히 통닭이 되었다. 아내는 감자를 갈아서 붙이고 알로에를 갈아 칠하고 무슨 큰일 했다고 정성을 다해주네.

지저분한 이야기

2008. 9. 23

중요한 일을 앞두고 신경을 쓰거나 긴장을 하면 왜 설사가 날까? 평소엔 그런 일이 없다가 시험 치는 날 아침엔 꼭 설사한다. 나는 마라톤 대회를 앞두고도 꼭 화장실에 가게 된다. 마라톤은 일상적으로 하는 운동이고 특별히 신경이 쓰이거나 긴장하지 않는데도 출발 전에 꼭 볼일을 본다. 화장실 문 앞에 늘어선 줄을 보면 내게만 나타나는 현상은 아닌 듯싶다.

큰 대회에서는 이동식 화장실을 많이 설치하여 편의를 제공하지만 규모가 작은 대회나 운영을 부실하게 하는 대회는 화장실 문제로 불편을 겪거나 고통을 받을 때도 있다.

지난주 홍천에서는 고통을 참다못해 화장실 뒤편으로 가서 볼일을 봤다. 화장실 칸수는 적고 칸마다 줄은 만발이나 되는데 한번 들어간 사람은 안에서 무엇을 하는지 나오질 않는다.

자기가 순서를 기다릴 때 힘들었던 걸 생각하면 빨리빨리 볼일을 보는 게 예의이건만 한 번 차지하면 자기 집 화장실처럼 안에서 사색(思索)이라도 하는 모양이다. 그동안 밖에서 기다리는 사람은 발을 구르고 엉덩이 볼을 오그리고 인상을 쓰며 사색(死色)이 된다.

심한 경우는 문을 쾅쾅 치는 사람도 있고 "무슨 새끼야, 여기가 너그 집이가?" 하며 욕을 퍼붓기도 한다. 그래서 싸움으로 비화하는 일도 있다. 문제는 출발시각이 임박했는데 볼일을 못 본 사람이다. 이들은 그대로 출발하여 달리다가 상가에 들어가기도 하고 길가에 있는 임시 화장실을 이용하거나 급하면 한적하고 으슥한 곳을 찾아 해결한다.

창원마라톤에서는 화장실 순서를 기다리는 상태에서 출발 신호가 울렸다. 마라톤을 못 하는 일이 있어도 그냥 갈 수는 없었다. 그런데 출발 신호와 함께 줄은 갑자기 사라졌다. 그래서 급히 볼일을 보고 뒤늦게 출발한 적이 있다.

만약 입상 경쟁을 하는 선두 주자들이나 기록 경신에 도전하는 주자는 중간에 화장실 한 번 갔다 오면 그날 대회는 말짱 도루묵이 된다. 소변이 급한데 기록에 도전하는 경우 바지에 그대로 볼일을 보는 사람도 있다.

여성 주자는 타격이 더 심하다. 한 번은 나와 기록이 비슷한 박모 여사가 선의의 경쟁을 벌이다가 갑자기 구석 길로 사라졌다. 그 후로는 다시 박 여사를 볼 수 없었는데 완주기록이 나보다 8분이나 늦었다.

나도 달리다가 난처한 일이 종종 있었다. 오래전 함월산 백양사 부근에서 조깅을 하다 뒤가 급해졌다. 아침 등산길이라 사람은 깔렸고 아무리 살펴도 적당한 장소가 없었다. 그러던 중 절 옆에 가슴 높이 정도 되는 커다란 콘크리트 탱크가 눈에 띄기에 그 속으로 휙 넘어 들어갔다.

들어와 보니 사방이 막혀 보는 사람도 없고 아늑한 게 너무 좋다. 사찰 쓰레기장이었다. 뒤처리할 휴지도 있고 느긋하게 볼일을 보는데 인기척이 가까워지더니 누가 들여다본다. 한 스님이 "으응?" 하시고는 놀라서 사라졌다. 요즘은 그 부근이 개발되어 탱크도 없어졌다.

태화강변에 간이 화장실이 없던 시절이다. 강변 산책로를 달리다 배가 살살 아프더니 진통이 시작된다. 집에까지 가기엔 너무나 멀고 산책로에는 행인이 많다. 강변이다 보니 으슥한 곳이나 은폐 규칙이 하나 없는 환하게 드러난 곳뿐이다.

일은 시작되려 하고 황당하기 짝이 없다. 체면이나 염치 따위는 편한 사람들이 찾는 사치품이다. 지금 내겐 급한 일 해결할 장소만 있으면 되지 체면, 염치, 부끄러움 따위는 안중에도 없다. 옷 입고 신발도 신은 채 그대로 강물 속으로 뛰어들었다. 볼일을 본 후 뒤처리도 물속이라 자동 세척이 참 좋네. 강물에서 나오니 물에 빠진 생쥐 그대로다. 겉껍데기야 무겁고 거북해도 속이 시원하니 날아갈 것 같다.

지나가는 사람들이 뭣이라고 했는지는 몰라도 남의 시선을 읽을 수 없으니 안 보이는 게 편리할 때도 있구나. 금강산도 식후경이라지만 배출하는 생리적 현상을 해결하는 것보다 더 급하고 절실한 일이 어디 있겠는가.

양만큼이나 중요한 질

제7회 경산마라톤(2008. 9. 28 5511 4:26:22 이태걸 65회)

내가 마라톤을 본격적으로 시작한 것도, 오늘에까지 이르게 된 것도 모두 마 교주님의 덕분이다. 이때까지 풀코스 마라톤을 완주한 60여 회 중 절반은 마 교주가 동반주를 해주었다. 자신보다 못 달리는 사람과 같이 뛰어준다는 것이 쉽지 않은데 마 교주는 가진 것을 나눠주고 함께하는 일을 몸소 실천하는 사람이다.

그러면서 마 교주는 오늘 100회 도전을 맞이한다. 양적인 횟수도 의미가 있겠지만, 주변 사람들을 달리게 해주고 달리기 분위기를 조성하고 장애인을 위해 봉사를 하는 등 질적으로는 마라톤 100회를 사랑으로 승화시킨 의미 있는 달리기를 했다고 본다. 나는 오늘 여하한 일이 있어도 제쳐두고 경산마라톤에서 마 교주와 동반주 하기로 했다.

오늘은 전국적으로 마라톤대회가 일곱 군데나 있지만, 경산대회에 참가자가 꽤 많다. 날씨도 구름이 짙게 끼고 간간이 빗방울도 뿌려 달리기에는 최상이다. 오늘은 마 교주 100회 완주를 여러 사람이 같이 달릴 수 있도록 4시간 30분에 맞춰 뛰기로 했다.

오늘의 주인공인 마 교주와 응원 동반주자들은 영남대학교 교정을 출발하여 넓은 길을 지나 시골 길로 접어들었다. 시골에는 가을걷이가 한창이다. 옛날에는 이 동네가 능금 과수원으로 가득했는데 요즘은 포도밭과 대추밭으로 변해 있다. 군데군데 대추 수확하는 곳을 지날 때면 문우근 친구가 쫓아가서 한 움큼 주워와 나눠준다. 빨갛게 잘 익은 대추는 달고 맛도 좋다. 감나무 밑을 지날 때는 홍시를 따 와서 나눠 먹으며 걷기도 하고 완전히 가을 시골 길 유람 마라톤이다.

달리면서 이렇게 맛있는 가을 과일을 먹어가며 뛰는 것도 색다른 마라톤의 흥밋거리다. 백 회 축하연이 길에서부터 펼쳐지나 싶다. 보통 10㎞를 넘어가면 배가 고파지는데 오늘은 급수대 간식을 먹지 않아도 배가 부르다.

20k를 지날 때쯤 한 농부 아저씨가 구수한 보리차를 시원하게 냉장하여 마시고 가라고 권한다. 훈훈하고 따뜻한 시골 인심을 한 잔 가득 마시고 길을 재촉한다. 오늘은 10여 명의 응원 주자들이 무리를 지어 시시껄렁한 얘기를 나누며 달리니 시간도 잘 가고 힘도 들지 않는다. 대회에서 항상 4시간 중반대에서 무리를 지어 달리는 마니아들이 이런 재미를 느끼며 달리는가 보네.

40㎞부터는 클럽 회원들이 마중 나와 준비한 마 교주 100회 완주 기념 현수막을 들고 구호를 외치며 달렸다. 우리는 연도에 선 많은 응원객의 박수를 받으며 영남대학교 대운동장으로 입성했다. 끈을 잡고 따라가는 내가 마치 100회 완주자라도 된 착각이 든다.

이렇게 우리는 마 교주님 100번째 마라톤을 동반주 하면서 뜻깊은 완주를 했다. 그리고 마 교주님이 준비한 추어탕과 술과 수육으로 자축했다. 마 교주님의 100회 완주는 이웃과 함께한 영광으로, 그 누구의 기록보다 값지고 의미 있는 기록이 될 것이다.

얼마나 달렸는지도 중요하지만 어떻게 달렸는지 되돌아보는 기회를 얻게도 한다. 나는 마 교주의 가슴에 장미꽃 한 다발을 안겨 드리며 오늘의 영광을 축하하고 오랫동안 건강하게 마라톤을 즐기기를 바랐다.

여름 훈련은 가을 마라톤의 보약

제6회 국제평화마라톤(2008. 10. 3 1948 3:45:17 이윤동 66회)

10월 6일 광주에서 개최되는 전국장애인체육대회 출전을 앞두고 이번 대회를 가야 하나 말아야 하나 많이 망설여진다. 왜냐하면, 마라톤을 하고 나면 피로 누적도 문제지만 다리 근육이 장거리 습성에 길들어 체전 때 단거리 경기에 지장이 있기 때문이다.

그래도 이때까지 그랬듯이 갈까 말까 고민한 대회치고 빼먹은 대회는 없다. 어차피 장애인체전에서 입상은 초월한 상태니 이 좋은 계절에 마라톤을 안 할 수가 있나. 이번에도 고민은 했지만 결국 참가하기로 했다.

출발장소는 서울 잠실운동장이다. 울마클 달림이 6명과 함께 심야버스를 타고 행사장에 도착하니 많은 사람이 모였다. 이곳은 동아마라톤 골인 지점인데 오늘은 여기서 출발한다. 여러 번 밟아본 자리라서 친근감이 있다.

여기저기서 쏼라 수왈라거리는 소리가 들린다. 외국인도 많이 왔다. 국제대회라는 타이틀이 붙은 대회에 많이 참가해봤지만, 외국인은 별로 보지도 못했는데 이 대회는 정말 국제대회답다.

미8군 사령관도 나와서 축사를 한다. 알고 보니 몇 년 전 여중생 미군탱크 압사 사건을 계기로 미군과 지역민이 잘 지내보자는 취지에서 이 대회를 만들었단다. 그래서인지 많은 외국인과 그 가족들이 함께 하는 대회다.

출발선에서 몸을 풀고 출발시각은 되었는데 끈 잡아줄 사람이 아직 나타나지 않자 대구에 계시는 유호 님이 잡아주시기로 한다. 막 출발하려는데 인천 친구가 헐레벌떡 나타나 끈을 이어받았다.

탄천 강변을 돌아 한강변을 달리는데 이제 바람이 제법 가을 기운이 돈다. 그래도 태양 볕은 아직 등줄기에 땀을 줄줄 배어나게 한다. 개천절이고 날씨도 좋아서인지 한강변에는 자전거와 인라인 타는 사람도 많고 가족끼리 산책하는 사람도 많다.

오늘따라 한강변이 천국으로 보인다. 한 손에 풍선을 든 꼬마 아가씨가 "아저씨 힘내세요!" 하는데 너무 귀엽다. 그 말을 듣고 힘이 안 날 사람이 있겠나. 강변에는 저마다의 바람을 위해 즐겁게 지내는 사람으로 가득하다. "살기 좋은 우리나라 오래오래 번영하라!"고 외치고 갔다.

나는 다음 주 체전을 생각해서 살랑살랑 가볍게 뛰었다. 인천 친구도 초반에는 제법 세게 나가더니 후반이 되자 속도가 떨어진다. 천천히 뛰고 싶은 내겐 잘된 일이다. 지난여름엔 그리도 힘들고 퍼진 적이 한두 번이 아니더니 이젠 스태미나가 펄펄 넘친다. 힘이 남아돈다.

과일은 햇볕을 많이 쬐야 달고 맛이 있다는데, 마라톤도 지난여름 무더위와 땡볕에 시달려 가며 증진을 해 왔기에 지금 이렇게 편안하게 달릴 수 있는가 싶다. 가을엔 누구나 다 잘할 수 있다. 그러나 남이 힘들다고 쉬는 여름 훈련을 해낸 사람은 흘린 땀만큼 더 잘할 수 있다.

오늘은 정말 편하고 즐겁게 완주했다. 인천 친구를 보내고 울마클 동료 장비, 달마 지서장, 울짱 장칼과 함께 동서울터미널 근처에서 넉넉하게 한잔 걸치고 내려왔다.

금메달은 좋은 것이여!

제28회 전국장애인체육대회(2008. 10. 6)

나이가 들어가지고 막내아들 같은 젊은이와 달리기 시합을 하는 건 체통도 안 서고 격에도 맞지 않는다. 그러나 어떤 동기부여가 될 만한 일이 있어야 운동도 열심히 하게 되고 삶의 활력소도 된다. 그리고 달리기 연습을 할 만한 자리도 없는데 선수라는 명목을 달아야 종합운동장을 활용할 수 있기에 꾸준히 장애인체육대회에 나간다. 올해 출전 종목은 800m, 1,500m, 5,000m, 10㎞다.

장소는 광주 종합운동장이다. 마라톤을 한다고 전국으로 돌아다니다 보니 광주 3.1절 마라톤을 한다고 여기도 두 차례나 와본 곳이라 생소하지 않다. 사실 참가는 하지만 입상에 대한 욕심이나 부담은 갖지 않는다. 그래도 출전시각이 다가오자 괜스레 마음도 불안하고 신경이 쓰인다.

첫 경기는 9명이 출전한 800m 경기다. 자신은 없지만, 지역의 대표로 출전했으니 최선을 다하여 꼬리가 빠지도록 달렸다. 4등이다. 그래도 잘한 셈이다. 57년생이 88년생, 86년생, 82년생 등 애들과 뛰어 이 정도면 잘한 셈이다.

두 번째는 7명이 출전한 1,500m 경기다. 이 종목은 중거리라서 조금은 기대를 해 본다. 전에도 이 종목에서 입상한 적이 있었으니 동메달이라도 땄으면 좋겠다. 또 4등이다. 3등으로 가는 선수를 20m 정도 거리로 뒤쫓아 가는데 왜 그렇게 거리가 좁혀지지 않는지 안타깝다. 잡힐 듯 잡힐 듯 멀어지곤 한다. 하긴 그도 3등자리 지키려고 얼마나 애를 썼을까. 그런데 나는 죽을 욕을 보고 4등이나 하고 들어왔는데 대기실에서는 금메달 딴 선수만 치켜세우고 관심을 쏟지 나는 완전히 낙동강 오리 알 신세다.

세 번째 5,000m 경기는 출전 선수가 3명이다. 여기서는 꼴찌 해도 동메달이다. 어쨌거나 체면유지는 할 것 같다. 그래도 중장거리라서 내겐 좀 유리하다. 400m 트랙을 열두 바퀴 반을 돌아야 한다.

첫 바퀴는 탐색전 삼아 1등 주자 뒤를 따라 가봤다. 나와 주력이 비슷하다. 둘째 바퀴부터는 한 발 정도 늦은 감이 있어 조심스럽게 앞서 갔다. 앞으로 나서자 벤치에서는 고함에 그릇이고 북이고 두들길 수 있는 것은 다 두드리며 야단났다. 이왕 앞선 김에 속도를 좀 높였다. 일곱, 여덟 바퀴째 2등과의 거리가 반 바퀴 차이가 났다.

코치는 2등 주자와의 거리를 계속 말해주며 자꾸 더 빨리 달리라고 재촉하는데 나는 이 정도면 뒤 선수가 추월할 수 없는 거리라고 감 잡고 편안히 달렸다. 다행히 이 종목에서는 잘 달리는 선수가 안 나와 운 좋게 1등을 했다. 벤치에서는 야단났다. 박수 치고 악수하고 서로 다투어 인사한다. 금메달이 좋긴 좋다. 울산에서 궁금해할 아내에게 전화하니 무척 기뻐한다. 내일은 나의 주 종목인 10㎞가 있는 날이다. 기분 좋게 숙소로 돌아왔다.

그런데 사고가 났다. 샤워하려고 욕실에 들어가서 머리를 숙이는 순간 허리에서 찡하며 전율이 흐르더니 이후 허리를 못 쓰게 됐다. 돌아눕지도 못하고 앉지도 서지도 못했다. 평생 이런 일은 처음이다. 내일 경기를 앞두고 하필 오늘 이런 일이 생길까. 10㎞ 종목에 중점을 두고 연습도 많이 했는데 속에서 열이 뻗친다. 아마 밤잠 자고 나면 좋아질지도 몰라 하고 숙소에서 조리하는데 시간이 갈수록 더 몸을 못 움직이겠다. 안타깝게도 내일 경기는 포기다.

이제는 경기를 못하는 것보다 울산으로 올라갈 일과 회복이 늦어지면 어쩌나 하는 걱정이 앞선다. 머리를 들 수도 없고 뒤척이기도 힘이 든다. 이대로는 도저히 혼자 아무것도 해결할 길이 없어 한밤중에 울산에 전화하여 아내를 광주로 불러 내렸다.

아침에 감독에게 사정을 이야기하고 마지막 경기의 아쉬움을 남긴 채 아픈 몸을 추스르며 울산으로 올라왔다. 그래도 금메달을 하나 따서 기분은 좋다. 허리야 시간이 지나면 나을 것이고.

우리 몸의 자동 제어 기능

출전 포기(2008. 10. 12)

아직 광주서 다친 허리로 투병 중이다. 광주 장애인체전을 마치고 올라오니 10월 12일 마라톤대회 물품이 도착해 있다. 아마도 이번 대회 출전은 어려울성싶다. 날짜가 다가왔는데 아직 허리가 부자연스럽다.

폭염과 폭우에 맞서서도 42㎞를 주파하고 북풍한설 칼바람을 뚫고도 마라톤을 했는데 몸에 부상이 있으니 아무것도 할 수 없다. 항우, 장비 같은 장사도 병 앞에는 이길 장사가 없다. '부를 잃으면 조금 잃고 명예를 잃으면 반을 잃고 건강을 잃으면 다 잃는다'는 말이 구구절절 맞는 말이다.

일요일 아침, 이렇게 좋은 자연환경에 달리지도 못하고 누워 있으니 속이 상한다. 아침 8시가 되자 경기가 이제 시작되었겠구나. 10시가 되자 지금쯤 하프 지점 통과했겠다. 12시쯤 되자 지금쯤 골인할 시간인데 하며 아픈 허리를 어루만지며 상상에 잠겼다.

개구리도 멀리 뛰려면 몸을 뒤로 움츠리듯이 운동도 잘하려면 훈련도 필요하고 적당한 휴식도 필요하다. 그런데 매주 마라톤에 장애인체전 한다고 단거리 전력질주 연습을 해대니 몸이 고장 나지 않을 수 있나. 몸도 너무 혹사한다 싶었는지 몸이 저절로 알아서 알맞은 시기에 딱 제동을 걸어준 것 같다.

배고프면 먹고 갈증 나면 마시고 졸리면 잠자고 몸이 시키는 대로 하는 게 건강을 지키는 지름길이다. 지금은 무리해서 몸이 경고했으니 이땐 쉬는 게 상책이다. 그럼에도, 계절이 아주 좋으니 마음이 나도 모르게 거리를 달리고 있네.

행복한 마라토너

2008 경주 동아국제마라톤(2008. 10. 19 13008 3:34:07 박차종 67회)

지난 수요일 다친 이후로 처음으로 5㎞ 연습주를 조심스럽게 했다. 부상 부위가 완전하지는 않아도 견딜 만하다. 목요일에는 10㎞ 확인주를 하고 금요일에는 12㎞를 확신주 했다. 허리에 약간은 부담이 있어도 달리는 데는 지장이 없다. 토요일 하루는 편히 쉬고 경주 동아마라톤에 출전한다.

어떻게 보면 위험한 장난일 수도 있고 모험이기도 하다. 나는 천천히 달리다 보면 오히려 빨리 풀릴지도 모른다는 생각을 하고 혹시 달리다가 힘들면 언제라도 포기할 생각을 하고 출전을 강행했다.

이른 아침 경주로 향했다. 오늘은 차종 아우가 동반주 해주기로 약속돼 있다. 출발선에서 아우를 만나기로 했는데 사람이 너무 많아 서로 찾지 못했다. 출발 3분 전이다. 차종 아우가 진행자에게 부탁하여 방송을 해댄다. 이름을 불러대는데 창피해서 얼굴이 화끈거린다. 아우를 만난 후 아내도 안심하고 자리를 떴다.

현재 내 허리 사정을 차종 아우도 아는 바라 우리는 천천히 레이스를 했다. 10㎞를 가니 허리가 견딜 만큼 욱신거린다. 그러나 정도가 더 심해지지는 않고 내내 그 정도다. 15㎞를 지나는데 아내가 주로 길목을 지키다가 갖고 온 음료수를 건네주며 응원한다. 허리는 괜찮으냐며 힘들면 참지 말고 빨리 그만두라고 염려한다.

경주대회는 출전한 사람이 많아 앞이 계속 가로막힌다. 마침 영남대학교 박원주 교수님이 같이 뛰면서 앞에 길을 열어주어 한결 편하게 달린다. 포항서 왔다는 달림이도 서울서 온 달림이도 옆에서 같이 달리며 힘을 북돋워 주는데 그 사람들은 나를 알아도 나는 그 사람들을 모르니 안타깝고 미안하다.

이 대회가 나의 첫 마라톤 대회여서인지 언제 뛰어도 감격스럽다. 그것도 엄마가 뇌경색으로 어제 입원했는데 나는 오늘 출전했으니 두고두고 엄마에게 죄송스런 생각을 들게 하는 가슴 아픈 대회다.

염려스런 마음으로 위태위태하게 30㎞를 달리는데 아내가 또 길목에서 파이팅을 외친다. 경주대회 주로는 시내를 뱅글뱅글 도는 코스라서 같은 지점을 두 번 정도 지나친다. 아내는 또 허리 상태를 걱정해준다.

12359
경상북도·경주시
생각대로
13005
경상북도·경주시

부부는 일심동체라더니 아내는 내 몸을 자기 몸보다 소중히 생각하는구나. 나도 내 몸을 건강하게 잘 지키는 게 아내를 사랑하는 길이겠다고 생각하고 다시 한 번 지금의 상태를 느껴본다. 가슴이 뿌듯하다. 나는 지금 혼자서 달리고 있는 것 같아도 혼자서 달리는 것이 아니다. 옆에는 차종 아우가 안내하고 앞에는 박원주 교수님이 이끌고 뒤에서는 아내가 걱정스러운 마음으로 응원을 보내고 있는 것이다. 나는 참 행복한 달림이다.

후반이 되자 나도 슬슬 지친다. 다리도 무겁고 배도 고프고 남은 거리는 점점 줄어들지만, 마음으로 느껴지는 거리는 자꾸 멀어져 보인다. 차종 아우가 마지막 1㎞ 남았다고 한다. 빨리 가고 싶은 마음에 다리를 좀 더 급히 옮겨보지만 내 몸무게를 이길 수 없다.

황성공원으로 접어드니 응원단이 무수히 많다. 박수와 응원, 누군가 "안 보이는 사람이 정말 대단하다."고 하는 말이 들렸다. 그 말을 듣고 휘청거릴 수 없어 정말 대단해 보이려고 힘차게 뛰었다. 부상을 이기고 완주에 성공했다. 내가 생각해도 기특하다. 기록도 올 후반기 들어 최고 기록이다.

허리를 다쳐 누워 있을 때는 이제 달리기는 영원히 못 하게 되지 않을까 하고 생각했다. 한편으로는 달리기는 못 해도 허리만 나았으면 좋겠다는 생각도 들고 온갖 생각이 다 들었는데 좀 나으니까 달리기가 하고 싶어 슬슬 발동이 걸리기 시작했다.

아내가 나더러 "허리 아픈 환자가 병이 심각한 게 아니라 달리지 못한 마음의 병이 심각하다."고 비아냥거렸다. 만약 허리 병으로 달리기를 못해서 마음의 병이 들었다면 시각장애에 더불어 중복 장애인이 되지 않았겠는가. 건강은 소중한 것이다.

하수가 고수 욕보였다

제10회 부산마라톤(2008. 11. 9 40511 3:30:34 성홍길 68회)

다대포 코스는 고저가 거의 없이 평탄하고 쭉 뻗은 길이 밋밋하여 오히려 힘이 늘고 앞이 탁 트여 아수 멀리까지 볼 수 있어 골인 지점이 손에 잡힐 듯 보이면서도 가도 가도 거리가 줄지 않아 지루하다며 이 코스를 싫어하는 사람도 있다.

그러나 나는 평지를 좋아하고 멀리 있는 것은 보이지 않으니 지루함 같은 것은 상관이 없어 내겐 안성맞춤인 코스다.

나는 이번 대회에서 최고 기록에 도전해보려고 마음먹고 지난여름부터 꾸준히 준비했다. 사실 서울 동아마라톤도 기록에 도전하기는 좋으나 이때는 다들 본인 기록에 도전하기 때문에 도우미 구하기가 하늘의 별 따기다. 그래서 부산대회에서 기록에 도전해보기로 했다. 대회 일주일 전, 홈페이지에다 끈 잡아줄 사람을 찾는다는 광고를 했다. 그런데 대회 이틀 전인데도 희망자가 나타나지 않는다.

토요일. 드디어 울산 고려아연에 다닌다는 성홍길 님이 전화를 걸어왔다. 평소에 내가 뛰는 모습을 자주 봤고 잘 안다며 잡아주겠다고 한다. 같은 울산 사람이다 보니 경기를 마치고 같이 올라올 수도 있고 정말 잘됐다. 그런데 이분은 3시간 10분 이하의 기록을 가진 고수인데 최근 연습량이 부족하여 내가 원하는 시간 안에 가질지는 장담을 못하겠다고 한다. 그러나 그 정도의 실력자라면 나 정도는 잘 맞춰주겠다고 생각하고 폐메를 부탁했다.

나는 약 열흘 전부터 운동량을 조절하며 몸에 신경을 좀 썼다. 하루 전에는 바나나, 감자에 찹쌀밥을 먹으며 식이요법을 한다고 호들갑을 떨었다. 이 대회는 몇 년 전에 출전해봤는데 다대포 현장은 5년 전이나 변함이 없다.

오늘은 무슨 일을 낼 것 같은 느낌이다. 폭죽 소리는 천지를 진동했고 달림이들은 터진 둑에 물 쏟아져 내리듯 빠져나간다. 넓고 탁 트인 길, 잘 포장된 매끈한 길바닥 하며 달리기가 너무 편안하다.

도우미는 구간 통과 시간을 자세히 알려준다. 그리고 고려아연 마라톤클럽 얘기, 예전에 잘 나가던 얘기들을 들려주어 즐겁게 달릴 수 있다. 달리기 환경이 좋아서인지 다들 쌩쌩 잘도 달린다. 덩달아 나도 속도가 올라간다.

약 25㎞ 지났을까. 이때까지 한발 앞서 끈을 당기듯이 가던 도우미가 말수가 줄어들고 끈을 당기지를 않는다. 나는 페이스 조절을 하는 줄 알고 묵묵히 따라갔다. 30㎞를 지나면서는 속도가 현저히 떨어지더니 지나가는 다른 사람에게 끈을 넘기려 한다.

순간 '아뿔싸! 오늘 최고 기록 도전은 물 건너갔구나.' 생각된다. 나는 얼른 기록도전은 포기하고 또 한 사람의 좋은 인연을 만난 걸로 만족하며 그냥 이대로 같이 가자고 했다. 39㎞ 지점, 성홍길 씨는 거의 걷는 수준이다. 시간은 하염없이 흐른다.

여기서부터는 갈라지는 길도 없고 곧장 일자로 뻗은 외길을 가면 피니시다. 다리에 힘도 남았고 전력질주를 해보고 싶다. 홍길 씨께 양해를 구하고 나머지 3㎞를 시원하게 내달렸다. 성홍길 씨는 오늘 무척 고생이 많았다. 평소 기록은 좋았으나 최근 몇 달 연습이 부족한 상태에서 걱정한 게 현실로 나타나 25㎞를 지나면서 힘이 들기 시작한 것이다.

홍길 씨의 말수가 적어질 때부터 알아차리고 속도를 낮췄어야 하는데 눈치가 발바닥이니 홍길 씨가 힘들어하는 것도 모르고 내 맘대로 달렸으니, 거 참. 그래도 홍길 씨는 자원봉사를 잘하려고 한계에 이를 때까지 끝까지 끌고 갔을 테니 그 고통이 얼마나 심했을까.

참가비 2만 원의 명품 대회

제6회 삼성현마라톤(2008. 11. 16 4042 3:53:12 김병규 69회)

우후죽순이라더니 요즘 마라톤대회를 두고 하는 말 같다. 이번 일요일도 서울, 고창, 고성, 경산 등 마라톤 시즌답게 전국 각처에서 대회가 열린다. 경산 삼성현은 설총, 최치원, 사명대사 3성현이 탄생한 유서 깊은 곳에서 개최되는 대회로, 아직 안 가본 대회이고 성지도 돌아볼 겸해서 신청했다.

경산은 집에서 가깝다고는 하지만 초행길이라서 헤맬 것을 고려하여 일찌감치 길을 나섰다. 현장에 도착하니 사람이 별로 없다. 너무 일찍 왔나? 차에서 느긋하게 쉬고 있는데 뜻밖에 지서장 정환기 친구 부부, 달마, 장칼, 김병규 씨 등 울마클 회원들이 속속 출현한다.

조촐한 대회라 생각하고 울산서는 사람이 안 올 줄 알았는데 다들 서로 의외라며 한편으론 반가워했다. 다들 먼 곳 대회에 가기가 불편했던 모양이다. 그걸 보면 사람들 마음은 비슷한 모양이네.

출발시각이 가까워져 행장을 꾸리는데 뭣이 급했던지 젖꼭지 처매는 테이프, 그 중요한 눈과 같은 끈, 비상 간식인 엿도 다 빠뜨리고 왔다. 아내는 이리저리 쫓아다니며 끈과 테이프를 구해왔다. 이제 아내가 없으면 달리기도 못 다닐 것 같구나.

오늘은 김병규 씨가 달리기 도우미로 도와주겠단다. 출발 전 주의사항 광고에서 여기는 언덕이 세 군데 있으니 기록을 생각지 말고 즐겁게 뛰라고 한다. 세 번 왕복하는 코스에 편도 언덕이 세 개면 언덕을 18번 넘어야 하는구나. 거의 산악마라톤 수준이겠다.

징소리와 함께 마중 나온 가족들의 응원 박수를 받으며 힘차게 달려나갔다. 오늘 코스는 7㎞ 길을 3회 왕복하는 코스다. 출발하여 1㎞도 못 가 가파른 언덕이 앞을 가로막는다. 이제 시작인데 달림이들의 숨소리가 벌써 급하다.

한 고개를 넘으니 금세 또 높고 긴 언덕이 나를 시험에 들게 하는구나. 세 번째 고개는 좀 수월하다. 근데 바로 또 하나의 비탈이 나타난다. 이거 미치겠네. 이게 진짜 세 번째 고개다. 내가 생각한 세 번째 고개는 개수에 넣지 않은 모양이네. 불과 4㎞ 안에 언덕이 네 개로, 산악코스를 방불케 한다.

김병규 씨는 4시간 under를 목표로 하잔다. 이유는 병규 씨는 아직 4시간 넘는 기록이 없다 한다. 처음엔 4시간쯤이야 싶어 그러자고 했는데 고개를 넘다 보니 자신이 없어진다. 언덕에선 빌빌거리는 내가 오늘 같은 코스에서 4시간은 무리다. 그래서 만약 두 바퀴인 28㎞ 이후 4시간이 넘어갈 것 같으면 나를 내버리고 혼자 가라고 했다. 내가 남의 기록을 망칠 수는 없는 일이 아닌가.

반 바퀴 7㎞를 돌고 돌아오는데 시장기가 돈다. 비상 간식도 없는데, 다행히 출발선 4㎞ 지점에 호박죽이 있다. 한 컵을 주욱 마시니 든든하다. 다시 네 개의 고개를 넘으니 한 바퀴 33%를 완주했다.

몸이 느끼기엔 한 바퀴가 오늘 운동량으로 적당한 것 같은데 비싼 기름 태워 여기까지 와서 중도 포기할 수도 없고 하여튼 첫 바퀴는 멋도 모르고 탐색전을 했고 두 번째는 언제 끝날지 모르니 푹 잊고 죽으라고 달리면 되고 세 번째는 마지막이다 생각하고 뛰자고 마음먹었다.

주로는 한적한 농촌 길을 따라서 자연 속을 달린다. 길가에 낙엽은 바람이 불면 바스락거리며 나와 같이 달려가고 논둑, 밭둑에 늘어놓은 빨간 고추와 단풍이 가을 색을 수놓고 있다. 그리고 오랜만에 보는 도리깨 콩 타작하는 농촌 전경이 만추의 정취에 젖게 한다.

거기에 오가며 만나지는 낯익은 달림이들의 격려의 외침이 좋다. 주로에는 바나나와 초코파이가 있었지만 4㎞ 지점의 호박죽이 단연 일품이다. 씹을 것도 없이 마시니 주욱 넘어간다. 그래서 죽이라고 이름했는가 보다. 가면서 한 컵, 오면서 한 잔 참새 방앗간 들르듯 들른다.

28㎞ 두 바퀴째를 돌 때까지 지서장이 내 뒤에 약 5분 정도 거리를 두고 끈질기게 따라온다. 요즘 연습을 많이 해서 옛날 실력이 회복되었는지, 아니면 내가 늦은 건지, 어부인을 대동했으니 체면 유지한다고 죽도록 달리는 건지 모르겠지만 이대로라면 내가 지서장에게 잡힐 듯싶다.

두 바퀴 반째를 돌면서 병규 씨는 이대로 가면 4시간에 4분 정도 남기고 들어갈 것 같다고 한다. 나는 그제야 마음에 여유가 좀 생긴다. 4시간을 넘겨 병규 씨 입장을 곤란하게 할까 싶어 똥 줄기 빠지도록 달렸는데 아주 다행한 일이다.

골인하니 4시간에 7분을 남겼다. 그것도 무려 12위로 들어왔단다. 이때까지 달리기해도 잘해야 수백 등씩 했는데 오늘은 12등을 했다. 비록 68명에 12등이지만 3명이 달려 3등 해도 3등이란 좋은 느낌이 드는데 지금 그 기분이다.

주최 측에서는 점심 메뉴로 뜨끈뜨끈한 콩나물국을 준다. 김치 반찬에 얼큰하게 잘 먹었다. 그리고 상대온천 온천욕도 시켜준다. 참가비 2만 원 받고 이 정도 대우해주는 대회는 별로 없다. 아마 주최자가 마라톤 애호가이시니 상업성을 배제한 마라토너 입장에서 마라톤 축제를 했기 때문일 것이다.

그런데 오늘 대회는 여러모로 생각하게 한다. 참가비를 4만 원씩 받으면서도 달림이들을 배려하지 않는 대회도 많고 영리 목적으로 하는 대회도 많은데 삼성현대회는 참가비는 실비이면서 간식이나 골인 후 사후 관리까지 달림이들의 입장에서 대회를 운영한 명품 대회다.

안타까운 것은 이런 대회를 발전시키고 늘리려면 달림이들이 많은 관심과 참여가 있어야겠는데 아직은 참여가 저조하다. 이 대회가 개최자의 성의에 비해 관심이 낮은 게 아쉬움으로 남는다.

화가 난 아내

태화강 연습주(2008. 11. 19)

身體髮膚(신체발부)

受之父母(수지부모)

不敢毁傷(불감훼상)

孝之始也(효지시야)

"나의 몸은 부모님으로부터 받았다. 따라서 몸을 상하지 않게 잘 보전하는 것은 효도의 시작이다"라고 『효경』에서 이르고 있다. 하지만, 나는 불편한 몸이 되어서 부딪치고 깨지고 꺾이고 넘어지며 이틀이 멀다 않고 몸에 딱지 떨어질 날이 없었다. 엄마는 이러한 나를 볼 때마다 가슴 아파했고 많이 다친 날이면 상심이 컸다. 나는 엄마가 마음 아파하는 모습이 죄스러워 다쳐도 상처를 숨기고 태연한 척한 게 한두 번이 아니었다.

특히 요즘 마라톤을 하면서 몸을 제대로 간수하지 못 해 다치기 일쑤고 몸 관리를 제대로 못 하니 부모님께 큰 불효를 한다. 어릴 적엔 행동이 어설퍼 밖에서 남들에게 놀림이라도 받는 날이면 엄마는 그것만은 용서가 안 됐는지 그들에 대한 응징이 철저했다.

결혼 후 아내는 나를 될 수 있으면 혼자 내보내지 않고 운동도 혼자 보내지 않는다. 혼자 나갔다 하면 크고 작은 계급장을 달고 오기 때문이었다. 수영할 때도 물속에서 앞장서서 가고 달리기할 때는 자전거를 타고 앞에서 길 안내를 한다.

오늘은 강변에서 15㎞ 정도 훈련할 요량으로 아내와 함께 자전거를 끌고 강변으로 내려갔다. 회색 구름이 덮인 강, 비릿한 물 냄새가 싫지 않다. 자맥질하는 고기들이 여기저기서 철썩대고 강가에는 산책하는 사람, 사물놀이 연습하는 사람으로 가득하다. 자유와 평화, 한가로움이 넘치는 낙원 같다.

다들 미국이 좋다, 호주나 유럽이 좋다지만 나는 우리나라가 참 좋다. 음식이 입에 맞고 말이 잘 통하고 날씨 좋고 이같이 공원 좋고 말이다. 아내는 끌고 나는 뒤따르며 시원한 강바람을 가르며 달린다. 아내는 전화를 받는다고 잠시 뒤로 처졌다.

때마침 개 끈을 길게 하고 산책하는 사람이 있었는데 내가 개와 사람 사이로 개 끈을 사정없이 후려치고 지나갔다. 순간 내 등 뒤에서 한 여자가 "눈을 뜨고 댕기나, 눈을 감고 댕기나, 뭐 저런 인간이 있어?" 하며 날카로운 비수가 날아 꽂혔다.

내가 대응하기도 전에 아내는 자전거에서 내려 "너 이년, 다시 말해봐. 여기가 사람 다니는 길이가? 개 다니는 길이가?" 아내의 공격은 성난 노도와도 같았다.

평소 조용하고 온순한 성격이라 편안하고 만만하게 느껴졌던 아내. 오늘의 아내 모습은 사납기가 표범 같았다. 완전히 두 얼굴을 가진 여자가 아닌가. 순하고 착하다고 만만히 보고 허튼짓 했다가는 아내가 언제 표범으로 돌변할지 모르겠다. 생각만 해도 으스스하다. 앞으로 함부로 까불지 말아야겠다.

개 줄에 긁혀 까진 정강이는 따끔따끔하지만 그래도 우리는 목표한 15km를 다 채우고 호젓한 마음으로 돌아왔다. 샤워하고 상처에 약을 바르며 엄마와 아내의 사랑을 느껴본다.

아무리 생각해도 좋은 사람들

2008 진주 마라톤(2008. 11. 30 9702 3:26:11 김홍규 71회)

시월이 되면 매년 이맘때쯤 연락이 오는 곳이 있다. 올해도 어김없이 11월 30일에 진주 마라톤이 있는데 울산의 시각장애인 달림이 명단을 보내라고 안영균 선생님으로부터 연락이 왔다. 나는 2003년부터 초청을 받아 벌써 올해로 여섯 번째 진주 마라톤에 참석하게 된다.

진주신문사와 경상대학 전차수 교수님이 공동 주최하는 대회로, 매년 장애인들을 초청하여 숙식 편의를 제공하며 대회에 참가시킨다. 울산, 부산, 서울 등 전국 각처 장애인들을 참가시키는데 경상대학 마라톤클럽 회원님들이 총동원되어 엄청난 수고를 하신다.

일반적으로 장애인을 위한 행사는 보이기 위한 행사가 많은데 진주 마라톤 장애인초청 행사는 전차수 교수님의 장애인에 대한 순수한 애정의 발로로 전시용 행사가 전혀 아니다. 그래서 이분들의 마음이 우리 가슴으로도 느껴진다. 심지어 전차수 교수님은 부산에 있는 차석수 시각장애인과는 연배가 같다고 서로 터놓고 친구로 지내자고 하며 편안한 관계를 맺는 것만 봐도 교수님의 인간미를 가히 알 수 있다.

한번은 내게 시각장애인이 편하게 활용할 수 있는 러닝머신 트레드밀을 만들어 보급하고 싶다며 아이디어를 내달라고 하는데 이분의 장애인에 대한 애정을 알만하다.

우리가 진주 마라톤에 초청되어 참가하면 경상대학교 마라톤클럽에서는 많은 분이 나와서 먹을 것, 자는 것, 이동문제, 동반주 등 1박 2일 동안 지내면서 우리가 거의 불편을 느낄 수 없도록 세심히 보살피고 진주를 떠나는 시간까지 꼬박 2일을 우리를 위해 봉사하고 배려해 주시는데 그 성의가 놀라울 정도다.

이분들이 우리에게 빚을 진 것도 아니고 꼭 해줘야 할 이유도 없다. 그러면서도 바라는 조건도 아무것도 없다. 나는 이 모습이 참사랑이라고 생각한다. 세상에 이런 분들이 과연 얼마나 될까?

이분들의 참 마음을 몰랐을 때는 배려가 과분하다 싶고 미안하여 몸 둘 바를 몰랐는데 이분들이 너무 자연스럽게 대해주시고 우리도 자주 이런 기회를 접하다 보니 이젠 천연스럽게 받아들여지니 뻔뻔해진 게 아닌가 걱정스럽다.

나는 이분들의 사랑을 받고 참사랑은 어떤 것인지 사랑을 어떻게 해야 하는지 배웠다. 나도 배운 사랑을 이웃과 나눌 수 있는 마음을 기르고 싶은데 아직 내공과 수양이 짧아 부족함이 많다.

오늘 도우미는 바뀌었다. 나의 전문도우미 구청회 선생님께서 다른 분을 동반주 해주신다며 진주에서 사업하신다는 김홍규 님을 소개해준다. 김홍규 님은 sub-3 주자라는데 겉보기에도 매우 잘 달리는 사람으로 보인다.

나는 최근 연습을 꽤 했는데도 진주대회는 자신이 없다. 작년에는 3시간 28분을 달려 진주대회 신기록을 세웠지만, 오늘은 3시간 40분을 목표로 잡았다. 그런데 경상대학교 사람들은 내 작년 기록을 보고는 올해는 더 잘 달려보라고 sub-3 선수를 특별히 붙여준 것이라며 알아서 달려보라는데, 거 참 한편으로는 고마우면서도 한편으로는 부담이 되네. 일단은 명마를 만났으니 부담은 되지만 죽을 판 살 판 달려보자.

나는 김홍규 씨에게 시각장애인을 인도하는 방법을 간단히 이야기하고 출발했다. 김홍규 씨는 정말 잘 달린다. 내가 빨랐다가 늦었다 하고 지그재그로 가고 커브에서 팔을 잡고 늘어지고 해도 끄떡없이 잘 인도한다. 키나 보폭이 나와 비슷하여 호흡이 잘 맞는다. 김홍규 씨가 ㎞당 소요시간과 거리별 누계를 계속 알려주니까 컨디션 조절하기에 한층 편하고 도움이 된다.

30㎞를 지나면서 진주대회 최고 기록이 기대된다고 한다. 신기록 가

능이란 말을 듣고 나니 또 욕심이 생긴다. 이러다가 오늘 또 기록의 노예가 되겠다. 경상대학 마라톤회 회원님들의 바람도 있고 신기록이란 매력에 마음이 끌리니 나도 모르게 약간씩 무리하며 역주한다.

진주의 지옥문인 39㎞ 지점 제수문도 신기록 수립이란 마음에 도취하여 구렁이 담 넘듯 넘었다. 마지막 2㎞. 이제는 힘든 구간도 다 지났고 쉬실 새 없다. 어디서 나온 힘인지 골인 지점을 힘차게 달려들었다. 시간은 진주에서 6회 중 최고 기록인 3시간 26분이다. 거의 환상적인 기록이다. 진주에서 이런 기록을 세우다니 내가 한 일인가 싶지 않다. 이곳에서 3시간 26분은 아마 서울 동아대회 같았으면 3시간 15분과도 맞먹을 시간이라 생각된다.

사람의 정신을 마취시키는 것은 굳건한 의지요 마취된 정신은 육체를 정복하는 모양이다. 내 몸이 이렇게 달릴 수 있는지 나도 못 믿겠다. 오늘 여러분의 배려로 크나큰 감동을 선물 받았다. 울산으로 향하며 경상대학교 마라톤클럽의 따뜻한 사랑을 되새겨본다. 가슴이 따스해 오고 저절로 미소가 지어진다.

서럽지 않은 외톨이

제8회 이순신장군배 통영마라톤(2008.12.07 50401 3:22:19 구청회 72회)

통영대회는 3년 전 통영-대전 간 고속도로 개통기념으로 고속도로를 달리는 대회에 남의 배번으로 달려보고 이번이 두 번째다.

3년 전에만 해도 매주 마라톤을 하는 사람들이 위대해보이기만 했고 꿈도 꾸지 못했는데 나도 3년 전 이 대회에서 연속 출전이 시발이 되어 요즘은 매주 출전을 밥 먹듯 한다. 나로서는 그 당시만 해도 대단한 모험이고 파격적인 도전이었다.

오늘 대회에는 아직 도우미를 정하지 못했다. 그래도 현장에 가면 누구라도 있겠지 하고 셔틀버스를 탔다. 버스는 현장에 도착하고 버스에서 내린 40명의 사람은 뿔뿔이 흩어져 제 갈 길로 가버리고 누구 한 사람 길 안내자도 없이 나 혼자 남는다.

누군가는 잡아줄 줄 알았는데 야단났다. 바닷가 넓은 벌판이라 방향을 잡을 수조차 없다. 행사장 확성기 소리를 따라 행사장 쪽으로 더듬거리고 찾아갔으나 그 많은 사람 중에 아는 체하는 사람이 없다. 눈이 필요한데 안 보이는 게 참 서럽다. 울분도 잠시, 출발 준비에 들어가는구나.

옆의 아무나 붙잡고 풀코스 출발선에 데려다달라고 부탁했다. 그때 앞에서 누가 손을 잡으며 인사를 한다. 진주 경상대학교 구청회 회장님이시다. 그러고는 왜 이리 혼자 있느냐고 한다.

어쩌다 보니 그리됐다고 하니 구 회장님은 오늘 3시간 20분 under로 달려볼 계획이었는데 하시며 같이 뛰자고 하셨다. 나는 오늘 통영이 난코스라 3시간 40분 계획이니 페이스메이커 풍선 뒤에 데려다달라고 했다. 그러나 인정 많은 구 회장님이 내가 혼자 있는 걸 알면서 그냥 둘 리가 없다. 굳이 잡아주시겠다며 대신 3시간 30분으로 가자고 하신다. 가슴이 뭉클했다. 하늘이 무너져도 솟아날 구멍이 있다는 게 이런 경우를 두고 하는 말이겠다. 우울했던 마음이 가벼워진다.

그래도 구 회장님이 목적을 갖고 출전한 대회를 나 때문에 희생하시게 되어 미안한 마음이다.

출발 3㎞ 지점. 웅장한 통영대교의 위용이 주눅 들게 한다. 내 다리는 통영 다리를 힘껏 밟고 지나갔다. 5㎞ 지점. 해군악단의 〈진주 조개잡이〉 등등 라이브 연주가 힘을 북돋운다. 8㎞에서 11㎞까지는 긴 언덕이다. 해안선을 따라 바다에는 많은 고깃배가 정박해 있고 바닷가 시가지에는 주민이 나와 응원을 보내준다. 오랜만에 좋은 분위기 속에 마라톤을 즐긴다.

1차 반환점 언덕을 돌아 신이 나게 내리 달려오니 아까 그 군악단이 여전히 경쾌하게 음악을 연주하고 있다.

18㎞ 지점에는 노래방 기계를 갖다놓고 노래를 부르며 달려오는 주자들의 배번호를 일일이 불러주며 사기를 북돋운다. 구 회장님은 5분마다 알람이 울게 시계를 맞춰 ㎞당 속도를 알도록 도와주셨다. 그리고 구 회장님은 이곳을 여러 번 달려봐서 코스를 잘 아신다며 통영 명소마다 자세히 설명을 해주시어 마치 가이드와 함께 통영 관광을 하는 기분이다.

오늘도 구 회장님은 나 때문에 본인의 목표를 포기하고 희생하신다. 그래서 나는 될 수 있는 한 조금이라도 기록을 줄여보려고 노력했다. 통영 코스는 평지가 별로 없고 계속 오르락내리락 이어져 마치 낙타 등 같다. 그래도 이제 언덕에도 제법 적응되어 걷지 않고 꾸준히 간다.

결승점이 가까워질수록 걷는 사람이 많다. 최근 들어 몸이 좋아졌는지 지난주 진주대회에서도 기대 이상의 성적을 올리더니 오늘도 수많은 주자를 추월했다. 마지막 1㎞는 내리막길이다. 미련 없이 시원하게 바람을 가르며 골인했다.

구 회장님은 "아마 우리 둘이서 달린 것 중 신기록인 것 같다. 22분대다."라고 하신다. 야~ 요즘 나, 너무 잘 나가는 거 아냐. 이대로라면 내년 동아마라톤에도 욕심 낼만한데.

지난여름 폭염 속에서 고생하며 달린 효과가 요즘 결실로 나타나는 모양이다. 무엇보다 30분대로 잡자던 구 회장님과의 약속을 지켜 마음이 홀가분하다. 나는 오늘 구 회장님의 목표에 1초라도 가까이 가기 위해 최선을 다했다. 그래서 울룩불룩한 낙타 등 같은 코스에서 이만한 기록이 나왔다.

골인하니 지난주에 진주서 동반주 해주신 김홍규 씨, 안영균 선생님께서 미리 들어와서 반겨주셨다. 고마우신 분들. 정말 반갑다. 나는 챙겨다 주는 떡국을 한 그릇 뚝딱 해치우고 버스로 돌아왔다. 아~ 편하다. 고생 뒤에 따뜻한 휴식이 안락하구나.

마라톤 대회가 이 정도면 만점

2009 여수마라톤(2009. 1. 4 1389 3:46:17 방현철 73회)

여수 마라톤은 코스가 험난하지만, 새해 첫 대회이자 동계훈련 코스로 딱 좋다. 그리고 기념품으로 간고등어 한 상자를 주니 실용적이다. 고등어는 열흘간 밥반찬으로 올릴 수 있으니 아내가 좋아한다. 거기다가 셔틀버스 운임도 저렴하게 제공해주니 경제적으로 갔다 올 수 있어 여수 대회는 참가할 명분이 많다. 이번엔 아내의 수고를 덜어주려고 승용차를 놔두고 셔틀버스로 아내와 마라여행을 떠난다.

우리는 새벽 단잠을 아쉬워하며 버스에 올랐다. 오늘도 아내와 같이 마라여행을 하게 되어 식사부터 화장실이며 이동문제 등 걱정 제로다. 너무 편하겠다.

근데 좋은 기분도 잠시, 큰일이 났다. 오늘 동반주 해주기로 한 차종 아우가 대회 3시간을 앞두고 집안일로 대회 참석을 못한다고 연락이 왔다. 이것 참 낭패다. 묘안을 생각하다가 작년에 도와주신 이수배 씨가 오늘 대회에 페이스메이커를 한다고 대회 홈피에 올라 있어 염치불구하고 새벽부터 전화하여 동반주자를 구해달라고 부탁했다. 수배 씨는 알아보겠다고 한다.

여수 대회는 달림이들을 많이 배려해주는 게 정평이 나 있어 참가자가 해마다 늘고 있다. 특히 올해는 여수엑스포를 대비해서 문을 연 맘모스 워터파크에서 주자들이 편하게 씻고 먹고 쉬게 하며 대회에 임할 수 있도록 했다.

워터파크 사우나 탈의실에서 마라톤 복장을 하고 나오니 아내는 이미 이수배 씨를 만나 달리기 파트너까지 다 정해놓고 기다리고 있다. 만일 오늘 같은 날 혼자 왔더라면 얼마나 더듬거리며 애를 먹었을까? 지난 12월 통영 대회의 설움이 아직도 생각난다.

도와주실 분은 이번 대회 3시간 45분대 공식 페이스메이커인 방현철 씨다. 이수배 씨에게 소개를 받고 서로 끈을 잡았다. 3시간 45분 페메는 잘 잡았는데 걱정거리가 생겼다. 어저께 먹은 돼지고기가 체했는지 어제저녁부터 속이 편하지 않다. 오늘 아침 휴게소에서 아침을 반도 못 먹었다. 속에서 받아주지 않는다. 출발 전에 초콜릿을 먹어도 잘 넘어가지 않는다. 내심 잘됐다. 달리면 얹힌 것이 내려가겠지 생각한다. 요즘 내가 너무 잘나가서 컨디션이 최고조기다. 그래서 오늘 3시간 45분은 거뜬할 것 같았는데 하필 오늘 이놈의 체증이 나를 괴롭힌다.

노란 풍선을 등에 멘 방현철 씨와 백오 리 산악훈련이 시작됐다. 여기는 여러 차례 달려본 길이라서 길은 익숙하나, 역시 고갯길이 힘겹다. 우리는 정담을 나누며 한 고개 또 한 고개를 넘었다. 10여 ㎞를 가다보니 몸도 풀리고 다리가 나도 모르게 빨라졌다.

내 걸음이 빨라지자 방현철 씨는 나를 잡아당기며 자기는 공식 페메다 보니 무조건 3시간 45분에 맞춰서 가야 한다며 자기의 페이스에 맞추라고 한다. 좀 더 빨리 달리고 싶어도 하는 수 없었다.

지난 가을, 겨울에는 언덕훈련을 좀 했더니 험한 코스임에도 별 무리 없이 달려진다. 마라톤은 연습량만큼 거둔다는 말이 교과서다. 달리다 보니 체한 것이 역류하여 올라온다. 조금 가다간 토하고 또 그렇게 하기를 몇 차례, 방현철 씨 보기 민망하다.

다른 때는 뛰다가 배가 고파서 주로에 놓인 간식을 꼭 챙겨 먹는데 오늘은 간식이 꼴도 보기 싫다. 나중엔 물도 먹기 싫다. 그래도 배는 고프지 않다. 체증이 심한 모양이다. 다른 때 같으면 허기가 나서 퍼져야 할 시간인데, 지난 가을, 겨울 훈련 덕택인지 잘도 버틴다.

35㎞를 넘으면서 체력이 급격히 떨어진다. 그리도 잘나가던 다리가 무겁기 시작한다. 더 빨리 가고 싶어도 시간을 맞춘다고 못 달렸는데 이젠 내가 힘들기 시작한다. 언덕에선 속도가 뚝 떨어지고 페메 시간에 맞춰 따라갈 수가 없다. 체증으로 배는 안 고파도 체력이 완전히 소진되었다. 방현철 씨는 페메 시간이 늦어질 것 같다며 좀 더 당겨주기를 바라는데 아무리 달리려고 해도 다리가 안 나간다. 공식 페메를 잡고 가다보니 내 몸에 맞는 레이스를 못해 힘이 든다.

마지막 내리막 1.5㎞를 스퍼트했으나 결국 3시간 46분에서 1분을 넘졌다. 현철 씨에게 미안했다. 만약 체증이 없어 간식을 제대로 먹고 달렸으면 3시간 45분 이내도 가능했을 텐데 아쉽다.

골인 지점에는 아내가 "힘들었제?" 하면서 반가이 맞아주면서 방한복을 입혀준다. 나는 먹은 것 다 토하고 아무것도 못 먹고 힘들었다며 어리광을 부렸다. 반짝반짝 새 건물인 파크콘도 사우나에서 몸을 녹이고 주최 측에서 준비한 굴 떡국을 받았으나 역시 속에서 받아주지 않는다. 따뜻한 국물만 두 그릇 마셨다. 그래도 이번 대회는 아내와 같이할 수 있어서 즐거운 여행이 되었다.

추울 때는 뜨끈한 어묵 국물이 최고

제8회 전국고성마라톤(2009. 1. 11 71403 3:26:12 박차종 74회)

혹시나 싶어 방현철 씨와 차종 아우 두 사람에게 고성대회 동반주를 부탁해놓았다. 그런데 화요일, 차종 아우에게서 전화가 왔는데 자기는 이번 대회에서 3시간 under에 도전해보고 싶다며 동반주는 다른 사람과 하란다.

요즘은 동반주 부탁을 해놓아도 중간에 부도가 나서 난감한 적이 종종 있다. 그래서 때로는 두 사람에게 부탁을 해놓는 일이 있다. 그런데 둘 다 봉사하겠다고 나서서 입장이 곤란해진 적도 있다. 내게는 마라톤이 즐거운 운동이긴 하지만 동반주 도우미나 이동 문제는 상당한 스트레스를 준다.

그런데 믿고 있었던 방현철 씨와 연락이 되지 않는다. 토요일까지 아무리 연락해도 불통이다. 더 이상 전화하면 실례가 될 것 같아서 할 수 없이 다시 차종 아우께 전화했다.

"아우, 내일 동반주 다 딱지 맞고 혼자 뛰어야 할 형편인데 누가 없겠나?"하니 차종 아우는 "그럼 나하고 뜁시다. sub-3 도전은 다음에 하면 됩니다." 한다. 겨우 동반주자는 정했지만 이렇게까지 하면서 달리기를 해야 하나 싶은 게 마음이 심란해진다.

어제는 할머니 기제사에 참사하고 새벽 1시에 돌아와 서너 시간 눈을 붙였다. 알람 소리에 잠을 깨니 바람 소리에 설렁한 기운, 일어나기가 죽을 맛이다. 아내도 떨어지지 않는 등을 생엿 떼듯이 억지로 일으키고 나를 집합장소까지 데려다 주었다. 나의 취미 활동 때문에 아내까지 생고생이다.

관광버스는 클럽회원 40여 명을 태우고 어둠 속을 질주한다. 진영휴게소에서 아침 식사를 하려고 내리는데 누가 나를 인도해 가서 식권을 타는 곳에 줄만 세워주고 가버렸다. 돕는 김에 밥까지 타주면 좋았겠는데 싫었다. 식권을 사서 우왕좌왕하고 있으니 두꺼비 회장이 쫓아와서 다 해결해주었다.

차는 고성에 도착해서도 고추같이 매운 날씨 탓에 모두 차에서 내리지 않고 출발시각이 임박할 때까지 기다린다. 나도 긴소매 셔츠에 긴바지, 비닐 옷까지 덮어 입고 완전무장하고 출전했다.

sub-3에 도전하려는 사람을 잡고 뛰려니 마음이 좀 불편하다. 고성대회는 준 메이저급 대회로, 많은 달림이들이 서울 동아마라톤 대비용 기록에 도전하는 대회라서 어디 부탁도 못한다. 차종 아우에게 오늘은 3시간 25분에서 3시간 30분이 목표라고 말했지만, 최고 기록도 은근히 기대한다.

나는 처음부터 속도를 내려고 했지만 약 3㎞까지는 앞에 주자들이 많아서 치고 나갈 수가 없다. 그러다가 좁은 주로를 벗어나서는 속도를 높였다. 차종 아우는 너무 빠르다. 이러다가 후반에 퍼진다고 계속 주의 경고를 한다. 최근 내 몸 상태가 왜 이리 잘나가는지 모르겠다.

반환점을 1시간 38분으로 돌았다. 조짐이 좋다. 28㎞를 지나면서 차종 아우는 자기는 어제 풀코스를 달린 피로로 힘이 든다며 속도를 늦추자고 한다. "아우야, 이 사람 오늘 3시간에 도전하겠다더니만 말짱 뺑이었나?"라고 핀잔을 주었다.

32㎞를 지나면서 차종 아우는 자꾸 느려지고 빨리 가고 싶은 마음에 나도 모르게 앞에서 끌기도 했다. 속으로 '아이고, 오늘은 최고 기록 도전은 안 되겠구나' 하고 생각한다.

차종 아우는 힘이 들었는지 옆에 지나가는 주자에게 끈을 넘겼다. 나는 다시 전력을 다해 달렸다. 그러나 새로 끈을 잡은 사람이 힘들어 한다. 할 수 없이 또 도우미의 속도에 맞춰 페이스를 낮추었다.

41㎞를 지나는데 차종 아우가 원기를 회복해서 뒤따라와 다시 끈을 잡았다. 아우는 철인이다. 한 번 퍼지면 회복하기 쉽지 않은데 3㎞를 뒤처졌다가 다시 따라붙는 걸 보면 체력이 놀랍다.

우여곡절 끝에 골인했다. 차종 아우는 지난여름 금호강대회, 횡성대회에서 내가 힘들어서 걷거나 4시간을 넘기고 할 때 마라톤을 하며 걷는다고 면박을 많이도 주고 마라톤을 그렇게 하면 안 된다고 했는데 오늘은 거꾸로 아우가 내게 끌려갈 뻔했다.

오늘은 달릴 때도 춥더니 낮이 되어도 기온이 안 오른다. 마라톤을 마치고 땀이 식으니 몸이 와들와들 떨린다. 버스를 빨리 찾아야 하는데 방향을 몰라 헤매니 차종 아우가 짜증을 낸다. 몸은 춥다 못 해 엉덩이까지 흔들린다. 뜨뜻한 국물도 생각나지만 아우를 고생시키는 게 미안해 국물 있는 데 데려다달란 소리도 못하고 빨리 차에 가서 몸을 녹이는 것만으로 만족해야 했다. 아내가 동행해야 했는데, 아내의 내조가 새삼 존귀하게 느껴진다.

돌아오는 길에 곰곰이 생각해본다. 마라톤을 하고 싶으면 그냥 울산 근처 대회에서 즐겨 뛰면 되는데 이 고생하면서 뛰어야 하나 싶다. 하기야 힘들어도 추억을 만들고 고생한 흔적도 재미나고 전국 여행도 즐거우니 고생한다는 마음보다 얻어지는 기쁨이 더 매력적이어서 쉽게 그만두지 못한다.

클럽에서도 내가 4시간 이하로 천천히 뛰면 같이 달려줄 사람이 많다고 성화다. 하지만 주로에 들어서면 마음이 변하니 마음수양부터 해야 하나. 제일 좋은 방법은 내가 4시간 이하로 달리는 것이 상책인 듯한데.

해남마라톤에서는 별것 다 준다

제7회 해남 땅끝마라톤(2009. 2. 8 1411 3:33:53 이승국 75회)

대회 때마다 걱정하던 동반주자를 찾는 좋은 방법이 있다. 쉬운 방법으로 대회 게시판에 도와주실 분을 찾는다고 글을 올리는 것이다. 글을 올리면 대개 대회 개최지역 사람들이 도와주겠다고 나선다. 해남도 글을 올리자 바로 나주에 계신다며 이승국 님이 동반주를 해주시겠다고 한다.

밤 12시, 아내와 서틀버스를 타고 5시간 반이나 걸려 해남에 도착했다. 그리고 주최 측에서 마련한 찜질방에서 두 시간을 보냈는데 평소에는 차만 타면 소같이 자던 잠이 차에서도 찜질방에서도 잠이 안 와 몸이 괴롭다.

해남 날씨는 겨울 속의 봄이다. 안개가 자욱이 끼어 낮에는 너울 모양이다. 얼어 죽을까 싶어 긴 옷에 완전히 무장했는데 몸놀림이 둔한 게 걱정이다. 다른 사람들은 한겨울에도 민소매 옷을 입는 달림이도 있는데 난 패션이나 기록도 중요하지만, 추위를 이길 자신이 없다.

도우미와 약속한 장소로 가니 나주 이승국 님이 기다리고 있다. 이승국 님은 전에도 주로에서 나를 여러 차례 봤다며 반갑게 인사하고 나주 마라톤동호회 천막으로 인도하였다. 나주클럽에서는 40명이 왔다며 회장님을 비롯하여 여러분과도 인사시켜주었다.

우리는 끈을 맞잡고 반도의 끝 해남 땅에서 첫걸음을 내디뎠다. 살랑살랑 불어오는 입춘절의 남촌 바람이 땀조차 멋게 한다. 우리는 마라톤 얘기, 살아가는 얘기 등 오랜만에 만난 친구처럼 정담을 나누며 즐겁게 달린다. 나주클럽의 또 한 분도 옆에서 나란히 같이하면서 그야말로 우정 달리기를 한다.

같이해주신 분은 허리가 아프다며 10㎞ 지점에서 쉬었다가 돌아올 때 같이하겠다며 옆으로 빠진다. 달리기에 미쳐 전국으로 돌아다니다 보니 끈을 잡고 달리는 나를 알아보는 사람이 제법 많다. 이분들이 반환점을 돌아 마주 지나면서 파이팅을 외쳐준다. 나도 기분 좋게 화답하며 해남 땅을 섭렵한다.

이승국 님은 다음 주 장흥대회에서는 페이스메이커를 한다며 호남쪽에서 대회가 있으면 동반주 해주시기로 했다.

30㎞쯤 왔을까. 조금 전 10㎞에서 쉬고 계셨던 분이 또 다른 한 사람과 함께 마중하면서 다시 합류하여 이제 우리는 4명이 함께 나란히 친구가 되었다. 그런데 맨 나중에 합류한 분이 이승국 님의 손에서 끈을 낚아채 같이 가자고 한다. 이분은 무척 고수이시다. 훨훨 나시는데 가랑이가 찢어지도록 따라가도 못 따라가겠다. 그분은 sub-3 고수였다.

이제 이승국 님은 좀 쉰다고 속도를 낮추시고 양쪽에 고수 두 분의 보호를 받으며 힘차게 달렸다. 초반에 이승국 님이 적당히 끌어주시고 후반에 두 고수님이 번갈아가며 끈을 잡아주시며 나더러 마음껏 달려보라고 잡아당겨 마무리를 해주시는데 이것 정말 욕 좀 보겠네.

준마를 만났을 때 살세게 달려보자. 정말 여한 없이 휘젓고 달렸다. 맺힌 게 확 풀리는 것 같다. 마지막 10㎞지만 오랜만에 속이 후련하게, 숨이 턱 밑까지 차도록 뛰어봤다.

곧이어 이승국 님도 골인하셨다. 이승국 님은 나를 나주클럽으로 인도하였는데 회원님들이 찰밥에 맥주, 막걸리 등 푸짐하게 음식을 준비해와 대접 잘 받았다. 해남 대회는 기후조건이나 자연조건이 참 좋고 무엇보다 운영 면에서 국내 어느 대회에 내놓아도 빠지지 않을 정도로 진행을 잘한다. 시골 대회이면서도 달림이가 많이 모인 이유를 알겠다.

해남 대회는 나주클럽 회원님들의 각별한 후의로 오래도록 기억될 대회로 새겨졌다. 단체이동만 아니면 보길도와 윤선도 유적지도 돌아보고 싶은데 멀리까지 와서 그냥 돌아가기엔 아쉬움이 남는다. 우리는 완주 기념품으로 주는 해남 배추 한 자루를 받아 돌아오는 버스에 다시 올랐다. 해남에서는 고구마, 배추 별것 다 주네.

근광 씨의 눈물

제4회 정남진 장흥마라톤(2009. 2. 15 70197 3:26:14 박근광 76회)

요즘 잘 써먹는 수법으로 대회 홈피에 동반주 도우미를 찾는다고 도배를 했다. 내내 연락이 없어 대회 안내책사에 수록된 참가자 중 아는 사람이 있나 하고 살펴도 사람이 없다.

토요일 저녁때쯤 고흥우주 마라톤클럽 박근광 님이라면서 도와주겠다고 연락이 왔다. 뜻밖의 선물을 받은 기분이다. 박근광 님은 3시간 10분 이하로 달리신다고 한다. 고수 짝을 만났다. 이번 대회도 도우미가 정해져 마음 편히 잠을 이룬다.

장흥은 탐진강을 낀 아담한 도시로, 남도답게 겨울임에도 날씨가 따뜻하다. 대회를 많이 다녔지만, 아직 처음 가보는 대회가 많은데 이곳 역시 처음 참여하는 곳이라서 모든 것이 새롭다. 오늘은 장흥을 기억 속에 담아 가자. 마라톤은 나를 전국 방방곡곡 뒤지고 구석구석 발로 여행하게 해준다.

나는 고흥 우주마라톤 텐트로 가서 박근광 님을 만났다. 근광 님은 막상 자봉한다고 마음은 먹었지만 어떻게 해야 할지 모르겠다며 걱정에 잠겨 있다. 그래서 그냥 편안하고 자연스럽게 하자고 했다.

장흥은 국민 마라토너 이봉주 선수가 훈련하는 곳이란다. 그래서 이봉주 선수가 참여하여 오늘 우리와 같이 달린다. 달림이들은 나누어 준 풍선을 손에 손에 들고 늘어섰는데 다들 소풍 나온 어린이같이 좋아들 한다. 출발 폭죽 소리에 맞춰 풍선을 날리며 달려나간다. 평화로운 시골도시의 하늘은 풍선으로 수놓이고 형형색색의 유니폼을 입은 선수들은 탐진강을 벗 삼아 장흥과 하나가 되었다.

우리는 정답게 손잡고 장흥 땅을 달렸다. 담양마라톤클럽 회장님이 옆에 같이하여주시어 물도 집어주고 재미난 농담도 던져가며 분위기를 돋워주신다. 탐진강 줄기를 따라 장흥댐을 지나니 경치 좋고 공기 좋고 구름도 끼어 달리기에도 그만이다. 800m 정도의 터널도 지나고 탁 트인 넓은 길에 차량통제도 확실하다.

차를 막아서 마라톤 하기엔 좋지만, 이 넓은 길을 꽉 막으면 주민이 얼마나 불편할까? 주민에게 미안한 마음이 든다. 그래도 마을을 지날 때마다 많은 주민이 나와 열렬한 응원을 보내준다.

어떤 아주머니는 우리가 끈을 잡고 가는 것을 보고 "세상에 얼마나 힘이 들면 저렇게 묶어서 끌고 갈까" 한다. 그래서 내가 시각장애인이라고 하니 못 알아듣는다. 다시 "봉사란 말이요. 앞이 잘 안 보인다고요." 하니 그때야 "아이고, 세상에!" 하면서 멀어지는 등 뒤에다 대고 "수고하시오!"라고 환호를 해주었다.

달리기한다고 전국을 다녀보지만 주민의 호응이 가장 좋은 곳은 호남지역이다. 이는 많은 달림이가 공감하는 사실이다.

대구 경산지역은 주민 불평이 많은 편인데 길을 막으면 주민이 불편함은 당연하다. 그래도 불평소리를 들으며 달리면 달림이들은 부담스럽고 왠지 대회에 오기 싫어진다. 경기, 충청지역을 다녀보면 주로는 좋은데 주민의 관심은 좀 적다. 어쨌든 달림이들은 응원객이 많으면 용기가 생기고 힘이 덜 든다.

그런데 장흥 코스는 쉬워 보이면서도 은근히 사람 죽인다. 출발에서 반환점까지 비스듬한 오르막이 계속된다. 처음 레이스 계획은 중반까지 1㎞당 4분 45초를 계획했으나 근광 씨는 5분, 5분 10초, 5분 5초라고 시간을 불러준다. 힘껏 달렸다 싶은데도 다리만 무거웠지 속도가 안 난다.

시간이 갈수록 장흥댐 골짜기 바람이 앞길을 가로막는다. 그래도 반수가 넘어 보이는 주자들이 나보다 빨리 반환점을 돌아 나간다. 나도 예정한 시간보다 4분 늦게 반환점을 돌았다.

반환점을 돌고 나니 몸이 풀리는지 무겁던 몸이 편해진다. 다리가 쭉쭉 뻗어지고 바람도 방향이 바뀌어 등 뒤에서 떠민다. 옆에는 반환점을 향해 많은 주자가 허덕거리며 바람을 헤집고 지나가는데 얼마나 힘들까. "나도 조금 전 그 길을 지나왔단다. 조금만 더 고생해." 하고 농담을 던졌다.

많은 주자가 반환점까지 오르막을 오르며 힘을 소진시켜서일까? 내리막길인데도 속력을 못 낸다. 이걸 보면 장흥코스가 처음 반환점까지 평탄한 오르막이어서 주자들로 하여금 오버페이스를 하게 한 것이다.

근광 씨는 4분 35초, 4분 40초라고 랩타임을 말해준다. 우리는 속도가 붙기 시작했다. 많은 주자가 내 등 뒤로 멀어져 간다. 담양마라톤클럽 회장님도 32㎞까지 같이하였으나 좀 쉬고 싶다며 속도를 늦추시고 다시 둘만 남았다. 바람은 뒤에서 끝없이 밀어주고 바람을 타고 낙엽이 구르듯 흘러간다.

39㎞를 지나자 이번엔 근광 씨가 피로를 느끼는 것 같았다. 예전에 안 좋았던 허리가 지금 상태가 안 좋다 한다. 덜컥 겁이 난다. 이때까지 고생하며 잘 달려와서 걷게 되면 40㎞ 고생이 허사가 되는데 싶다.

그러나 근광 씨는 고수답게 멋지게 나를 피니시 라인으로 이끌었다. 나는 너무 고마운 나머지 근광 씨를 덥석 껴안고 감사 인사를 했다. 그 순간 근광 씨가 엉엉 울음을 터뜨리더니 진정하고 입을 열었다.

"마라톤에 처음 완주를 하고 눈물을 흘렸는데 오늘 너무 감격스러운 마라톤을 경험하니 나도 모르게 소리 내어 울게 되었다."고 한다. 나도 행복한 순간이었다.

우리는 다시 손을 꼭 잡고 가서 주최 측에서 베푸는 음식으로 허기를 달랬다. 호남지역은 먹을거리가 참 넉넉하다. 마라톤 진행이나 코스에서 주민 호응도 좋고 대회 후 먹을거리까지 푸짐해 나무랄 데가 없다. 그래서 달림이들이 호남 쪽 대회를 좋아하는 모양이다.

나는 버스에 올라 옷을 갈아입으려다 근광 씨의 눈물이 밴 옷을 벗기 싫어 그대로 입고 근광 씨의 숨결과 42㎞의 여정을 그리며 울산으로 올라왔다.

나이와 건강은 비례하는가?

제10회 울산마라톤(2009. 3. 1 8224 3:28:48 박차종, 박기식 77회)

운동이 노화를 억제한다는 말이 있다. 나이를 먹으면서 기능이 저하되는 것은 자연의 이치인데 마라톤을 꾸준히 하다 보니 나이 연식은 진행되지만, 신체적 나이는 멈춘 것 같다. 멈추었다기보다 더디게 흐르는 것 같기도 하고 때로는 뒤로 가기도 하는 것 같다.

마라톤 기록을 보더라도 나이가 들고 세월이 갈수록 기량이 떨어져야 순리인데 요즘 나의 기록은 세월이 갈수록 조금씩 향상되고 있다. 작년 가을부터 몸 상태가 좋다. 기록도 3시간 20분대로 나오고 마라톤을 시작한 후 최고조기다.

앞으로도 몸을 어떻게 쓰느냐에 따라 신체적 나이는 달라질 것 같다. 오늘 울산 마라톤대회는 동아마라톤 대비 장거리 마무리 훈련이자 그간 연습한 운동의 시험대회로 삼기로 했다.

오랜만에 홈그라운드에서 마라톤에 출전하니 몸도 마음도 편안하다. 잠도 제대로 자고 장거리 이동을 안 해서 차에 시달리지 않아 좋다. 오늘 레이스 계획은 초반 5분대로 가다가 중반 4분 50초로, 마지막 힘이 남으면 전력 질주하여 3시간 25분을 목표한다.

오늘 도우미는 차종 아우가 잡아주기로 지난달부터 약속했다. 출발선에서 장삼 두루마기 차림의 스님 달림이 한 분을 만났는데, 퍽 이색적이고 관심이 간다. 하기야 스님도 사람인데 마라톤을 못하란 법이 있나. 스님은 절에 있어야 한다. 마라톤은 운동복을 입고 달려야 한다는 것은 고정 관념이다.

나는 목표한 대로 달렸다. 울산 마라톤대회도 횟수를 거듭하면서 달림이들의 호평 속에 규모가 자꾸 커져 참가자도 늘고 보기 좋다. 7㎞를 지나면서 3시간 30분 공식 페메를 만나 풍선 뒤를 졸졸 따라갔다. 오늘은 이 풍선을 계속 따르다가 막판에 스퍼트하기로 차종 아우와 작전을 세웠다.

우리는 3시간 반 페메와도 친구가 되어 달렸다. 공식 페메는 박기식 씨로, 울산 근교 언양에 산다고 한다. 우리는 마라톤 얘기로 시간 가는 줄 모르고 금방 친해졌다.

16㎞ 정도 가니 출발선에서 보았던 스님이 앞에 가신다. 출발 전에는 잘 못 뛴다고 엄살 부리시더니 보통 실력이 아니시다. 속바지에 장삼까지 갖춰 입으시고 바람결에 장삼 자락 휘날리며 복장이 많이 불편

해 보인다. 러닝복만 갖추어 입으시면 엄청난 실력자일 것 같다. 스님은 창원 성불사에 계신다는데 한 번 놀러 가겠다고 하고 나는 스님을 추월했다.

마라톤으로 자신의 취미생활도 하시면서 불교의 전도사 역할도 몸으로 실천하시는 멋쟁이 스님이시다.

32㎞ 2차 반환점을 돌았는데도 피로감은 별로 없고 거리가 너무 빨리 줄어든다. 이렇게 빨리 뛰면서도 편안하게 레이스를 한 예도 드물다. 작년 여름, 가을 훈련 약효가 오래간다. 다음 주 동아마라톤까지 이 추세가 이어가기를 바란다.

우리는 슬슬 속도를 높였다. 36㎞를 가니 유복근 회원이 오늘 100번째 완주를 한다고 자기 회사 현대자동차클럽 회원들과 무리를 지어 달리고 있다. 본래 이 정도 지점에서 전력 질주하기로 한 구간인데, 좀 늦기는 해도 유복근 씨 축하 응원주 대열에 동참하기로 했다. 그래서 목표한 시간에는 못 미쳤지만 즐겁게 완주했다.

차종 아우와 박기식 폐메에게 고마움을 표하고 떡국 한 그릇에 술 한 잔 하고 오늘의 또 다른 100회째 완주자 영천시청 이종근 뭉치님의 응원주를 하러 배웅을 갔다. 영천 하면 내 고향. 고향 사람이 100회 완주를 하는데 더욱이 이종근 님은 나를 여러 차례 동반주를 해주신 고마운 분이 아닌가. 내가 아무리 피로하더라도 축하 응원주를 해야 한다.

나는 약 3㎞ 정도 마중 나가서 여러 사람의 호위를 받으며 골인 지점으로 돌아오는 이종근 님을 만나 같이 뛰었다. 그간 고마웠던 분이기에 종근 씨의 영광과 기쁨은 나의 기쁨이기도 했다. 그리고 고향 사람들이 준비해 온 고디국을 두 그릇이나 단숨에 먹어 치웠다. 아~ 옛날 그 맛이다.

내가 강에서 다슬기를 잡아오면 엄마가 끓여주시던 그때 그 맛이다. 오늘 고향 사람 덕분에 고향의 맛에 젖어볼 수 있었다.

*고디국: 일명 다슬기국으로, 충청도에선 올갱이국이라 함.

행복한 고민

2009 동아마라톤(2009. 3. 15 6267 3:18:10 유수상 78회)

입으로는 편하게 즐겁게 뛰자 하면서 대회에만 임하면 어느새 입에 거품 물고 역주한다. 이는 내가 하는 일임에도 왜 그러는지 나도 모른다. 등산도 정상 정복이 목표이지만 하다 보면 더 멀리 더 높이 도전하게 되듯이 마라톤 역시 완주가 목표이긴 해도 달리다 보면 좀 더 멀리 좀 더 빨리 달리고 싶어진다.

2009 동아마라톤이 공고되었다. 이번에도 지난해 정도는 해야 하지 않나 하는 생각에 연습에 강도를 높였다. 한 주에 3회 내지 4회를 400m 트랙 운동장에 나가 뺑뺑이를 돌았다. 때로는 지속주 때로는 인터벌 등 나름대로 세운 계획에 따라 연습을 했다. 연습하다 보면 힘도 들고 운동장 돌기가 따분하기도 하여 기록에 연연하는 내가 한심하기도 했다. 그래도 목표나 계획이 없으면 느슨해지기 쉬우니 적당한 긴장은 내가 원하는 바다. 문제는 마라톤 훈련은 열심히 하지만 대회 때는 과연 누가 나를 이끌어줄 것인가다.

하루는 서울에서 시각장애인 마라토너를 위한 동반주 봉사 단체 해피레그에 도움을 청했다. 며칠 후 동반주 해줄 사람을 구했다는 낭보가 날아왔다. 해피레그의 매니저이신 김용열 님과 정주영 님의 적극적인 노력으로 대구가톨릭 마라톤회에 계시는 유수상 님을 추천받았다.

우리는 서로 통화를 하고 대회장에서 만나기로 했다. 이제 남은 건 열심히 연습할 일만 남았다. 그리고 대회 일까지 김용열 님과 정주영 님, 유수상 님은 때때로 전화를 걸어와 격려와 염려를 해주는 자상함도 보였다.

나는 그동안 편안하게 대회 준비에 임해 왔으나 이분들의 관심과 사랑을 받으니 열심히 해야겠다는 마음의 부담까지 생긴다. 연습이 과했는지, 마음의 부담이 컸는지 대회 며칠을 앞두고 다리가 아프기 시작한다. 갑자기 다리 통증으로 연습을 중단하기에 이르자, 아내도 걱정스러운 눈치다. 내가 잘할 줄로 믿고 열심히 운동장에 데리고 다니며 뒷바라지했는데 지금까지 쏟은 공이 헛수고가 아니냐며 걱정이다.

그러는 사이 날짜는 닥쳐와 아내와 함께 상경했다. 야간열차를 타고 아내와 함께하는 마라여행은 별미다. 아내와 기차여행을 하자고 말로만 여러 차례 약속했는데, 결혼 후 처음으로 야간열차 여행을 한다. 그런데 달리기 생각 때문에 여행의 흥취는 덜하다. 나중에 편안한 마음으로 여행다운 여행을 다시 해봐야지.

약속한 장소인 대회장 옆 제일은행 본점 주차장으로 가니 김용열 님과 정주영 님, 유수상 님이 먼저 도착하여 반겨준다. 인천 친구도 와서 기다리고 있었다. 전화상으로만 만났던 고마운 분들을 실제로 보니 이산가족을 만난 것처럼 반갑다. 우리는 인사하고 기념사진도 찍고 유수상 님과 손을 잡고 대회장으로 향했다. 마치 올림픽에 출전하는 선수처럼 각오가 비장하다.

대회 하루를 앞두고 강풍주의보에 꽃샘 한파가 몰아쳐 몹시 긴장케 하더니 다행히 오늘은 날씨가 좋아졌다. 동아마라톤은 명성만큼이나 사람이 많다. 고려 시대 때 이 정도의 군사가 있었다면 흉포한 원나라 놈들을 물리치고도 남음이 있었겠다. 열기가 하늘을 찌른다.

드디어 A그룹에서 출발한다. 오늘의 달리기를 위해 지난 가을, 겨울 그리고 봄을 수없이 달렸다. 오늘의 목표는 신기록이다. 내 다리가 말썽 없이 잘나가야 할 텐데. 스타트는 했지만, 청계천 좁은 주로에 수많은 건각이 뒤엉켜 도무지 앞으로 나갈 수가 없다. 유수상 님은 연방 앞에다가 길을 양보해달라고 외쳤지만, 인파의 벽은 첩첩산중이다.

2006년에 지나가다가 뒤가 마려워 응가 하러 갔던 철물점 앞을 지나간다. 그때 다리부상으로 B그룹, C그룹에게도 추월당하고 마 교주를 고생시키던 일이 주마등처럼 지나가는구나.

15㎞ 급수대 앞을 지날 때였다. 갑자기 한 주자가 내 왼쪽 무릎을 걷어차며 급수대로 돌진했다. 복잡한 주로에선 이런 일이 종종 생기므로 뒤따르는 주자가 알아서 피해 가라고 내 등에는 시각장애인이라고 주먹만 한 글씨로 패찰까지 써 붙이고 달리는데 그 주자 정말 원망스럽다. 무릎이 제법 욱신거린다.

청계천을 벗어날 즈음 목표기록이 다소 떨어진다고 한다. 길도 막히고 몸도 덜 풀리고 해서였다. 하프 지점을 1시간 39분 여초로 통과했다. 본래 목표는 37분이었는데 제법 늦다. 나는 속도를 높였다. 그러나 앞에서 까먹은 시간을 좀처럼 만회하기가 쉽지 않다.

25㎞에서 35㎞는 자그마한 언덕들이 있어서인지 좀 휘청거린다. 유수상 님은 지금 이 속도로 가면 23분이 되겠다면서 오늘을 위하여 힘들게 연습한 것을 생각해라. 정신을 집중하라며 독려했다. 나는 다시

무거운 팔다리를 힘껏 내저었다. 그래 기록이야 어찌 되었던 최선을 다하자는 마음으로 달렸다.

36㎞ 잠실대교를 건너면서 이대로 가면 18분대에 들어가겠다고 한다. 나는 목표달성을 하겠구나 하는 희망과 함께 승부욕이 발동했다. 넓적다리 근육은 굳어오고 발은 허공을 젓는 기분이다. 그래도 연습할 때의 고통과 목표달성의 희열을 생각하며 혼신의 힘을 다한다.

유수상 님은 계속 "정신을 집중해라. 이를 악물어라. 팔만 흔들면 다리는 그냥 나간다. 마지막 노력이 부족해서 후회와 아쉬움을 남겨서야 되겠나?" 하면서 성화독촉이다. 나는 거의 비이성적으로 달린다. 수많은 주자가 추풍낙엽처럼 뒤로 밀려 나간다. 유수상 님은 계속해서 "해피레그입니다. 길을 양보해주세요."라고 외친다.

40㎞ 지점에서는 미처 길을 피하지 못한 앞 주자를 내가 밀치게 되었고 연쇄적으로 몇몇 주자가 밀려 넘어져 뒹구는 사고도 발생했다. 너무나 미안하다. 다들 지쳐 있을 때인데 얼마나 힘들었을까 생각하면 마음이 아프다. 그러나 우리는 그 때문에 멈출 수 없었다. 죄송하다는 한 말을 뒤로 던지고 전진에 전진을 계속했다.

이윽고 운동장 확성기 소리가 들리고 남은 거리는 700m. 잘하면 18분대가 되겠다고 한다. 그러나 마음은 바쁘고 몸은 고장 난 기어처럼 밟아도 밟아도 더 이상 속도가 나질 않는다. 다리가 호수에서 오리 배를 젓는 것처럼 헛도는 느낌이다. 그냥 몸을 던지다시피 굴리는 것처럼 밀어붙였다.

거친 숨을 몰아쉬는 나의 귓전에 대고 유수상 님은 18분대라고 한다. 신기록이다. 온몸의 힘은 완전히 소진되어 스스로 설 수 없어 유수상 님을 잡고 매달리듯 몸을 의지했다. 그렇게 조금 걷다 보니 정신이 차려진다.

"뭐 19분요?"

그제야 좀 정신이 들어 기록을 되물었다. 입이 저절로 벌어진다. 이 감격, 이 기쁨은 감당하기 어렵다. 그런데 당연히 나와 있어야 할 가장 중요한 응원자인 아내가 안 보인다. 운동장 밖으로 걸어 나오니 밖에서 아내가 반가이 맞이한다. 아내는 운동장 입구에서 가슴 졸이며 기다리다 달려 들어오는 나를 응원했으나 운집한 응원객의 환성에 섞여 내가 듣지 못했다.

아내의 첫 말이 "아프던 다리는 괜찮았나?" 하면서 다리가 아파서 지하철을 타고 오나 걱정을 했다고 한다. "이 사람, 내가 어디 지하철 장군인 줄 아나? 신기록을 세웠다."고 의기양양해하니 아내는 무척 기뻐하며 유수상 님에게 고마워한다.

오늘은 후반에 힘이 부쳐서 기록 도전에 포기할 뻔했는데, 유수상 님의 열화와 같은 독려와 자상한 도움으로 사력을 다할 수 있었고 신기록도 세울 수 있었다.

나는 오늘 여러모로 기분이 좋다. 다시는 깨기 어려워 보였던 기록을 경신하여 무척 만족스럽고 무엇보다 마지막 한 방울의 땀까지 쏟아내며 최선을 다할 수 있었다는 점, 후회 없는 자신과의 한판 대결이었다는 것 또한 만족스럽다. 만약 힘을 다 쓰지 못하고 약간의 차이로 종전 기록에 미달하였다면 얼마나 원통했을까? 오늘의 기쁨은 유수상 님이 만들어준 것이다.

대회를 마친 후 다음 카페에서만 만났던 전국꼬꼬모임 회원들을 광화문클럽 부스에서 만나 즐거운 시간을 가졌다. 마라톤은 내게 좋은 사람들을 만나게 해주는 가교다.

나는 그동안의 마라톤 여정을 돌아본다. 기대치가 높아져 기록에 신경 쓰다 보니 몸이 괴롭고, 즐겁게 달리려 하니 스릴과 묘미가 없고, 어떻게 해야 하나 행복한 고민에 빠지게 된다.

하루가 지난 후 공식기록을 확인하니 3시간 18분 10초다. 내가 잘못 봤나 싶어 두 번 세 번 확인해 봐도 내 기록은 3시간 18분 10초다. 너무 엄청난 일을 저질러 입이 다물어지지 않는다. 내 능력으로선 꿈의 기록이다.

이번 동아마라톤은 내게 너무 많은 기쁨을 안겨주었다. 이젠 좀 쉬자 싶은데 이 마음이 며칠이나 갈까? 걷어차여 까진 무릎과 뭉친 다리가 후유증으로 좀 아프지만 최선을 다한 영광의 상처라 대견스럽다.

안 보이는 게 약이 될까? 독이 될까?

제8회 합천 벚꽃마라톤(2009. 3. 29 45218 3:25:35 유수상 79회)

동아마라톤 때 유수상 님이 앞으로 시간이 되면 종종 도우미를 해주겠다고 해서 염치불구하고 합천대회를 부탁했다. 그냥 인사치레로 한 말일지도 모르는데 나도 참 뻔뻔하다. 유수상 님은 이 대회를 여러 차례 달려봐서 이번엔 신청을 안 했는데 코스도 잘 알고 하니 신청은 안 했지만 같이 달려주겠다고 한다.

그간 동아마라톤에 전력을 해서인지 동아마라톤이 끝난 이후 마음이 해이해져 연습도 게을러졌다. 유수상 님은 가끔 전화를 걸어와서 안부를 묻고 몸 상태를 걱정해준다.

대회 2일 전. 유수상 님은 "몸은 괜찮으냐? 합천코스는 언덕이 많아 후반에 힘들 수 있다. 황강과 벚꽃길이 주로의 반 이상이라서 절경이다."라고 사전에 코스를 설명해주었다.

29일. 오늘도 꿀맛 같은 새벽잠을 억지로 이기고 아내와 함께 셔틀버스에 올랐다. 버스는 대회 출발시각이 임박하여 현장에 도착했는데, 도착이 늦어지자 유수상 님은 마음이 급해서 여러 차례나 전화를 걸어왔다.

현장에 도착하자마자 급하게 행장을 꾸리고 출발 5분 전, 우리는 서울에 이어 재회했다. 잘 갔다 오라는 아내의 응원을 가슴에 담고 건각들의 틈에 끼어 합천 관광에 나섰다. 합천의 하늘은 맑고 날씨도 달리기에 좋다.

동아마라톤 이후 농땡이를 친 탓으로 몸이 뻣뻣하고 다리가 자유롭게 움직이지 않는다. 한 고개를 넘고 10㎞를 지나니 몸이 확 풀린다. 팔다리의 움직임과 속도감이 몸으로 느껴진다. 유수상 님은 내가 자꾸 빨라진다며 잡고 늘어졌다. 동아마라톤을 위해 갈고 닦은 몸이 언제까지 유지될지 추세를 오래 끌고 가고 싶은데 당면한 목표가 없으니 마음이 풀어질까 봐 걱정이다.

합천코스는 듣던 이상으로 환상의 코스다. 막 피기 시작한 벚꽃에 잘 통제된 넓은 주로, 노면 상태도 아주 좋다. 그리고 지리산 끝자락에서 불어오는 신선한 바람과 벚꽃 사이를 스친 꽃바람이 온몸을 휘감는다. 코 평수를 넓히고 입을 벌리고 청풍을 마음껏 마신다. 가슴이 후련하고 머리가 가볍다. 이보다 더 좋은 보약이 어디 있을까? 빨리 지나치기엔 너무 아까운 순간들이다.

하지만, 머물 수 없는 발길은 17㎞를 지나자 배가 고파 온다. 먹을 것을 찾았지만 아직은 없다. 20㎞ 지점. 다시 하나의 준령을 넘으니 급수대에 딸기가 있다. 허겁지겁 몇 개를 먹었으나 황새가 조개 한 알 먹은 턱도 안 된다. 다리에 근력도 떨어지고 힘이 부쳐 온다.

23㎞에서 파워젤을 나누어주고 있다. 웬 떡이지? 한 참에 두 개를 먹었다. 먹기는 거북해도 배가 고프니 넘어간다. 아~ 금강산도 식후경이란 말이 실감 난다. 다시 힘이 회복되자 걸음이 빨라졌다. 유수상 님은 후반을 생각해야 한다며 끈을 뒤로 잡아당긴다.

2차 반환점으로 가는 길은 합천댐으로 가는 길인데 산골짜기 협곡 속으로 넓어져 가는 계곡, 산 그림자 드리운 맑은 물, 이어지는 벚꽃 터널 속으로 달려 들어가는 길은 무릉도원으로 통하는 길이다.

동아마라톤 후에 유수상 님은 며칠 동안 감기로 고생하시다가 오늘 달리기 때문에 어제 약을 끊었다고 한다. 사람이 아무리 강해도 병마에 이기는 장사는 없는데, 미리 얘기했으면 페메를 다른 사람으로 정할 수도 있었고 기왕 잡았으면 천천히 달렸을 건데 미안한 마음 금할 길 없다.

작년 동아마라톤 때도 sub-3인 장재복 님이 감기 끝 무렵에 나를 페메 하다가 후반에 고생한 일이 있기 때문에 유수상 님이 지금 얼마나 힘들지는 짐작이 간다. 유수상 님은 괜찮다며 고집을 부리며 계속 이끌어대지만 심히 걱정스럽다. 이제 내가 속도를 낮춘다.

33㎞ 지점. 파워젤을 나누어주는 장소다. 진행자가 한쪽 편에 서서 파워젤을 나누어주다 보니 가는 주자 돌아오는 주자들이 서로 받으려고 뒤엉키는데 우리도 끈으로 엮어진 상태에서 파워젤을 받으려다 내 앞으로 달려드는 주자를 유수상 님이 육탄으로 막아낸다.

유수상 님이 혼자 몸이었으면 서로 피해 갔으련만, 나를 방어해주려고 몸을 내던진 것이다. 아무리 고수이지만 벌써 33㎞를 달려 지쳐 있고 감기로 고생한 몸인데 서로 달리는 가속도로 부딪혔으니 얼마나 충격이 컸을까? 유수상 님은 한동안 서서 진정하고 다시 출발했다. 큰 사고가 날 뻔한 아찔한 순간이었다. 차라리 내가 받혔으면 내 마음이 더 편했겠다.

10여 년 전, 시각장애인 친구 4명이 제주도에 관광을 갔을 때 일이다. 일대일로 자원봉사를 받으며 길을 가는데 친구 한 명이 넘어지려는 순간 그의 도우미가 친구 앞에 털썩 엎드렸고 친구는 도우미 등에 엎어졌다. 도우미 말이 시각장애인이 넘어져 다칠까 봐 엉겁결에 자기가 먼저 그 앞에 넘어졌다고 했다.

그 고마운 마음에 진한 감동을 하였는데, 내가 오늘 비슷한 상황을 만나니 감사한 마음 그지없다.

36㎞부터 쭈욱 뻗은 넓은 길이 지루하다. 게으름증이 설설 난다. 길에는 걷는 사람도 드문드문 있고 1㎞가 10㎞ 같다.

시나브로 거리를 줄여가니 반가운 운동장이다. 우리는 응원객의 박수를 받으며 운동장으로 들어왔다. 처음 목표한 시간보다 5분 빨리 들어왔다며 유수상 님은 기뻐한다. 나는 기록이야 뒷일이고 너무 세게 달렸나 싶어 미안한 마음뿐이다. 우리는 또 만나자는 작별인사를 나누고 헤어졌다.

헤어진 후 아내의 말이 "오늘 무슨 일이 있었나? 유수상 씨 얼굴이 힘들어 보이는 기색이드라."고 한다. 그제야 나는 알았다. 편하지 않은 몸으로 달렸으니 얼마나 힘들었겠으며 33㎞에서 심한 충돌까지 했으니 더 힘들었겠지. 얼굴을 살필 수 있었다면 좀 더 천천히 뛰었을 텐데 괜찮다는 말만 믿고 그대로 뛰었으니, 안 보이는 게 약인지? 독인지? 나 원 참.

눈으로 안 보이면 마음으로라도 볼 수 있었어야 했는데 나는 아직 한참 수양이 필요하다. 유수상 넘은 대회신청도 안 했으면서 자원봉사하려고 황금 같은 휴일에 일부러 차를 가지고 와서 고생했다. 나는 수많은 도움을 받았지만, 이번만큼 고맙고 미안한 감정이 든 적이 없다.

머나먼 여정

2009 울산MBC 1004 릴레이희망의마라톤(2009. 4. 3)

동아마라톤 준비가 한창이던 3월 초 어느 날, 1004 릴레이마라톤에 참가해보지 않겠느냐며 전화가 왔다. 이 대회는 임진각에서 울산까지 590㎞를 장애인과 비장애인이 함께 달리며 장애인 인식개선을 위한 홍보 차원의 대회로, 울산MBC가 주관하는 전국적인 행사다. 일정은 4월 4일에서 4월 20까지로 하루 약 35㎞씩 17일 동안 달린단다.

나는 이미 경주 벚꽃마라톤, 대구마라톤과 반기문 마라톤에 참가신청을 해놓은 상태다. 그래서 상반기의 시원할 때 마라톤에 참가할 수 없는 것도 아쉽고 며칠 정도면 몰라도 반달 동안을 달린다는 게 도저히 자신이 없어 참가를 거절했다.

담당자는 평생 기억될 만한 좋은 경험이 될 것이라며 부추겼고, 나 역시 마라톤이란 고통을 즐기는 운동인데 국토종단이 어떤 것인지 한

번 해보고 싶은 마음도 좀 있었다.

국토종단이라! 구미가 당긴다. 그래 이것도 기회인지 모른다. 자리 깔아줄 때 한 번 놀아보자며 참가를 결심했다. 막상 한다고 하긴 했지만, 시간이 지날수록 오기와 용기는 걱정으로 변해간다. 떡 보따리와 등짐은 갈수록 무겁듯이 달리기도 갈수록 지치고 힘들 텐데 임진각에서 울산까지 590km를 어떻게 달릴지 생각만 해도 가뜩이나 잘 안 보이는 눈이 더 캄캄해진다.

하지만, 여태껏 그랬듯이 새로운 도전은 내가 추구하는 목표이자 희망이 아니던가. 호기심과 두려움을 도전과 극복으로 바꾸고자 신발끈을 다시 맨다. 하루하루 대회일이 다가오니 괜스레 마음이 초조해진다. 맞을 매는 빨리 맞는 게 낫다고 빨리 시작하고 싶다.

4. 2(목)

아침부터 짐을 챙긴다. 짐 정리는 잘 안 되고 마음만 바쁘다. 오후에 누나와 동생 집에 들러 하직 인사하니 잘 다녀오라고 저녁밥을 사주네.

아내는 임진각까지 따라 갈 듯 말 듯하다가 혼자 내려올 길이 섭섭하겠다며 안 간다고 한다. 별로 한 일도 없이 분주히 설치다가 밤늦게 잠을 청한다.

4. 3(금)

이른 새벽 울산MBC 출발지에 나가서 가이드 러너인 조남길 형님을 만났다. 아내와 짧은 작별을 하고 버스에 올랐다. 다시 못 올 길을 떠나는 기분이다. 버스는 북으로, 북으로 달린다. 지금 달려가는 이 먼 길을 달려 내려와야 하지 않는가? 기가 막하다. 공연히 오기를 부렸나 싶다. 버스는 6시간여를 달려 임진각에 도착했다.

여기는 초행길이라서 모든 것이 새롭기만 하다. 〈맨발의 기봉이〉 엄기봉 씨. 영화 〈말아톤〉의 주인공 배형진 등 유명 인사들을 비롯한 전국에서 모인 9명의 대표주자와 만나 인사하고 1사단 병영체험을 한다. 휴전선을 바로 앞에 둔 최전방이라서인지 경비가 삼엄하여 오금이 당기고 모골이 성성하다.

제3 땅굴에 들어갔다. 한편으로 대화하며 한편으로 침략 준비를 한 북한 괴뢰 놈들이 가증스럽다. 막장은 두꺼운 콘크리트로 막아놓았는데 하루빨리 땅굴이 남북으로 트여 자유롭게 오가는 관광 땅굴이 되기를 바라본다.

나는 막장 근처에서 솟아나는 지하수를 배가 부르도록 마셨다. 우리 땅의 기운을 들이마셨다.

부대생활관 내에서 장병과 저녁밥을 먹었다. 밥과 반찬이 잘 나왔다. 이 정도면 아들을 군대에 보내고 걱정 안 해도 되겠다. 그리고 생활관 전시실에 들러 군복을 입고 철모를 쓰고 총을 잡았다. 장애를 입어 국방의 의무를 못하였는데 잃어버린 시간과 소임을 잠시 체험 삼아 가져보았다. 이 병영 생활이 장병에겐 막중한 책무인데 장난삼아 체험하는 자신이 부끄럽게 느껴진다.

4. 4(토)

아침 임진각 출발지로 이동한다. 공연히 긴장되고 설레기도 한다. '잘 해봐야지' 하고 속으로 다짐도 해본다. 오늘따라 바람이 왜 이리 거칠게 부는지 심란한 마음에 몸까지 움츠러들게 한다. 먼저 출정식 겸 환영행사를 한다. 유명인사의 격려사와 가수들의 공연이 이어졌다. 모두 우리를 환영하고 격려하는 행사였지만 날씨가 추우니 빨리 출발하고 싶다.

오후 2시. 출발 총성과 함께 드디어 장도에 올랐다. 후미엔 해피레그 도우미와 SK 임직원, 1사단 장병 등 수많은 동반주자가 따랐다. 많은 취재진이 경쟁적으로 취재하고 연도에 수많은 사람이 응원했다. 마치 영웅이나 된 듯 마음이 부웅 뜬다. 임진각아 잘 있어라. 언제 너를 다시 보랴! 그렇게 임진각은 뒤로 멀어졌다.

오늘 달릴 거리는 19㎞. 도우미는 제대를 3개월 앞둔 헌병이다. 10㎞를 넘어가니 이 헌병이 힘들어한다. 나는 그냥 나를 위로하는 마음으로 힘든 척하는가 싶었는데 갈수록 배고프다, 다리에 힘이 없다고 엄살을 부린다. 벌써 뒤따르는 차에 많은 장병이 승차했다고 한다. 과연 마라톤은 쉽지 않은 운동인가 보다. 운동량이 많은 군인도 10㎞를 달리기 어려워하는 걸 보면 마라톤은 많은 훈련이 있어야 할 수 있는 운동이라는 것을 새삼 느낀다.

드디어 오늘의 종착점인 파주시청에 도착했다. 업무가 끝난 시간임에도 많은 시청직원이 기다렸다가 우리를 환영해주었다. 염려와는 달리 첫날의 레이스를 무난히 수행했다.

4. 5(일)

오늘 달릴 구간은 공원묘원이 있는 고양시 지역으로, 청명 한식절을 맞아 성묘객 때문에 교통통제가 어렵다. 따라서 성묘 행렬이 모이기 전 새벽 5시에 출발한다. 그래서 새벽 3시 반에 깨우는데 도살장 가는 기분으로 끌려 나와 자갈 같이 느껴지는 밥을 억지로 한 숟가락 먹고 파주시청에 나섰다.

쌀쌀한 새벽바람은 손도 귀도 시리고 허연 입김이 굴뚝같이 나온다.

너무 이른 시간이라서 동반주 해주는 클럽 하나 없이 대표주자 9명만 이 어두운 새벽 공기를 가른다. 그나마 호위하는 파주경찰서 경찰 오토바이가 굉음을 내며 앞뒤로 분주히 날며 위로를 한다.

아직 잠이 깨지 않았는지 몽롱한 상태에서 달린다. 얼마나 달렸을까. 정신이 든다. 달리면서 자는 일도 경험했다. 공원묘원 앞을 지나며 가이드인 조남길 형님은 걸음을 머뭇거리며 저기에 우리 엄마가 누워 계신다며 울먹이신다. 행사가 아니면 참배하셨으면 좋았으련만 엄마를 앞에 두고도 지나쳐야 하는 형님의 애달파하는 모습이 내 가슴까지 짠하다. 나도 왜 엄마가 보고 싶노.

서울로 들어와 광진대교를 건너가는데 오늘 일요일 한강변에서 달리기 대회가 있는지 폭죽이 요란하게 터지고 사람들이 몰려간다. 나도 이 대회가 아니었으면 어느 대회에선가 달리고 있었을 테지. 오늘은 일찍 시작한 만큼 일찍 레이스를 끝냈다. 남은 시간은 빨래도 하고 푹 쉬었다.

4. 6(월)

한강 난지공원에서 출발 준비운동을 한다. 텔레비전에서 난지도 난개발에 대한 뉴스도 보고, 난지도 사람들의 애환도 들었는데 현재 이곳의 난지공원은 평화롭고 아름다운 모습이다.

어제는 푹 쉰 관계로 느긋하게 출발한다. 뜨거운 햇살 아래 한강 둔치를 달린다. 목덜미는 햇볕에 익어 따끔따끔 손도 못 대겠다. 이곳은 한강마라톤 코스라서 여러 번 달려 익숙한 길이다. SK 동반주자들의 구령에 맞춰 앞으로 앞으로 한강 서쪽에서 동쪽으로 달려간다.

나는 층이 진 턱을 밟아 발이 접질렸다. 하지만 다행히 걸을 만하다. 한참을 가다가 강변 난간에 부딪혀 넘어지며 다리에 상처를 입었다.

자칫 했으면 한강에 추락할 뻔했다. 온갖 짜증이 다 생기고 울화가 치민다. 도우미는 미안해 어쩔 줄 모른다. 하지만, 달리기하면서 이런 일은 보통이니 마음을 진정하고 도우미를 위로해주었다. 그러나 도우미는 나의 안내를 책임지기 위해 선발된 대표주자인데 자꾸 쓸데없는 곳에 신경을 쓰며 한눈 파는 사이에 내가 부상을 당하니 속으론 원망스런 마음도 가시지 않는다.

한강은 다리도 많다. 밑에서 거슬러 올라가니 계속 다리다. 이러다가 한강을 온통 복개천으로 만들겠다. 천호대교를 마지막으로 시내로 들어갔다. 많은 시민이 박수를 치며 맞아준다. 시내코스는 공기가 뜨겁고 매연도 심했지만 시민과 함께하는 1004 릴레이가 힘도 덜 들고 달리는 기분도 난다.

아이 걸음이 늦은 것 같아도 아이를 잃어버리면 금세 먼 곳까지 가 있듯이 우리가 1㎞당 7분으로 천천히 가도 발자국 수가 많으니 어느덧 서울도 지나고 하남시청에 도착했다.

시청 앞뜰은 고무 블록이 깔려 있다. 아이들이 뛰어놀기도 좋겠고 노인 장애인에게도 위험하지 않고 좋겠다. 누구의 생각인지 좋은 아이디어다. 나는 그냥 벌렁 드러누워 굴렀다. 그래서 또 하루를 무사히 마친 안도감과 피로한 몸을 마당에 아무렇게나 퍼들어지게 했다.

숙소에 돌아오니 몸이 많이 망가졌다. 두 번이나 넘어지고 다리에는 찰과상, 둘째 발가락에는 땅콩 알 만한 물집이 잡혔다. 이제 시작인데 부상이 빨리 찾아와서 걱정스럽다.

4. 7(화)

아침부터 하늘이 만만치 않구나. 오늘은 도우미를 이곳 출신인 김영신 씨로 정했다. 광화문클럽 회원이면서 평소에도 페메를 많이 한다고 한다. 지역사람과 같이 짝이 되니 코스 설명도 해주고 지나는 곳마다 지역명소 설명을 해주니 마치 여행을 하는 것 같다.

영신 씨는 하남시청 1.5㎞ 지점에 마방식당이 있는데 유명한 곳이라며 시간이 되면 한 번 가보라고 한다. 다음에 이곳으로 와볼 기회가 있으면 아내와 함께 가봐야겠다. 영신 씨는 지나가면서 여기는 무슨 산, 무슨 강 했는데 일기를 쓰려고 하니 기억이 안 나는구나. 아쉽다. 언덕을 몇 개나 넘었을까? 남한산성이 앞에 보인다고 하네.

역사의 한이 어린 남한산성에서 잠시 쉬었다. 동반주자도 남한산성클럽에서 SK 동호회로 바뀌었다. 남한산성을 잠깐이나마 관광하고 싶었지만 정해진 시간표에 맞추다 보니 그대로 출발하게 된다.

남한산성에서 이천으로 가는 길은 유난히 고갯길이 많다. 이천 경계에 들어서니 도자기의 고장답게 집채만한 초대형 자기가 우리를 반긴다. 작년 이천도자기 마라톤에 참여해서인지 이천이 낯설지가 않구나. 오늘 코스는 난코스여서 이천 설봉공원에 예정보다 늦게 도착했다. 그동안 별 무리 없이 달렸는데 오늘은 제법 피곤하다.

저녁밥은 이천 쌀밥 집으로 간단다. 이천 쌀밥의 진미가 기대된다. 저녁상이 풍성하게 차려졌다. 이것저것 허기진 배를 채운다. 기대했던 이천 쌀밥 맛은 우리 집 쌀밥 맛이나 다를 바 없다. 소문난 잔치에 먹을 게 없다더니 이름난 쌀밥이나 우리 집 쌀밥이나 거기서 거기네. 내 입맛이 문제인가, 거 참. 오늘로써 총 레이스 128㎞를 소화했다.

4. 8(수)

또 하루를 시작하기 위하여 일행은 이천 설봉공원에 모였다. 어제는 피곤하여 설봉공원을 바로 떠났지만 지금 찬찬히 둘러보니 공원이 넓고 잘 꾸며져 있다. 안 돌아보고 그냥 갔으면 후회했겠다.

이천은 지역이 크다. 오전 내내 가도 아직 이천이라네! 이천에서 장호원으로 가는 길은 길 양쪽으로 개나리가 세상을 노랗게 물들이고 있다. 내가 울산을 떠나올 때는 벚꽃이 막 피기 시작했는데 나는 올봄을 잃어버렸다. 그런데 여기서 울산서 놓친 봄을 만났다. 울산은 지금쯤 연두와 녹색으로 푸르러 가겠지. 우리의 행렬은 거침없이 나아간다.

잘 나간다 싶더니 "아이고, 여기가 어디고?" 내 몸이 휘뜩 자빠진다. 절단 났다. 또 사고가 났다. 길이 파인 곳을 밟아 발을 삐었다. 더 갈 수가 없다. 신경질이 나고 화가 불끈 치민다. 나의 실수가 아니다 보니 진행자가 못마땅하다. 나의 인내심이 한계에 달한다. 자신이 너무 원망스럽다. 새로운 도전은 여기서 접고 보따리를 싸고 싶다.

후미에서 따라오는 회수차는 차를 타자고 종용한다. 잠시 진정하고 발을 주무르고는 파스를 뿌리고 일어났다. 행사를 포기하려면 차를 타겠는데 차를 타면 완주가 아닌 것이 될 테니, 감정을 달래고 참는 데까지 참아보기로 했다. 걷고 절룩이며 뛰고 절며 2㎞를 가니 앞서 간 일행들이 기다리고 있다.

이 일이 쉬운 일이었으면 누구나 하지 않았을까? '선택된 사람만 할 수 있는 일을 더 큰 목표를 위해 사소한 감정은 부리지 말자'고 스스로 위로하며 잠시 쉬었다가 다시 대열에 합류했다. 진행자는 그제야 눈치를 채고 파트너 가이드 러너를 황대선으로 교체한다. 황대선은 지난해 가이드 러너 대표주자로 뛰어본 경험이 있는 사람으로 올해도 자원봉사를 자청하여 참가한 사람이다.

이천을 떠나 한나절이 되어서야 장호원이다. 길거리 전광표지판에 우리를 환영하는 글귀와 함께 진행하는 차량의 서행을 알리는 안내 문구가 나온다. 이 지역 경찰서의 관심에 감사드리며 작은 배려가 우리에게 용기와 기쁨을 준다. 장호원은 복숭아의 고장답게 길 양쪽으로 복숭아밭이 펼쳐져 있다. 몇 달 후면 복숭아가 주렁주렁하겠네.

4. 9(목)

장호원은 오늘 장날인가 보다. 거리엔 온통 팔고 사는 사람이고 참기름 집에서는 고소한 냄새가 진동한다. 사람 사는 모습이 우리 동네나 이 마을이나 같네.

시내를 지나 다리를 건너니 충청북도 진천이다. 다리를 사이에 두고 경기도와 충청북도 진천으로 나뉘어 있다. 벌써 몇 개 시도를 지났는가. 조용하고 아름다운 진천을 지나 음성군으로 접어든다. 음성에서는 새로 개통된 자동차 전용도로로 달려간다. 노면상태도 좋고 차도 별로 없어 달리기에 아주 좋다. 다만, 관중 없는 레이스는 팥소 없는 찐빵과 같고 주변이 삭막하다. 그리고 내리쬐는 폭염과 솟아오르는 지열은 나를 무척 괴롭힌다.

고개 넘어 또 고개를 넘으니 음성 꽃동네에 닿았다. 입구에서부터 꽃동네에 사는 수많은 사람이 나와 우리를 환영한다. 여기에 이렇게 많은 사람이 살다니 놀랍다.

넓게 가꾸어진 초원에서 환영식도 해주고 지적장애인들로 구성된 무용단의 춤과 율동 등 공연도 보여주며 쌓인 피로를 풀어준다. 꽃동네를 떠날 때도 이들은 열렬히 환송해준다. 나는 아직 이들의 환영 박수소리를 잊을 수 없다.

오후에 증평군에 도착했다. 나는 참 무식한 모양이다. 이번에 증평군에 들러서 증평이 있는 줄 알았다. 증평군 사람들에게는 미안한 일이지만 난 증평군이 있는 줄을 몰랐다. 이젠 꼭 기억해야지.

오늘 레이스도 고갯길이 많아서 힘들었다. 힘들게 달린 뒤에는 시원한 맥주 한 잔이 참 맛있는데, 진행자는 안전문제로 음주를 금하니 맥주 한 잔이 그립다. 그래서 가이드 조남길 형님께 졸라 가게에 나가자고 해도 피곤하다며 나가지를 않는구나. 꾹꾹 눌러 참고 밤을 지냈다.

4. 10(금)

집 떠나온 지도 1주일이 지났다. 마라톤을 계속하면서 천천히 달려 근육이 늘어졌는지 다리가 뻐근하고 힘이 들더니 이제 서서히 몸에 배어간다. 증평 시내를 지나 초평호수를 끼고 가는 길은 벚꽃이 만개했다. 호수와 산기슭, 개나리 그리고 벚꽃이 어우러진 초평은 한 폭의 산수화다.

시원한 산그늘과 산수화 속을 달리니 신선이 된 기분이다. 여기서 잃어버린 봄을 다시 만났다.

한참을 가다 보니 신이 나는 음악 소리가 들린다. 37사단 군악대가 우리를 맞아준다. 익히 들은 노랫가락을 연주하는데 홍이 절로 나고 피로가 휘익 날아간다. 정겹고 경치 좋은 농촌지역을 지나니 큰 건물들이 하나씩 나타난다. 청주 시내에 접어들었다. 잘 정비된 길, 깨끗한 도시 청주는 맑고 깨끗하다. 도심에 들어서니 시민의 호응도 좋다. 호응이 좋으니 우리 대원들은 더욱 활기차다.

시민의 환대를 받으며 청주시청으로 들어섰다. 시청에는 엄청나게 많은 직원이 문밖에서부터 늘어서서 박수와 환호를 보내준다. 그야말로 감동이다. 시장님도 직접 나와 일일이 손을 잡고 격려해주시고 정말 따뜻하게 맞이해준다. 청주 시장님의 장애인에 대한 남다른 애정에 감사드리며 청주시청 방문을 잊지 못하겠다.

4. 11(토)

오늘은 오후 레이스가 없어 마음이 가볍다. 토요일 아침임에도 청주시청에는 이 지역 달림이들이 동반주를 위해 많이 나와 있다. 대표주자 9명에 호위주자가 100명이 넘는다. 배보다 배꼽이 크다. 청주지역 달림이들의 성원이 대단하다. 청주지역의 호응에 감사할 뿐이다. 많은 사람의 응원과 동반주 속에 오전 레이스는 가볍게 끝났다.

오늘 점심은 영양탕이다. 갈망하던 맥주도 곁들여졌다. 시원하게 한

잔하니 목구멍에 고속도로가 난 것 같다. 아니 막힌 데가 뻥 뚫어지는 것 같네. 연거푸 두세 잔 마시고 나니 맺힌 한이 다 풀렸다. 허기진 배를 열심히 채우고 있는데 아내한테서 전화가 왔다. 내일 위문 차 오겠단다. 나는 길도 멀고 검게 그을러 야윈 모양을 보이기 싫어 절대 못 오게 했건만 막무가내다.

무조건 오겠다는데 어쩔 수 없는 일 아닌가. 나는 오후에 빨래도 하고 좀 깨끗해 보이려고 면도도 하고 목욕하고 얼굴에 때도 밀고 열심히 분장했다.

4. 12(일)

레이스 출발시각은 다 되어 가는데 아내는 아직 도착하지 않는다. 출발 준비를 하고 있는데 갑자기 옆에서 "얼굴이 와 그렇노?" 하며 아내가 나타났다. 다리의 상처를 보고는 "다리는 또 와 그렇노?" 한다. 만나면 할 말도 많을 것 같았는데 막상 만나니 별로 할 말이 없다. "괜찮다. 걱정하지 마라. 별로 힘든 게 없다." 그 정도였다. 아내는 여동생과 함께 4㎞를 같이 뛰고는 내려갔다. 긴 시간 달려와서는 짧은 만남으로 밋밋하게 헤어졌다.

내려간 뒤 옆의 도우미 말이 아내가 도착한 후 나를 찾는다고 두리번거리다가 발견하고는 눈시울을 붉히더라고 한다. 가슴이 짠해 온다. 천 리를 멀다 않고 위문 와준 아내와 여동생 내외가 한없이 고맙다.

어느덧 발걸음은 대전 엑스포광장에 들어서고 있다. 오늘로서 전체 반을 넘어섰다. 시작이 반이라지만 많이도 달려왔다.

저녁에 아내가 잘 도착했다며 전화했다. 아내의 말이 "다른 사람들은 다 씽씽하고 멀쩡하던데 왜 자기만 꼴이 그 모양이고?" 한다. 내가 보기엔 다른 사람들은 얼 반 맛이 갔고 나만 씽씽한 것 같은데 아마 제 식구라서 그렇게 보였겠지 하는 생각에 다시 한 번 아내의 사랑을 느낄 수 있다.

4. 13(월)

오늘이 11구간째다. 남은 구간과 남은 거리를 세면 멀게만 느껴지고 지루하고 힘이 더 든다. 그래서 매일 시작할 때면 오늘이 처음 시작한다는 기분으로 출발한다. 그래도 때때로 나도 모르게 지나온 날과 남은 날수를 세어보게 된다. 게으른 농군 밭이랑 세듯 말이다.

옥천을 지나는데 이정표에 대구가 나타났다. 대구서 울산까지도 먼 거리지만 어쨌든 경상도가 가까워짐을 느낀다. 그러나 아직은 넘볼 수 없는 남쪽이다. 삭막하고 따분한 자동차 전용도로를 묵묵히 생각 없이 달린다. 옥천을 지나 포도의 고장 영동에 도착했다. 오늘은 영동에서 하루를 묵고 간다. 내일은 추풍령을 넘는 날이다. 일찍 자고 푹 쉬어야겠다.

4. 14(화)

오늘은 거리도 44㎞를 달려야 하고 생각만 해도 아찔한 추풍령을 넘는 날이다. 마음 단단히 먹고 대원들과 잘해보자며 서로 파이팅을 외치고 영동을 떠난다. 옆으로는 경부고속도로가 나란히 달리고 경부선 철로에는 기차가 쉴 새 없이 오간다. 기차만 보면 어디론가 떠나고 싶은데 지금 기차를 보니 타고 집으로 갔으면 하는 충동이 생긴다.

추풍령이 점차 가까워지는지 은근한 오르막이 이어진다. 고개 직전의 급수지점에서 급수하고 마음을 다잡는다. 바람도 쉬어가고 구름도 쉬어간다는 추풍령 고개. 한참을 가도 추풍령 고개는 보이지 않고 벌써 내리막길로 접어들며 김천 표지판이 보인다.

"추풍령 어디에 있노?" 물어봤다. 싱겁게 넘은 고개, 공연히 신경 썼네! 힘 좀 써보려 했는데 조금은 허탈하다. 아마 새 길을 내면서 고개를 비스듬히 넘게 한 모양이다. 그래도 고개를 쉽게 넘고 김천까지 내리막길을 달리니 오늘 페이스는 걱정한 것보다 가지막는 기분이다. 그러나 내일은 이번 대회의 최장 구간인 47km 구간이 기다리고 있어 긴장을 늦출 수 없다. 오늘도 발에 물집 두 개를 터뜨렸다.

4. 15(수)

오늘만 넘기면 힘든 구간은 다 지난다. 발가락양말을 새것으로 갈아 신고 무릎 고관절에 테이핑하고는 마음을 독하게 먹는다. 스트레칭하고 김천시청 직원들의 환송을 받으며 칠곡을 향하여 발길을 내딛는다.

그간 어찌나 조심하고 몸 관리를 해서인지 몸은 피곤해도 더 이상 처지지는 않고 상태가 쭈욱 유지된다. 몇몇 대원들은 차를 타다 뛰다 반복했지만 나는 끝까지 차를 타지 말고 완주해야지 굳게 마음먹는다. 이제는 지금의 페이스가 몸에 배어가는 듯하다.

김천을 지나니 거리가 갑자기 팍팍 줄어드는 것 같구나. 금세 구미다. 구미 구 시가지를 통과하는데 시민도 많고 우리 대열도 SK 직원과 김천마라톤 회원 등이 합쳐져 꼬리가 길고 서로 어우러져 구호를 외치고 시민은 박수환호를 보내는 등 분위기가 한껏 고조된다.

분위기에 휘말려 왜관까지 밀려 내려간다. 마지막 소구간에서는 힘들어하는 대원들이 모두 차를 탔다. 끝까지 살아남은 대원들이 이때 한 번 세게 달려보자며 스피드를 높여 신이 나게 한 판 달려 단숨에 칠곡까지 내달았다.

칠곡군청에는 예정시간보다 30분 일찍 도착했다. 이렇게 제일 힘들어 보이던 47㎞ 구간을 오히려 시간을 단축해 가며 무사히 완주했다. 비록 몸은 고달파도 오늘같이 시내를 통과하며 우리의 뜻도 전달하고 시민과 하나가 될 수 있는 마라톤이 신이 나고 달릴 만하다.

이제 남은 구간은 좀 만만해 보인다. 아직은 몸 상태도 견딜 만하다. 발목을 삐면서 허리 옆구리도 안 좋더니만 시간이 지나면서 차츰 좋아진다.

4. 16(목)

대구가 코앞에 있다. 힘든 고비를 다 넘겼다고 방심하면 다 된 밥에 콧물 빠뜨리는 꼴 된다. 긴장을 늦출 수 없다. 몸에 별 이상은 없어도 무릎에 테이핑하고 고글 착용하고 겸허하게 대회에 임한다.

레이스가 느려 몸이 뻐근하고 힘들 땐 가끔 소변을 보는 핑계로 대열을 저만치 보내고는 다리를 풀 겸 오륙백 미터씩 세게 뛰어 합류하곤 한다. 오늘도 급수 지점에서 볼일을 해결하지 않고 레이스 도중 길가에서 볼일을 보는 데 후미 차에 탄 감독이 노상 방뇨로 3만 원을 내라 한다. 흔들었다 하니 6만 원을 내란다.

북대구다. 드디어 대구에 들어섰다. 대구 입구에는 대구마라톤클럽, 대구육상연합, 대구과학대학 등 엄청난 인원이 합류하여 대구 시가지를 횡단한다. 엄청난 규모가 정말 장관이다.

대열이 길다 보니 앞과 뒤, 중간 구호도 제각각이다. 그래도 재미있다. 오후 시간이라 차는 밀리는데 한 차선을 차지하고 천천히 달리려니 밀려 있는 차 기사 보기에 미안하다. 그래도 정차한 차에서는 차창을 열고 응원을 해준다.

거북이 1004 마라톤 대열이 대구시청에서 발을 멈추었다. 구름에 달 가듯 잘도 지나간다. 저녁을 먹고 대표선수들이 한 방에 모였다. 대회가 끝나가니 이렇게 볼 수 있는 날도 며칠 남지 않았다. 서로 정담을 나누면서 가는 시간을 아쉬워했다.

4. 17(금)

경산시 구간은 대구육상연합회 정복희 부회장과 끈을 잡았다. 정복희 씨는 체구는 자그마한데 참말로 다부지다. 풀코스도 3시간 초반대로 달린다. 유머도 풍부하고 길 안내도 능숙하게 하여 레이스가 즐겁다.

이번 대회에서 얻은 것 중 하나가 각 지역을 지나면서 좋은 사람을 많이 만난 일이다. 정복희 씨도 그중 한 사람이다. 차츰 대구 시가를 벗어나 영천으로 향한다.

영천서 대구는 32㎞, 내 어린 시절에 비포장 길을 가는 데 시외버스로 1시간 걸렸었다. 옛날엔 몇 년에 한 번 갈 둥 말 둥 했고 그리도 멀더니 지금은 달려서 가도 두 시간 반이면 가겠다. 영천서 눈을 다쳐 대구에서 치료한다고 이 길을 얼마나 오갔던가. 40여 년 전의 그때가 불현듯 생생히 다가온다. 오늘의 레이스는 경산 하양에서 멈추고 오후는 휴식이다.

하양에서 정복희 씨와 아쉬운 작별을 했다. 짧은 시간이지만 많은 대화를 나누었다. 우리는 손을 놓기가 아쉬워서 두 번 세 번 악수했다.

점심을 먹고 숙소 옆 목욕탕에 가서 실컷 몸을 풀었다. 오랜만에 가져보는 여유다. 그리고 낮잠도 즐겼다. 가만히 누워서 꼽아 보니 울산이 지척이다. 마음이 가벼워지고 몸도 가볍다.

우리 대표주자들은 저녁에 또 모여 떡 파티를 했다. 그간 간식에 목말라 있던 터라 다들 좋아한다. 우리는 한편으로는 대회가 빨리 끝났으면 하면서도 한편으로는 지나가는 시간을 아쉬워했다.

4. 18(토)

나로서는 이번 대회의 절정이라고 할 코스인 나의 고향 땅 영천을 지나는 날이다. 아침부터 들뜨고 설렌다. 사고라도 날 세라 흥분을 진정하고 정신을 가다듬는다. 하양을 출발하여 영천 입구에 이르자 영천시청 마라톤클럽회원들이 마중 나왔다. 고향 사람들이다. 형제를 만난 듯 반갑다.

나는 당연한 듯이 영천시청 이종근 뭉치님과 손을 잡았다. 얼마 만인가. 땀고개, 땀고개를 넘는다. 옛날 작은집에 간다고 자전거를 타고 수도 없이 넘어 다니던 고갯길. 그때는 한 번에 못 넘고 쉬어 넘고 하던 높은 고개가 지금은 왜 이리 낮아졌나.

길은 넓어지고 변해도 산천은 그대로다. 어릴 적에 목욕하고 놀던 오수동 냇가, 서문통도 아직 그대로네. 소방서길, 과전동 길도 넓어지고 새로운 집들이 들어섰지만, 옛 모습은 남아 있구나.

눈을 다치고 영천을 떠날 땐 다시 찾지 않으리라 했건만, 이렇게 대표주자가 되어 이곳을 밟고 지나갈 줄이야. 회한과 감회가 교차한다.

영천시청에 들러 환영식을 하는데 고향 사람이라고 특별히 대해주니 감개무량하다. 시청에서는 플래카드에 화환을 걸어주고 고향 특산물도 선물로 준다. 내 고향 영천에서 비로소 마라토너의 영광을 만끽한다.

그리고 영천시청 마라톤회원들은 경주 건천까지 동반주를 해주고는 떠났다. 떠나가는 고향 사람들 뒷모습이 기숙사 시절에 방문 왔다 돌아가시는 엄마 뒷모습과 같다.

우리는 건천에 중간 기착하고 저녁 식사를 하기 위해 식당으로 갔는데 이곳 건천으로 아내와 누나, 동생 내외가 또 위문 차 방문했다. 누나는 나를 보고 해골같이 말랐다며 무엇 때문에 이런 짓을 하냐며 안쓰러워했다. 이러는 우리를 보고 다른 대표선수들은 가족애가 참 좋다며 부러워들 했다. 집에서 준비해 온 떡과 식혜를 펴놓고 대표선수들이 다시 둘러앉아 춤추고 노래하며 즐거운 시간을 보냈다. 파티도 오늘로 끝이다. 더 하고 싶어도 날짜가 없다.

4. 19(일)

레이스가 끝이 보인다. 야구도 9회 말, 축구도 마지막 5분이 중요하듯이 우리도 유종의 미를 위해 각별히 조심을 하자고 다짐한다. 건천에서는 경주의 마라톤동호회가 같이해주었다. 그런데 경주에도 끈을 잡고 뛰는 사람이 한 명 있었다. 반가웠다. 우리는 서로 인사하고 대회를 마친 후 다시 만나기로 하였다. 가까운 데서 또 한 명의 동지를 만나게 되어 또 하나의 수확이 되었다.

경주 마라톤클럽에서는 경주의 명물인 황남빵과 식혜를 준비해 와서 간식으로 내놓았다. 오늘의 간식이 제일 근사하다.

안압지에 도착하자 국악단의 풍물놀이 환영이 끝내준다. 국악단은 우리 대표선수들을 가운데 두고 주위를 빙글빙글 돌며 거의 혼을 빼놓다시피 신명나게 판을 벌였다. 맨발의 기봉이는 흥에 겨워 덩실덩실 춤을 추며 시종 같이 돌아간다. 멋진 공연은 피로를 잊게 하기 충분하다.

이제 28㎞를 남기고 경주 입실에서 마지막 밤을 맞는다. 오늘 저녁은 경주 현대호텔로 자리를 옮겨 MBC 사장을 모셔놓고 미리 완주 패를 수여하고 완주 파티를 했다. 그동안 지나온 길이 꿈만 같다. 파티는 그동안의 노고에 비해 간소하고 조촐하다. 우리는 그동안 힘들었던 일, 즐거웠던 일들을 회상하고 앞으로의 바람도 피력했다. 숙소로 돌아오는 선수들의 얼굴은 피로감보다는 기쁨으로 가득하다.

4. 20(월)

18일간의 대장정이 상상도 안 되고 끝이 안 보이더니 어느덧 마지막 날의 날이 밝았다. 일기예보에 비 소식이 있어 골인 장소와 코스가 변경됐다. 하늘은 회색으로 내려앉아 있고 음산하다. 달리기 전에 이때까지 예방차원에서 테이핑, 바셀린 등 준비를 철저히 했으나 오늘에야 평소처럼 가벼운 차림으로 나섰다.

오늘은 울산구간이다 보니 울산에서 동반주자가 많이 왔다. 대부분 아는 얼굴이다. 벌써 울산에 온 기분이다. 여러 사람과 인사를 나누고 축하도 받고 골인 지점을 향한 몸짓을 시작한다.

마라톤을 시작하자마자 곧바로 비가 내리기 시작한다. 행사 기간에 비다운 비는 한 번도 오지 않아 땡볕에 달달 볶였는데, 마지막 날 원하지도 않는데 비가 오는구나. 4시간만 참아주면 되는 것을, 얄미운 비는 갈수록 굵어진다. 비옷을 입었지만 질퍽대는 신발에 춥기까지 하다.

날씨 탓에 완주 축하 행사도 축소되고 하필 마지막 날 이게 무슨 불상사인고. 짜증이 난다. 우리 대열은 그간 행사 중 꼬리가 가장 길다. 그러나 비가 심하게 내리니 신이 나는 구령이나 군가도 없이 와삭대는 비닐 옷 소리만 내며 침묵시위대가 되었다.

우리 대열은 북구청에 들러 환영 행사를 했다. 대표주자 소개 때

내가 울산 대표라서 박수를 제일 많이 받았다. 고향에 온 것을 실감하겠다. 그리고 장애인육상연맹 박정웅 감독은 우중에도 몸이 불편한 장애인육상 선수들을 인솔해 나와 꽃다발과 화환을 걸어주며 축하해주고 비를 맞으며 동반주까지 해주니 무어라 감사해야 할지 모르겠다.

이윽고 그리도 그리던 이 대회의 종착점인 동천체육관 앞에 도착했다. 얼마나 밟고 싶었던 자리였던가. 비옷을 벗고 모자도 새로 쓰고 옷도 고쳐 입고 체육관 안으로 들어섰다. 통로에는 양쪽으로 응원단이 늘어서서 환영해준다. 그 사이를 누비며 지나가는데 그중 누가 앞을 가로막더니 목에 화환을 걸어준다. 아내였다. 아내는 내게 줄 화환과 꽃다발을 정성스레 만들고 갖고 나와 개선하는 나에게 걸어주었다. 고맙다는 말도 나눌 틈이 없이 식장 안으로 밀려들어 가니 오색 테이프 꽃가루가 대표선수들을 휘감는다.

카메라 플래시와 축하음악, 장내 관중의 환호성이 피로에 지친 우리를 마취시켰다. 장애인의 날 기념식장에는 천여 명의 장애인과 관계자들이 모여 있었고 장애인 인식 개선의 전도사 역할을 하며 600㎞ 고된 여정을 마친 우리 대표주자는 그 앞에 개선장군처럼 당당히 나섰다.

우리는 "하였노라, 보였노라, 그리고 돌아왔노라"고 경과보고를 하였다. 18일간의 드라마는 그렇게 막을 내렸다. 기념행사를 마치고 밖으로 나오니 흥분을 가라앉히듯 봄비는 촉촉이 내리고 여기저기서 이별을 아쉬워하는 포옹이 끊이지 않는다.

이번 대회는 내게 많은 것을 남겨주었다. 성취감이란 도전하는 자만이 누릴 수 있다는 사실을 알았다. 고통을 감내한 뒤에 행복이 달콤하다는 것도 알았다. 또 이번 대회를 통해 자신감이 굳건해졌고 새로운 도전에 과감해질 수 있는 용기가 생겼다.

우리의 국토를 발바닥으로 누비며 방방곡곡 여행할 수 있었던 것도 큰 행복이었다. 각 지역을 돌면서 많은 달림이를 알게 되었고 행사의 취지대로 행사에 참가한 장애인들의 의지가 다른 장애인에게는 희망이 되고 비장애인에게는 편견을 줄이고 하나가 되는 사회 만들기에 일익을 했다는 점에서 자부심을 가진다.

그리고 장기간 합숙하면서 다른 유형의 장애를 가진 사람들을 좀 더 깊이 이해할 좋은 기회가 되었다. 아쉬움이 있다면 임진각을 넘어 백두산에서 출발하여 제주까지 달려보고 싶었지만 언젠가는 실현되리라 믿는다. 그리고 이러한 행사가 사업성이나 행사를 위한 행사에서 벗어나 보다 일반적이고 실속 있는 행사로서 많은 사람이 참여할 수 있는 대회로 발전해 갔으면 한다.

이열치열

2009 진주 남강마라톤(2009. 4. 26 40161 3:37:57 이수배 80회)

천사마라톤을 마치고 귀가하니 두 달 전에 신청해두었던 진주 남강마라톤 배번호가 도착해 있다. 18일간 워낙 천천히 달렸기 때문에 근육이 이완되어 풀코스를 달릴 수 있을지 의문이다. 그래도 이번이 80회 도전인데 몸도 점검해볼 겸 기억에 남는 대회로 만들고 싶다.

23일. 건강 상태도 점검할 겸 태화강변 15㎞를 연습주 해보니 다리 움직임이 시원치 않다. 당분간 회복 훈련이 필요해 보인다. 26일 아침. 준비물을 챙기고 아내이자 믿음직한 기사는 진주로 향해 시동을 건다. 시원한 새벽바람을 맞으며 신이 나게 달리다가 아내가 기절하려 한다. 무슨 귀신에게 홀렸는지 하행선으로 가야 하는 차가 상행선으로 달리고 있다. 느긋하던 마음이 갑자기 초조해진다.

한참을 위로 올라가 경주 요금소까지 가서야 차를 돌릴 수 있었다. 다시 진주 방향으로 내려가는데 시간을 계산하니 빠듯하다. 여유 있게 출발했으나 1시간을 까먹었다. 오늘 출발장소도 남강 둔치로, 한 번도 안 가본 곳인데 하며 아내는 걱정한다. 만약 참가하지 못하면 관광이나 하자며 아내를 안심시켰는데 그래도 평소보다 속도를 많이 내는

2009 진주남강마라톤대회

JINJU NAMGANG MARATHON

기 록 증

Certificate of Record

성명 Name : 이윤동
부문 Division : Full
기록 Record : 3:37:57
배번 Number : 40161

날씨 Weather	: 맑음
습도 R.Humidity	: 54.8%
기온 Temperature	: 12.3℃
풍속 Wind speed	: 1.6m/s

위의 기재된 내용이 틀림없음을 확인함.
WE HEREBY CERTIFY THAT THE ABOVE IS THE TRUE RECORD OF PERFORMANCE

2009년 4월 26일 대한민국
April 26, 2009, Korea

㈜ 경남일보 회장 안 병 호 (경남일보)

것 같다.

"천천히 가자니깐. 우린 아직 신혼인데 좀 더 살아야 안 되나." 하며 아내를 편하게 해주려 했다. 다행히 남강휴게소에서 길을 잘 안다는 다른 참가자를 만나 뒤를 따라가서 경기장까지는 쉽게 갈 수 있었다.

출발시각이 임박하여 대회장으로 들어가니 오늘의 동반주자 이수배 님이 초조하게 기다리고 있다. 안영균 님과 서울서 온 시각장애인 동료인 이용술, 차승우도 반갑게 맞이하며 국토종단달리기 완주를 축하해준다.

이수배 님은 갑자기 세게 달리면 근육을 다칠 수 있다며 오늘은 4시간을 목표로 하자고 한다. 작년 이 대회 때는 날씨가 더워서 무척 고생했는데, 오늘은 날씨가 시원하여 달리기하기에 좋다.

마라톤이 시작되자 주자들은 앞질러 앞으로 내닫고 나는 둔해진 페이스를 맞춰가며 천천히 달렸다. 몸은 자다가 일어나 엉겁결에 달려가는 것처럼 우둔하고 다리가 앞으로 쭉쭉 뻗어지지 않는다. 15㎞ 중반이 넘어가니 몸이 가벼워지면서 슬슬 속도가 나기 시작한다.

진수대교 긴 다리도 단숨에 건넜다. 이수배 님은 아직 이완된 근육이 완전히 회복되지 않은 상태에서 무리하면 안 된다고 브레이크를 건다. 1㎞당 5분대로 계속 달려본다. 중간에 퍼져서 걷게 되지는 않을까 걱정했는데 아직은 몸이 녹슬지 않은 모양이다.

이상하다. 35㎞가 지나도 지치지 않는다, 18일 동안 천천히 뛰었던 것이 몸에 익어 힘이 들 줄 알았는데 갈수록 몸이 풀리는 기분이다. 지난 겨울훈련은 힘들었지만, 아직 그 약효가 남아 있는 모양이다. 이래서 여름훈련과 겨울훈련은 봄, 가을 기록의 밑거름이 된다.

이렇게 이수배 님 덕분에 무리 없이 달리며 시민의 응원에 손을 흔들어 화답하는 여유를 부리 가며 기분 좋게 80회 풀코스를 완주했다.

열로써 열을 다스린다는 이열치열처럼 나는 국토종단 마라톤으로 쌓인 피로를 오늘 마라톤 80회 도전 회복주로서 피로를 풀었다.

일 년에 한 번은 이웃을 생각하며 달린다

제6회 서울시민마라톤대회(2009. 5. 5 4198 3:57:24 이윤동 82회)

오늘 소아암 환우돕기 마라톤에서는 대회가 끝난 후 꼬꼬들이 모두 모여 한잔하기로 했다. 인천 친구와도 오늘 같이 달린 후 꼬꼬 모임에 간다. 이번에도 답답한 공간의 심야버스 대신 아내와 여행 삼아 야간열차를 타고 서울로 향했다. 오순도순 옛날 얘기도 하고 간식도 먹어 가면서 흔들흔들 철거덕철거덕 귀에 익은 소리가 다정하게 들린다.

잠도 좀 자야 하는데 억지로 눈을 감아 보지만 역마다 안내방송 소리가 생생하게 들린다. 이리저리 뒹굴다 보니 서울역이다. 좀 일찍 도착하는 바람에 대합실에서 한 시간 정도 머물렀다.

서울역 대합실은 아직 조명이 다 켜지지 않았는데 의자 밑, 광고판 밑 등 으슥한 곳마다 노숙자들이 신문지나 홑이불을 깔고 자고 있다. 대합실에 사람들이 오가자 역무원은 다니면서 일일이 깨운다고 애를 먹는다. 방송으로만 듣던 노숙자들. 그 생활상도 처참하지만, 서울의 관문에서 우리나라의 이미지를 보나 미관상 문제도 많아 보인다. 이들은 왜 이렇게밖에 못살까? 열악한 환경에서도 열심히 살아가는 사람들과 비교가 된다.

날이 밝아지고 부산서 올라온 달림이 일행을 만나 해장국을 한 그릇 사 먹고 대회장으로 갔다. 이 대회는 수익금을 모두 심장병 어린이를 돕는 데 쓰고 상금은 있어도 모두 기부하게 되어 있다. 의사들의 달리기 모임인 '달리는 의사회'에서 주최하는데 사업취지가 건설적이고 모범적이다.

우리는 1년에 수십 번을 마라톤에 참가한다. 한 번 참가비도 3만 원, 4만 원인데 대부분 홍보성·사업성 대회가 아니면 상업적인 대회가 많다. 나는 1년에 한 번 정도는 이웃을 위하여 마련된 대회에 참가하기로 하고 기꺼이 참가 신청을 했다. 나와 비슷한 생각을 하는 사람이 많은지 참가자도 많다.

여기는 상금도 부상도 없다 보니 경쟁도 별로 없고 빨리 가려고 앞줄에 나서지도 않고 출발선에서 모두 여유만만하다. 두 윤동은 그간 쌓아둔 이런저런 얘기를 하면서 한강변을 달렸다. 날씨는 후덥지근하고 몹시 무덥다. 20㎞까지는 그런대로 갔는데 이틀 전에 보성서 달린 피로도 덜 풀렸고 더위에 흐르는 땀에 다리까지 무거워 온다. 친구도 숨소리가 가파르다. 주로엔 주자가 가뭄에 콩 나듯이 드문드문 있으니 외로운 행군이지만 우리 둘은 서로에게 더없이 좋은 길벗이 된다.

30㎞가 지나면서 나도 힘이 빠지고 친구는 더욱 늘어진다. 걷다 뛰다를 반복하는 데 아내가 자전거를 빌려 타고 마중을 왔다. 산길에서 옹달샘을 만난 듯 무척 반갑다. 더위에 지쳐 흐느적거리는 몰골을 본 아내는 얼른 빙과를 몇 개 사 왔다. 친구는 마치 북극곰처럼 먹어 치운다. 친구는 4시간 안에 못 들어가겠다며 자꾸 나 혼자 먼저 가라고 한다. 4시간이 뭐 그리 중요한가. 힘들면 걷고 훈련 삼아 가자고 했다.

기차가 지나가는 걸 보니 한강철교 밑이다. 2㎞ 정도 남았겠구나, 아직 4시간 풍선은 지나가지 않았다. 친구도 4시간 안에는 들어가려고 땀을 내리쏟으며 안간힘을 다한다. 그래도 초반에 벌어놓은 시간이 있어서 겨우 4시간 안에 턱걸이 골인을 했다. 친구는 나 때문에 sub-4를 할 수 있었다고 고마워한다.

달리기를 마친 후 전국의 꼬꼬들 모임 몇몇 회원들이 모였다. 나이가 같고 같은 취미를 가졌다는 것만으로 서로 친하고 즐거울 수 있었다. 준비해 온 홍어와 탁주, 갖가지 재미난 얘기들, 인천 친구도 돌아갈 시간이 바쁘다면서도 떠나지 못하고 한참을 미적거렸다.

돌아오는 길에 아내는 증서를 한 장 내밀며 보라고 한다. 우리가 출발한 뒤에 주최 측인 달리는 의사회에서 실시하는 심폐소생술 강의를 수료하고 심폐소생 수료증을 취득했단다. 나도 한 번 따보고 싶었지만, 경기 때문에 할 수 없었는데 아내가 실속이 있구나.

이번 대회는 기차 여행도 하고 전국 꼬꼬도 만나고 심폐소생술 수료증도 받고 여러모로 얻은 게 많은 대회였다.

무모한 도전

제5회 경산 한 장군달리기대회(2009. 6. 28 4063 4:36:14 박차종 83회)

이 대회는 본래 5월에 하기로 한 대회이지만 주최 측의 사정으로 한 달 연기되어 오늘 열리게 되었다. 나는 8월 22일, 한문자격시험을 앞두고 당분간 마라톤과 별거 중이다. 몇 년을 두고 준비해온 시험인데 8월에 시험을 앞두고 4월에는 천사마라톤을 한다고 빼먹고 갈 길이 천 리인데 마음이 바쁘다.

이 대회가 본래대로 5월에만 개최되었다면 참가하려고 했는데 일정이 미뤄져 포기했다. 하루를 한 달같이 써야 할 시기에 마라톤을 할 만큼 마음의 여유가 없다. 유월로 연기된 대회 날이 다가왔다. 말[馬]처럼 몰고 다니던 몸을 방안에 매어놓고 공부에 몰입하니 온몸이 뒤틀린다. 머리도 식히고 몸도 한번 풀 겸 잠시 짬을 내어 한판 달리고 싶은 마음이 발동한다. 바람도 쐴 겸 대회장에 갔다가 만약 구름이 끼면 한판 뛰어볼 것이고 볕이 뜨거우면 그냥 돌아오려고 맘먹고 길을 나섰다.

현장에 도착하니 해는 싱글싱글 웃고 사람들은 나무그늘 밑에서 나올 줄 모른다. 진행자가 마이크로 몇 차례나 독촉한 후에야 사람들이 그늘에서 슬금슬금 나와 땡볕 운동장으로 모인다.

나는 지레 포기하고 나무 밑에 앉았다. 선수들 출발하는 모습이나 보고 집으로 가려는데 장재근, 조연국 등 몇몇 아는 얼굴들이 기세등등하게 출전하고 여자 분들도 보란 듯이 나선다. 분위기에 싸잡혀 나도 그만 덤벼들었다.

오늘은 차종 아우와 같이하기로 했다. 차종 아우가 목표 시간을 묻기에 3시간 40분에 달리고 싶다고 했다. 코스는 4회 왕복하는 코스다. 뜨거운 불볕에 치밀어 오르는 지열과 후덥지근한 공기가 시작과 동시에 온몸을 볶아댄다. 한 바퀴를 돌고 나니 몇 사람이 사라지고 보이지 않고 또 한 바퀴 돌면 몇 사람 떨어져 나가곤 한다.

나도 그동안 공부한답시고 훈련도 하지 않은 데다 더위에 유난히 약한 체질상 세 바퀴째 돌고는 포기하려고 생각했다. 더위를 먹으면 공부하는 데에도 악영향이 있기 때문이다. 걷는 사람이 차츰 늘고 나도 걷기 시작했다.

차종 아우는 자꾸 시계를 보며 은근히 압박을 가하고 시간은 하염없이 간다. 머리도 어질어질하고 이 더위에 무슨 짓인고 싶다. 다들 얼마나 힘들어 보였던지 아내가 빙과를 한 보따리 사 와서 사람들에게 쭈욱 나눠주었다. 다들 엄청나게 고마워한다. 부산서 온 한 주자는 답례를 한다며 맥주를 사 와서 한 캔을 주는데 마치 생명수와도 같았다.

지금 이렇게 달리는 게 인내력을 키우는 것인지 몸을 혹사하는 것인지 이런 운동은 좀 고려해봐야 한다. 세 바퀴는 끝냈는데 고생한다고 얼음과자 사주고 맥주 얻어 마시고 했는데 포기하려니 명분이 없다. 8부 능선을 넘은 상태에서 죽을 고생하고 달려온 30㎞를 버리기에도 아깝고, 미련스럽게 마지막 바퀴 매트를 돌았다.

약 4㎞ 정도를 걸었을까? 반쯤 사색이 되어 완주는 했다. 포기한 사람도 반수나 된다. 나 역시 얼마나 늦었는지 내 뒤에 남은 주자도 몇 명 되지 않았다. 아마 나의 오늘 기록이 뒤에서 첫 번째이지 싶다.

남이 하니까 덩달아 대열에 따라붙었고 이미 달린 것이 아까워 고집부리다가 거의 죽을 뻔했다. 두어 달 방에 앉아 햇빛을 보지 않다가 갑자기 노출한 것도 한 원인이 됐겠다. 아무래도 오늘과 같은 이런 도전은 무모하다. 어떤 일이라도 준비 없이 덤비는 건 교만이요 위험한 장난이다.

간식으로 나눠주는 국수를 먹으니 마치 나무뿌리라도 씹는 것 같다. 거듭 느끼지만, 마라톤은 정직한 운동이다. 공부한답시고 연습 안 하고 더위에 대비도 없이 덤벼들었으니 고생은 당연한 일이 아니었겠는가? 그래도 돌아오는 길은 홀가분하다. 마일리지도 늘렸고 오랜만에 연습도 잘했고. 머리를 식혔으니 공부에 활력소가 되겠지.

도전을 두려워하지 않는다

한문자격시험 사범급 합격(2009. 9. 16)

복사꽃이 대지를 수놓던 어느 날, 그동안 목표하여 오던 일을 마무리하기 위해 대문 빗장을 걸었다. 컴퓨터는 한글문서만 남기고 각종 홈페이지, 포털사이트 기타 등등 몽땅 삭제했다. 그리고 가늘어지는 매미 소리와 드높은 가을빛이 반짝이는 오늘 낭보를 접하니 이 감격을 어떻게 형용할 길이 없다.

5년 전 아내의 권유로 한자공부에 관심을 두고 열심히 공부하여 2005년에 한자 1급 자격시험에 합격했다. 힘들게 공부한 만큼 보람과 긍지도 남달랐다.

사람의 욕심은 끝이 없다더니 처음엔 1급만 따면 한이 없을 것 같았는데 얼마 후 제일 상급단계인 사범급에 도전하고 싶어졌다. 과목을 보니 한자 5,000자의 활용능력과 논어, 맹자, 대학, 중용과 18사략, 고문진보 등등 고전의 이해능력을 묻는 시험인데 어찌나 범위가 넓던지 기가 질려 공부할 엄두가 나지 않았다.

아서라, 좋아하는 마라톤이나 하면서 짧은 인생 즐기며 살아야지 힘든 일을 자초해서 괜히 고생 지질이 할 필요가 있나. 더러운 성질에 시작하면 끝을 보려는 성격상 힘든 일에 빠져들지 말자고 스스로와 타협했다.

이런 나에게 아내는 "당신이라면 할 수 있는데 당신답지 않게 너무 쉽게 포기한다."며 비난인지 칭찬인지 일침을 가했다. 믿어주는 아내의 뜻에 약해진 내 마음이 용기를 얻어 다시 책상 앞에 앉았다.

해야 할 범위는 방대하고 머리는 썩었는지 어제 외운 것이 오늘이면 잊어버리고 아까 한 것이 돌아앉으면 까먹는다. 학업에 진척이 없다. 공부를 하는 둥 마는 둥 이것저것 집적거리다가 3년 세월을 보냈다.

한 번은 서울 가는 길이 있어 시험에 대한 정보도 얻고 조언도 듣고 싶어 일부러 시간을 내어 검정기관 본사에 방문하여 상담했다. 검정기관 선생님 말씀이 "사범은 어려운데, 특히 시각장애인으로서는 더욱 힘들지 않겠나? 사실 1급도 어려운 과정인데 시각장애인으로서 1급을 취득한 것은 대단한 일이니 거기에 만족하고 사범은 과도한 욕심이니 시간 낭비 헛고생 하지 말라."고 윽박지르는 것인지 충고인지를 했다.

나는 생각했다. 지금 내가 도전한 일은 약간 무모하고 어렵다는 것은 몸소 체험하고 있지만, 세상에 쉬운 일이라면 누구나 다 할 수 있지 않은가? 나는 남이 어렵다고 생각하는 일, 특히 장애인이니까 어렵지 않겠나 하는 일을 꼭 해내고 싶은 오만한 마음을 가지고 있는데 이 어른이 나의 자존심을 마구 짓밟는 듯한 감정이 든다. 기관을 나오면서 '그래, 어디 한 번 두고 봐라' 하고 독한 마음을 먹었다.

그로부터 수학에 매진했다. 시간이 흐르고 이 정도면 되겠지 하고 예상문제를 풀면 어림도 없었다. 또 한참 익히고는 기출문제를 풀어보니 아직 아니오다. 그러기를 몇 차례나 원서접수를 늦추다가 8월 22일, 시험을 보기 위해 5월에 출사표 하는 심정으로 원서접수를 했다. 그리고 3개월간 문고리를 걸고 마무리 작전에 들어갔다.

공부는 책을 보는 데 어려움이 많아 주로 컴퓨터를 이용했는데 장시간 모니터를 껴안다시피 가까이해서 보니 몸수고가 말이 아니다. 때때로 아내가 책을 읽어주기도 하고 고배율렌즈와 광학렌즈를 활용하여 온몸을 굽혀서 종일 책과 씨름하니 몸이 어그러질 지경이다.

시험 일주일 남기고는 머리가 아프고 머리를 젖히면 젖히는 쪽으로 머리가 쏟아지는 것 같았고 귓속에선 물소리, 매미 소리가 났다. 한여름 무더위 속에 지옥 같은 준비 과정을 마치고 드디어 서울행 비행기를 탔다. 그러고는 여섯 시간 동안 시험을 쳤다.

시험은 시행처인 대한검정회에 미리 양해를 얻어 시험지는 한글 40포인트로 확대 프린트하고 시간은 충분히 주는 것으로 했다. 시험지는 글씨를 확대해놓으니 A4 지로 50장짜리 책 두 권이다. 책으로 묶인 문제지를 받으니 기가 질린다. 40포인트 글씨도 고배율렌즈로 한 자 한 자씩 들이대 가며 문제를 푸는데 시간이 너무 많이 걸린다.

대한검정회는 관리상 문제로 시험장을 독실로 배정하고 에어컨, 선풍기도 돌려주며 신경을 써준다. 내가 글씨를 보기 위해 몸을 쭈그리고 굽히고 뒤틀고 하니 받침 지지대도 갖다 주며 여러모로 배려해준다.

그런데 모르는 게 왜 이렇게 많노? 앞이 캄캄하고 시원한 방에서도 땀이 줄줄 흐른다. 시각장애인인 내가 시험 보는 모습이 검정회에서는 이색적인 광경이었던지 관계자 이분 저분이 들어와 위로도 하고 신기하게 들여다본다. 감독관도 시험감독보다는 시험 보는 광경이 기가 막히는지 "어떻게 공부를 했어요?" 하고 애처로워 보였는지 무엇을 도와줄까 하고 자주자주 들여다본다.

감독관은 밖에 나갔다가 부인이 전해달라고 한다면서 사탕을 전해준다. 아내는 밖에서 애를 태우며 내가 체력이 떨어질까 싶어 사탕을 넣어준 것이다. 이러기를 장장 여섯 시간. 이것은 시험이라기보다 내겐 전쟁이요 사투였다. 고사장을 나오는데 휘잉 돌려 걸음이 제자리에 안 들어간다. 아내는 고생했다고 위로하며 "괜히 시험 보라고 했제?"라고 한다.

아내가 시험이 어떻더냐고 묻는데 틀린 게 너무 많아 기가 막혀 말이 안 나온다. 시험은 내게 태산 같은 짐이었다. 오늘이면 그 짐을 벗으려나 했는데 마음은 더 무겁다.

울산으로 내려오는 버스에서 잠이 오지 않는다. 차만 타면 곰처럼 자는 내가 시험에 실패했을 거란 생각을 하니 분하고 원통하여 잠이 오지 않는다. 얼마나 고생하며 힘들게 공부했는데 말이야. 또 어떻게 다시 공부를 시작하나 가슴이 내려앉고 답답하다.

하루를 쉬고 무거운 마음으로 다시 책과 컴퓨터 앞으로 다가갔다. 시험만 마치면 마라톤대회에 출전하려고 했으나 마음의 여유가 없어 마라톤은 생각도 할 수 없다. 한 달 뒤면 장애인 체육대회도 나가야 하는데 연습할 마음도 기력도 없다. 체전도 포기해야겠다.

아내는 가채점을 해보자고 졸랐으나 나는 지난 시험은 거들떠보기도 싫다. 아내는 답안지를 뽑아와 읽으면서 맞나 틀렸나 성가시게 한다. 할 수 없이 맞춰보니 세상에나! 82점 합격점이 나온다. 혹시나 잘못 매겼나 싶어 밤늦도록 재확인해도 역시 82점이다. 이렇게 좋을 수가 있나. 나는 새벽이 오고 날이 새도록 가슴에 맺혀 있던 이야기와 시험 본 무용담을 늘어놓았다. 시험 볼 때 얼마나 힘들었던지 한 문제 모르면 열 문제 틀린 기분이었고 그래서 엄청나게 많이 틀린 것 같아 실망했었다. 그래도 최종 발표를 봐야 하니 감정을 억누르고 신중해야지.

지금부터 책과 자료는 모두 저리 가라! 밖으로 뛰어나갔다. 그동안 못했던 달리기부터 10㎞ 뛰고 바람도 쐤다. 혹시나 하는 조마조마한 마음은 있었으나 아내 덕분에 발표까지 시험의 굴레에서 해방되었다. 이제 장애인체전 연습도 시작했다.

9월 16일, 종합운동장에서 달리기 연습을 하는데 연합뉴스 기자라면서 전화가 왔다. "한자시험 사범급 합격을 축하합니다." 하며 인터뷰를 요청했다. 어렴풋이 기대는 했지만 직접 확인하고 나니 이 이상 더 기쁜 일이 어디 있으랴. 하늘로 날 듯 마음이 두둥실 떠오른다. 미쳐 날뛰고 싶다.

아내는 나를 휘이딱 둘러업고 좋아서 어쩔 줄을 모른다. 푼수처럼 여기저기 전화하여 자랑해도 흥분이 가라앉지 않는다. 시험 치러 서울 갔을 때 24번 낙방하고 25번째 도전자도 있었고, 5~6회 도전은 보통이며, 한 회차에 합격자도 10%에서 20% 정도라는데 신체적 악조건을 극복하고 단번에 합격했으니 이보다 감격스러운 일이 어디 있겠는가?

여기저기 신문에 시험 보는 현장 모습 사진과 함께 기사가 나오고 축하전화도 많이 받았다. 인삼 농사와 같이 5년, 6년 공을 들여 값진 수확을 얻었다. 오늘의 영광스런 합격은 '할 수 있다'는 아내의 믿음이 동기부여가 되었고, 대한검정회 선생님의 자존심을 자극하는 말씀이 나를 더욱 채찍질한 영향이 컸다. 그리고 100㎞ 울트라마라톤을 비롯하여 마라톤으로 다져진 지구력과 자신감도 오늘의 금자탑을 세우는 데 밑바탕이 되었다.

사서의 하나인 중용에서 "해보지도 않고 나는 하지 못 한다"고 하지 말라고 했다. 또 이런 말이 있다. "남이 한 번으로 능하면 나는 백 번을 할 것이고 남이 10번으로 능하면 나는 천 번을 할 것이다"고 했다. 나는 신체적 악조건을 반복적 노력으로 이겨냈으며 도전을 두려워하지 않았다. 이제는 앞으로 좀 더 정진하여 공부한 것을 후학과 나누고 싶다.

아~ 올해는 여름이 있었던가? 이제 잃어버린 여름을 찾아 어디론가 가봐야겠다. 남으로 달려가면 여름 끝자락이라도 밟을 수 있을런가?

메달보다 귀한 만남

제29회 여수 전국장애인체육대회(2009. 9. 22 유상선)

전국장애인체전이 여수를 중심으로 전라남도 일원에서 개최된다. 그간 한문시험 공부에 빠져 운동을 통 못했다. 명색이 울산대표선수인데 창피나 안 당할까 걱정이다 연습기간은 짧아도 시험에 합격한 감격에 기분이 고무되어 열심히 훈련할 수 있었다.

출전 종목은 400m, 800m, 1,500m, 10㎞ 4종목이다. 이 중 400m, 800m, 1,500m는 등수 안에 들기 어려울 것이고 10㎞에 초점을 맞췄다.

여수마라톤클럽에 전화하여 동반주자를 구해달라고 부탁했다. 여수는 해마다 마라톤이 있어 매년 참가했었고 그때마다 여수마라톤 장동규 회장님께 동반주자를 부탁하여 장 회장님이 해결해주셨다. 이번 장애인체전 마라톤에는 류상선 님을 소개받았다. 류상선 님은 먼저 전화를 걸어와 여수에 내려오면 연락을 달라고 하셨다.

나는 지난여름을 방안에서 꼬박 지냈으니 장애인체전을 여행 삼아 며칠 앞서서 여수로 내려갔다. 낙안읍성, 송광사, 선암사를 관광했다. 송광사 가는 길에 율촌이라는 마을에서는 밤도 줍고 소문난 명가 식당도 찾았다. 마음이 즐겁고 가벼우니 여행도 훨씬 재미가 있다.

22일 대회 첫날 1,500m에 출전했다. 출전자는 3명이어서 걸어가도 동메달이다. 뛰어봤자 20대 선수들에게 당할 수는 없지만 그래도 남 보기에 걸을 수는 없는 일. 총소리와 함께 걸음아 날 살려라 하고 뛰었다.

나는 1,500m를 다 뛰었다 싶었는데 응원하던 집사람과 옆에 있는 사람들이 한 바퀴 더 남았다며 더 뛰라는 바람에 힘이 빠진 아랫도리에 다시 시동을 걸고 달리니 심판이 잡고 늘어지며 끝났다고 한다. 다들 동메달 꼴찌를 놀리고는 한바탕 웃었다.

23일 400m 출전, 5명이 출전이다. 연습도 부족한 상태에다 장거리만 달렸으니 단거리는 아예 마음을 비웠다. 그래도 선수 소개를 하니 가슴이 벌렁벌렁한다.

"준비 땅!" 하자 꼬리가 빠지게 달렸다. 200m쯤 가니 다리에 힘이 빠지기 시작한다. 내 앞에 한 명 간다. 또 한 명이 나를 앞지르는구나. 마음은 따라잡고 싶은데 이놈의 다리가 말을 듣지 않는다. 뒤에는 누가 따라오는지 숨소리가 쉐엑쉐엑한다. 더 이상 자리를 양보할 수 없지 하면서 미친 듯이 달렸다. 결국, 값진 동메달을 땄다. 생각하니 이 나이에 동메달도 내겐 금메달만큼이나 대견스럽다.

24일은 800m 출전이다. 모두 4명이다. 한 명만 제치면 동메달인데 욕심이 앞서니 무척 긴장된다. 마음을 비웠을 때는 경기가 즐거웠는데 한 명이라도 잡으려고 생각하니 왜 이리 긴장이 되는지 주책스럽다.

출발 신호와 함께 불이 나게 달렸다. 한 바퀴를 돌았다. 1, 2등은 멀찌감치 앞서 가고 3등으로 달린다. 응원단은 4등이 10m 뒤에 있다며 빨리 달리라고 야단이다. 팔을 힘껏 저어도 속도가 나지 않는다. 다행히 뒤에 오는 친구도 힘이 다 빠졌는지 나를 따라잡지 못한다. 나는 동메달 3관왕 했다.

오늘은 마라톤 동반주 해주실 류상선 님이 응원을 왔다. 여수마라톤클럽 훈련팀장이면서 여선중학교 교사이시다. 유상선 님은 나를 보자 마라톤대회에서 여러 번 보았다며 반가워했다. 우리는 내일 10㎞ 마라톤코스를 답사했다.

류상선 님은 300m 내리막 500m, 평지 500m, 오르막 하며 자세하게 설명해주었다. 그러고는 여수의 명물인 게장백반 집에 가자고 했다. 나는 한번 먹고 싶었던 여수 특미를 맛보고 싶어 사양하지 않고 얼른 따라나섰다.

류상선 님은 여수 시내를 구경시켜주려고 가까운 길을 두고 일부러 해안을 돌아 어느 골목길에 차를 멈추었다. 게장 집에 들어서니 배가 많이 고프다. 반찬은 전어회 무침, 조기탕, 멍게젓갈, 갓김치 등등 여기에다 양념게장, 간장게장이 거의 환상적이다. 나는 양념게장 두 접시에 간장게장 한 접시 이것저것 많이 먹었다.

류상선 님은 체구가 자그마하며 성격이 온화하고 자상한 분이다. 우리는 가족 애기며 마라톤 애기를 나누며 즐거운 시간을 보냈다. 그리고 내일 아침에 만나기로 하고 헤어졌다.

나는 든든히 채운 배를 쓰다듬으며 숙소로 왔다. 근데 새벽 2시나 되었을까? 아랫배가 살살 아프더니 설사가 나기 시작한다. 네다섯 번을 좇아다니니 기상 시간이다. 이것 야단났다. 오늘 시합에 비상사태다. 맵고 기름진 것을 너무 많이 먹은 탓이다. 아침밥은 쫄쫄 굶고 숙소 이 방 저 방 다니며 설사약을 찾아도 약이 없다. 새벽 거리로 나서 봐도 문을 연 약국이 없네. 할 수 없이 운동장으로 가서 몸을 풀었다. 다행히 설사는 소강상태다. 더 나올 게 없는 모양이다.

마라톤 30분 전, 바나나 반 조각에 초콜릿 한 개로 요기하고 몸을 푸니 다리에 힘도 없고 공복감에 몸이 허전하다. 류상선 님도 멋진 유니폼 차림으로 나왔다. 나는 밤새 있었던 일을 늘어놓으며 걱정했다. 선수 호명을 한 후 경기가 시작되었다.

우리는 1㎞당 4분 30초로 45분에 완주할 계획을 세웠다. 출발 신호와 함께 날쌔게 달려 나가니 빈속이라서인지 다리가 허공을 젓는 것 같다. 2㎞쯤 가니 몸이 풀리고 스피드가 나기 시작한다. 류상선 님은 빠르다며 제재한다. 설사가 언제쯤 나올지 몹시 불안하다. 3㎞를 지나니 탁 트인 바다로 여수 요트장 해안이 나타나면서 바람이 상쾌하다.

반환점을 돌면서 배가 아파 오기 시작한다. 가다가 설사를 하면 아무리 빨라도 1분을 까먹을 텐데 참다가 안 되면 옷에다 그대로 볼일을 봐야지 생각했다. 6㎞를 가니 진정이 된다. 다시 스피드를 올렸다. 류상선 님은 아직 4분 30초가 유지되고 있다고 한다. 배도 진정되고 동반주자와 얘기를 나눌 여유도 생겼다. 9㎞다. 마지막 1㎞는 언덕길이다. 속도가 현저히 떨어진다. 밤새 화장실 다니고 아침을 걸렀던 게 여기서 에너지가 딸리는구나. 류상선 님은 구령을 붙이며 사기를 북돋운다. 힘들게 언덕을 올라 운동장 트랙으로 들어서니 본부석에서 "시각장애 울산 이윤동 선수가 2위로 들어오고 있습니다"라고 방송을 한다. 나는 어디서 나오는지 힘이 솟구쳐 트랙 300m를 단숨에 돌아 골인했다.

아이고, 설사 안 하고 완주한 게 얼마나 다행한 일인가. 그때부터 설사가 나든지 말든지 물도 마시고 빵도 먹고 마음 놓고 먹어버렸다. 기록은 47분 21초. 컨디션 난조로 목표기록에는 못 미쳤으나 당당히 은메달을 땄다. 이 메달은 울산의 마지막 메달이 되어 더욱 값지다.

류상선 님은 잠시 볼일 보고 올 테니 기다리고 있으라 하더니 돌산 갓김치를 한 상자 사 오셨다. 본래 게장을 사주고 싶었는데 설사를 했다 해서 김치로 샀다고 한다. 이런 고마울 데가 어디 있나. 일부러 사 온 걸 안 받을 수도 없고 받으려니 미안하고 정말 고마운 사람이다.

아내는 선수들을 자원봉사 하기 위해 나온 지역 아주머니와 며칠 친하게 지내더니 이 아주머니가 오늘은 직접 농사지은 거라며 녹두와 참깨를 갖고 나왔다. 서로 연락처도 주고받고 남도의 인심을 물씬 느꼈다.

점심을 먹고 여수 풍물시장을 찾아 시장도 보고 생밤 두 자루를 샀다. 울산으로 올라오는 길에 여선중학교를 찾아 류상선 님께 고맙다는 인사도 하고 밤 한 자루를 드리고 한 자루는 울산에 와서 형제들과 나누었다.

이번 장애인체육대회는 여행도 하고 색깔은 좀 떨어져도 4관왕을 했다. 비록 금메달은 못 따도 류상선 님을 비롯해서 좋은 사람들을 만나 남도의 훈훈한 인심을 입어 금메달보다 값진 것을 얻은 대회였다.

마라톤도 분수를 알면 쉽다

2009 경주 동아국제마라톤(2009. 10. 18 11736 3;44;32 유수상 84회)

한자자격시험 한답시고 마라톤을 참 오래 쉬었다. 시험과 달리기 어느 하나 소홀히 할 수 없었지만 우선 급한 게 시험이라서 달리기 연습은 한 달에 50㎞밖에 못했다. 그리고 합격통보를 받고 경주 동아마라톤 마감 날, 불이 나게 신청했다.

대회 날짜는 25일 정도 남아 연습기간은 충분하다. 그런데 15㎞ 이상을 달리기가 힘이 든다. 다리가 굳어졌고 게으름증도 난다. 햇볕이 따가워 빼먹고 피곤해서 제치고 독한 마음으로 연습이 안 된다. 시험만 치고 나면 매일 연습하리라 생각했는데 내 마음이 크게 흐트러졌다. 이건 내 모습이 아닌데 하고 자책하지만 해이해진 마음이 다잡아지지 않네.

대회 열흘 전이다. 오늘은 25㎞를 달려봐야지 하는 마음을 독하게 먹고 아내의 자전거를 앞세우고 태화강변 주로로 나갔다. 역시 몸이 무거워 아예 저속으로 지속주를 했다. 15㎞를 달렸을까. 또 달리기가 싫어진다. 걷는 듯 뛰는 듯 겨우 20㎞를 달리니 두 시간이 지났다. 발바닥이 따가워 온다. 그치고 싶은 차에 핑계거리가 생겼다. 그래도 20㎞나 연습주를 하고 나니 밀린 숙제를 끝낸 기분이다.

경기 3일 전. 오늘도 마무리 연습으로 약 20㎞를 두 시간에 달렸다. 그러고는 18일 새벽, 경주로 출발했다. '대회가 즐거워야 하는데 어떻게 달리지? 과연 완주는 할 수 있을까?' 하는 생각에 마음에 부담된다.

오늘의 길잡이는 류수상 님이다. 우리는 아예 뒤에서 편안하게 출발했다. 얼마 만에 달려보는 마라톤인가? 걱정스러운 마음에 다리도 조심스레 움직였다. 류수상 님도 아킬레스건 부상으로 빨리 못 달린다고 4시간 under를 목표로 잡자고 하니 나로서는 천천히 달려도 덜 미안하고 잘된 일이다.

우리는 시원한 아침 공기를 가르며 경주역을 지나 안압지를 지나서 달림이들의 인파에 묻혀 쭈욱 쭉 앞으로 나간다. 오랜만에 주로에 나와서인지 "요즘은 왜 안 보였느냐, 어디 아팠냐며" 많은 달림이들이 관심을 보인다. 장칼은 일부러 쫓아와서 손을 잡아주고 간다.

20㎞를 지나면서 혹시 퍼지지나 않을까 하고 긴장이 된다. 그래도 대회다 보니 마음가짐도 다르고 주변에 많은 달림이들과 대화하며 앞서거니 뒤서거니 하며 달리니 피로가 덜하다. 32㎞를 지나면서 피로감이 밀려온다. 그래도 시간이 문제지 완주는 될 것 같다.

36㎞ 지점 유수상 님도 다친 다리가 안 좋은지 조금 속도를 늦춘다. 오늘 우리는 신체 사이클이 궁합이 맞다. 나는 고관절이 뻐근하고 허

리도 뻐근하고 1㎞가 만 리같이 멀어 보인다.

40㎞ 지점이다. 이제 2㎞ 남았다. 오른편 멀리에서 운동장 확성기 소리는 들리는데 2㎞가 까마득히 느껴진다. 먼저 골인한 사람들은 편히 쉬고 있겠지 생각하니 그네들이 부럽다. 마지막 1㎞는 응원객이 많아서 힘든 중에도 위로가 되어 박수 소리에 밀려 골인한다. 아내와 류수상 님 아내가 우리를 반갑게 맞이한다. 기분이 좋다. 가족들의 환영을 받으니 피로도 반감이 된다. 무엇보다 5개월 휴식기간 이후 부활에 성공하니 흐뭇하다.

이상한 것은 골인 후 몹시 피곤해야 할 몸이 걸어도 다리가 별로 아프지 않다. 보통 달리기한 후에는 한참 동안 아랫도리가 후들거리는데 오늘은 몸조심하면서 살랑살랑 달려서인지 운동 후 피로가 덜하다. 그렇다. 마라톤은 보통 고된 운동이 아닌데 경솔하게 덤볐다간 큰코다치고 오늘처럼 자신을 알고 겸손하게 분수를 지키면 힘든 과정도 무리 없이 넘을 수 있다. 마라톤은 참으로 많은 것을 가르쳐준다.

응원의 힘

제11회 부산마라톤(2009. 11. 15 40533 3:47:53 이민근 85회)

응원의 힘은 마약과도 같다. 경주대회를 마치고도 이런저런 이유로 달리기를 못하다가 한 달 만에 부산 다대포대회를 맞이한다. 전처럼 대회 게시판에 "동반주 해주실 분 손들어주세요." 하고 글을 올렸다.

부산코스는 U턴도 적고 높낮이도 평평한 편이라서 오랜만에 빡세게 달려보려고 했다.

12일 목요일, 종합운동장 트랙에서 뺑뺑이를 돌고 있는데 부산에 계신다며 도와주겠다고 전화가 왔다. 나는 반갑게 전화를 받고 이내 난감했다. 3시간 30분에 잡아주실 분을 찾았는데 4시간에 달릴 수 있다면서 같이 하자 하니 그렇다고 지금까지 잡아줄 사람이 나타난 것도 아니고 잠시 어물쩡거리다가 미안한 어투로 말했다.

"사실 이번에 3시간 반 정도로 뛰고 싶어 연습해 왔는데 혹시라도 빨리 달려줄 사람이 있는지 하루 정도 더 기다렸다가 연락이 없으면 토요일 날 결정을 해도 되겠느냐?"고 물었다. 그분은 그렇게 하자고 했다. 그리고 재차 전화가 와서 "나는 경찰공무원인데 외할머니가 시력을 잃어 10여 년간 고생을 하셨습니다. 그래서 시각장애가 있는 사람을 보면 감정이 남다릅니다. 그러니 꼭 도와주고 싶습니다."라고 한다.

마음씨가 너무 선량해 보여 그렇게 하자고는 했지만 사실 속마음으로 빨리 달릴 수 있는 사람이 있으면 파트너를 바꿀 마음도 조금 있었다. 내가 너무 욕심이 많은 사람인 것 같아 그분께 미안한 마음이 들었다. 그런데 그분의 마음이 너무 순수하고 천진스러워 이제는 내가 그와 달리고 싶어졌다. 우리는 전화상으로 내일 본부석 앞에서 만나기로 하고 서로 재밌게 달리자고 했다.

15일 5시 반, 모닝콜이 잠을 깨운다. 천근이 넘는 몸을 이끌고 엉금엉금 거실로 나왔다. 아내도 뒤따라 나온다. 시래깃국에 밥 한술 말아 맛도 모르고 꾹꾹 눌러 넣고 다대포로 향했다.

목적지에 가까워지니 이민근 님이 먼저 도착하여 전화가 왔다. 퍽 자상한 사람인 것 같다. 나도 현장에 도착하니 사람과 차가 뒤엉키고 밀리고 무척 복잡하다.

11월 중순치고는 날씨가 너무 춥다. 모두 메뚜기를 볶아놓은 것처럼 엉성하니 벌벌 떨어댄다. 본부석 앞에서 이민근 님을 만나 인사를 나누는데 같은 해운대 철인클럽 회원이라며 건장한 남정 여럿이 마중을 나와 반가이 맞이한다. 바람은 속살을 에듯 파고든다. 날씨가 추워서인지 진행자도 내빈 소개도 안 하고 출발 예정 시간도 앞당겨 출발시킨다. 대회 진행을 융통성 있게 잘한다. 그 진행자 마음에 쏙 드네.

우리는 아내와 민근 씨의 가족, 해운대 클럽 사람들의 응원을 받으며 후미에서 천천히 출발했다. 모진 바람은 숨쉬기도 어렵게 한다. 그래도 넓고 평평한 대로가 발에 익숙한 길이어서 발걸음이 가볍다.

5㎞쯤 갔을까? 부산의 명물인 을숙도대교가 나타났다. 엄청난 규모의 다리로서, 다대포에서 명지동까지 바다를 가로지르는 길이 4㎞나 된다. 개통하기 전 우리 달림이들에게 먼저 달릴 수 있는 행운을 선물한 것이다. 인천대교 개통 달리기를 못 가서 무척 아쉬웠는데 오늘 그나마 보상을 받는 기분이다. 대교 위를 오르니 넓게 탁 트인 길, 매끈한 바닥, 앞으로 다시는 발로 걸어서 건널 수 없는 다리이기에 한 걸음 한 걸음을 가슴에 새기며 지나간다. 지나는 순간순간이 아쉽다.

민근 씨는 다리 이음새에 다칠까 봐 내 팔을 꼭 잡고 건너고 다른 사람과 부딪칠까 봐 주자들과 멀리 떨어지도록 인도했다. 그리고 주변 경치를 눈으로 보듯이 설명해준다. 바다 위로 내던진 몸은 바람이 사정없이 후려친다. 스치는 바람 소리는 동반주자와 대화가 안 될 정도다. 이 다리 통행료는 1,500원. 우리는 요금도 안 내고 요금소 부스를 휘익 지나갔다.

민근 씨가 또 입을 열었다. "보아하니 나이도 나보다 훨씬 많은 것

이윤동
40533

같은데 형이라고 하자."고 한다. 나도 생각에 그럼 대화의 벽도 얇아지고 친근감도 깊어질 것 같고 싫지 않아 그렇게 하기로 했다. 우리의 대화가 자연스러워졌다. 한 가지 걱정은 마라톤을 하면서 말을 많이 해도 에너지 낭비가 심해져 기록에 지장이 있는데 우리는 말을 너무 많이 해서 걱정이다.

오늘은 완주가 목적이지 기록은 염두에 두지 않기로 했지만 불필요한 에너지 소비는 후반 스태미나 관리에 문제가 될 것 같아서 말수를 줄이자고 했다. 달리기에서는 내가 조금 고참이라고 민근 씨에게 주제넘게 훈수도 하고 혹시나 후반에 고생할까 봐 1㎞당 5분 30초 정도로 유지하면서 페이스를 조절했다. 나는 길 안내는 아우가 하고 페이스 조절은 내가 하자고 했다.

어느새 반환점. 반환점을 도니 바람이 맞바람에서 등 바람으로 변했다. 뒤에서 바람이 밀어붙이니 가위 순풍에 돛단 듯 날려가는 기분이다. 민근 아우는 아내도 경찰인데 자기보다 계급이 높다나. 2남 1녀를 두고 있는데 아들도 아빠 본을 보고 달리기를 잘한다고 한다. 그리고 민근 씨가 마라톤에 나가면 골인 지점에서는 가족들이 마중을 나와 같이 손을 잡고 골인을 한다는데 다복하고 행복한 모습이 눈앞에 선하다.

아우는 보통 30㎞를 지나면서 힘들었다고 하는데 오늘은 30㎞가 지나도 씽씽하다. 그래도 32㎞가 지나면서 갑자기 말수도 줄고 속도도 떨어진다. 나는 독촉을 하지 않고 아우의 발걸음을 그대로 따라갔다.

37㎞ 지점에 철인클럽 회원님들이 마중 나와 기다린다. 그리고 우리의 좌우에서 함께 달린다. 근데 민근 아우의 발걸음이 빨라지기 시작한다. 일반적으로 이 지점에 오면 시들시들 비실비실하는데, 초반에 힘을 비축해서였는지 아니면 친구들의 응원주 탓인지 원기가 되살아나

초반 속도보다 빠르게 1㎞당 5분대로 내닫는다.

민근 아우의 최고 기록이 3시간 50분이라는데 나는 아우의 최고 기록에 도전해보고 싶은 욕심이 생긴다. 그래서 아우를 슬슬 부추기며 용기를 북돋우고 남은 거리를 한번 무리해서 달려보자고 했다. 클럽 친구들도 옆에서 한 접 거들며 분위기를 고조시킨다.

속도를 높이자 우리 옆에는 추월당하는 주자들이 주룽낙엽처럼 떨어져 나간다. 친구들은 옆에서 잘한다고 계속 펌프질해댄다. 남은 거리 200m. 골인 지점 안에는 1명이 달리고 있단다. 이 사람도 아예 제치기로 하고 나머지 100m를 전력질주하며 민근 아우와 철인클럽 응원주자와 4명의 주자가 손을 잡고 마치 우승자가 된 모양으로 폼 잡고 나란히 결승선을 밟았다.

모르긴 해도 아우가 최고 기록을 수립했지 싶다. 아우는 오늘 우리가 좋은 인연이 되었으니 해운대로 가서 같이 점심을 먹자고 한다. 나는 눈이 안 보이니까 눈치는 없는 사람, 눈치 없이 따라나섰다.

차를 타고 가는데 벌써 기록이 들어왔다. 3시간 47분 53초. 아우의 최고 기록이다. 기분 좋다. 내가 최고 기록을 수립한 것 이상으로 기쁘다. 나도 누군가를 위해 보탬이 될 수 있는 달리기를 할 수 있구나 하는 자부심도 생긴다.

해운대 아귀찜 집에 민근 아우 가족과 우리 부부, 철인클럽 강상식 회장님과 응원주해주신 회원님들이 오순도순 모여 동동주를 따라놓고 무용담이 흥미진진 끝이 없다.

한 분이 나더러 안 보이면서도 빨리 뛸 수 있는 비결을 가르쳐달라고 한다. 나는 뜸을 좀 들이다가 정색을 하고 말했다. "눈 감으면 뵈는 것도 없고 겁나는 것도 없다. 눈을 감고 막 달리면 잘 달릴 수 있다."

고 하니 분위기가 갑자기 썰렁해졌다. 기가 막힌 모양이다. 우리의 정담은 시간 가는 줄 모르고 이어졌다. 달리기가 이렇게 좋은 자리를 연출할 줄이야. 마냥 행복하다.

집으로 올라오면서 생각해본다. 응원의 힘이 이렇게 위대한가. 지친 자를 추켜세워 원기를 소생하게 하다니. 자신이 없어하는 사람, 힘들어하는 사람에게는 응원이 원기소다.

16일 월요일 오후, 아우가 전화를 걸어왔다. 힘들지 않으냐고 묻는데 나는 아우가 더 걱정된다. 마지막 5㎞를 무리했으니 다리가 매우 아플텐데 어떠냐고 물으니 조금 피로하다고 한다. 엄살을 부리지 않아서이지 아마 며칠은 고생하지 싶다.

아픈 만큼 성숙해지고

제9회 창원 통일마라톤(2009. 11. 22 10534 3:29:58 박차종 86회)

어인 일로 오늘 아침은 잠이 일찍 깨져 준비운동도 하고 설쳐대니 아내도 덩달아 일어났다. 씻고 준비물 챙기고 얼쩡거려도 한 시간 일찍 일어나니 참 여유가 있다. 마음이 여유로우니 밥도 천천히 많이 먹힌다.

오늘은 오랜만에 차종 아우와 달리기로 했다. 작년에 이 대회에서 출발 직전에 화장실서 응가 하고 남들이 다 출발한 뒤에 홀로 출발한 기억이 생생하구나.

마라톤 대회는 누가 주최하느냐에 따라 분위기와 참가 의미가 약간씩 다르다. 마라톤클럽 등에서 주최하면 마라톤 자체만을 위해서 마라토너와 함께하는 축제 같은 분위기가 되고 이웃돕기를 위한 마라톤은 달리면서 어려운 이웃을 생각하게 된다. 이밖에 각종 홍보를 위한 마라톤, 지역 축제 마라톤, 기념마라톤 등 형태가 다양하다.

오늘 대회는 6.15 남북공동성명위원회에서 통일을 염원하는 의미에서 대회를 개최한다. 타이틀만 보면 취지가 좋으나 막상 대회장 분위기는 특정정부를 찬양하거나 비방하는 포스트를 내걸기도 하고 경상남도 인민 여러분 운운하며 주최자의 성격이 이념적이고 정치 편향성이 드러나 보이는 게 신경에 많이 거슬린다.

올해도 작년과 마찬가지로 공개 행사에서 북한서 온 전문이라며 낭독을 하는가 하면, 정치 색채를 띤 서명을 받는 등 내 돈 내고 마라톤에 참가했는데 어쩐지 정치 집회에 동원된 느낌이다. 사람들의 생각이나 이념이 모두 다를진대 공동 관심사가 아니면 스포츠 행사에서는 스포츠 행사답게 해야지 스포츠 행사를 기화로 특정단체의 선전장이 되어서는 곤란하겠다. 그저 달리기가 좋아서 모인 달림이들을 실망시키는 대회는 자제되어야 한다.

어쨌든 우리는 오랜만에 나란히 창원을 달린다. 늦가을의 창원대로에는 노란 은행잎이 긴 주단처럼 깔렸고 투명한 가을 공기가 무척 상쾌하다. 몇 달 천천히 달리던 습관이 몸에 배어 다리가 빨리 움직이지 않는다. 오늘은 모처럼 빨리 달려보려고 작심했는데 몸이 따라주지 않고 자꾸 마음만 앞서 나간다.

30㎞쯤 오니 힘이 부친다. 이때까지 거의 5분 페이스로 왔는데 다리가 굳어지고 허리 허벅지가 아프다. 한 번은 이런 고비를 넘겨야 평소 페이스를 되찾으리라고 여기며 고통을 참고 길이 안 난 기계를 억지로

돌리듯 몸을 강제로 몰아붙였다.

36km가 지나니 굳었던 다리도, 아픈 몸도 길이 났는지 속도가 회복된다. 신기한 일이다. 우리 몸은 어떻게 쓰느냐에 따라 적응하는 능력이 다른 것 같다. 멀어만 보이던 결승점, 힘차게 트랙을 돌아 골인했다.

우리는 3시간 35분을 목표했는데 30분 언저리에 완주했다. 오늘의 작전은 성공적이다. 한 단계 올라서려면 한 번의 고통을 극복해야 한다고 생각하는데 오늘의 고통스러운 역주가 3시간 30분의 평소 기록대를 되찾는 계기가 되었으면 한다. 아픈 만큼 성숙해지기를 바라는 마음이다.

기록이 문자메시지로 날아왔다. 3시간 29분 58초. 기분이 엄청나게 좋구나. 2초 차이로 20분대에 들어왔다. 29분 58초나 30분 00초는 2초 차이로 별것 아닌데 기분은 천지 차다. 아내 말이 내가 운동장에 막 들어설 때 28분 50초를 지나고 있었는데 조금만 빨리 뛰면 30분 내에 들어올 건데 싶어 가슴을 졸였단다. 아내는 저 무심한 시계는 29분을 지나 30분으로 치닫는데 트랙을 도는 사람은 더디게만 느껴지고 저놈의 시계 숫자는 왜 그리 빨리 바뀌는지 애간장이 다 탔다고 한다.

안타까워했던 아내의 성원이 사랑으로 전해온다. 우리 부부는 오늘의 기록에 만족해하며 늦가을의 따스한 햇볕을 차창 가득 싣고 집으로 향한다.

달리기 싫어도 달리고 나면 기쁨은 두 배

제5회 고흥 우주마라톤(2009. 11. 29 4267 3:32:34 박차종 87회)

몇 주 연속으로 달렸더니 몸에 탄력도 붙고 자신감도 생긴다. 28일 토요일 오후, 날씨가 끄무레하다. 나는 요즘 기상청을 즐겨찾기에 올려놓고 자주 들락거리는 습관이 생겼다. 농사도 짓지 않으면서 날씨에 관심이 많다.

밤이 되면서 비가 시작된다. 은근히 일기예보가 빗나가기를 바랐는데 '다른 때는 잘도 틀리더니 오늘은 얄밉게 맞추네.' 혼자 투덜댄다. 갈까 말까. 비 맞고 뛰다 감기라도 들면 큰일인데 마음이 천 갈래 만 갈래다. 그래도 비옷까지 챙겨놓고 잠을 청한다.

29일 새벽 3시, 이부자리에서 빠져나와 창문부터 열어보니 스산한 겨울비가 무심히 내리고 있다. 기다리는 이도 찾는 이도 없는 고흥, 갈까 말까 정말 헷갈린다. 그래도 참가비, 셔틀버스비가 아까우니 일단 가보고 '고흥도 비가 많이 오면 차에서 그냥 잠이나 자지 뭐.' 하고 짐을 챙겼다.

고흥도 비가 온다. 울트라장비 조연국은 날씨가 험상궂다고 아예 경기를 포기하고 관광이나 한다고 떠났다. 찬비도 내리고 버스에서 내리기 싫어 경기 시간이 임박할 때까지 차 안에서 버티는데 거의 모든 사람이 경기장 안으로 가고 없다.

고흥대회도 잘한다는 소문을 듣고 가보고 싶었는데 이때까지 진주대회와 겹쳐 고흥대회는 처음 참가하게 되었다. 이 먼 곳까지 와서 비 때문에 포기하기도 아깝고, 출전하자니 이건 취미가 아니라 고역이다. 내키진 않지만, 비옷을 걸치고 독하게 마음먹고 버스에서 내렸다.

마 교주의 손을 잡고 운동장에 들어서니 모두 비옷을 입은 채로 스탠드 추녀 밑으로 기어들어가 있다. 차종 아우를 만나 시식코너에서 따끈한 유자차를 한잔 마시니 몸이 좀 부드러워진다.

비야 오든 말든 출발 신호와 함께 우리를 운동장 밖으로 몰아낸다. 평소에는 길바닥을 울긋불긋 수놓던 주자들의 화려한 어울림은 어디로 가고 오늘은 초상집 상주들인가? 위생복을 입은 의사들인가. 거리엔 온통 눈이 온 듯 허연 비옷으로 가득하다. 쏴그락 쏴그락 소리도 시끄럽구나.

10㎞ 지점, 다행히 빗줄기는 차츰 가늘어진다. 고개를 하나 넘고 나니 비는 그쳤다. 그래도 고인 물을 밟아서 신은 질퍽거리고 발이 시리다. 고흥은 국토의 남단으로 높은 곳이 없고 지형이 아기자기하다. 소록도에는 아직 나환자가 있는지 궁금하다. 시간이 나면 가고 싶은데 차 시간에 맞춰 움직여야 하니 가까이 와서 그냥 가게 되어 아쉽다.

반환점을 돌았는데 피로감이 심해진다. 벌써 이러면 안 되는데, 25㎞부터는 속도가 떨어진다. 고개를 오르며 힘들어 빌빌대니 오르는 모습이 안쓰러웠던지 고갯마루에 있던 국악대들이 힘차게 악기를 연주해준다. 손을 흔들어 고마움을 표하고 가락에 맞추어 발길을 옮기며 언덕을 내려간다.

대퇴근육이 많이 아프다. 나는 '이놈의 다리 녀석이 그간 너무 편하게 지내서 이러는 모양인데 너 오늘 고생 좀 해봐라. 너 오늘 절대 걸어서 편하게 해주지 않을 거다'라고 스스로 육체에 호통을 치며 다리의 버릇을 고쳐주자 싶어 억지로 움직였다. 그리고 지친 육체를 끌다시피 하며 완주했다. 육체를 학대하며 끌고 다녔는데도 골인 후 멀쩡하다. 이걸 보면 그간 몸을 너무 편하게 해서 힘든 것을 못 견뎌낸 것 같다. 그러니 몸은 적당히 부려야 한다.

대회 후 목욕탕을 가는데 고흥군청 교통계 신정식 계장이라는 분이 목욕탕까지 안내해 태워다주면서 나더러 대단하다며 "어떻게 불편한 몸으로 그렇게 할 수 있어요?" 하며 칭찬이 자자하다. 옆사리 나른 사람들 보기에 좀 부끄럽다. 나는 "달리기는 발로 하는 것이죠. 눈이 불편하지 발바닥은 성하니 비장애인과 똑같습니다. 그저 대단하게 보일 뿐입니다."라고 했다.

오늘 대회는 아침에 버스에서 한두 명의 불참자만 있어도 경기를 포기했지 싶다. 힘들게라도 운동을 한 것이 내공을 기르는 데 도움이 되었다. 만일 안락함에 안주했다면 지금의 만족감은 없었을 것이다. 그런데 내 다리 그 녀석 오늘 혼이 났을 텐데 버릇은 잘 들여졌겠지.

관광마라톤

제9회 이순신장군배 전국통영마라톤
(2009. 12. 6 30460 3:43:08 박차종 88회)

통영대회는 42㎞ 코스가 아름다운 자연을 즐길 수 있는 좋은 대회다. 오늘도 차종 아우와 끈을 잡고 남도의 미항을 누빈다. 통영은 바닷가라서 코스가 오르막내리막이 심하다. 그래서 달림이들이 힘들어하는 코스다. 나도 언덕이 많은 이런 곳은 싫어하지만 그래도 산과 해안선이 잘 어우러진 천해 비경은 통영마라톤 코스의 자랑거리다.

유럽의 나폴리 항이 세계 3대 미항으로 명성이 높다 하여 통영 시민 몇몇이 관광 계를 모집하여 그 유명한 나폴리를 찾았다가 엄청 실망하고 본전 생각 나더라 한다. 그러면서 사람들이 통영을 두고 한국의 나폴리라고 하는데, 그것이 아니라 "나폴리는 이탈리아의 통영이라 해야 맞지 않는가?" 하며 되게 기분 나빠했다 한다.

올해 코스는 마지막 5㎞를 새로 개통한 해안 산책로를 달리는데, 해변 바다 위에 나무 산책로를 깔고 그 위를 달리니 발밑으로 파도가 지나가고 지나간 파도는 해안 바위에 부서진다. 마치 바다 위를 달리는 듯한 착각에 빠져들게 한다.

시인 이은상과 유치환도 지금 내가 보는 이 바다를 보고 주옥같은 작품을 만들었을 게 아닌가. 이곳을 산책하면 누구나 시인이 되겠다. 이 바다 위를 지금 갈매기처럼 너울거리며 달리니 바닷새가 된 것 같다.

지난 고흥대회의 피로가 남아 있는데다 코스가 언덕이 많아서 오늘 대회는 무척 힘들게 완주했다. 그래도 거의 반 이상의 구간이 해안선을 돌고 돌아 지루한 감이 없이 공원을 서너 시간 산책한 기분이다. 골인하니 바닷바람이 무척 차다. 몸이 오그라지고 아래위 턱이 빽빽거린다.

아우에게 차에 빨리 데려다 달라고 하니 주차장이 멀다고 울산마라톤클럽 회원이 들어오면 안내를 맡기겠다며 울마클 회원이 골인할 때까지 기다린다. 마음 같아서는 따뜻한 국물도 생각났지만 바쁘다고 서둘러대니 어떻게 입이 안 떨어진다.

좀 기다리니 차대회 만촌 형님이 들어오신다. 형님과 손을 잡고 다니며 굴 라면도 먹고 어묵 국물을 먹고 나니 추위도 좀 누그러진다.

만촌 형님은 나를 사우나로 안내했다. 넓은 창으로 해안이 내려다보이는 목욕탕. 따뜻한 물속에 몸을 담그니 충만한 행복감으로 세상에 부러울 게 없다.

한 여자만 잡자

2009 제21회 진주마라톤(2009. 12. 13 40008 3:47:39 조경숙 89회)

해마다 기다려지는 진주마라톤이 돌아왔다. 안영균 선생님은 아주 많이 참석해달라고 하시지만 들어가는 비용도 수월찮을 텐데 눈치 없이 많이 참가시킬 수는 없었다. 나는 마라톤을 하면서 울산대회를 제외하고는 진주대회만큼 편하게 출전하는 대회가 없다. 대회 전날 여관에서 푹 쉬고 대회 날 느긋하게 경기에 임할 수 있으니 말이다.

이번에는 시각장애인 회원 중에 마라톤에 처음 참가하는 사람이 있어서 조금 일찍 출발하여 진주성 촉석루를 관광시켰다. 저녁에는 경상대학교 마라톤회에서 준비해준 진수성찬으로 건사하게 대접받고 숙소로 돌아왔다. 숙소에 구청회 회장님이 찾아오셨다. 그러고는 최근 다리가 문제가 있다고 하시며 내일 동반주가 걱정이라고 하신다. 아마 심한 훈련으로 고관절 인대가 부상이 온 것 같다. 해마다 진주에서 눈이 되어주셨는데 내일 동반주야 누구라도 잡아줄 사람은 있겠지만, 다리의 부상이 걱정이다.

13일, 날씨가 춥다. 두꺼운 상의에 타이츠로 중무장을 하고 물박물

관으로 나갔다. 바람이 없으니 생각보다 포근하다. 출발지점에서 자원봉사자와 기념사진도 찍고 준비운동하고 파트너를 정한다. 걱정했던 구 회장님이 다가와 오늘은 맞춰 뛰기가 어려울 것 같다며 아름다운 아가씨 도우미를 정해주겠다고 하신다.

누굴까? 궁금해진다. 아가씨란 말에 주책없이 마음도 설렌다. 아니, 마산의 조경숙 님이 아닌가. 경숙 씨는 성격이 밝아서 누구와도 금세 친해지고 자원봉사도 많이 하는 마라톤 천사다. 경숙 씨와는 한 달에 한두 번씩은 각종 대회에서 만나는 낯익은 얼굴이다.

경숙 씨도 꼭 한 번 도우미를 하고 싶었다며 반가워했다. 나 역시도 한 번 같이 달리고 싶었는데 오늘에야 소원을 풀게 됐다. 경숙 씨는 시각장애인을 많이 접하고 도우미도 많이 해서 편안하게 안내를 잘해준다. 우리는 평소 주로에서 만나면 앞서거니 뒤서거니 하면서 주력도 비슷했는데 오늘 커플이 되었으니 페이스가 잘 맞을 것 같다.

처음으로 여자분과 같이 달리니 부딪쳐도 신경이 쓰이고 몸동작에도 신경이 쓰이는 게 불편하다. 달리기에만 신경 써도 힘든데 페이스메이커에 대해 조심스러우니 달리기가 더 힘이 든다. 앞으로 여자와 자주 페메를 해야 익숙해질 것 같다.

우리는 반환점을 평소 기록보다 5분 정도 늦게 돌았다. 지난주 통영대회에서 둘 다 고생을 했으므로 피로가 아직 남아 있고 후반에 편하게 달리기 위해 전반에 속도를 좀 늦추었다. 거리에서는 우리의 레이스를 보고 응원의 환호가 드높다. 국악 연주팀 앞을 지날 때면 북소리, 꽹과리 소리가 더욱 힘차게 울려 퍼진다. 나는 손을 흔들어 감사의 인사를 했다. 어떤 사람은 여자가 남자를 끌고 간다고 야유를 보내기도 하고, 어떤 사람은 저 둘이는 연애하는 갑다 하며 거리의 표정이 즐겁다.

2009 제21회 진주마라톤대회

2009년 12월 13일 대한민국 진주
December, 13. 2009 Jinju. KOREA

기 록 증

CERTIFICATE OF RECORD

성명 Name	: 이윤동
부문 Division	: Full
기록 Record	: 3:47:39
배번 Number	: 40008

날씨 Weather	: 맑음
습도 R.Humidity	: 66.0%
기온 Temperature	: 5.0℃
풍속 Wind speed	: 0.6m/s

위의 기재된 내용이 틀림없음을 확인함.

We hereby certify that the above is the true record of performance

2009년 12월 13일

진주마라톤조직위원회

후반 들어 우리의 속도는 진가를 발한다. 경숙 씨는 추월하는 사람의 수를 계속 세면서 달리는데 숫자가 늘어나는 것이 통장에 적금 늘어나는 것처럼 흐뭇하다. 38㎞를 지나는데 연도에서 어떤 사람이 우리보고 여자 6등이라 한다. 여자 한 명만 더 잡으면 입상권인데 초반에 너무 여유를 부린 게 아쉬워진다.

41㎞ 지점. 드디어 여자 5등이 시야에 들어왔다. 경숙 씨가 저 앞에 여자 한 명이 간다고 한다. 우리는 따라잡기로 하고 뒤를 바짝 좇았다. 그 여자분이 눈치를 챘는지 좀처럼 거리가 좁혀지지 않는다. 우리도 한계를 느끼고 포기하려는데 골인 300m를 앞두고 거리가 손에 잡힐 듯 좁아졌다. 그러고는 100m 경주를 하듯 질주했다. 드디어 우리는 그 사람을 아슬아슬하게 제치고 5위로 올라섰다. 그리고 피니시 라인을 밟았다.

경숙 씨는 입상대에 올랐고 나는 입상자는 아니지만, 입상자와 동행한 이유로 같이 입상대에 올랐다. 아이고, 내가 입상한 것처럼 기분이 좋다. 더구나 후반 기록이 전반보다 1분 빠르다. 환상의 레이스를 펼친 것이다.

역전하여 통쾌하면서도 42㎞를 달려와 100m를 남기고 입상권에서 멀어진 여성분에게는 미안한 마음도 든다. 아마추어 우정 마라톤에서도 빼앗고 빼앗기는 쟁탈이 이렇게 치열한데 장래와 운명 생사가 걸린 다툼은 어떠하겠나?

고전 병서에도 있다 "이기는 자는 지배를 하고 지는 자는 지배를 당한다"고. 경쟁에서 밀리지 않으려면 실력을 쌓는 것보다 더 좋은 것이 없다.

동장군과 한 판 승부

제86회 대구 금호강마라톤(2009. 12. 26 4065 4:25:37 박차종 90회)

올해 마라톤은 27일 김해대회를 마지막으로 90회로 마무리하려 했는데 차종 아우가 전화를 걸어와 26일 대구 금호강대회에 참가하자고 한다. 나는 27일 대회가 예정되어 있어 못한다고 하니 사실은 그날 MBC 전국시대에서 대회를 촬영하는데 같이 달리자고 한다. 아마 도우미 봉사하는 모습을 화면에 담고 싶은 모양이다.

나는 그렇게 하자고는 했지만 2년 전 상주대회와 수안보대회를 연이어 달리다가 혼이 난 기억이 어제 같은데 같은 우를 거듭할 수야 없지 않은가. 그렇다고 김해대회는 민근 아우와 오래전부터 약속을 해둔 대회니 포기한다면 신의가 없어질 것이고, 그럼 금호강대회는 촬영 끝날 때까지만 달릴까? 무척 고민이 된다.

날짜는 닥쳐와 대회 날이다. 동장군의 기세가 어찌나 드센지 차 안에서도 오금이 펴지지 않는다. 동촌 금호강변에 도착하니 어디에서들 왔는지 평소 대회보다 많은 달림이가 모여 발을 동동 구르고 있다. 살을 에는 듯한 추위와 쌩쌩 부는 바람이 나를 차 속에 붙들어놓는다. 출발이 임박해서야 어쩔 수 없이 차에서 내렸다. 두꺼운 등산 바지에 티셔츠 그 위에 툭툭한 점퍼를 걸쳤다. 다른 사람들도 거의 긴 옷에 바람막이 옷을 다 입었다. 나는 점퍼를 도저히 벗을 수 없어서 그냥 입은 채 달리기로 했다. 마라톤 복장은 아니지만, 어차피 오늘은 천천히 뛰어야 내일 김해대회에서 실수가 없지 않겠나.

금호강 강바람 추위는 상상을 초월할 정도다. 옷을 겹겹이 입고 마라톤을 해도 몸에는 땀도 안 난다. 반환점에 MBC 취재팀이 기다리다 인터뷰를 요청했다. 나는 입이 얼어서 말이 잘 안 된다. 차종 아우는 말을 근사하게 하려 해서인지 말이 꼬여 몇 번을 재시도했다. 평소에 말을 잘하던 사람이 카메라 앞에서 헤매는 모습이 와 이래 우습노.

속도를 늦춰 달리니 많은 사람은 이미 지나가고 후미에서 외롭게 달린다. 응원객 한 명 없는 꼴찌다 보니 몸도 마음도 더 춥다. 그래도 한여름 마라톤에 비하면 추워도 겨울이 훨씬 낫다. 10㎞만 하고 말까 생각하고 시작한 마라톤이 체력 소진이 적어 조금만 더 조금만 더 하다가 그럭저럭 풀코스를 다 뛰게 되었다.

아내는 큰 외투를 입고 기다렸다가 벗어 내 몸에 둘러준다. 달리는 사람이야 자기가 좋아하는 일이지만 추운데 일찍 일어나 태워 가고 추위에 벌벌 떨면서 기다리는 아내는 무슨 생고생이고. "자기 고마워" 아내에게 인사를 했다. 하도 추워 뜨끈한 국물을 찾았으나 본부석엔 추위를 녹일 만한 게 아무것도 없다. 허전하구나! 이 추위에 그냥 돌아서려니 무언가 섭섭하다.

천천히 뛰었다 싶어도 100리를 뛰고 나니 힘들고 다리가 뻐근한 건 마찬가지다. 내일을 위해 마무리 체조를 야무지게 했다. 오늘은 혹한 속에 방한복을 입고 90회째 마라톤을 완주했다.

은 귀걸이

2009 전마협 김해 장유마라톤(2009. 12. 27 7419 4:01:54 이민근 91회)

금호강대회에서 아무리 힘을 아껴 가며 살살 달렸어도 온몸이 묵직하다. 목욕탕에 가서 2시간이나 냉·온탕을 드나들며 몸을 풀었나. 김해 대회는 민근 아우와 한 달 전에 약속한 대회라서 포기할 수 없다. 이번에도 멋지게 달려보기로 했는데 본의 아니게 어제 미리 뛰고 말아서 민근 아우에게 미안한 마음이다.

날씨는 27일이 더 춥다고 예보하니 또 점퍼를 입고 뛰어야 하나 싶다. 아침에 채비를 잘하고 김해로 출발한다. 김해 덕정공원은 처음 가보는 곳이지만 내비게이션이 있으니 여측 없이 데려다주네. 허름한 내비 하나 장만했더니 요긴하게 부려 먹는다. 진작 살 걸. 내비가 없을 때는 이리 가자 저리 가자 내가 인간내비를 했는데 이제 내가 설 자리도 기계에 뺏겼다. 공원에는 아우가 먼저 도착하여 나를 찾았다. 10월 15일 부산대회 이후 다시 만나 무척 반갑다. 아우도 가족과 함께 오기로 했으나 날씨가 추워 같이 못 와서 아쉬워한다.

출발시각이 다 되도록 차에서 비벼대다가 내리려니 따뜻한 자리가 미련이 남는다. 차에서 내리니 바람이 없어서인지 어제 날씨에 비하면 봄날이다. 중무장을 좀 낮추고 출전 준비를 했다.

5㎞ 길을 왕복 4회 하는데 부산대회 때처럼 해운대 철인클럽에서 여러분이 함께하여 10㎞, 20㎞를 같이해주었다. 코스가 왕복 주로라서 오가며 아는 사람들과 계속 만나고 서로 격려하면서 달리니 이런 코스도 나름대로 재미있다. 내가 어제 달리기만 안 했어도 오늘 아우

를 새로운 기록에 한번 도전케 해볼 건데 오늘은 내가 끌려 다니는 신세가 되었다. 나는 혹시나 경기 도중 퍼져서 걷게 될까 봐 ㎞당 6분으로 철저히 힘 안배를 한다.

민근 아우는 그동안 근무지에서 있었던 얘기로 귀를 즐겁게 한다. 아우의 얘기다. 미국에서 입국한 중년 아지매가 은 귀걸이 한쪽을 잃어버렸는데 꼭 찾아달라며 신고가 들어왔다. 아우는 외국어 실력을 갖추고 있다 보니 이 사건을 맡았는데 잃어버린 경위를 묻고 비행기 좌석과 휴지통, 검색대 등 백방으로 찾았으나 결국은 찾지 못하자 아지매는 크게 실망했다. 아우는 나머지 한쪽으로 금은방에 가서 한쪽을 똑같이 만들어주려고 마음먹고 몇 군데 금은방을 찾았으나 금은방에서는 수지가 맞지 않는다고 가는 곳마다 거절당했다. 그중 한 금은방에서 아우는 사정을 말하며 간곡히 부탁한 끝에 귀걸이 한 쌍을 손에 넣을 수 있었다.

아우가 은 귀걸이를 미국 아지매에게 전달하자 그분은 너무너무 감격해 했다. 그도 그럴 것이 몇 푼어치 안 되는 그 은 귀걸이는 그분이 할머니께 물려받은 유품 이었는데 그분에게는 더없이 귀한 보물이었던 것이다.

이렇게 아우가 금은방을 찾아다니며 부탁하고 자비까지 들여가며 도와주는 걸 보고 아내는 그렇게까지 열심히 할 필요가 있느냐고 퇴박했지만 그분의 행복해하는 모습을 보고 너무 흐뭇하고 기분이 좋았다고 한다. 그러고는 귀국 후 편지도 보내오고 작은 선물도 보내왔더라고 한다.

이 이야기를 들으니 차가운 날씨에 내던져진 가슴이 갑자기 더운 기운으로 차오른다. 이러한 훈훈한 미담을 혼자서 듣기에 아깝다는 생각

TRIATHLON
TYR
5395 D
2010
조선일보
SK telecom
1642 B
2010
조선일보

이 든다. 외교관도 하기 어려운 일을 아우는 말단 공무원이면서도 나라의 이미지를 향상시키고 국위선양에 앞장선 숨은 애국자 역할을 한 것이다. 이런 자랑스러운 사람을 알게 되었고 옆에 두고 같이 달릴 수 있다니 나는 좋은 스승을 모시고 가는 것 같다.

어제의 피로누적으로 첫 바퀴는 비실거렸는데 재미난 얘기를 듣다 보니 금세 두세 바퀴를 돌아버렸다. 나머지 한 바퀴는 또 한 번의 연풀을 달성하겠구나 싶은 마음에 가뿐하게 마무리한다.

골인 지점에는 해운대 철인 회원님들이 환영을 해주고 음식도 챙겨다 주었다. 어제 대회에서 추위와 주림에 허전했던 것과 달리 오늘은 뜨끈한 사발국수가 이틀간의 피로를 녹여준다. 맛있게 한 그릇 해치웠는데 아내는 "어째 그리 인정머리 없이 한 번 묵어보라 소리도 안 하노."라고 한다. 아뿔싸, 국수는 선수만 주고 보호자는 안 줬다고 하네. 떨기는 보호자가 더 많이 떨었을 텐데 말이다. 나는 아내도 한 그릇 먹은 줄 알았는데 미안한 마음에 울산 가서 많이 사줄게 하고 집으로 향한다. 이리하여 올 한해 마라톤 대장정을 마쳤다.

"작금 3년 동안 60여 회를 달렸는데 너무 과한 것 같아서 내년에는 좀 줄여야겠다." 하니 아내는 늙으면 하고 싶어도 못하니 젊고 힘 있을 때 부지런히 하라고 은근히 부추긴다. 아무튼, 올해도 별 탈 없이 한해를 마무리할 수 있어 감사하는 마음을 가진다.

자주 가도 싫증 안 나는 대회

제5회 여수 국제마라톤(2110. 1. 10 2103 3:43:41 김기만 92회)

작년에 19번을 달려 총 91회로 한해를 마쳤는데 올해도 첫 대회가 시작된다. 한 번 완주하기도 어려운 마라톤을 내가 생각해도 많이도 뛰었다. 지금 76세인 고령자도 풀코스를 완주하는데 나는 과연 몇 살까지 달릴 수 있을지 궁금하다.

여수대회는 새해 첫 마라톤으로서 겨우내 움츠렸던 몸을 난코스에서 길을 내는 훈련으로 좋은 대회다. 이번에도 여수대회를 주저 없이 신청하고는 장애인체전 때 도와주신 여수 여선중학교 류상선 님께 도우미를 부탁했다.

9일 오후, 류상선 님 도움으로 페메 김기만 님을 전화상으로 소개받았다. 10일, 새벽 5시 아파트를 나서니 아직 하늘은 깜깜하고 바람 소리는 줄넘기 소리처럼 윙윙댄다. 돌처럼 차가운 차에 오르니 몸이 오그라지네. 아내는 운전한다고 고생하는데 나는 잠을 참지 못하고 한숨 더 자고 일어나니 대회장이다.

아내의 운전 솜씨가 아주 좋다. 그래도 운전 잘한다 하면 기사 월급 올려 달랄까 봐 그냥 속으로만 인정했다. 눈만 잘 보인다면 백 리 길을 밥 먹듯이 달리는 내가 운전을 해야 하는데 아내를 너무 부려 먹어 항상 미안한 마음이다.

조금 일찍 도착해서 여유를 가지며 여수코스 16개 언덕을 넘을 상상을 하며 쉬고 있으니 페메를 해주실 김기만 님에게서 연락이 왔다. 기만 씨는 나를 잘 안다고 한다. 다른 대회 때 여러 번 만났다고 한다.

대회에서 만날 때마다 자기가 앞설 때도 있고 뒤따를 때도 있었다고 하며, 지난 12월 고흥대회 때도 바로 뒤에 따라왔다며 우리는 서로 잘 맞을 거라고 한다. 나는 작년에는 3시간 46분에 뛰었지만, 올해는 훈련도 부족했으니 3시간 50분에서 4시간 사이로 달려보자고 했다.

우리는 복잡함을 피해 후미에서 출발했다. 예년에 풀코스 참가자가 400명 정도였는데 올해 1,000명 이상이 달리니 분위기가 좋다. 그런데 후미에서 출발하니 옆에 5시간 풍선도 있고 조금 속도를 내려고 하니 사람 숲에 막혀 좀처럼 나갈 수가 없다.

2㎞ 지점 첫 언덕에서 좀 추월하고 4시간 30분 풍선도 겨우 비집고 나아갔다. 곧이어 뒤에서 하프 선두 주자들이 들이닥쳐 주자들이 더욱 많아진다. 초반에 천천히 뛰는 게 후반을 위해서 좋긴 한데 앞에서 계속 막히니 마음이 좀 바빠진다. 우리는 끈 대신 손을 맞잡고 기만 씨는 이끌고 나는 뒤따랐다. 4시간 풍선을 추월하고 나니 앞뒤 간격이 좀 생긴다.

마을을 지날 때면 어김없이 수많은 사람이 나와 응원을 해준다. 마을길을 막아 불편할 텐데 오히려 이렇게 합심이 되어 응원을 해주니 많은 달림이들이 이곳 여수를 좋아하는 모양이다. 마을 곳곳에는 확성기를 통해 신이 나는 트로트 가요를 흘려 힘든 주자들을 응원한다.

이제 굳었던 몸도 풀리고 슬슬 속도를 냈다. 그러나 이어지는 오르막은 내게 스피드를 용납지 않는다. 17㎞에서 돌아오는 풀코스 선두 주자를 만났다. 잘 달리는 사람들 얘기를 들으니 잘 달리는 건 타고난 운동 능력도 있지만 중요한 건 훈련이라며 아침 공복 상태에서 하프를 뛰고 모래주머니를 차고 산길을 달리고 러닝머신 고속주행을 하고, 근력운동과 한 달에 350㎞ 연습주 등 끊임없는 강훈련으로 고수가 된다

제5회 여수엑스포국제마라톤대회

The 5rd Yeosu Expo International Marathon Race

기 록 증

CERTIFICATE OF RECORD

성명 Name : 이윤동
부문 Division : Full
기록 Record : 3:43:41
배번 Number : m2103

날씨 Weather	: 맑음
습도 R.Humidity	: 53.9%
기온 Temperature	: 3.2℃
풍속 Wind speed	: 2.7m/s

위의 기재된 내용이 틀림없음을 확인함.

We hereby certify that the above is the true record of performance

2010년 1월 10일
January 10, 2010

여 수 신 문 사 사장 황 상 석
여수마라톤클럽 회장 장 동 규

는데 세상에 그냥 얻어지는 것은 아무것도 없다.

반환점에는 바나나, 떡, 어묵 등 먹을 게 많이 있다. 그래도 기만 씨는 먹지 말라고 한다. 먹고 나면 지체한 만큼 몸도 굳어지고 배부르면 반환점 직후 맞이하는 2㎞ 언덕을 못 오른다고 한다. 우리는 파워젤을 하나씩 먹고 거북처럼 언덕을 기어올랐다.

페메 기만 씨는 키, 보폭, 완주시간 등이 나와 비슷하여 정말 호흡이 잘 맞는다. 기만 씨는 시내에서 여관업을 하는데 오늘 자기 집에서 하루 쉬었다 가라고 한다. 말만 들어도 고맙다. 기만 씨는 마라톤 경력은 나보다 앞서지만 1년에 6회 정도 달려 전체 횟수는 나보다 적다고 한다. 아주 적당하게 마라톤을 즐기는 마니아다.

30㎞를 달렸다. 아직 남은 언덕이 4개 정도인데 보폭을 줄이고 체력을 최대한 아꼈다. 35㎞ 지점. 기만 씨는 이대로만 가면 여수대회에서 신기록이 나올 것 같다고 한다. 나는 여수 신기록을 위하여 지친 몸을 힘껏 밀어붙인다. 나는 신기록에 왜 이리 마음이 약해지나? 운동에서는 과욕을 버려야 하는데 언제쯤 탐욕에서 탈피할 수 있을까?

38㎞. 마지막 죽음의 언덕이다. 여기만 넘으면 끝이다. 우리는 하나 둘 구령을 붙이며 아껴두었던 마지막 힘을 쏟아 부었다. 이 마지막 고개는 매년 나를 걷게 한 지독한 언덕이다. 하지만, 신기록을 향해 가는 마당에 걸을 수는 없었다.

40㎞ 지점. 마지막 언덕 정상에 올랐다. 이제 겁날 게 없다. 남은 2㎞는 내리막이다. 그 시기가 종소리 나도록 내달렸다. 다리는 감각이 둔해져도 내리막이니까 발만 내밀면 앞으로 나아갔다.

골인 지점에 접근하자 사회자는 우리를 열렬히 칭찬하며 환영해준다. 사회자는 내게 기만 씨를 소개했고 동반주 봉사를 해줬던 유상선 님이시다. 그리고 신기록을 세웠다. 여수대회는 내가 처음으로 4시간을 넘겼던 대회였지만 그 뒤로는 3시간 후반대로 뛰다가 오늘은 그간 기록보다 제일 빠른 3시간 43분에 달렸다.

나는 기만 씨와 포옹을 하며 감사했다. 기만 씨는 내가 목욕을 마칠 때까지 안내를 해주고 아내에게 인계해주고는 작별 인사를 했다. 나는 오션리조트 식당에서 아내가 챙겨다 주는 굴 떡국 두 그릇을 먹어 치우고 리조트를 나섰다. 문을 나서니 볼기짝이 욱신거리고 넓적다리가 뻐근하다. 오늘 무리했나.

머물고 싶은 탐진강

제5회 정남진 장흥마라톤(70253 2110.01.24 3:34:32 이승국 93회)

사실 전에는 장흥이란 지역이 있는지 몰랐다. 강원도에 정동진이 있다면 서울을 중심으로 정남쪽에 정남진 장흥이 있다. 발은 남쪽 바다에 담그고 머리는 육지 속으로 들이밀고 해남과 고흥 사이에 끼어 있는 자연이 잘 보존된 곳이다. 마라톤 때문에 장흥을 알게 되었고 한 번 가보니 좋아서 올해는 아내와 동행했다.

장흥은 울산서 거리가 엄청나게 먼 곳인데 버스 기사가 시간 짐작에 착오가 있었는지 마라톤 출발시각이 다 돼 가는데도 셔틀버스는 계속 달리고 있다. 다른 사람들도 슬슬 불안해하기 시작한다.

나는 차 안에서 미리 달릴 준비를 마치고 연방 시계를 보았다. 9시

43분. 달리기 출발 17분을 남기고 버스는 행사장에 도착했다. 하마터면 대회를 놓칠 뻔했다. 시간이 너무 촉박하다. 스트레칭 할 시간도 없다. 후닥닥 불 끄러 가는 소방수처럼 모두 달려 버스를 뛰쳐나간다.

나도 아내의 손을 잡고 만나기로 약속한 이승국 님을 찾으러 나주 마라톤클럽 부스로 갔다. 이승국 님은 찰떡과 음료수를 준비해두고는 초조하게 기다리고 있었다. 반갑게 인사를 나누었다. 그리고 나주시 시장님이라며 인사를 시킨다. 시장님도 나주클럽 회원으로 오늘 10㎞를 달리신다고 한다.

일반적으로 시장이라면 권위 찾고 체면 따지고 한다고 아무 곳이나 쉽게 나서지 않는데 마라톤클럽 회원과 단체이동을 하고 수행비서도 없이 마라톤에 참가하신 걸 보니 너무나 서민적이고 소탈한 분이라서 존경스럽다. 절대 쉽지 않은 행보에 놀라울 뿐이다.

출발신호 폭죽탄은 얼마나 소리가 큰지 가슴이 쩡쩡 울린다. 워~매 놀라 자빠지겠네. 이때까지 듣던 신호음 중 제일 웅장한 것 같다. 화약연기를 헤치고 작년의 추억 발자취를 더듬으며 앞으로 앞으로 나아갔다.

탐진강을 왼쪽으로 끼고 따스한 겨울 햇볕을 받으며 달리는 기분은 행복하다. 그리 속도도 내지 않고 승국 씨와 도란도란 얘기하며 장흥 땅 이 고을 저 마을을 달리는 기쁨은 행복이 아닐 수 없다. 이렇게 즐거운 스포츠를 누가 마라톤에 미쳤다, 중독되었다 하는지 이 경지에 닿아보지 않고는 이 기쁨을 모를 것이다.

긴 터널을 지나 장흥댐을 지나는 구간은 맞바람으로 손도 시리고 힘이 든다. 조금 전의 행복감은 어디로 사라지고 한시라도 빨리 반환점을 돌아 바람을 등지고 싶다. 시린 볼과 손을 비벼대며 바람아 사라져라, 반환점아 빨리 보고 싶다며 달린다.

삭풍과 시간과의 싸움에서 이겨내고서야 순풍을 등질 수 있다. 우리 옆으로 많은 주자가 역풍을 거스르며 반환점을 향하여 달려간다. 우리 인생도 이처럼 역풍을 이기면 순풍을 맞이하고 오르막을 오르고 나면 평탄한 길이 있다. 마라톤에는 인생에서 만나는 희로애락이 다 있다.

30㎞가 지났는데도 이상할 정도로 피로도가 없다. 그래도 내 기분대로 달리면 혹시 승국 씨와 조화가 깨질까 봐 호흡을 맞추며 편안하게 완주했다. 아내는 "3시간 34분 정도라고 하며 다른 사람 들어오는 시간대를 보니 오늘 당신이 3시간 반쯤 들어올 줄 알았다"고 한다. 이제 아내도 내 실력과 기록을 대강 짐작하고 꿰뚫는다. 서당개 3년이 아니고 마라톤 뒷바라지 3년에 남편 기록을 알아맞힌다.

셔틀버스가 올 시간은 2시간 남았고 해서 아내와 느긋하게 국밥도 받아먹고 이 고장 특산품 표고버섯도 사고 여기저기 기웃거리며 여유를 즐겼다. 현장 게시판에 들렀는데 이게 웬 재수인가 행운상도 당첨되었다.

제법 묵직하다. 뜯어보니 다시마 한 상자다. 값을 떠나서 공짜로 생긴 행운이라 기분이 좋다. 한참 돌아다녀도 시간이 남아 아내와 탐진강변을 걸었다. 물이 맑고 얕아 바닥이 훤히 보인다. 다리를 둥둥 걷고 들어가고 싶지만 마음뿐이네. 가을만 같았어도 첨벙 들어갔을 건데.

강변에서 좀 더 머물고 싶지만 떠날 시간이다. 돌아오는 길의 풍성하구나. 행운상에 쇼핑한 김, 버섯, 떡국, 동동주 등 푸짐하다.

소탕노고(少宕老苦): 젊을 때 일하지 않으면 늙어서 고생

제8회 해남 땅끝마을마라톤(2110. 2. 7 1227 3:43:03 이승국 94회)

해남은 길이 멀어서 출발시각이 새벽 3시 반이다. 초저녁에 일찍 잠자리에 들었다. 요즘은 자정에 자는 게 습관이 되어 잠이 안 온다. 아내와 이런저런 얘기를 나누며 앉았다 누웠다 뒤척이다가 결국 일어나서 포도주 한 잔으로 시간사냥을 했다. 좀 쉬어야 피로도 풀리는데 버스 안에서도 잠이 안 와 MP3를 세 시간이나 들었다. MP3란 놈, 참 편리하다. 카세트테이프는 뒤집고 갈아 넣고 몇 개씩 갖고 다녀야 했는데, 이젠 손끝만 꼭꼭 누르니 만사 OK다.

해남에는 바람이 몹시 불어댄다. 운동장에 들어가니 썰렁하다. 새벽에 돌풍이 불어 텐트 부스가 다 날아갔단다. 작년에는 대회를 해변 광장에서 하더니 이번엔 잘 꾸며진 운동장에서 출발한다. 참 살기 좋은 나라다. 이젠 전국 어디를 가도 우레탄이 깔린 400m 트랙 잔디운동장이 없는 데가 없다. 이러한 문화공간이 많아지고 문화 시설이 평준화되어 가는 모습이 보기에 좋다.

9시. 이승국 님과 끈을 잡고 운동장을 한 바퀴 돌아 밖으로 나간다. 이승국 님과 만난 것도 작년 이 대회였는데 벌써 1년이 지났네. 세월이 화살 같구나. 약 700m 급경사를 내려간다. 돌아올 때 이 지점을 올라오려면 힘들겠구나.

바람은 여전히 세지만 등바람이다. 초반에 등바람을 지고 달리니 물살이 흐르듯 잘도 나간다.작년의 기억을 떠올리며 이번엔 3시간 40분

이하로 완주하기로 서로 약속하고 마라여행을 즐긴다. 길가 논밭엔 배추의 고장답게 초봄임에도 시퍼런 배추들이 깔렸다. 이 배추들이 우리나라 봄 식탁을 장식하겠구나.

연도에 응원 나온 마을 어르신네 한 분이 우리를 보고 "하하하~ 저기 도망 못 가게 꽁꽁 묶어서 간다"고 손뼉을 치며 신기해한다. 시각장애인도 마라톤을 한다는 걸 열심히 홍보하였는데 아직 홍보가 부족하다. 좀 더 부지런히 쫓아다녀야겠다.

반환점을 1시간 43분에 돈다. 지난주 장흥대회에서는 1시간 54분에 돌았는데 오늘 조짐이 좋다. 반환점을 도는 순간 바람이 앞으로 달려든다. 역풍을 만났다. 세찬 바람이 가슴에 안기며 길을 가로막는데 물속을 헤치고 가는 것 같다.

이승국 님은 4월에 나주클럽에서 주최하는 영산강 하프 마라톤대회에 오라고 하는데 은혜를 생각하면 가고 싶은 마음은 간절하지만 반동가리 마라톤을 하려고 천 리 길 나주까지 가는 건 왠지 내키지 않는다. 거절하기도 미안하고 생각 좀 해보겠다고 하며 달렸다.

남은 거리는 점점 줄어들어 이제 10㎞ 남았다. 내 다리도 슬슬 무거워 왔지만, 이승국 님의 몸짓도 둔해져 옴을 느끼겠다. 승국 님은 속도가 점차 느려지더니 37㎞ 지점 언덕을 만나서는 그만 걷기 시작한다. 그동안 벌어놓은 시간이 하염없이 지나간다. 초반에 바람을 등졌다고 한껏 기분 낸 게 후반에 과로의 부메랑이 된 모양이다. 살랑살랑 걸어서 언덕을 오르니 뒤따랐던 주자들이 하나둘 우리를 앞지른다.

장흥대회에서는 후반 기록이 전반 기록보다 빨랐는데 오늘은 페이스 조절에 문제가 있었다. 초반에 과속하면 후반에 절단 난다는 마라톤 철칙을 잠시 잊었을까? 소탕노고(少宕老苦)라. 젊을 때 놀기 좋아하며 잘나가면 늙어서 고생하고 후회하게 되는 건 세상사는 이치다.

41㎞ 지점, 운동장 근처에 접근하니 출발할 때 좋았던 내리막 700m가 가파른 언덕이 되어 기다리고 있다. 짐수레를 끌듯 지친 몸을 끌고 올라간다. 이윽고 운동장 입구다. 아무리 힘들어도 죽을상으로 들어갈 수는 없지 않겠나 하며 들어갈 때는 지친 모습을 보이지 않으려고 웃으면서 여유만만한 척 폼 잡고 골인했다. 오늘도 완주기념으로 해남 배추 한 포대를 받았다. 보름 김칫거리가 되겠다.

친구의 기쁨은 나의 기쁨

제6회 2010 아고구려마라톤대회(2110. 2. 21 70450 3:53:11 이윤동 95회)

나와 같은 또 한 사람의 윤동, 인천 친구가 2월 21일에 마라톤 100회에 도전한다. 3년 전 둘 다 35회째 달리다가 만난 이후로 줄곧 비슷한 횟수로 달렸는데 100회째는 같은 대회에서 같이 100회를 도전하기로 약속했다. 그러나 내가 작년 하반기에 한문자격시험 준비를 한다고 6개월 쉬는 바람에 인천 친구가 많이 앞질러 갔고 오랜 시간 기다릴 수 없어 친구가 먼저 100회에 도전하기로 했다.

이날 우리는 두 윤동이 나란히 달리기로 했다. 친구는 서울까지 와준다고 참가비를 대신 내준다기에 참가비만큼은 내 몫이라며 절대 그래서는 안 된다고 했지만, 친구는 이름이 같다 보니 그의 이름으로 임의대로 먼저 참가비를 내고 말았다.

나 원 참, 친구 덕에 참가비 안 내고 마라톤 한 번 하게 생겼네. 친구는 종종 전화를 걸어와 몸 상태를 얘기하며 100회에 대한 기대에 부풀어 있었다. 이날 3시간 30분대로 달리고 싶다고 한다.

20일. 아내와 나는 고민에 빠졌다. 야간열차로 가서 대회 시간까지 찜질방에서 시간을 보낼 것인가? 아니면 미리 가서 여관에서 하룻밤 묵을 것인가? 이랬다저랬다 변덕을 부리다 심야버스 막차시간이 되자 옷을 입고 나섰다. 뒤따르던 아내가 "그러지 말고 차를 갖고 가자. 그러면 달리는 시간 동안 차에서 쉴 수도 있고 차 시간 맞추려고 고생 안 해도 되고" 하며 제의한다.

우리는 또 변덕을 부려 결국 승용차로 가기로 하고 다시 방으로 들어와 3시간 동안 눈을 붙이고는 새벽 3시 반에 서울로 향했다. 일요일 꼭두새벽의 고속도로는 마치 우리가 전세를 낸 것처럼 한산하다. 그래도 내비게이션 덕분에 아내도 차를 몰고 서울로 갈 엄두를 낼 수 있었다.

얼마나 왔을까. 날이 훤히 밝았다. 휴게소에 들러 준비해 온 아침밥을 차 안에서 느긋하게 먹었다. 운전하는 사람은 힘이 들지만, 차를 가지고 가니 편한 점이 많다.

8시 반에 잠실 종합운동장에 도착했다. 달릴 준비를 하고 친구를 찾았다. 친구는 본부석에 기념패를 받으러 가는데 같이 가자고 한다. 단상에는 마라토너의 우상 이봉주 선수가 초청인사로 와 상패 수여를 했다. 나는 친구 덕택에 이봉주 선수를 가까이서 보고 손도 잡고 기념사진도 찍을 수 있었다. 나는 이봉주 선수에게 언제 기회가 되면 한번 끈을 잡아달라고 부탁도 했다. 그리고 친구는 100번째 마라톤에 도전하기 위해 손을 잡고 출발선에 섰다.

친구는 몸동작이 무척 가볍다. 3시간 30분대로 달리려면 이 정도는 가줘야 하지만 혹시 후반에 처질까 봐 조금 염려된다. 주변의 달림이들이 우리의 인연을 신기해하고 많은 축하를 해준다. 옆에 함께 달리는 한강이 꽁꽁 얼어 있다. 내 눈에도 비닐하우스처럼 넓은 눈밭 같은 벌판이 허옇게 보인다. 나는 한강이 얼어붙은 걸 처음 본다.

한강 빙판을 보며 이런 생각을 해본다. 만약 빙판 위에서 달리기하면 육상선수와 일반인 마라톤 고수와 하수의 차이가 어떻게 날까 궁금하다. 여기서도 잘 달리는 사람이 빠를까? 빙판 달리기 한번 해보면 재미있겠다.

25㎞를 지나면서 친구는 시간을 묻는 폼이 힘이 부치는 모양이다. 지금 속도는 대략 1㎞당 5분 10초대, 나는 이대로만 가면 40분 초반

은 충분하니 계속 이대로 가자고 했다. 더운 여름날 힘들게 달렸던 한강변 산책로. 오늘은 구름도 끼고 자전거도 적고 해서 달리기에 참 좋다.

30㎞를 지나면서 친구의 발걸음이 점점 둔해진다. 이미 목표는 물 건너갔고 새로운 목표는 50분 under다. 옆으로 3시간 40분 풍선이 흔들흔들 지나간다. 친구는 걷지 않으려고 안간힘을 다 쓴다. 그야말로 투혼을 발휘한다. 그동안 아껴둔 힘을 오늘 미련 없이 다 쏟아내고 있는 것 같다.

40㎞ 지점. 이제 100회 완주가 눈앞에 있다. 이때 깃발을 든 인천클럽 회원들이 마중을 나왔다. 쓰러질 듯이 지친 친구는 응원의 힘을 얻어 단숨에 운동장으로 내달았다.

감격해하는 친구에게 "축하한다, 친구야" 하며 손을 굳게 잡고 축하를 해줬다. 친구는 조금 전 힘들어하던 모습은 어디 가고 몹시 기뻐한다. 우연으로도 행운으로도 얻을 수 없는 땀과 노력의 값진 승리다.

친구가 자랑스럽다. 젠장, 내가 100회 한 기분이네. 친구는 인천서 잔치를 벌인다는데 난 내려갈 길이 바빠 아쉬운 작별을 했다. 같이 100회 완주를 했으면 좋았으련만 못내 아쉬움이 남는다. 내려오는 길은 퍽 여유롭다. 아내는 연방 하품을 해대며 졸린단다. 우리는 휴게소에 들러 주차해놓고 늘어지게 한숨 잤다. 차창 밖은 어느새 거무스레하다.

한계란 마음먹기에 따라 넘을 수도 있는가?

제7회 울산 매일마라톤(2110. 3. 28 50084 3:31:35 박기식 96회)

울산시장배 3.1절 마라톤은 신청해놓고도 비가 와서 기권했다. 한창 물이 올라 좇아다닐 때는 비 따위 오는 정도는 아무 문제가 되지 않았는데 더구나 내 고장에서 하는 대회인데도 날씨를 구실로 불참하는 걸 보면 마라톤에 대한 열정이 식어 가는 게 아닌지 모르겠다.

서울 동아마라톤은 해마다 야심차게 도전해서 신기록도 몇 차례 경신했지만 이번엔 동아대회도 텔레비전을 보면서 마음으로 달렸다. 대회에 참가를 안 하니 연습량이 줄어들고 연습하려 해도 마음이 나태해져 몇 번씩 벼뤄야 억지로 나갈 정도로 게을러진다. 사람 몸은 편하면 점점 편해지기를 원한다. 그러므로 목표가 있고 자극제가 있어서 어느 정도 긴장을 유지하는 것이 꼭 필요하다.

3월 21일, 마라톤 대회가 1주일 남았다. 다른 사람들은 동아대회 풀을 달린다고 야단들인데 나도 큰 맘 먹고 거리로 나섰다. 물통 차고 사탕 몇 알 넣고 25㎞ 정도 연습주 한다고 나섰다. 나서기까지는 어렵지만 대문만 나서면 마음이 좀 가벼워진다. 20㎞를 달리고 나니 찌뿌드드하던 몸이 가뿐해진다. 역시 나는 마라톤이 몸에 밴 모양이다.

28일, 좋은 자리에 주차하려고 서둘러 대회장으로 나섰다. 문수체육공원에는 이른 시간인데도 많은 선수가 모였다. 아내와 손을 잡고 여유롭게 운동장을 거닐며 혹시 동반주 해줄 사람이 있나 살펴보았다.

출발시각은 다 돼 가는데 동반주 할 사람을 못 구했다. 선수들은 출발선으로 이동하고 급한 나머지 아내는 3시간 30분 대회 공식 페이스메이커에게 이 사람 좀 데리고 가달라고 부탁을 해댄다. 근데 3시간 30분 페메는 작년 3.1절 대회 때 동행한 박기식 씨다. 기식 씨는 얼른 내 손을 잡았다.

나는 기식 씨의 손을 잡고 가고 싶었지만 요즘 실력이 오그라져 3시간 30분에 달릴 자신이 없다. 그래서 3시간 45분 페이스메이커를 소개해달라고 했다. 기식 씨는 일단 가는 데까지 가보고 안 되면 뒤로 처지든지 하라며 손을 끌어 잡았다.

인사도 채 나눌 시간 없이 출발 신호가 울렸다. 아내에게 "잘 갔다 올게" 하고는 인파 속에 묻혔다. 한 달 반 만에 달리기에 나서니 팔다리 놀림이 부자연스럽다. 1㎞당 5분에 달리는 것이 좀 부담스럽다. 10㎞까지는 가뿐히 따라갔다. 달리면서도 어느 지점에서 퍼질까 조심스러운 마음으로 한 발 한 발 따라갔다.

20㎞가 지나니 다리 고리가 뻐근하고 속도가 부담스러워진다. 그래도 오늘 주인 만났을 때 제대로 훈련 한번 해보자 싶어 온 힘을 다해 따라붙는다. 25㎞가 지나니 배가 고파온다. 기식 씨는 바나나를 하나 집어주고는 하나는 손에 잡고 언제라도 배고프면 달라고 하며 계속 들고 달렸다. 기식 씨는 한 손에는 끈, 한 손에는 바나나를 들고 계속 달린다.

30㎞ 지점, 한계상황이다. 늦추고 싶다. 이대로 가면 종반에 걷게 될지도 모른다. 나는 뒷사람에게 인계해주고 먼저 가라고 했다. 공식 페메가 나 때문에 늦으면 안 될 일이니까. 기식 씨는 "지금 속도로 가면 3시간 반에 들어갈 수 있다. 좀 힘들다 싶어도 그간 경험이 있지 않으냐. 충분히 갈 수 있다"며 끈을 놓지 않는다.

2㎞쯤 더 가다가 내 몸 상태를 보니 ㎞당 5분을 유지하기 어렵겠다.

기식 씨에게 나를 제발 버려두고 가라고 사정했다. 기식 씨는 바나나를 건네주며 "힘내라. 당신은 할 수 있습니다." 하면서 구령도 붙이고 노래도 하면서 빠르든 늦든 가는 데까지 가보자고 한다. 할 수 없다. 나는 깡다구로 밀고 따라갔다.

3월 말의 거리에는 개나리가 만발하고 길가 논에서는 경운기의 김매는 소리가 정겹다. 정말 경력이 있어서인지 다리의 피로감은 더 이상 심해지지는 않고 현 수준이 유지된다.

39㎞, 나는 기식 씨에게 업고 가라며 농담도 하고 엄살도 부렸다. 40㎞, 보통 이 지점이 되면 다 왔다는 안도감에 없던 힘도 생기는 지점인데 오늘은 남은 2㎞가 천 리 같다. 거기다 남은 거리가 오르막 난코스다.

나는 3시간 30분 공식 페이스메이커 시간에 맞추기는 도저히 어려울 것 같고 기식 씨는 시간을 맞춰야 할 의무가 있으면서도 내 손을 놓아주지 않으니 이는 나더러 무조건 3시간 30분에 들어가자는 무언의 압력 같기도 하다. 깁스한 다리처럼 굳은 다리를 억지로 옮기며 마지막 언덕을 기어오르고 천신만고 끝에 골인했다. 기식 씨에게 고마움을 표하려 했는데 기식 씨가 너무 잘했다며 먼저 나를 번쩍 안아 올렸다.

공식 페메 시간이 많이 경과했을 건데 싶어 시간을 물어보니 3시간 31분이란다. 기식 씨에게는 미안한 일이지만 오늘 기록이 너무 잘 나왔다. 편하게 뛰었으면 3시간 50분 정도는 걸렸을 건데 기식 씨의 뚝심과 페이스메이커 시간에 맞춰줘야 한다는 나의 책임감으로 멋진 마라톤을 연출했다. 우리는 막걸리로 건배하며 완주를 자축했다.

29일, 치과에 갔다가 울산매일신문에 기식 씨와 내가 나란히 찍힌 큰 사진이 간단한 기사와 함께 나온 걸 보고 기식 씨에게 전화하여 알려주고 사진에 나보다 기식 씨가 더 잘 나왔으니 술 한 잔 사라고 했다. 30㎞에서 날 버리고 갔으면 한동안 30분대를 달리지 못했을지 모른다. 그러고 보면 한계란 넘을 수 없는 벽이 아니라 마음먹기에 따라 넘을 수도 있는 것인가 보다.

기록이 좋은 날은 피로감도 덜하다

제19회 경주 벚꽃마라톤(2110. 4. 3 1595 3:27:29 장재복 97회)

벚꽃 없는 벚꽃마라톤이 경주에서 열렸다. 해마다 이만 때면 각종 벚꽃 행사도 많고 벚꽃마라톤도 여기저기서 열린다. 경주의 보문, 보문호 주변 벚꽃 대궐 속의 벚꽃 터널을 해마다 전세를 낸 듯이 길을 막고 달리며 하루를 즐겼는데 올해는 꽃샘추위가 늦도록 심술을 부려 나뭇가지는 고기 뼈처럼 앙상하다.

지난주에 모처럼 3시간 31분으로 강훈련하여 몸을 다시 만들었는데 이번 주도 그 정도는 뛰어야만 그 추세를 이어갈 텐데 하는 바람을 가져본다. 장재복 별동대장이 생각났다. 서울 동아대회에서 최고 기록도 수립해줬고 여러 차례 도와줬었는데 말로 하기 미안해서 문자로 넌지시 물어보니 쾌히 도와주겠다고 하네. 97회 마라톤은 해결됐다.

경주의 아침, 예년이면 따뜻할 시기인데 두꺼운 파카 차림이 많다. 이러니 꽃이 필 리가 있나. 출발시각이 다 되어 장재복 님을 만났다. 출발선에서 전국에서 모인 낯익은 반가운 얼굴들을 만나 인사를 나누었다. 아쉬운 것은 저들은 나를 알아보는데 나는 임들의 이름도 얼굴

1649
한국방사성폐기물관리공단
경주시
1595
한국방사성폐기물관리공단

도 모른 채 인사를 나누니 답답하구나. 안 보이는 게 원수다.

이 대회에 일본 사람이 얼마나 참여했는지는 모르나 우리말, 일본말로 동시에 진행한다. 그렇잖아도 독도 영유권 시비로 일본에 대한 감정이 좋지 않은데 자존심이 상한다. 일본에서 마라톤대회 중 우리말로 공동 진행하는 대회가 어디 있나? 자기네들은 자기들 말로 하는데 여기서도 우리말로만 해야 하지 않는가. 관광객 유치도 좋지만, 민족의 자존심과 국민의 감정도 감안했으면 좋겠다.

분위기는 달구어지고 잘 다녀오라는 아내의 말을 가슴에 담고 앞으로 나아간다. 장재복 님은 중간에 끼면 다른 사람들에게 부딪친다고 후미에서 출발하자고 한다.

주로에서 경주에 사는 시각장애인 주자를 만났다. 전부터 있단 말은 들었으나 오늘 처음 만났다. 그러나 레이스 중이고 주변 주자들이 많아서 제대로 대화도 못해보고 스쳐 지났다. 이 대회가 끝나고 꼭 한번 찾아봐야겠다. 같은 취미를 가진 시각장애인을 만나니 타향에서 고향 사람을 만난 기분이다.

바람이 심하게 분다. 재복 씨는 앞사람을 바람막이 삼아 뒤따라가자고 한다. 10㎞를 넘어서니 몸이 풀리면서 다리가 성큼성큼 벌어진다. 재복 씨는 보폭을 줄이라고 계속 주의를 주며 페이스를 조절한다. 마치 조련사가 말을 부리듯 나를 이끌고 간다.

26㎞ 지점 좌상 형님이 거친 숨을 몰아쉬며 앞에 나타났다. 보통 15㎞에서 만나는데 오늘 컨디션이 좋으신지 훨씬 먼 곳에서 만나게 되었다.

30㎞, 이 지점이 되면 다리가 무거워 올 때인데 아직 견딜만하다. 30분 공식 페이스메이커 풍선을 추월했다. 재복 씨는 이 풍선에만 잡히

지 말자고 한다. 초반에 웅크리고 아껴두었던 힘을 풀어본다.

35㎞ 지점, 시간은 목표 시간보다 3분 정도 당겨놓았는데 피로감이 밀려온다. 앞으로 가파른 언덕 4㎞ 고생길을 넘어야 한다. 재복 씨는 보폭을 좁히라고 계속 주문한다.

우리는 앞에 벌어놓았던 시간을 1분 넘게 까먹으며 39㎞ 지점 고개 정상에 올라섰다. 앞으로 남은 거리를 ㎞당 5분 20초로만 가도 30분에 들어가겠다. 남은 거리는 거의 내리막이다. 나는 편안한 마음으로 1m씩 줄여나갔다. 지쳐서 추월당하는 사람의 마음은 불편하겠지만, 종반에 한 명 두 명 제치는 기분도 나쁘지 않다.

남은 거리 1㎞, 재복 씨는 28분에 들어갈 것 같다고 한다. 기분이 좋다. 훈련 삼아 마지막 스퍼트를 하고 싶은데 마음뿐이다. 다리가 말을 듣지 않는다. 그렇게 97회 마라톤을 거뜬히 마무리했다.

오늘은 재복 씨의 교묘한 페이스 운영으로 좋은 기록을 수립했다. 재복 씨는 여러 면에서 고수이다. 나는 이번 대회로 3시간 30분에 대한 두려움이 점차 사라지고 자신감을 되찾을 수 있게 됐다. 오늘은 빨리 달렸는데도 체력이 남고 몸도 가볍다.

환자를 붙잡고 백 리를

2010 대구 국제마라톤(2110. 4. 11 2893 3:34:03 유수상 98회)

지난주엔 3시간 27분도 달리고 이제 평소 주력을 회복했다. 작년 가을, 겨울, 올봄 동안 적은 연습량과 4시간 정도로 달리는 게 몸에 익혀져 최근엔 4시간을 달려도 힘들었다. 몇몇 사람들은 마라톤을 천천히 뛰며 즐기라고 하는데 천천히 달린다고 힘이 덜 드는 것은 아닌 것 같다. 평소 자기가 훈련한 만큼 달리는 게 제일 편안한 주법이다.

지서장 정환기 꼬꼬 말이 "윤동이 너는 자꾸 빨리 달리려고 하니 잡아줄 사람도 없고 나도 니하고 한 번 딸리 해도 못 잡아주는 기 아이가" 하며 나무라는 얘기인지 웃으려고 하는 말인지 오래 달리려면 몸 생각하며 달리라고 한다.

내 생각으론 몸은 어느 정도 긴장을 시켜야 현상 유지를 할 수 있다고 본다. 4시간이 편하다고 4시간에 뛰면 얼마 안 가서 4시간이 힘들게 느껴지고, 풀코스 보다 하프코스가 편하다고 하프를 뛰다 보면 앞으로 풀코스는커녕 하프도 힘들게 느껴진다.

몸은 습성에 빨리 익숙해지고 편하면 더 편해지기를 원하는 속성이 있다. 적당히 고생시켜 긴장을 유지하는 게 퇴보를 막고 건강을 유지하는 방법이라고 생각한다. 그런 맥락에서 볼 때 마라톤도 약간의 욕심은 신체리듬 조절에 약이 된다고 본다.

이번 대구대회에서는 3시간 30분을 목표로 세우고 대구가톨릭 마라톤클럽 유수상 님께 도움을 청했다. 유수상 님은 바로 일주일 후에 있을 성지순례 100㎞ 울트라마라톤을 준비하는 추진위원장을 맡아 몹시 바쁜데도 쾌히 손을 잡아주었다. 바쁜 사람에게 괜히 부탁했나 싶어 페메를 바꾸려고 하니 유수상 님은 오랜만에 마라톤도 한번 하게 되어 잘되었다며 오히려 나를 안심시킨다.

11일 새벽, 아내와 함께 클럽에서 전세 낸 관광버스에 올랐다. 이젠 아내와 함께 대회장으로 가는 게 일상화되었다. 대구 스타디움은 인파

대구가톨릭마라톤
DGB 대구은행
1503
대구은행
2893

로 일렁인다. 2011년 세계육상대회 붐 조성을 위해 마라톤 참가자에게 많은 특전을 주어 참가자를 엄청나게 불러 모았다.

인파를 헤치고 겨우 유수상 님을 만났다. 유수상 님은 만나자마자 걱정을 늘어놓는다. 최근 감기가 들어 고생하고 있는데 3시간 40분으로 살랑살랑 달리자고 한다. 이것 절단 났네. 환자를 붙잡고 어떻게 달리기를 하노. 나는 그냥 쉬라고 했지만, 수상 씨는 달려야 감기가 낫는다며 굳이 달리자고 한다.

대회장엔 바람이 얼마나 부는지 현수막 나부끼는 소리가 폭죽놀이 소리 같다. 날씨도 쌀쌀하여 볕이 따가울 4월 중순임에도 비닐 옷을 입은 주자가 많다. 잠시 후 폭죽이 요란하게 흩어지며 손마다 잡았던 오색풍선이 구름처럼 하늘을 뒤덮고 땅에선 함성과 함께 마라톤이 시작되었다.

주로는 완전히 통제하여 6차선 길이 무척 넓다. 그래도 워낙 많은 주자가 밀집되어 한참을 요리조리 피해 앞으로 나아갔다. 초반 10㎞ 정도는 거의 내리막이다. 금방 시작했으니 힘도 있겠다, 옆으로 지나치는 주자들이 쌩쌩 공포의 질주를 한다. 덩달아 우리의 걸음도 빨라졌다.

5㎞를 24분, 10㎞를 46분, 유수상 님은 몸이 안 좋다 하더니만 괜찮은가 의심할 정도로 앞에서 끌어준다. 내년이면 이 길을 우리나라 마라토너와 세계 최고의 건각들이 질주할 걸 생각하니 뿌듯한 마음이 든다.

15㎞가 지나면서 ㎞당 5분으로 달린다. 나는 유수상 님께 몸이 괜찮으냐고 거듭 물으면서 힘들면 쉬라고 하니 유수상 님 왈, 고수는 감기에 걸려도 풀코스 한번 뛰면 낫는다나? 거 참.

29㎞, 회전구간에서 중심을 잃고 유수상 님을 안고 비틀거렸다. 이때

까지는 좌회전, 우회전 아니면 손을 잡고 돌곤 했는데 이번에는 특별한 지시 없이 도는 바람에 내가 덮쳐버린 것이다. 유수상 님은 미안해하며 속으로 기도문을 암송하다 깜빡했다고 한다. 순간 나는 유수상 님이 몸이 안 좋아 힘들어하는 것을 직감했다. 나는 유수상 님에게 여기서 쉬라고 계속 주문했다. 그래도 괜찮다며 막무가내 나를 끌고 간다.

32㎞, 여기서부터 오르막이 시작된다. 은근히 긴 언덕이 올라도 올라가도 끝이 없다. ㎞당 5분 40초다. 그래도 이 정도라도 계속 가는 게 신기하다. 대단한 사람이다. 유수상 님은 철인 삼종 완주자다. 옆에는 걷는 주자가 점점 늘어난다. 초반에 내리꽂던 그 기세는 어디로들 갔는지. 마라톤은 지금부터가 중요한데….

40㎞ 표지판이 나타났다. 마지막 1㎞를 남기고 유수상 님은 스퍼트하여 기록을 좀 당기자고 한다. 나는 극구 반대했다. 여기서 당겨봐야 1분인데, 몸도 성치 않은데 무리를 해서는 안 될 일이다. 해서 내일을 생각해서 편히 들어가자고 했다. 그러고는 편안하게 피니시 매트를 밟았다. 우리는 천천히 운동장 한 바퀴를 걸으며 몸을 풀었다. 서로 완주를 축하하고 또 만나길 약속하였다.

아내는 저쪽에서 메밀묵을 주는데 참 맛있다며 나를 인도했다. 날씨는 낮이 되어도 풀리지 않고 춥다. 주최 측에서 제공해주는 묵채를 따끈한 국물과 함께 한 그릇하고 나니 속이 든든하다.

마라톤 다니다가 묵채 주는 데는 대구가 처음이다. 1만 명이 훨씬 넘는 사람들이 먹어도 무진장 리필이다. 이렇게 큰 대회도 이 정도로 잘 치를 수 있구나. 감탄사가 나온다.

그래도 아내와 함께 왔으니 묵채를 먹을 수 있었지 나 혼자 왔더라면 묵이 있었는지 없었는지도 몰랐을 건데 아내가 고맙다. 집으로 돌아오자마자 유수상 님께 전화하여 안부를 물었다. 한숨 자고 나니 괜찮다고 하는데 믿을 수가 없다. 진짜 고수는 감기에 걸려도 풀코스를 뛰고 나면 감기가 낫는가? 거 참.

마라톤 대회도 엄선해서 신청을

취소된 백 번째 마라톤대회(2110. 4. 16)

16일 오후 7시, 진주 남강마라톤 사무국에서 4월 25일 대회가 취소되었다고 문자가 날아왔다.

2월 어느 날, 나의 마라톤 완주횟수가 100회에 가까워지자 주변 관심 있는 분들이 백 번째 마라톤을 어디서 하느냐고 물었다. 진주 경상대학교 마라톤클럽 구청회 회장님은 진주서 하는 게 어떻겠냐고 하신다. 울산서 하면 좋겠는데 10개월을 기다려야 하고 진주대회 4월 25일이면 날짜 여유도 적당하고, 평소 진주 경상대학교 마라톤클럽에서 해마다 시각장애인들을 초청하여 마라톤대회를 열어주었는데 장애인에 대한 애정이 많은 분들의 격려 속에 백 번째 풀코스를 완주하는 것도 뜻깊을 것 같아서 진주 남강마라톤에서 백 번째 마라톤에 도전하기로 했다.

이번 대회에 서울, 부산, 울산의 시각장애인을 초청하여 함께 달리기로 했는데 안영균 선생님은 연락과 준비를 하기로 하였고 울산마라톤클럽 꼬꼬회 닭띠 친구들도 이날만은 모두 같이 대회에 참가하여 동반주 하기로 하였다. 나는 축하 하객을 위하여 술과 점심을 준비하기로 하고, 꼬꼬회 이동환 친구가 준비위원장을 맡아 진행하기로 하는 등 무슨 큰 행사라도 하는 양 법석을 떨었다.

먼저 한 달 전에 100회의 위업을 달성한 친구 이윤동은 생계를 팽개치고 인천서 밤차로 내려와 합류하기로 했다. 그런데 느닷없이 대회 취소라니 기가 막힌다.

주변 사람들과 잡아놓은 일정이 모두 어그러졌다. 친구 이윤동도 본래 계획한 100번째 도전 대회가 취소되어 다른 대회에서 100회를 달성하였는데 우리는 처음 만났을 때부터 비슷하게 닮은 부분이 너무 많더니 백회 도전까지 닮아가니 이게 무슨 조화인가?

어쨌든 요즘 마라톤대회가 너무 많다 보니 부실하게 운영되는 대회도 많고 특히 상업적으로 대회를 운영하는 경우 수지가 맞지 않으면 무책임하게 취소하여 달림이들을 우롱하는데 이젠 대회 선택도 세심하게 할 필요가 있겠다. 그나저나 이제 어디서 도전하나? 나는 다시 마라톤 홍보 게시판을 펴놓고 다음 대회를 짚어본다.

복 받은 마라토너

제10회 함평 나비마라톤(2110. 4. 18 70220 3:47:43 김좌상 99회)

달림이들 입소문으로 대회를 잘한다고 소문난 함평대회였지만 한 번도 가보지 못하다가 이번에 참가하게 됐다. 동쪽 끝 울산에서 서쪽 끝 함평은 아득히 멀게 느껴진다. 함평대회는 천 리가 넘는 울산까지도 셔틀버스를 운행하니 참가하기도 좋다.

참가비도 기념품 없이 1만 원이다. 보통 대회에서는 참가비로 3만 원에서 4만 원까지 받고 기념품이라야 중국산 가방 아니면 티셔츠인데 참가대회가 많다 보니 넘쳐나는 것이 가방이요 옷이다. 앞으로 기념품 없이 참가비 저렴한 대회가 많았으면 좋겠다.

집이 먼 관계로 새벽 3시 반에 출발이어서 일찍 잠자리에 들었다. 그런데 차 시간을 놓쳐 대회를 포기했다. 아쉬움으로 허탈해하는데 비몽사몽간에 알람이 울어댄다. 첫 신호는 꿈속인 줄 알고 흘려보내고, 두 번째 신호에서 아내가 이불을 걷어붙인다. 차를 놓친 꿈을 꾼 것이다. 알람 소리마저 꿈속인 줄 착각했다. 모자란 잠은 버스에서도 계속되어 얼마나 갔는지 아내가 아침 먹자고 깨우는데 벌써 날도 새고 섬진강 휴게소다.

오늘 옆자리에는 김좌상 형님이 앉았는데 오늘 88회째라 한다. 나는 99회째인데 그간 한 번도 같이 달리지 못했는데 오늘 9땡과 8땡 같이 해보자고 부탁했다. 좌상 형님은 주력이 달려 돕는 게 아니라 피해를 줄 것 같다며 사양하는데 나는 기록과는 관계없이 서로 정을 나누며 달리고 싶다고 하여 서로 커플이 되었다.

아내에게는 마라톤을 하는 동안 4시간 정도 시티투어를 하라고 하고는 99회째 레이스를 시작했다.

함평은 나비의 고장, 잔디의 고장으로 널리 알려져 있는데 나비는 한 마리도 안 보이는데 주변에 잔디밭은 넓게 펼쳐져 있다. 꽃의 군집이 융단처럼 깔려 꽃 잔디라 불리는 노란 융단, 보랏빛 융단, 빨강 융단 등이 장관을 이룬다. 거리에는 2㎞마다 급수대에 방울토마토, 바나나 등 먹을 것을 많이 비치하여 급수대마다 들러 간식을 먹으니 오늘은 허기질 일이 없다. 코스도 전형적인 2차선 시골 길로, 굽이굽이 산 모퉁이를 돌고 논밭길을 지나고 곳곳에 꽃길을 지나니 공원을 산책하는 것 같다.

18㎞ 지점, 좌측으로 바다 같은 호수가 나타났다. 산골짜기에 둘러싸인 호반과 우측 산기슭의 철쭉 사이로 난 길을 달리니 신선이 따로 없고 동양화 속으로 노니는 느낌이다. 함평의 산천을 즐기다 보니 어느새 반환점이다. 가는 길은 못둑을 오르는 등 오르막이 많아 힘들었으나 돌아오는 길은 그만큼 수월하다.

봄 새소리를 들으며 내리막길을 편안히 달려가니 달리기가 더없이 즐겁고 29, 30, 31㎞ 골인을 향하여 줄어드는 숫자도 마음을 가볍게 한다. 함평구경 실컷 하고 드디어 99회를 완주했다.

최근 3시간 30분 근처에서 몇 차례 뛰었다고 오늘 좌상 형님의 페이스에 맞추어 47분에 달리니 힘이 조금 남는다. 10분 정도 낮춰 달려도 이렇게 수월하구나. 그렇다. 훈련을 빡세게 해야 실전에서 수월하다.

아내는 나를 먹을거리 코너로 데리고 갔다. 떡국 두 그릇을 게 눈 감추듯 해치웠다. 마라톤을 힘들게 달리고 나면 건더기 있는 음식은 목구멍에 넘어가질 않아 물 종류만 마시는데 오늘은 건더기도 잘 넘어간다. 돼지고기도 숯불에 구워 무한정 리필이다. 두부를 한 접시 먹는 동안 아내는 막걸리 한 병과 돼지숯불구이 한 접시를 갖고 왔다. 이 정도면 거의 잔칫집 수준이다. 참가비 1만 원 받고 이렇게 행사하는 곳은 마라톤 하러 다니고는 처음이다. 넉넉하게 배를 채우고 셔틀버스로 돌아왔다. 함평대회 명성이 듣던 그대로다. 앞으로도 셔틀버스만 제공된다면 함평대회는 무조건 go go다.

돌아오는 시간이 5시간이 넘게 걸리다 보니 현대자동차클럽 박문곤

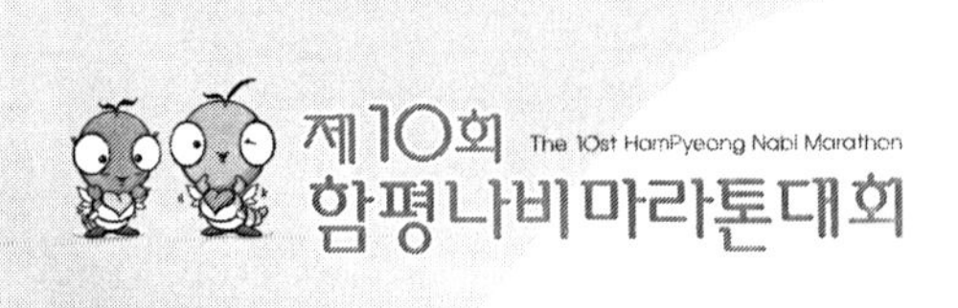

기록증 Certificate of Record

성 명 NAME :	이윤동
종 목 COURSE :	풀코스 (70220)
완주기록 RECORD :	3:47:43

2010년 4월 18일

위에 기재된 내용이 틀림없음을 확인함.
We hereby certify that the above is the true record of performance.

함평나비마라톤클럽회장 안 민 수

가족과 함께 나비와 함께
꽃길을 달리자!

선수가 사회를 보며 한 사람씩 불러내어 무슨 말이라도 하라며 마이크를 들이댄다. 나는 장애를 입어 잃은 것도 많지만 다른 장애인들보다 좀 더 노력하고 마라톤도 하게 되었으며 마라톤을 통하여 전국을 여행하며 즐길 수 있고 많은 좋은 사람들을 만나 사랑을 나눌 수 있어 달리기는 나에게 소중한 취미가 되어 그나마 복 받은 장애인이고, 자기 복은 자기가 만들어 가는 것이라고 한마디 늘어놓았다.

어느새 차창 밖은 어두워지고 마라톤가족들의 정담은 깊어만 간다.

흐르는 세월을 거스르며

제30회 전국장애인체육대회(2110. 9. 10 10㎞ 47:53 임동수)

1985년, 맹학교 재학 중일 때 제5회 장애인체육대회에 서른 살의 나이로 처음 참가했다. 당시는 장애인체육의 초창기로 저변이 취약해 참가자도 적고 거의 동네 운동회 수준이었다. 그 후 쭈욱 관심을 끊었다가 마라톤을 시작한 5년 전부터 다시 체전 육상부문에 참가하여 때로는 등수에 들기도 했다.

육상트랙은 순발력과 스피드를 요구하는 운동으로, 30대 이전에 은퇴하는 게 일반적인데 60을 바라보는 나에겐 맞지 않은 종목이다. 그러나 취미인 마라톤과 연관하여 훈련용으로 계속 참가한다.

올해는 800m, 1,500m, 5,000m, 10㎞에 출전한다. 10㎞ 도로경기는 도우미가 필요해서 대전에 계시는 문기숙 님께 도우미를 부탁했다. 문기숙 님은 여성 sub-3 선수로 여성 마라톤계의 일인자이며, 문기숙 마라톤 교실을 운영하는 등 아마추어 마라톤 발전을 위해 헌신하는 사람이다. 문기숙 님은 반갑게 전화를 받으며 본인은 체전에서 심판을 보게 되었다며 문기숙마라톤교실 회원인 임동수 씨를 소개해준다.

올해는 지독히 더운 무더위다. 체전을 앞두고 달리기 연습을 해야 하는데 더위에 시달린 몸은 늘어지고 힘이 빠져 운동을 할 의욕이 없다. 땡볕 아래에선 엄두도 안 나고 구름 낀 날 운동장에 나서면 한증막에 들어선 것처럼 후끈거리고 습도가 높아 호흡이 안 된다. 아무리 설렁설렁 참가만 하면 되지 해도 대회를 앞두고 있으니 신경이 쓰인다.

대회일이 되어 아내와 같이 대전으로 갔다. 첫날 800m, 여섯 명이 출전했는데 꼴찌를 했다. 아무리 달려도 속도가 나지 않는다. 각오는 했지만 창피하다. "저 나이에 대회에 뭐 할라꼬 나왔노?" 하는 야유가 귀에 들리는 듯하다. 문기숙 님이 옆에서 열심히 응원했는데 퍽 아쉬워한다.

이틀째 날, 오늘은 1,500m에 출전했다. 역시 여섯 명이 각축을 벌이는데 젊은 선수들은 총소리와 함께 쏜살같이 사라지고 흔적도 없다. 뻰뻰하게 끝에서 혼자 뛰고 있는데 앞에 노란 옷 입은 선수가 한 명 있다. 꼴찌를 면해보고 싶은 마음에 사력을 다하여 한 명을 제치고 5위를 했다. 그래도 꼴찌를 면했으니 어제보다는 덜 창피하다.

전에는 선수층이 얇고 실력도 그만그만하여 나갔다 하면 입상을 했는데 이젠 잘나가는 젊은 선수들이 많아 이 늙은 선수가 같이 뛰는 게 망령스럽게 느껴진다. 하기는 나야 입상을 못 해 아쉬움이 있지만 유능한 젊은 선수가 나와 세대교체가 되는 게 당연한 일이다. 그래야 장애인 체육이 발전한다.

마지막 날 10㎞ 마라톤이다. 나의 주 종목으로 매년 입상을 했던 대회인데 올해는 왠지 자신이 없어진다. 아침밥도 조금 먹고 운동장으로 나갔다. 도우미 임동수 님도 일찍 나왔다. 같이 운동장을 돌며 몸을 풀고 호흡도 맞추었다. 초콜릿 한 개에 파워젤까지 먹고 단단히 준비했다. 예전 같았으면 10㎞ 정도야 자다가 일어나서도 45분에 쉽게 뛰었는데 이제는 47분도 힘들어 초콜릿 먹고 야단법석을 부리니 벌써 늙었나.

마라톤이 시작되었다. 언덕이 하나도 없는 평탄한 대전의 시내 길을 힘차게 달려나간다. 임동수 님은 내가 불편함이 없는지 물으며 세심하게 보살피며 1㎞당 시간을 체크한다. 지나가던 차들이 창밖으로 응원을 보내고 시민도 많은 박수를 보내준다.

4㎞ 정도 지날 때 동수 씨는 이대로 가면 46분대가 되겠다고 한다.

문제는 같은 경쟁자들이 앞에 있는지 뒤에 있는지 얼마나 떨어졌는지 모르니 답답하다. 7.5㎞를 지나면서 47분대라고 한다. 나는 혀가 빠지도록 뛴다 싶은데 다리가 느리게 움직인다. 스피드를 높여보지만 마음뿐이고 몸은 제자리 달리기를 하는 것 같다. 마지막 운동장 문을 들어오는데 아내가 큰 소리로 힘내라고 외친다.

3등으로 들어왔다. 동수 씨는 47분 후반이라고 한다. 기록이 불만스럽다. 풀코스를 달려도 10㎞ 평균 47분에는 달렸는데 겨우 10㎞만 달리는데도 48분 정도라니 이게 달린 건지 걸은 건지 알 수 없다. 파워젤까지 먹고 수선을 떨어놓고는 말이다. 등수는 차치하고 평지코스에서 45분은 나와야 하는데 나의 실력이 실망스럽다.

이젠 막내아들 같은 젊은 선수들 사이에서 같이 서 있는 것도 부끄럽고 서서히 은퇴를 준비해야 하나 보다.

체전을 마치고 나니 등에 진 짐을 내려놓은 기분이다. 좋은 성적을 기대한 것도 아니고 편한 마음으로 참가하자고 했지만 어쨌든 경쟁을 하는 대회니 만큼 스트레스가 있었다.

우리는 문기숙 님, 임동수 님과 같이 점심 식사를 하고 춘천마라톤에서 만나기로 하고 헤어졌다. 그러고는 고속도로를 피해 정겨운 국도를 타고 드라이브 삼아 천천히 울산으로 향했다. 녹색의 논은 어느새 누런빛이 감돌고 벼 이삭도 머리를 숙였다. 세월이 빠르다. 나도 나이의 무게만큼 머리를 숙여야겠는데 흘러가는 세월을 거슬러 가고 있으니 이것이 망령이 아닌가?

채우고 싶지 않은 가득함

2010 경주 동아국제마라톤(2110. 10. 17 4429 4:43:53 울마클 99.01회)

과연 백 번째 도전하는 마라톤은 뭔가가 달랐다. 울마클 회원과 꼬마친구들, 그간 동반주 해줬던 도우미들 50여 명이 "시각장애 이윤동, 백 회 완주 이윤동!"을 연호하며 서라벌 벌판을 함성으로 뒤덮었고 급기야 마지막엔 나를 푸른 가을 하늘로 새처럼 날렸다.

2003년 봄, 건강을 위해 시작한 달리기. 당시 마라톤에 '마' 자만 들어도 남의 일 같던 게 어제 같았는데 마라톤에 입문한 이후 달리기는 나의 제일가는 취미가 되었고, 한 번 한 번의 몸짓이 쌓여 마라톤 백 번을 완주했다. 백 회를 달리느라 전국 방방곡곡을 돌아다녔고 한 회 한 회가 쉬운 대회가 없었기에 사연과 곡절이 없는 대회가 없었으며 기억에 남지 않는 대회가 없다.

그동안 연습 과정과 대회 출전에서 흘린 땀을 모으면 일고여덟 드럼은 족히 되고 마신 물은 열 드럼이 넘을 것이다. 닳아 없앤 신발이 10켤레, 달린 거리는 서울-부산 간을 40회 왕복한 거리나 된다.

마라톤을 백 번만 달리고 말 것은 아니기에 백 회가 특별한 것은 아니지만 그래도 불편한 몸으로 힘들게 달려왔기에 백 번째 대회는 오래도록 기억에 남는 의미 있는 대회로 만들었으면 했다.

그래서 백 번째 대회는 오늘의 나를 있게 해준 울산마라톤클럽의 고향인 울산서 하든지 장애인에 대한 각별한 사랑을 베풀어주는 진주 경상대학 마라톤클럽의 고향 진주대회에서 도전하려고 마음먹었다. 그러나 여차여차 일정이 어그러져 첫 번째 풀코스를 완주한 경주에서 백 회를 하는 것도 의미가 있을 것 같아서 경주 동아마라톤에 도전장을 냈다.

대회 날짜는 다가오는데 이 대회에 맞추려고 5개월을 쉬었더니 완주가 걱정된다. 마라톤은 아무리 고수라도 훈련 없이는 완주가 안 되는 정직한 운동이 아닌가. 대회가 없으니 연습량도 줄고 게을러졌다.

대회 열흘 전이다. 대회에서 퍼져 창피는 안 당해야지 하는 마음에 물과 간식을 챙겨 문수체육공원으로 갔다. 그리고 4시간 동안 시간주를 했다. 4시간의 연습주가 정식대회를 3시간 30분에 완주했을 때보다 훨씬 힘들었다. 그래도 이 정도의 연습이면 17일 완주는 가능하겠다 싶어 마음은 가뿐했다.

불편한 나를 항상 식구처럼 보살펴주는 울마클 마 교주님, 꼬꼬친구들은 현수막과 완주축하 이벤트를 준비했고 나는 하객을 위해 간단한 음식을 준비하는 등 조촐하나마 행사 준비도 했다.

17일, 오늘은 평소보다 빨리 경주에 도착했다. 첫 회 완주는 배광조 꼬꼬와 달렸지만, 백 회는 천에 없는 일이 있어도 나를 길러준 이태걸 마 교주님과 함께하고 싶었다. 현장에는 교주님이 먼저 도착하여 나를 기다리고 있었다. 회원님들도 많이 참가했다. 회원님들께 듬뿍 축하인사를 받았다. 그리고 역사적인 몸짓을 위해 마 교주님의 손을 잡고 출발선으로 나갔다. 울마클 회원님들은 이윤동 100회라는 표지를 등에 붙였다. 눈을 감고 전국을 돌아다니며 달리니 알아보는 달림이들이 많아 출발선에서 많은 축하를 받았다.

두려움과 호기심으로 첫 풀코스를 기다렸던 그 자리에 설렘과 감격어린 마음으로 백 번째 출발을 위해 다시 섰다. 출발 신호와 함께 벼르고 기다리던 백 회 도전이 시작되었다. 마 교주는 될 수 있는 한 많은 사람과 함께 달리기 위해 완주 목표를 4시간 30분으로 잡자고 했다. 오늘의 동반주자 응원주자는 울마클의 많은 회원과 영천시청 이종근 해운대 철인클럽 이민근 꼬꼬친구들 수십 명이 전후좌우로 에워싸고 달렸다.

8년 세월을 울마클에 몸을 담고 달려왔지만 서로 시간이 맞지 않아 같이 달려보지 못했던 회원님들과 번갈아 가며 손을 잡고 뛰었다. 신상열 고문님, 조나단 조정옥 님, 울트라장비 조연국, 대운산 이상열, 지서장 정환기, 박창열 박순사, 성종경 노루, 허진년 시인, 사우디 박종석 님, 권초 권현태 캉가루 이상섭 님 등 많은 사람이 번갈아가며 잡아주다 보니 마 교주는 자리를 양보하고 우리가 뛰는 광경을 열심히 카메라에 담는 일을 한다.

주로에서 마주 지나치는 주자들이 환호하며 축하를 해주고 지나가는데 화답은 했지만, 음성이 귀에 익지 않아 누군지 알 수 없다. 미안하고 답답하다. 장시간을 달리니 좀 따분해지려는 분위기다. 나는 그간 달리면서 있었던 에피소드를 하나씩 파노라마처럼 늘어놓았다. 이야기하며 달리니 거리는 금방금방 줄어든다.

골인 지점이 점차 가까워진다. 이상하다. 아흔아홉 번을 달려도 달릴 때마다 힘이 들었고 골인 지점이 그리워졌는데 오늘은 왠지 골인 지점이 가까워질수록 아쉬운 마음이 든다. 마치 주머니 속의 과자가 줄어들 때 같고 술병의 술이 줄어들 때 같은 마음이다.

이렇게 호화로운 축하를 오래도록 받고 싶은 욕심일까? 백 회째 달리기의 뿌듯한 느낌을 오래도록 느끼고 싶어서일까, 이대로 시간이 멈추었으면 하는 마음도 든다. 다가서기 아쉬운 발걸음은 결승점을 향해 나아갔고 이윽고 40㎞ 지점에 이르자 앞서 골인한 많은 회원님이 플

래카드를 들고 동반주 하기 위해 마중 나와 있다. 지금부터 대열은 훨씬 많아졌다.

대열은 "시각장애! 이윤동! 백 회 완주! 이윤동!"을 연호하며 거리를 뒤덮었고 연도에 시민은 열렬히 환영해주었다. 나는 이런 기분을 처음 경험하니 얼떨떨하고 다리는 구름 위를 걷는 듯, 물 위를 걷는 듯 어리둥절하다. 그저 분위기에 휩싸여 운동장으로 몰아넣어졌다. 운동장에 입성하자 연호 소리는 더욱 커졌고 동반주자는 더욱 늘어났다. 그리고는 다시 재현할 수도 없는 백 번째 피니시 매트를 밟았다.

다음 순간 함께하신 분들의 뜨거운 기운이 응집되어 나의 몸을 서라벌의 가을 하늘 푸른 창공으로 높이 날렸다. 이것이 헹가래인가! 어지럽기는 놀이동산 바이킹을 타는 것 같고 황홀하기는 달콤한 꿈과 같이 감미롭다.

SK telecom
장애우
이 윤
톤 풀 코
Marathon
00 Korea
00회

땅에 내려 정신을 차리니 눈물이 하염없이 흐른다. 울려고 하지도 않았는데, 울고 싶지도 않았는데 눈물이 저절로 흐른다. 그저 좋아서 입은 다물어지지 않는데 눈물은 왜 흘러내리는지 두 볼이 따뜻하다. 남이 볼까 부끄러워 얼른 닦고 태연한 척했는데도 자꾸 흐른다. 그때 마 교주께서 백 송이의 장미 다발을 안겨준다. 장미의 진한 향이 가슴까지 파고든다. 교주님의 감회도 나와 같으리라. 고마운 마음 금할 길 없다.

연이어 경상대학교 마라톤클럽에서도 구청회 회장님, 안영균 선생님, 최 교수님, 김홍규 님이 꽃바구니와 기념패, 기념품을 들고 환영해주신다. 내가 이분들을 위해 한 일은 아무것도 없는데 이렇게 환영해주시니 평생토록 잊지 못할 은혜를 입었다.

그리고 울산장애인 육상연맹에서도 윤영선 회장님께서 바쁘신 분이 친히 박정웅 감독님과 육상선수들을 인솔하여 플래카드와 꽃다발을 준비해서 경주까지 와서 환영해주시고 CBS 기자를 대동하여 방송에까지 나오게 해주시니 감사한 마음 한량이 없다. 좋아서 한 운동인데 이렇게 기쁜 영광이 되고 이토록 큰 환영과 격려가 될 줄은 상상도 하지 못했다. 평생 처음이고 앞으로도 이만한 환영을 받을 일은 두 번 다시 없을 것이다.

나의 생활신조는 "정신일도면 하사불성이다(精神一到 何事不成). 하고자 하면 못할 일이 없다."란 말이다. 『중용』에도 "비록 하지 않을지언정 할 수 없다고는 말라"고 하였다. 힘들어 보였던 일이었지만 하고 자고 덤비니 길이 있었고 오늘이 있다. 장애 타령만 하고 마냥 있었으면 계속 장애인으로 남아 있었을 것이다. 신체적 장애나 불리한 환경은 불편할 뿐이지 할 수 없는 이유는 못된다. 만약 안 보인다, 불편하다,

힘들다는 핑계로 타성에 젖어 그냥 그렇게 살아간다면 짧은 인생 의미 없고 아깝지 않겠는가?

나는 어떤 일을 하더라도 목표가 얼마가 진척되었더라도 항상 처음 시작하는 마음으로 일에 임한다. 그래서 이번 마라톤도 마음으로는 백 회 완주라 하지 않는다. 백이라는 숫자는 완성했다, 가득하다, 많다는 의미가 있어 왠시 만족하고 안주하게 되어 나태해지고 마음이 교만해질까 봐 염려된다. 그래서 이번 완주는 99.01회라고 정했다. 다음 101회째 대회는 99.1회 그다음은 99.2회가 된다. 그래서 채우고 싶지 않은 가득함으로 남고 싶다.

나에게는 기력이 다하여 더 이상 할 수 없는 마지막 대회가 백 회 마라톤이 될 것이다. 그 백 회라는 이름은 내가 죽은 후 누군가의 손에 의해 기록될 것이고 그래서 기록표의 마지막 란은 채워지지 않을 것이다.

아~ 아직도 서라벌의 감동이 식지 않는다. 앞으로도 즐거울 때나 힘들 때 뜨거운 기운을 모아 나를 밀어 올린 그때를 상기하며 더욱 매진해야겠다.

끝으로 오늘이 있기까지 이끌어주신 이태걸 교주님, 울산마라톤클럽, 진주 경상대학교 마라톤클럽, 울산장애인 육상연맹, 전국 각지에서 자원봉사 해주신 많은 분께 머리 숙여 감사를 드린다.

여러분이 뿌린 고귀한 사랑의 씨앗은 함께하는 사회, 아름다운 세상을 만드는 초석이 될 것으로 믿어 의심치 않는다.

횟수	대회명	대회일	배번호	기록	도우미
1	제10회경주동아오픈	03-10-26	2668	3:41;49	배광조
2	제5회 부산다대포마라톤	03-11-16	40782	3:28:50	아무나
3	2003진주마라톤	13-11-30	1714	3;43:11	안영균,이상섭
4	제75회동아국제마라톤	04-03-14	6749	3:23:17	이태걸
5	2004진주마라톤	04-12-12	2712	3:40:02	구청회
6	진주남강마라톤대회	05-02-20	70013	3:35:48	성종경
7	2005서울국제마라톤	05-03-13	12556	3:29:09	이태걸
8	제2회울산마라톤대회	05-09-25	1988	3:57:28	이태걸
9	2005진주마라톤	05-11-27	9002	3:47:21	이태걸
10	여수액스포국제마라톤	06-01-08	7362	4;13;27	이태걸
11	2006진주마라톤대회	06-11-26	9073	3;40;16	구청회
12	제6회경남고성전국마라톤	07-01-28	72099	3;32;41	이태걸
13	제42회광주일보3.1절마라톤	07-03-01	1214	3;44;31	이태걸
14	2007서울동아국제마라톤	07-03-18	3556	3;26;34	이태걸
15	제3회울산매일마라톤	07-03-25	9173	3;54;33	이태걸
16	제6회경주벚꽃마라톤	07-04-07	1956	3;38;10	김정훈
17	2007개구마라톤	07-04-15	1620	3;32;37	성종경
18	제4회경기마라톤	07-04-22	590	3;53;52	장재근
19	2007진주만강마라톤	07-04-29	8018	4;02;17	최진식
20	제3회보성녹차마라톤	07-05-06	8191	3;38;22	성종경
21	제1회보물섬남해마라톤	07-05-20	225	3;43;38	성종경
22	2007상주3풀마라톤제3	07-05-26	7013	4;26;43	이태걸·최병기·장재복
23	제20회한일친선수안보마라톤	07-05-27	3146	4;31;04	장재근
24	제12회마다의날기념마라톤	07-06-02	533	3;58;12	장재근
25	제4회새벽강변마라톤	07-07-01	40597	3;43;51	이태희
26	2007핫섬머마라톤	07-07-17	279	4;09;32	아무나
27	2007혹서기마라톤	07-08-11	1613	4;47;37	장재근
28	해병대제5회혹서기마라톤	07-08-15	7143	4;26;39	이태희 최병기
29	제2회옥천금강마라톤	07-09-02	50013	3;31;08	유복근
30	제2회강진청자마라톤	07-09-09	7052	4;22;49	최병기 김정길
31	제8회대전마라톤대회	07-09-16	1160	3;40;06	이태희카이스트
32	블랙모어스시드니런닝패스티벌	07-09-23	1523	4;39;09	김정길

33	第6회2007경산마라톤	07-09-30	5387	3;47;33	이태걸
34	第6회김제지평선마라톤	07-10-03	188	3;55;13	이태희
35	2007하이서울마라톤	07-10-07	2369	3;47;49	이태희 양병호
36	순천남성용마라톤	07-10-14	30196	3;53;59	이태희
37	2007경주동아마라톤	07-10-21	5205	3;40;17	이태희 정기영
38	2007조선일보춘천마라톤	07-10-28	2477	3;28;10	이태걸
39	제7회창원통일마라톤	07-11-04	10202	3;27;33	장재복
40	2007선양피톤치드	07-11-18	4302	4;10;27	이태희
41	2007진주마라톤	07-11-25	9007	0;20;40	구청회
42	제2회하동섬진강마라톤	07-12-02	1250	3;56;54	문우근
43	송년포항호미곶온천마라톤	07-12-16	473	4;00;01	김태현
44	2008요수엑스포마라톤	08-01-06	7445	3;53;56	이수배
45	제7회경남고성전국마라톤	08-01-20	72023	3;47;12	이태걸
46	제4회대구금호강마라톤	08-02-02	40110	3;36;41	이종근
47	제9회울산마라톤	08-03-01	4;15패매	4;13;42	대회페이스메이크이태걸
48	제79회서울동아국제마라톤	08-03-16	3033	3;19;16	장재복 주재열
49	제5회울산매일전국마라톤	08-03-23	4;00패메	3;58;05	대회페이스메크이태걸
50	제8회인천마라톤	08-03-30	12344	3;45;37	이윤동
51	제17회경주벚꽃마라톤	08-04-05	1804	3;20;28	이종근
52	2008대구마라톤	08-04-13	2767	3;36;38	이종근
53	소아암환우돕기서울시민마라톤	08-05-05	40109	3;46;46	이윤동
54	2008제4회보성녹차마라톤	08-05-11	7268	3;38;16	장재복
55	청주마라톤	08-05-18	8581	3;38;39	이윤동
56	이천도자기마라톤	08-05-24	577	3;41;26	장재복
57	제13회바다의날마라톤	08-06-01	487	4;18;43	문경식
58	화천비목마라톤	08-06-08	3133	3;47;53	이태희
59	홍천숲길마라톤대회	08-07-27	7070	3;52;08	이윤동
60	제1회태종대혹서기마라톤	08-08-03	4253	4;27;16	양춘수
61	제3회사천노을마라톤	08-08-30	9269	3;54;32	이태걸김규석강진홍
62	2008강진청자마라톤	08-09-07	4106	4;37;56	이태걸
63	제26회대구금호강마라톤	08-09-13	40629	4;20;32	박차종
64	2008횡성청정마라톤	08-09-21	1300	3;53;42	이윤동박차종
65	제7회경산마라톤	08-09-28	5511	4;26;22	이태걸100회
66	제6회국제평화마라톤	08-10-03	1948	3;45;17	이윤동
67	2008동아경주국제마라톤	08-10-19	12008	3;34;07	박차종
68	제10회부산마라톤	08-11-09	40511	3;30;34	성홍길

69	제6회삼성현마라톤	08-11-16	4042	3;53;12	김병규
70	제8회창원통일마라톤	08-11-23	10555	3;53;42	박차종
71	2008진주마라톤	08-11-30	9701	3;26;11	김홍규
72	제8회이순신장군통영마라톤	08-12-07	50401	3;22;19	구청회
73	제4회2009여수마라톤	09-01-04	1389	3;46;17	방현철
74	제8회전국고성마라톤	09-01-11	71403	3;26;12	박차종
75	제7회해남땅끝마라톤	09-02-08	1411	3;33;53	이승국
76	제4회정남진장흥마라톤	09-02-15	70197	3;26;14	박근광
77	제10회울산마라톤	09-03-01	8224	3;28;48	박차종 박기식
78	2009서울동아마라톤	09-03-15	6267	3;18;10	유수상
79	제8회합천벚꽃마라톤	09-03-29	45218	3;25;35	유수상
80	2009진주남강마라톤	09-04-26	40161	3;37;57	이수배
81	제5회보성녹차마라톤	09-05-03	7351	3;33;25	양춘수
82	제6회소아암서울시민마라톤	09-05-05	4198	3;57;24	이윤동
83	제5회한장군달리기	09-06-28	4063	4;36;14	박차종
84	2009경주동아마라톤	09-10-18	11736	3;44;32	유수상
85	제11회부산마라톤	09-11-15	40533	3;47;53	이민근
86	제9회창원통일마라톤	09-11-22	10534	3;29;58;	박차종
87	제5회고흥우주마라톤	09-11-29	4267	3;32;32	박차종
88	제9회이순신장군통영마라톤	09-12-06	30460	3;43;08	박차종
89	2009제21회진주마라톤	09-12-13	40008	3;47;39	조경숙
90	제86회대구금호강마라톤	09-12-26	4065	4;25;37	박차종
91	전마협김해장유마라톤	09-12-27	7419	4;01;54	이민근
92	제5회여수국제마라톤	10-01-10	2103	3;43;41	김기만
93	제5회정남진장흥마라톤	10-01-24	70253	3;34;32	이승국
94	제8회해남땅끝마라톤	10-02-07	1227	3;43;03	이승국
95	제6회아고구려마라톤	10-02-21	70450	3;53;12	이윤동100회
96	제7회울산매일마라톤	10-03-28	50084	3;31;35	박기식
97	제19회경주벚꽃마라톤	10-04-03	1595	3;27;29	장재복
98	2010대구국제마라톤	10-04-11	2893	3;34;03	유수상
99	제10회함평나비마라톤	10-04-18	70220	3;47;43	김좌상
망백	동아2010경주국제마라톤	10-10-17	4429	4:43:53	많은사람들
99.1	2010조선일보춘천국제라라톤	10-10-24	1642	3:55:59	이민근
99.2	2010중앙서울마라톤	10-11-07	1319	3:29:52	강성구
99.3	2010진주마라톤	10-11-28	40035	3:38:51	구청회
99.4	제7회아고구려마라톤	11-02-20	70458	3:46:57	장재복

마라톤 경력

마라톤 입문 | **2003. 5. 1**

풀코스(42.195km) 완주 횟수 | **100여회**

하프코스(21.097km) | **20여회**

10km | **다수**

100km 울트라마라톤 | **1회 제3회포항호미곶울트라 100**

산악마라톤 | **1회 제5회울산현대산악마라톤**

기록

풀코스 최고기록 | **3;18;10 2009서울동아국제마라톤**

풀코스 최저기록 | **4;47;37 2007서울혹서기마라톤**

하프코스 최고기록 | **1;32;02 2004동강마라톤**

10km최고기록 | **43;27 제24회전국장애인체육대회**

약력

1957년 5월 8일 생

1980년 4월 중졸 검정고시

1980년 8월 고졸 검정고시

1988년 2월 부산맹학교 졸업

2003년 2월 춘해대학교 사회복지학과 졸업

2005년 2월 울산대학교 지역개발학과 졸업